Para minha adorável Harriet

ame o que é seu

Emily Giffin

Tradução
Elenice Barbosa de Araujo

Editora Novo Conceito

1ª edição – 2012

Produção Editorial e Capa: **Equipe Novo Conceito**
Tradução: **Elenice B. de Araujo**
Preparação de Texto: **Bruno Conde**
Revisão de Texto: **Equipe Novo Conceito**
Projeto Gráfico e Diagramação: **Diagramme**

Este livro segue o Novo Acordo Ortográfico da Língua Portuguesa.

Dados Internacionais de Catalogação na Publicação (CIP)
(Câmara Brasileira do Livro, SP, Brasil)

Giffin, Emily
Ame o que é seu / Emily Giffin ; tradução Elenice Barbosa de Araujo. – Ribeirão Preto, SP: Novo Conceito Editora, 2012.

Título original: Love the one you're with.
ISBN 978-85-63219-92-3 (pocket)

1. Ficção norte-americana I. Título.

12-01324 CDD-813

Índices para catálogo sistemático:
1. Ficção : Literatura norte-americana 813

Editora Novo Conceito

Rua Dr. Hugo Fortes, 1885
Parque Industrial Lagoinha – CEP 14095-260
Ribeirão Preto – SP
www.editoranovoconceito.com.br

Um

Aconteceu exatamente no centésimo dia do meu casamento com Andy, e por pouco não ocorreu exatamente às 15h30, horário da nossa cerimônia. Tenho certeza disso, e não porque eu sou uma daquelas recém-casadas obcecadas por comemorar cada aniversário do nosso relacionamento, mas porque eu sofro de um caso leve de transtorno obsessivo compulsivo, que me impele a controlar tudo. Eu tenho o hábito de contar coisas insignificantes como a distância em passos do meu apartamento até a estação do metrô mais próxima (341 usando um sapato confortável, ou algumas dezenas de passos a mais se estiver de salto), o número de vezes que a frase "conexão incrível" é utilizada em qualquer *reality show* para encontrar o par ideal (sempre na casa dos vários dígitos), os caras que beijei nos meus trinta anos de vida (nove). Ou, como naquela tarde fria e chuvosa de inverno, o número de dias que eu tinha de casada, antes de esbarrar com *ele* no cruzamento da Rua 11 com a Broadway.

Olhando de fora, digamos, como um motorista de táxi observando os apressadinhos que aproveitam os segundos finais antes de o sinal fechar, não passou de uma cena urbana: dois supostos estranhos, com quase nada em comum além de um frágil guarda-chuva preto, que, ao atravessar um cruzamento, rapidamente cruzam o olhar e trocam um cumprimento seco, ainda que amistoso, antes de seguirem seu caminho.

Mas, para quem sentiu na pele, a história era outra. Na verdade, eu fiquei desorientada, tremia agitada e quase sem fôlego quando consegui, por fim, chegar em segurança à calçada e entrar em um restaurante praticamente vazio, próximo à Union Square. Foi como ter visto um fantasma, pensei eu, uma daquelas expressões que já tinha ouvido um milhão de vezes, mas que jamais havia entendido o seu real significado, até aquele momento. Eu fechei o guarda-chuva e desabotoei o casaco com o coração ainda acelerado. Enquanto observava a garçonete limpar uma mesa com movimentos firmes e experientes, fiquei pensando por que o encontro tinha me abalado tanto, e se aquele momento era inevitável. Não no sentido amplo do destino, mas sim do modo sorrateiro e teimoso como assuntos mal resolvidos costumam se impor sobre as almas relutantes.

Depois do que me pareceu uma eternidade, a garçonete me notou parada, diante de um aviso informando que era preciso aguardar para ser atendido:

— Oh! Não vi que estava aí. Esqueci de tirar a plaqueta depois que o movimento diminuiu. Vá em frente, escolha onde sentar.

O jeito dela me pareceu tão estranhamente acessível que cheguei a pensar se ela não seria uma vidente e cogitei até me abrir com ela. Em vez disso, sentei no banco vermelho de vinil em uma mesa no fundo do restaurante e jurei jamais tocar no assunto. Dividir isso com um amigo seria um ato de deslealdade com meu marido. Contar à cínica da Suzanne, minha irmã mais velha, daria início a uma chuva de discursos sobre casamento e monogamia. Escrever sobre isso em meu diário daria ainda mais ênfase ao assunto, o que eu estava determinada a não fazer. Contar ao Andy seria combinar estupidez com autodestruição e sofrimento. A omissão me incomodava, seria uma mancha escura logo no início do nosso casamento, mas concluí que seria para o bem.

— O que posso lhe oferecer? — perguntou a garçonete.

Ela tinha cabelos ruivos cacheados e umas poucas sardas; "Annie" estava bordado em seu uniforme — impossível não pensar na melodia do musical Annie, da Broadway.

Eu só queria um café, mas me lembrei de como era frustrante, no tempo em que trabalhava como garçonete, quando alguém pedia apenas algo para beber, mesmo entre as refeições. Assim, pedi um café e um bagel com semente de papoula e cream cheese.

— É para já! — disse ela, toda gentil.

Eu sorri e agradeci. Quando ela se virou, em direção à cozinha, suspirei e fechei os olhos, concentrando o pensamento em uma coisa: o quanto eu amo o Andy. Eu amo tudo nele, mesmo as coisas que desagradariam à maioria das mulheres. Sempre achei uma graça a dificuldade dele para lembrar o nome das pessoas (ele sempre chamava meu ex-chefe de Fred, em vez de Frank) e a letra da maioria das músicas de nossa época. E eu apenas balançava a cabeça e sorria quando ele dava ao mesmo mendigo no Bryant Park um dólar todo dia — por quase um ano inteiro. Era um mendigo que cheirava a pilantragem. Eu amo seu jeito confiante e sensível. Adoro sua personalidade alegre, que combina com os olhos azuis, o cabelo loiro e o ar de bom moço. Era uma sorte danada ter encontrado alguém que, passados quatro longos anos, continuava a se levantar da mesa, gentilmente, quando eu voltava do toalete, e a desenhar corações assimétricos no espelho do banheiro embaçado. Andy me amava, e não tenho o menor pudor de admitir que isso era o principal motivo de estarmos juntos e de eu também amá-lo.

— Você prefere seu bagel na chapa? — gritou Annie, de trás do balcão.

— Sim — concordei, embora não tivesse nenhuma preferência .

Meu pensamento voou longe, para a noite em que Andy me pediu em casamento, em Vail, ele fazendo de conta que havia derrubado a carteira, só para poder se ajoelhar, em um gesto que deixou evidente que ele ensaiara um milhão de vezes. Eu me lembrei do sabor do champanhe, do meu anel reluzindo à luz do fogo queimando na lareira, e de ter pensado: "Aconteceu. Este é o momento com o qual toda garota sonha. O momento com o qual eu venho sonhando, exatamente como planejei e como sempre esperei".

Annie trouxe meu café, eu entrelacei as mãos ao redor da caneca quente e pesada, levei-a aos lábios e tomei um gole demorado, pensando no noivado, de um ano inteiro — um ano de festas, despedidas de solteira e milhares de preparativos para o casamento. Discussões intermináveis sobre tule, fraques, valsas e bolos recheados de chocolate branco. Tudo culminando em uma noite mágica. Lembrei, emocionada, da troca de juras. Da nossa primeira dança embalada por "What a Wonderful World". Os brindes carinhosos e capciosos que fizeram em nossa homenagem — discursos repletos de clichês que, no nosso caso, eram todos verdade: "Feitos um para o outro... Amor de verdade... Obra do destino".

Relembrei nosso voo na manhã seguinte para o Havaí, e de como Andy e eu viajamos de mãos dadas na primeira classe, rindo de todos os detalhes estapafúrdios do nosso grande dia:

— Qual era a dificuldade do pessoal da filmagem misturar-se entre os convidados? Precisava chover daquele jeito no caminho até a festa? Puxa, quem diria o James, irmão dele, bêbado daquele jeito!

Eu lembrei das nossas caminhadas no pôr do sol, dos jantares à luz de velas, e, em especial, de uma vívida manhã que Andy e eu tínhamos passado em Lumahai, uma praia afastada em formato de meia-lua, na baía ao norte da Ilha de Kauai. A areia branquinha e as rochas de lava que brotavam dramaticamente da água cor de turquesa eram de tirar o fôlego, o lugar mais espetacular que já vi. Em um dado momento, eu admirava a vista quando Andy pousou o livro de Stephen Ambrose sobre a toalha dupla de praia, segurou as minhas mãos entre as dele e me beijou. Eu retribuí o beijo, procurando memorizar aquele momento. O som das ondas quebrando, a sensação da brisa fresca do mar no meu rosto, o aroma de limão misturado ao do nosso bronzeador de coco. Assim que nos afastamos, eu disse ao Andy que eu nunca tinha sido tão feliz. E era verdade.

Mas a melhor parte aconteceu depois do casamento, depois da lua-de-mel, depois de desembrulharmos e guardarmos os presentes práticos em nosso pequeno apartamento em Murray Hill — e colocarmos os nada práticos e requintados no nosso depósito no centro da cidade. Foi quando nos assentamos na nossa rotina de marido e mulher. Normal, simples e real. Era manhã depois de manhã, quando tomávamos café e conversávamos antes de sair para o trabalho. Era quando o nome dele aparecia na minha caixa de mensagens de pouco em pouco. Era nas noites que folheávamos os menus de delivery, escolhendo o que pedir no jantar, jurando que em breve estrearíamos o fogão para valer. Era em cada massagem nos pés, em cada beijo, em cada vez que nos despimos juntos na penumbra. Eu fixei em minha mente todos esses detalhes. Todos os detalhes compreendidos nestes nossos cem primeiros dias de casados.

Ainda assim, quando Annie trouxe meu café, eu estava de volta àquela encruzilhada, meu coração disparado novamente. De repente, me dei conta de que não importava o quanto eu estivesse feliz vivendo ao lado do Andy, eu não iria esquecer daquele momento tão cedo, daquele aperto na garganta ao rever o semblante dele. Por mais que eu desejasse desesperadamente esquecer. Principalmente porque eu queria esquecer.

Olhei resignadamente minha imagem refletida na parede espelhada ao lado da mesa. Não havia qualquer motivo para me preocupar com a minha aparência, e menos motivo ainda para eu não me sentir triunfante ao constatar que, apesar de ter passado a tarde andando por aí sob a chuva, o meu cabelo estava extraordinariamente em um ótimo dia. Eu também estava corada, mas me convenci que minhas bochechas estavam rosadas por conta do frio. E nada além disso. Foi então que meu celular tocou e eu ouvi a voz dele. Uma voz que eu não escutava havia oito anos e 16 dias.

— Era você mesmo? — ele me perguntou.

A voz dele parecia mais grave que eu me recordava; não fosse por isso, seria como voltar ao passado. Era como retomar uma conversa de poucas horas antes.

— Sim — respondi.

— Então, seu celular continua o mesmo — comentou ele.

Depois de um silêncio considerável, e que eu me recusei teimosamente a quebrar, ele acrescentou:

— Acho que algumas coisas nunca mudam.

— Sim — respondi outra vez.

Pois, por mais que eu detestasse admitir, ele estava certo.

Dois

Meu filme favorito de todos os tempos deve ser *Harry e Sally — Feitos Um para o Outro.* Eu gosto por várias razões: o clima dos anos 1980, a estranha química entre Billy Crystal e Meg Ryan, a cena da simulação do orgasmo no restaurante. Mas a minha parte favorita é a dos casaizinhos de idosos com olhar cintilante, juntinhos no sofá, contando como se conheceram. A primeira vez que assisti ao filme eu tinha só 14 anos, nunca tinha sido beijada e, usando uma das expressões favoritas da minha irmã Suzanne, eu não tinha pressa alguma de arrastar um caminhão por um garoto. Eu já tinha testemunhado minha irmã se apaixonar por diversos garotos para, via de regra, acabar com o coração despedaçado, mais depressa que o meu aparelho dentário era ajustado. E não havia nada que me fizesse sentir que era a hora certa.

Ainda assim, eu me lembro de estar sentada em um cinema com ar-condicionado, imaginando onde estaria meu futuro marido naquele dado momento — como ele seria. Estaria ele, na primeira vez que eu o encontrasse, de mãos dadas com alguma garota, com um pacote de jujuba e um copo grande de Sprite entre eles? Ou seria bem mais velho, já na faculdade e com experiência de vida e em conquistar mulheres? Ele seria estrela do time de futebol americano ou tocador de bumbo da fanfarra? Será que nos conheceríamos em um voo para Paris? Em uma sala de reuniões com altos executivos? Ou no corredor de hortifrúti de um supermercado na minha cidade natal? Eu nos imaginava contando e recontando nossa história, com os dedos entrelaçados, como os casais adoráveis do filme.

O que me faltava aprender, no entanto, era que as coisas raramente são tão perfeitas e certinhas como aquela historinha de brilhar os olhos para se assistir sentado no sofá. Com o tempo, eu perceberia que, quase sempre, nessas histórias de casais há um tipo de licença poética, um toque de romantismo, que com o passar dos anos acaba adquirindo certo brilho. E, a menos que você tenha casado com seu namoradinho do colégio (às vezes, mesmo nesse caso), geralmente existe um passado menos glorioso escondido em algum canto. Há pessoas, lugares e acontecimentos que o levaram até um relacionamento definitivo. Pessoas, lugares e acontecimentos que você preferiria esquecer ou, no mínimo, fazer de conta que nunca existiram. No final, você poderia colocar um belo rótulo em tudo — como acaso ou destino. Ou poderia então acreditar que faz parte da vida. No entanto, seja qual título der, parece que todo casal tem duas histórias: uma editada para ser assistida no sofá; e uma versão sem cortes, que é melhor deixar para lá. Comigo e com o Andy não foi diferente. Andy e eu tínhamos as duas.

Ambas histórias, no entanto, começaram da mesma forma. Ambas começaram com uma carta que chegara pelo correio em uma tarde de verão úmida e sufocante, depois da minha formatura do colégio, e poucas semanas antes de eu sair de Pittsburgh, onde nasci, para a Universidade Wake Forest, com seu lindo prédio de tijolos que eu havia visto em um catálogo de faculdades e que mais tarde escolheria por terem me oferecido uma bela bolsa de estudos. A carta continha todo tipo de informação importante sobre o currículo, os dormitórios e a orientação. E o mais importante, anunciava a minha ansiosamente esperada colega de quarto, cujo nome estava escrito em destaque: Margaret — Margot — Elizabeth Hollinger Graham. Eu observei com atenção, por um longo tempo, o nome, endereço completo e telefone dela em Atlanta, na Geórgia, sentindo-me tanto admirada como intimidada. Todos os alunos da escola pública onde sempre estudei tinham nomes comuns, como Kim, Jen e Amy. Eu não sabia de ninguém com um nome tipo Margot (o t mudo foi o que mais me inquietou) e, com certeza, eu não conhecia ninguém com dois nomes do meio. Eu não tinha dúvida de que a Margot de Atlanta seria uma daquelas garotas bonitas mostradas no folheto da universidade, das que usavam brincos de pérola e vestidos leves com estampa floral da estilista Laura Ashley para ir aos jogos de futebol americano (eu costumava usar um jeans surrado e um blusão com capuz em jogos esportivos). Eu tinha certeza de que ela tinha namorado sério, e imaginava que ela daria um belo pé na bunda dele no final do semestre, e o trocaria por um daqueles caras altos e magros, descalços e com a camiseta da fraternidade, jogando frisbee no pátio daqueles mesmos folhetos.

Eu me lembro de ter entrado correndo com a carta para contar as novidades para Suzanne, minha irmã mais velha, que tinha acabado de passar para o terceiro ano na Universidade Penn State e era bem experiente nessa coisa de colegas de dormitório. Ela estava em seu quarto, aplicando uma camada bem marcada de delineador azul metálico ao som de "Dead or Alive" do Bon Jovi.

Eu li o nome completo da Margot em voz alta, e então mencionei todas as minhas previsões usando um sotaque igual ao da gente do Sul. Eu, inclusive, espertamente acrescentei umas colunas brancas, a Scarlett O'Hara e um monte de serviçais. Obviamente, eu estava caçoando, mas isso era também um ataque de ansiedade por temer ter escolhido a faculdade errada. Eu deveria ter ficado com a faculdade estadual local ou a Penn State, como a maioria dos meus colegas. Eu ia parecer um peixe fora d'água, uma yankee deslocada.

Eu fiquei olhando Suzanne se afastar do espelho de corpo inteiro, se colocar em uma determinada angulação para minimizar os quilinhos que ela tinha ganhado quando caloura e não conseguira perder, e dizer:

— Que sotaque horroroso, Ellen. Parece que você é da Inglaterra, não de Atlanta… E cruzes, por que não dar um crédito para a garota? E se ela estiver pensando que você é uma garota da cidade do aço sem o menor senso de estilo? — Ela deu uma risadinha debochada e completou: — Ah, sim, claro... Neste caso, ela estaria certa!

— Muito engraçado — retruquei, sem conseguir conter o riso.

Ironicamente, o lado mais simpático da mal-humorada da minha irmã era esse, quando ela tirava sarro de mim. Suzanne continuou rindo enquanto trocava a fita cassete e, então, acompanhou cantando bem alto:

— *Ah, I walked these streets, a loaded six-string on my back!* (Ah, eu andei por essas ruas com uma guitarra nas costas) — Daí, ela parou no meio da música e disse: — Mas, falando sério, essa garota pode ser, digamos, a filha de um fazendeiro, oras. E, seja como for, você pode acabar gostando dela de verdade.

— Filha de fazendeiro por acaso costuma ter quatro nomes? — gracejei.

— Nunca se sabe — Suzanne disse com tom sagaz de irmã mais velha. — Nunca se sabe!

Mas minhas suspeitas se confirmaram quando, dias depois, eu recebi uma carta da Margot escrita em uma caligrafia impecável em um papel de carta rosa claro. O bonito monograma em relevo trazia letras elaboradas, o G do seu sobrenome era maior, ao lado do M e do H. Fiquei imaginando que parente rico ela teria preterido deixando o E de fora. O tom era efusivo (oito pontos de exclamação em tudo), mas, estranhamente, um tanto comercial. Ela se dizia ansiosa para me conhecer, e que havia tentado me ligar várias vezes, sem sucesso (nós não tínhamos chamada em espera e nem secretária eletrônica, coisa que me embaraçava). Ela contou que levaria uma pequena geladeira e um aparelho de som (que inclusive tocava CDs, e eu ainda estava na fita cassete), e que esperava que pudéssemos comprar edredons iguais, os charmosos rosa e verde pálido da Ralph Lauren. Ela se ofereceu para comprar os dois, caso eu concordasse. E se eu não gostasse de rosa, ela escolheria um amarelo e lavanda — uma combinação feliz — ou turquesa e coral — igualmente encantador. Ela só não era muito fã de usar cores primárias na decoração, mas estava aberta a sugestões. Ela me disse que "genuinamente" esperava que eu aproveitasse bem o resto do meu verão e assinou a carta com um "Afetuosamente, Margot", um final que, estranhamente, soava mais sofisticado e indiferente que afetuoso. Minhas cartas eram sempre encerradas com "um beijo" ou "atenciosamente", mas decidi ali que passaria a adotar o "afetuosamente". Essa seria a primeira de muitas coisas em que eu copiaria a Margot.

Eu busquei coragem para ligar para ela na tarde seguinte, caneta e bloquinho em mãos para assegurar que eu não deixaria nada passar, como uma sugestão para coordenarmos produtos de higiene e beleza, mantendo tudo na paleta dos tons pastéis.

O telefone tocou duas vezes antes de uma voz masculina dizer "alô". Eu julguei que fosse o pai de Margot, ou talvez fosse o jardineiro que teria entrado para beber um copo de limonada fresca. E caprichando na voz ao telefone disse que gostaria de falar com a Margot.

— Ela saiu, foi ao clube jogar tênis — respondeu o homem.

"Clube, certo", pensei comigo mesma. Nós pertencíamos a um clube, tecnicamente falando, na verdade era só a piscina do vizinho, apelidada de clube, que consistia de uma pequena piscina retangular com um minibar servindo salgadinhos fritos em uma ponta, um trampolim na outra, tudo rodeado por uma cerca em formato de corrente. Mas eu tinha certeza absoluta de que o clube de Margot era completamente diferente. Imaginei uma sequência de quadras de tênis gramadas, os delicados sanduíches servidos em pratos de porcelana, os morros do campo de golfe enfeitados por pés de chorão, ou qual fosse a espécie nativa mais comum na Geórgia.

— Gostaria de deixar um recado? — o homem indagou, com um quase imperceptível sotaque sulino, só revelado por uma das letras carregada.

Eu hesitei, titubeei um pouco e, por fim, timidamente me identifiquei como a futura colega de quarto de Margot.

— Oh, como vai? Eu sou Andy, irmão da Margot.

E lá estava...

Andy. O nome do meu futuro marido — que mais tarde eu ficaria sabendo que era o diminutivo de Andrew Wallace Graham III.

Andy prosseguiu dizendo que estudava na Universidade Vanderbilt, mas que seu melhor amigo dos tempos do colégio estava no último ano da Wake Forest, e ele e seus amigos iam nos pôr a par de todas as dificuldades, contariam suas experiências sobre professores e fraternidades para nos manter longe de encrenca, e tudo mais que valesse a pena. Eu lhe agradeci, de algum modo me sentindo bem à vontade.

— Não por isso — respondeu Andy —, a Margot vai ficar contente quando souber que você ligou. Tenho certeza que ela quer lhe falar sobre colchas, cortinas ou algo assim... Espero que você goste de rosa.

— Ah, sim. Eu adoro rosa — respondi com convicção.

Era uma mentira deslavada que seria contada por anos seguidos, mencionada até no brinde que Andy me faria no jantar de celebração, na véspera do nosso casamento, para o divertimento de Margot e nossos amigos mais íntimos, todos cansados de saber que embora eu tivesse um lado feminino, ele passava longe do cor-de-rosa.

— Então, deu certo — concluiu ele. — Uma nova dupla no paraíso cor-de-rosa.

Lembro de sorrir e pensar que, fosse quem fosse a Margot, ela tinha um irmão muito bacana.

Por fim, eu estava certa quanto a Andy e Margot. Ele era bacana mesmo, e ela e eu não tínhamos absolutamente nada em comum. Para começar, fisicamente éramos opostas, ela era mignon, mas curvilínea, loira, de pele clara e olhos azuis. Eu, alta, com porte atlético, cabelos e olhos castanhos e pele com ar de bronzeado, mesmo em pleno inverno. Éramos igualmente atraentes, mas Margot tinha um ar mais leve, descontraído, e o meu perfil podia ser descrito como vistoso.

Nossos antecedentes também não poderiam ser mais distintos. Margot vivia em um casarão lindo, em um terreno de diversos acres todo arborizado, na região mais abastada de Atlanta — uma propriedade para não se botar defeito. Eu cresci em um pequeno rancho com uma cozinha com armários pré-fabricados e balcões cor de laranja, em um bairro operário de Pittsburgh. O pai de Margot era um advogado bem-sucedido, que também era conselheiro de diversas empresas. Meu pai trabalhava em vendas, era representante de produtos nada charmosos, como projetores de filme, que muitos professores preguiçosos usavam para passar para a criançada aqueles filmes maçantes de dar sono. A mãe da Margot era uma ex-rainha de concurso de beleza, de Charleston, sua cidade natal, com um senso clássico de moda, que lembrava uma socialite, e estrutura óssea esguia e elegante. A minha tinha sido uma professora maluquinha de introdução à álgebra, antes de falecer de câncer de pulmão, embora jamais tivesse fumado, na véspera do meu 13º aniversário.

Margot tinha dois irmãos mais velhos, e ambos a adoravam e mimavam. A família dela era a versão sulista branca-anglo-saxã-protestante dos Kennedys, que jogava uma versão mais leve de futebol americano na praia de Sea Island, ia esquiar todos os invernos, e vez ou outra passava o Natal na Europa. Minha irmã e eu passávamos as férias no litoral de Jersey, com nossos avós. Nós nem sequer possuíamos passaporte, jamais havíamos deixado o país e só voado uma vez.

Margot era líder de torcida, havia debutado e transpirava um tipo de confiança que só os ricos e viajados brancos-anglo-saxões-protestantes possuíam. Eu era reservada, um pouco neurótica, e embora fizesse força para me misturar, sentia-me mais confortável passando despercebida.

Diferenças à parte, nós nos tornamos melhores amigas. E então, anos mais tarde, no que seria um conto digno de ser contado em um sofá, eu me apaixonaria pelo irmão dela. Aquele que simplesmente intuí que seria tão lindo quanto era bacana.

Mas muitas coisas aconteceriam antes de eu me casar com Andy e depois que a carta de Margot tivesse chegado pelo correio. Muitas coisas. Uma delas seria Leo, a quem amaria antes de amar Andy. A quem eu viria a odiar, mas continuaria amando ainda por muito tempo depois de ele ter me dado um fora. Aquele de quem, então, eu finalmente esqueceria. E que reencontraria, anos mais tarde, em uma faixa de pedestres, em um cruzamento em Nova York.

Três

— Onde você está agora? — perguntou Leo.

Eu respirei fundo, pensando no que responder. Por um lado achei que ele perguntou no sentido mais amplo, filosófico — em que estágio da vida você está? — e quase contei sobre o Andy a ele. E dos meus novos amigos, família e minha carreira de fotógrafa. Que momento feliz eu estava vivendo. E antes de responder ainda pensei que, até recentemente, eu esperava por esse momento ensaiando no chuveiro e no metrô, ansiosa por uma oportunidade como aquela, uma chance para dizer a ele que eu tinha sobrevivido e encontrado uma felicidade muito maior. Mas, antes de dizer tudo isso, entendi o que ele havia de fato me perguntado. Ele perguntou onde eu estava literalmente, se estaria sentada, em pé, ou andando. Em que cantinho de Nova York eu estava digerindo e contemplando o que acabara de acontecer.

A pergunta me perturbou da mesma forma quando alguém pergunta qual o nosso peso ou salário, ou alguma outra pergunta indiscreta, daquelas que a gente prefere não responder, mas que nossa recusa corre o risco de parecer defensiva ou rude. E, é claro, só mais tarde, ao repensar o diálogo, a gente bola uma resposta perfeita, evasiva e educada. "Ah, só quem sabe é minha balança...", "Nunca dinheiro suficiente, temo eu." Ou, naquele caso em particular: "Por aí".

Mas, na hora exata, eu normalmente meto os pés pelas mãos e digo a verdade. Meu peso real. Meu salário líquido e bruto. Ou, naquele caso, o nome da lanchonete em que eu estava tomando café naquele dia frio e chuvoso.

"Fazer o quê?", pensei, quando não consegui segurar a língua. No final, é melhor ser direta de uma vez. Sendo evasiva, eu poderia dar a impressão de estar bancando a tímida ou fazendo charme: "Adivinha. Por que não vem me encontrar? Venha, vai...".

Mesmo assim, Leo respondeu sem hesitar, confiante:

— Certo — ele disse, como se aquele fosse um lugar que costumávamos frequentar.

Ou pior ainda, como se eu fosse totalmente previsível daquele jeito. E então ele me perguntou se eu estava sozinha.

"Não é da sua conta", deu vontade de falar, mas, em vez disso, minha boca se abriu e soltou um simples, sonoro e convidativo "sim". Como uma peça de dama branca no caminho de uma pedra dupla preta, esperando apenas para ser engolida.

Obviamente, a resposta dele não poderia ser outra:

— Beleza, eu chego em um instante. Não saia daí!

E desligou antes que eu pudesse dizer alguma coisa. Desliguei o telefone em pânico. Meu primeiro instinto foi simplesmente me levantar e ir embora. Mas me forcei a não me acovardar. Eu poderia perfeitamente voltar a vê-lo. Era uma mulher casada e feliz, madura e estável. Então qual o problema em rever um ex-namorado e bater um papo educado? Além do mais, se eu fugisse, eu estaria entrando em um jogo que não era meu, não é mesmo? Um jogo que estaria perdido há muito tempo.

Por isso, eu fiquei paradinha e comi o meu bagel. Não tinha gosto de nada — parecia esponja —, mas continuei mastigando e engolindo, procurando tomar um golinho de café entre uma mordida e outra. Não me permiti uma só olhadinha no espelho. Eu não iria renovar o gloss nos lábios, nem verificar se não havia comida entre os dentes. Que ficasse uma sementinha de papoula no vão do meu dente da frente. Eu não tinha nada a provar para ele. E mais importante ainda, eu não tinha nada para provar a mim mesma.

Essa foi a última coisa que pensei antes de ver o rosto dele através do vidro molhado de chuva da porta de entrada do restaurante. Meu coração disparou novamente e minhas pernas fraquejaram. E eu lamentei não ter ali um dos calmantes do Andy — uns comprimidinhos inofensivos que ele toma antes das sessões no fórum, para prevenir a secura na boca e o tremor na voz. Ele insiste que não é uma pessoa nervosa, mas de alguma forma seus sinais físicos indicam o contrário. Tentei me convencer de que também não estava nervosa. Era apenas o meu corpo pregando uma peça no meu coração e na minha mente. Coisa que raramente acontecia.

Observei o Leo dar uma sacudidela no guarda-chuva e percorrer os olhos pela lanchonete, desviar da Annie, que estava passando pano no chão sob uma mesa. Ele não me enxergou logo de cara, o que, por algum motivo, me deu uma ligeira sensação de poder. Mas essa sensação passou no instante em que ele me olhou nos olhos. Ele deu um sorrisinho e então abaixou a cabeça, vindo em minha direção. Em questão de segundos, ele estava ao lado da minha mesa, vestindo o casaco preto de couro que eu conhecia tão bem. Meu estômago subia e descia, subia e descia. Eu temia que ele se inclinasse e me beijasse no rosto. Mas não, não era o estilo dele. Andy me beija no rosto. Leo nunca me beijou assim. Fiel ao que sempre foi, ele deixou de lado a cortesia e sentou no banco à minha frente, chacoalhando tudo ao nosso redor. Ele estava exatamente como eu imaginava, só um pouco mais velho, e um pouco mais confiante e vívido — o cabelo mais escuro, o corpo mais sarado, o queixo mais largo. Um contraste e tanto com os traços finos, braços e pernas compridas, a pele clara de Andy. Andy é mais agradável aos olhos, concluí. Andy é mais agradável e ponto. Da mesma forma como um passeio na praia é agradável. Um cochilo em um domingo. Como o encaixe de um pino quadrado em um buraco quadrado.

— Ellen Dempsey — disse ele finalmente, olhando nos meus olhos.

Eu não poderia ter pensado em uma primeira frase melhor. E aproveitei a deixa, olhando fixo em seus olhos castanhos com contorno preto:

— Ellen Graham — anunciei orgulhosa.

Leo levantou a sobrancelha, como se tentasse assimilar o meu novo sobrenome, que ele deveria de cara ter associado à Margot, minha colega de quarto dos tempos em que namorávamos. Contudo, ele não associou as coisas. O que não me surpreendia, pois Leo nunca se importou em saber dos meus amigos — e nunca deu a menor bola para Margot. Aliás, o descaso era mútuo. Depois da minha primeira briga séria com ele, que me deixou em um estado de desilusão total, tipo o filme Garota Interrompida, Margot pegou as únicas fotografias que eu tinha dele na época, uma tira de fotos três por quatro, preto-e-branco, tiradas em uma cabine, e rasgou bem no meio da cara dele, cortando testas, narizes e bocas dele, deixando apenas as minhas imagens, com um sorrisinho, intactas.

— Viu o quanto você ficou mais bonita sem aquele babaca? — disse Margot.

"Isso é que é amiga", lembro de ter pensado, ao procurar uma fita adesiva para reunir com todo capricho a mim e ao Leo. Voltei a pensar a mesma coisa sobre a Margot quando Leo e eu rompemos em definitivo e ela me trouxe um cartão de parabéns e uma garrafa de Dom Pérignon. Eu guardei na minha caixinha de joias a rolha com a tira de fotos enrolada e presa com um elástico — até Margot descobrir, anos mais tarde, quando foi me devolver o par de brincos de argola de ouro que eu lhe emprestara:

— O que significa isso? — perguntou ela, segurando a rolha entre os dedos.

— Hmmm... Você me comprou aquele champanhe... — expliquei, sem graça. — Quando terminei com o Leo. Lembra?

— E você guardou a rolha? E as fotografias?

Eu aleguei que aquela rolha, para mim, era um símbolo da nossa amizade, nada mais — embora a verdade fosse que eu não conseguia me desfazer de nada relacionado ao Leo.

Margot franziu as sobrancelhas, mas deixou o assunto de lado, como fazia com tudo que era polêmico. Esse parecia ser o jeito sulino de agir, ou, ao menos, o jeito da Margot.

Em todo caso, eu tinha acabado de comunicar o meu nome de casada ao Leo — o que, para mim, foi uma prova de lealdade ao Andy. Um triunfo não tão modesto assim. Leo levantou o queixo, botou o lábio inferior para fora e disse:

— Ah! Parabéns.

— Obrigada.

Eu fiquei tinindo de alegria e satisfação. E até fiquei um pouco envergonhada por me sentir tão vitoriosa. "O contrário de amor é indiferença", pensei em silêncio.

— Então, quem é o cara de sorte? — ele indagou.

— Você se lembra da Margot?

— Claro que lembro.

— Eu me casei com o irmão dela. Acho que você o viu uma ocasião.

Eu pareci vaga, mas tinha certeza absoluta de que Leo e Andy tinham se conhecido, em um bar no East

Village. Na época, tinha sido um encontro casual entre o meu namorado e o irmão da minha melhor amiga. Uma troca de "Como vai?... Prazer, cara". Quem sabe um aperto de mão. Comportamento padrão de macho. Anos mais tarde, bem depois de Leo e eu termos rompido, e Andy e eu começarmos a namorar, eu analisei aquele momento, detalhe por detalhe, como qualquer outra também faria.

O rosto de Leo foi tomado por um ar de lembrança.

— Aquele cara? Jura? O que estudava Direito?

Eu torci o nariz quando ele falou "aquele cara", com um tom de deboche, intrigada com o que ele estaria pensando naquela hora. Ele tinha antecipado que rolaria alguma coisa entre mim e Andy no breve encontro dos dois? Estaria simplesmente expressando todo seu desdém por advogados? Será que, naquela época, eu tinha feito algum comentário sobre Andy que serviria de munição para ele naquele momento? Não havia, e não há, nada de negativo nem controverso sobre Andy. Ele não tem inimigos. Todo mundo adora o Andy.

Eu enfrentei o olhar de Leo, em um esforço para não parecer defensiva e não esboçar qualquer reação. A opinião de Leo não importava mais. Assim, limitei-me a assentir com a cabeça, confiante:

— Sim, o irmão da Margot.

— Ora, caiu como uma luva então — comentou ele, o que me pareceu o mais puro sarcasmo.

— Sim — devolvi, com um sorriso largo. — Sem dúvida que sim.

— Uma grande família feliz.

A partir daquela hora, eu não duvidei mais do seu tom, e notei que estava tensa, com uma conhecida raiva crescente. Um tipo de raiva que ninguém além do Leo me inspirava. Olhei para minha carteira, com a intenção de deixar o dinheiro sobre a mesa, levantar-me e sair. Mas então ele chamou suavemente o meu nome e colocou a mão dele sobre a minha, encobrindo-a por inteiro. Eu tinha me esquecido de como as mãos dele eram grandes. O quanto elas eram quentes, mesmo no inverno. Eu tentei recolher a minha mão, mas não pude. Pelo menos ele estava segurando minha mão direita, pensei. Minha esquerda estava bem fechada, sob a mesa, ainda em segurança. Eu esfreguei minha aliança de casamento com o polegar e recuperei o fôlego.

— Senti a sua falta — disse Leo.

Eu olhei para ele chocada, sem palavras. Sentiu a minha falta? Só podia ser brincadeira. Mas daí lembrei, novamente, de que o Leo não blefava. Ele fala a verdade nua e crua. É pegar ou largar. E completou:

— Sinto muito, Ellen.

— Sente pelo quê? — retruquei, pensando que havia dois tipos de arrependimento. Há o arrependimento imbuído de remorso. E o arrependimento puro. O tipo que simplesmente pede perdão, nada mais.

— Por tudo — disse ele. — Por tudo.

"Isso engloba tudo", pensei. Eu estiquei os dedos da mão esquerda e admirei minha aliança. Fiquei com um nó enorme na garganta e minha voz soou como um sussurro:

— São águas passadas…

E eu estava dizendo a verdade. Eram, de fato, águas passadas.

— Eu sei. Ainda assim, eu lamento — confessou ele.

Eu pisquei e desviei o olhar, ainda sem conseguir livrar minha mão.

— Não lamente — rebati. — Tudo acabou bem.

As espessas sobrancelhas de Leo, com um formato tão impecável, que certa vez acusei-o de tirá-las a pinça, se levantaram de repente:

— Bem?

Eu sabia o que estava implícito naquele comentário, então rebati sem hesitar:

— Mais que bem. Está tudo ótimo! Exatamente como deveria ser.

A expressão dele mudou para brincalhona, do jeito que era no auge da minha paixão por ele, quando eu ainda acreditava que as coisas dariam certo entre nós. Meu coração ficou apertado.

— Então, Ellen Graham, em nome da maneira positiva como tudo acabou, o que você me diz de darmos uma chance à amizade? Será que conseguiríamos?

Eu contabilizo todas as razões contrárias, todos os motivos que me trariam mágoa. Mas, quando eu percebi, já tinha dado de ombros, com cara de paisagem, e murmurado:

— Como não?

Só então soltei minha mão da dele, um pouco tarde demais.

Quatro

Eu saí da lanchonete estupefata, sentindo um misto de melancolia, ressentimento e antecipação. Um turbilhão de emoções estranhas e perturbadoras, acentuado pela chuva, que caía como setas geladas. Por um momento pensei em voltar para casa caminhando, quase *desejando* ficar molhada, com frio e miserável, mas pensei melhor e não havia motivo para fossa, nenhuma razão para ficar triste ou introspectiva.

Então, segui para o metrô, a passos largos pelas calçadas escorregadias. Lembranças boas, más e até mesmo mundanas do Leo girando na minha cabeça, mas me recusei a me deter em alguma delas.

"Todo mundo tem um passado", murmurei, enquanto descia as escadas para o subsolo da Union Station. Lá embaixo, na plataforma, desviei das poças d'água e fiquei buscando o que me distraísse. Comprei um pacote de balinhas em uma banca, li as manchetes dos jornais, prestei atenção em um diálogo caloroso sobre política e fiquei assistindo um rato circulando pelos trilhos mais abaixo. Qualquer coisa que me impedisse de relembrar a cena de meu encontro com Leo. Se a enxurrada de pensamentos começasse, eu analisaria obsessivamente tudo o que tinha sido dito, além das mensagens nas entrelinhas que passaram despercebidas no curto tempo em que conversamos. "O que ele quis dizer com isso? Por que ele não falou aquilo? Será que ele ainda sente alguma coisa por mim? Será que ele também se casou? Se casou, então por que não disse nada?" Tentei me convencer de que nada disso tinha mais importância. Já não importava há muito tempo.

O meu trem finalmente chegou à estação. Eu só consegui entrar na marra, ao lado de uma mulher com a filha pequena. Ao menos parecia que era filha dela — as duas tinham o mesmo queixo e nariz pontudo. A garotinha usava um casaco azul de marinheiro com abotoamento duplo e botões de âncora dourada, e elas conversavam sobre o que haveria para o jantar.

— Macarrão com queijo e pãozinho de alho? — sugeriu a filha, com tom de desejo.

Fiquei esperando por um "Mas nós comemos isso ontem à noite", ou outro tipo de objeção materna, em vez disso a mãe sorriu e disse:

— É, é o ideal para um dia de chuva — a voz dela era tão doce e reconfortante quanto os carboidratos que elas iriam saborear.

Eu me lembrei da minha mãe, das nossas conversas triviais várias vezes ao dia, sem precisar escolher previamente um assunto, como a mãe e a filha ao meu lado. É aí que eu começo a divagar sempre por uma razão recorrente — como seria o nosso relacionamento comigo adulta? Eu desprezaria a opinião dela em assuntos do coração só para me rebelar contra o que ela queria para mim? Ou seríamos unidas como a Margot e a mãe dela, e nos falaríamos várias vezes ao dia? A mim me agrada pensar que seríamos confidentes. Não íntimas do tipo que compartilha roupas e sapatos e risadinhas (minha mãe não fazia esse tipo), mas sim emocionalmente ligadas o bastante para contar a ela sobre Leo e a lanchonete. A mão dele na minha. O jeito como eu estava me sentindo naquele momento.

Eu tentei juntar coisas que ela poderia me dizer, pérolas para me dar força do tipo: "Estou tão feliz por você ter encontrado o Andy. Ele é o filho que eu não tive. Aquele outro rapaz nunca me agradou de verdade".

Tudo mais que previsível, penso eu, querendo ouvir ainda mais. Fechei meus olhos e vi o rosto dela pouco antes de adoecer, algo que não fazia há algum tempo. Eu conseguia ver seus olhos amendoados, cor de avelã, parecidos com os meus, só que mais arqueados nos cantos — olhos sensuais, como dizia o meu pai. Eu visualizei a testa larga e lisinha; seus cabelos encorpados, cheios de brilho, sempre com o mesmo corte que parecia não sair de moda nunca, e longos o suficiente para fazer um rabo, quando ela se ocupava dos afazeres de casa ou do jardim. O discreto vãozinho entre os dentes da frente e o modo inconsciente como ela o encobria com a mão quando gargalhava.

Então, imaginei o olhar austero, mas complacente — conveniente para uma professora de matemática de uma escola pública de ensino médio, com muitos alunos — e ouvi as seguintes palavras, pronunciadas com o sotaque carregado de Pittsburgh: "Preste atenção,

Ellie. Não vá encaraminholar nada na sua cabeça com esse reencontro, como fez da primeira vez que vocês se viram. Isso não significou nada. Nadinha. Tem coisa, na vida, que acontece por acontecer".

Bem que eu queria dar ouvidos a minha mãe naquele momento. Queria acreditar que, de alguma forma, ela estava me guiando, mesmo de longe. Mas eu continuava cedendo, sucumbindo às lembranças daquele primeiro encontro fortuito, no edifício da Suprema Corte de Nova York, na Centre Street, quando Leo e eu fomos convocados para integrar um júri, naquela terça-feira de outubro. Ambos confinados em uma sala sem janelas, com péssima acústica, cadeiras metálicas de dobrar e acompanhados por, no mínimo, um indivíduo que se esquecera de passar desodorante. Tudo correu por conta do acaso e, durante um bom tempo, eu tolamente acreditei que esse acaso fosse romântico.

Eu tinha só 23 anos, mas me sentia bem madura. Havia em mim uma espécie de medo e desilusão por deixar bruscamente a segurança do campus da universidade e ir direto para o mundo real, cheio de rótulos, principalmente quando não se tinha foco, nem plano, nem dinheiro e nem mãe. Margot e eu tínhamos acabado de mudar para Nova York, no verão anterior, logo depois da formatura. Ela tinha conseguido uma vaga invejável em vendas na companhia J. Crew. Eu tinha recebido uma oferta de trabalho no Banco Mellon, em Pittsburgh, logo tinha planejado voltar para casa do meu pai e sua nova esposa, Sharon, uma mulher doce, mas meio cafona, de seios fartos e cabelo com mechas. Mas Margot tinha me convencido a ir para Nova York depois de discursos incisivos sobre a Big Apple e que se eu me desse bem lá, eu me daria bem em qualquer outro lugar. E, na verdade, eu não podia suportar a ideia de me separar de Margot, da mesma forma que não me agradava ver outra mulher tomando conta da minha casa — da casa da minha mãe.

Assim, o pai da Margot havia contratado uma empresa de mudança para tirar as coisas do nosso dormitório, comprado duas passagens só de ida para Nova York, e nos ajudado a nos instalar em um lindo apartamento de dois quartos entre a Columbus e a Rua 82 — ela com um guarda-roupa novinho de roupas de executiva e uma pasta de couro de crocodilo, e eu com meu diploma inútil de filosofia e uma pilha de camisetas e shorts cortados de jeans antigos. Eu tinha não mais que 433 dólares na minha conta e costumava sacar apenas cinco dólares de cada vez do caixa eletrônico, uma quantia que, para meu espanto, não dava nem para comprar um sanduíche de pastrami na cidade. Já a Margot tinha um fundo de reserva, presente dos avós maternos, e ela jurava que o que era dela era meu, pois afinal nós éramos mais que amigas, éramos praticamente irmãs.

— Você não vai me obrigar a morar em um conjugado só porque não pode dividir o aluguel — brincava ela, mas com tom sério.

Dinheiro era algo que Margot não só não precisava pensar a respeito, como não gostava de pensar nem de discutir. Então eu aprendi a engolir meu orgulho e a ignorar a coceira e o vermelhidão no meu pescoço toda vez que eu pegava dinheiro emprestado com ela. Eu dizia a mim mesma que culpa era um desperdício de energia e que, um dia, eu a recompensaria — senão monetariamente, de alguma outra forma.

Por quase um mês, durante o primeiro verão intenso na cidade, eu me candidatei a vagas em todos os escritórios que pude encontrar, incrementando meu currículo com um monte de exageros e letras rebuscadas a cada vez. Quanto mais entediante a descrição, mais legítima a carreira parecia ser, pois naquela época eu achava que, de certa forma, ser adulta equivalia a penar usando meia-calça. Recebi muitas chamadas, mas as entrevistas devem ter sido um horror, pois eu sempre saía de mãos abanando. Por isso, acabei me conformando em trabalhar como garçonete no L'Express, um café na Park Avenue South, que segundo o dono descrevia era um autêntico restaurante de Lyon. As horas demoravam a passar — eu sempre trabalhava no último turno da noite — e meus pés doíam à beça, mas não era de todo mal. Para minha surpresa, eu faturava bem (as pessoas dão gorjetas mais generosas tarde da noite), conheci muita gente bacana e aprendi tudo o que havia para saber sobre embutidos e porções de queijo, vinho do porto e pés de porco.

Ao mesmo tempo, comecei a fotografar. Começou como um hobby, uma forma de preencher os meus dias e conhecer a cidade. Eu passeava por diversos bairros — o East Village, Alphabet City, SoHo, Chinatown, Tribeca — tirando fotos com uma câmera 35 milímetros que meu pai e a Sharon haviam me dado de presente de formatura. Mas rapidamente fotografar adquiriu importância para mim. Passou a ser algo que não só eu adorava fazer, mas, na verdade, precisava fazer, algo semelhante à necessidade dos autores de colocar palavras em um papel, ou como os corredores ávidos que precisam correr toda manhã. As fotografias me davam alegria e um sentido novo, mesmo no auge da minha falta de objetivo na vida e da minha solidão. Eu passei a sentir ainda mais falta da minha mãe que quando estava na faculdade e, pela primeira vez na minha vida, desejei um relacionamento romântico. Exceto por uma paixonite avassaladora que me fazia ficar no encalço de Matt Iannotti, na sétima série, eu nunca tinha ligado de verdade para namoro. Eu até tinha saído com alguns caras, tinha transado com dois namorados na faculdade, um a sério, o outro nem tanto, mas nunca tinha chegado nem perto de me apaixonar. Também nunca havia jurado meu amor — nem mesmo por escrito — para ninguém, só para pessoas da família e para a Margot, em uma vez em que a gente tomou um pileque. O que, para mim, não era nada demais, até aquele primeiro ano em Nova York. Eu não fazia ideia se o que estava se passando comigo era fruto do amadurecimento — e de estar cercada por milhões de pessoas, incluindo a Margot, que pareciam ter sonhos e um amor bem definidos.

Assim, concentrei toda minha energia na fotografia.

Gastei cada centavo extra em filmes, e passava todo tempo livre tirando fotografias ou debruçada sobre livros do assunto em bibliotecas e livrarias. Eu devorei manuais técnicos e coleções de fotógrafos de renome. Meu favorito — e que Margot havia me comprado no meu 23º aniversário — era Os Norte-americanos, de Robert Frank, que consistia em uma série de fotos tiradas em 1950, durante uma viagem cruzando o país. Eu fiquei maravilhada com as imagens, cada qual contando uma história por si só. Parecia que eu conhecia o homem grandalhão inclinado sobre uma jukebox, a mulher elegante olhando por sobre o ombro em um elevador e a babá negra ninando o bebê loirinho. Para mim, essa sensação convincente de conhecer o outro, mais que qualquer outra coisa, era a marca de uma grande fotografia. Se eu conseguisse tirar fotos como aquelas, concluí, eu me sentiria realizada, mesmo sem namorado.

Olhando para aquela época, não havia dúvida do que eu devia fazer a seguir, mas foi preciso que Margot me mostrasse o óbvio — uma das muitas funções dos amigos. Ela tinha acabado de chegar de uma viagem de negócios a Los Angeles, quando entrou puxando a mala de rodinhas e parou na mesa da cozinha para apanhar uma das minhas fotos que eu acabara de revelar. Era uma foto colorida de uma adolescente desolada, sentada no meio-fio na Avenida Bedford, no Brooklyn, e o conteúdo de sua bolsa espalhado ao seu redor. Ela tinha cabelos compridos, ruivos e cacheados, e era linda com seu ar jovem que dispensa maquiagem, o que, na época, eu também não tinha percebido por ser jovem demais. A garota estava com a mão esticada para recolher um espelho quebrado e a outra tocava a testa de leve.

— Uau! — fez Margot, segurando a foto bem de pertinho. — Que fotografia incrível!

— Obrigada — respondi com modéstia, mas orgulhosa. Era mesmo uma fotografia incrível.

— Por que ela estava tão triste?

Eu dei de ombros, e contei que raramente falo com as pessoas que fotografo. Só quando elas percebem que eu bati a foto e se dirigem a mim.

— Talvez ela tivesse perdido a carteira — Margot disse.

— Ou, talvez, levado um fora — eu sugeri.

Ou, talvez, a mãe dela tinha acabado de morrer.

Margot continuou a analisar a fotografia, comentando que a meia soquete vermelho vivo da garota dava um ar quase rétro à foto.

— Porém — acrescentou ela, obcecada por moda como era —, meia soquete está voltando à moda, quer a gente goste ou não.

— Não — respondi. — Mas bem observado.

Foi aí então que ela me disse:

— Suas fotos são geniais, Ell.

E assentiu várias vezes com a cabeça, enquanto prendia os cabelos cor de mel em um coque, com uma lapiseira. Essa era uma técnica feita com a maior naturalidade, que eu tinha tentado imitar inúmeras vezes, mas nunca ficava bom como o dela. Quando o assunto era moda, cabelo ou maquiagem, tudo que eu copiava da Margot ficava mais ou menos. Ela balançou a cabeça mais uma vez e disse:

— Você deveria virar fotógrafa profissional.

— Você acha mesmo? — perguntei surpresa.

Por mais estranho que pareça, isso era algo que eu jamais havia considerado, sei lá o porquê. Talvez o temor de que o meu entusiasmo superasse a minha habilidade. Eu não podia sequer pensar em fracassar em algo que era tão importante para mim. Mas a opinião da Margot significava muito. E mesmo ela não sendo sincera de vez em quando, com seu jeito sulino involuntário de agradar e elogiar, ela nunca havia falado daquele jeito comigo. Ela sempre era sincera comigo, como uma amiga de verdade deve ser.

— Tenho certeza — afirmou ela. — Você devia tentar. Fazer para valer.

Então, segui o conselho de Margot e comecei a procurar trabalho na área da fotografia, e me candidatei a todas as vagas de assistente que havia — inclusive para fazer fotos de casamento cafona em Long Island. Mas, como não tinha feito nenhum treinamento específico, mais uma vez fui recusada por todos, e acabei aceitando um emprego revelando filmes e ganhando salário mínimo, em uma pequena loja e laboratório fotográfico, com equipamento ultrapassado. Eu precisava começar em algum lugar, disse para mim mesma, ao tomar o ônibus rumo à decaída parte baixa da Segunda Avenida, no meu primeiro dia, e ao desembalar o meu sanduíche de geleia com pasta de amendoim, em um cômodo nos fundos, cheirando a cigarros e alvejante.

Mas acabou sendo o melhor lugar para trabalhar como iniciante, graças a Quyn, a nora vietnamita do proprietário. Quyn quase não falava inglês, mas era um gênio das cores, e me ensinou mais sobre impressão customizada que eu poderia ter aprendido em um curso (e mais que de fato eu viria a aprender, quando, por fim, fiz um curso de fotografia). Todo dia eu observava os dedos finos e ágeis da Quyn colocar o filme e ajustar os botões nas máquinas, colocando um pouco mais de amarelo, um pouco menos de azul, para obter os resultados mais perfeitos, enquanto eu me apaixonava mais e mais pela minha recém-escolhida profissão.

E era lá que eu trabalhava quando recebi a famigerada convocação para o tribunal do júri. Embora ainda continuasse dura, eu estava realizada, feliz e cheia de esperança. Nem um pouco a fim de interromper o meu trabalho (e pagamento) para ser jurada. Margot sugeriu que eu consultasse o Andy, que acabava de passar para o terceiro ano de direito na Universidade de Columbia, para saber como ser dispensada. Então liguei para ele, e ele me assegurou que seria moleza.

— Não se pode mentir sob juramento — explicou ele, enquanto eu ouvia impressionada um termo em latim —, mas você pode exagerar ao mostrar-se tendenciosa. Apenas deixe implícito que você odeia advogados, não confia em policiais, ou se indigna com os ricos. Seja o que for que eles queiram. Mas exagere.

— Bem — disse eu —, eu de fato fico indignada com os ricos.

Andy deu risada. Ele sabia que eu estava mentindo, mas certamente sabia pela Margot o quanto eu era dura. Ele limpou a garganta e continuou com convicção:

— Uma linguagem corporal impetuosa também funciona. Demonstre estar furiosa e contrariada por estar lá, e que tem coisa mais importante para fazer. Mantenha os braços cruzados. Nenhum dos lados deseja um jurado impaciente.

Eu assegurei que ia seguir os conselhos dele. Qualquer coisa para escapar e voltar a minha rotina normal. Mas tudo aquilo desapareceu quando vi Leo pela primeira vez, um momento que ficaria marcado na minha mente para sempre.

Ainda era de manhã cedo, e eu já tinha esgotado todas as revistas que tinha trazido em uma sacola, tinha conferido cem vezes o relógio e ligado para a Quyn de um telefone público para mantê-la informada dos acontecimentos. Quando sentei de novo em minha cadeira, corri os olhos pela sala do tribunal, e o vi sentado umas poucas fileiras na diagonal, à minha frente. Ele estava lendo a contracapa do New York Post e acompanhando com a cabeça o ritmo da música no seu discman e, na hora, fiquei louca para saber o que ele estava ouvindo. Por alguma razão, imaginei que seria Steve Miller Band ou Crosby Stills & Nash. Algo másculo e reconfortante, para combinar com a sua Levi's desbotada, o moletom azul-marinho e o tênis preto Adidas. Ele olhou o relógio na parede e eu pude admirar seu perfil, o nariz bem definido (que Margot mais tarde apelidaria de "teimoso"), as bochechas salientes, e o modo como seu cabelo negro ondulado formava cachos sobre a pele lisinha e morena do pescoço. Ele não era muito grande nem alto, mas tinha as costas largas e ombros fortes. Eu o imaginei pulando corda em um ginásio básico, sem muitos equipamentos, ou subindo correndo a escadaria do fórum, como no filme Rocky, e concluí que ele era mais sexy que bonito. Um sexy do tipo "Aposto que ele é bom de cama". Essa ideia me pegou de surpresa, pois eu não tinha o hábito de avaliar os homens desse modo puramente físico. Como a maioria das outras mulheres, eu precisava conhecer o cara primeiro — atração baseada na personalidade. Além do mais, eu nem ligava tanto para o sexo. Ainda.

Como se tivesse lido a minha mente, Leo se virou na cadeira e me lançou um olhar que dizia: "Te peguei" — ou talvez "Ser convocado para o júri é uma droga, não?". Ele tinha os olhos fundos, tanto que quase não dava para distinguir a cor. E, de alguma forma, eles ganharam um ar misterioso sob as lâmpadas fluorescentes daquele lugar. Eu arrisquei e encarei seu olhar pelo que pareceu um longo instante, antes de fazer de conta que estava tentando me concentrar no burocrata prolixo na frente da sala, que explicava pela quinta vez seguida o que seria uma dispensa médica válida.

Mais tarde, Leo me contaria que eu parecia confusa, embora eu discordasse veementemente, alegando que mal o tinha notado. De qualquer forma, ambos concordaríamos que daquele momento em diante a convocação para o júri deixou de ser uma droga.

Na hora que se seguiu, eu reparei nos mínimos movimentos do Leo. Eu o observei esticar-se e bocejar. Eu o vi dobrando o jornal e enfiando-o debaixo da cadeira. Acompanhei com o olhar quando ele deixou sossegado a sala, e depois voltou com um pacotinho de bolachinhas com pasta de amendoim, que comeu na cara dura, apesar dos avisos "Proibido comer ou beber" espalhados por toda sala. Ele não me dirigiu o olhar nenhuma vez, mas eu tinha a nítida sensação que ele estava me observando, o que me deixou estranhamente excitada. Eu não daria um nome radical a isso que estava acontecendo, como "amor à primeira vista" — não acredito em coisas desse tipo —, mas eu sabia que estava mexida de um modo inexplicável.

Foi então que a fada madrinha atendeu meu pedido, nossos nomes foram chamados em meio a uma lista de outros tantos, e acabamos sentados bem pertinho um do outro, no espaço reservado aos jurados. A sala do júri era modesta, longe daqueles ambientes vistos no cinema; ainda assim, havia uma atmosfera sóbria, de um lugar onde sempre há algo importante para acontecer. Uma tensão que tornou a proximidade de Leo extremamente íntima. Pelo canto do olho, eu podia ver o antebraço firme, com veias azuladas, o que me levou de volta ao passado. Aquilo me recordava, de leve, uma reminiscência dos tempos do colégio, quando Matt, o garoto de quem eu gostava, se sentou ao meu lado no auditório uma manhã, durante uma palestra maçante sobre como fumar maconha poderia destruir a nossa vida de muitas maneiras. Eu me lembro de ter me deliciado com a colônia Aramis dele, usada em excesso (e que ainda sou capaz de identificar em uma multidão), e de rir de seus comentários sobre como a maconha poderia, na verdade, melhorar a nossa vida. Pensando bem, Leo podia ser considerado uma versão de irmão mais velho do Matt — o que me levou a pensar se eu não teria um tipo preferido, apesar de contestar quando Margot dizia isso. Se tivesse, sem dúvida, meu tipo era aquele. Deixando de lado minhas impressões, o procurador se dirigiu ao Leo em um esboço de falso entusiasmo:

— Jurado número nove. Bom dia.

Leo assentiu meio desligado com a cabeça, ainda que respeitoso.

— Onde o senhor reside? — o procurador continuou.

Eu me endireitei na cadeira, esperançosa de que a voz dele fizesse jus à aparência. Não há nada pior que uma voz fina e aguda em um homem, seguido de pulsos delicados e ombros caídos e aperto de mão fraco. Leo, é óbvio, não desapontou. Ele limpou a garganta e soltou a voz grave, transbordando segurança, com seu sotaque nova-iorquino:

— Morningside Heights.

— Você cresceu lá?

— Não, sou de Astória — Leo respondeu. — Nascido e criado.

"Oba! Queens!", pensei, já começando a cair de amores pelas localidades vizinhas. Talvez porque os bairros Brooklyn, Bronx e Queens me lembrassem de casa — gente operária e autêntica. Ou talvez porque minhas fotos tiradas longe do coração rico de Nova York tivessem sempre mais apelo.

O procurador continuou, perguntando a Leo com o que ele trabalhava, enquanto eu pensava comigo mesma que essa coisa de dizer a verdade sob juramento era melhor que um primeiro encontro. Outra pessoa faz as perguntas e você fica só de ouvido, escutando. E ele era obrigado a dizer a verdade. Perfeito!

— Sou escritor… repórter — disse Leo. — Eu faço algumas matérias para um pequeno jornal.

"Perfeito", pensei novamente. Eu o imaginei percorrendo as ruas com um bloquinho de anotações, conversando com homens mais velhos em bares escuros no meio da tarde, para mostrar como a cidade está perdendo todo seu caráter e rusticidade.

E, assim, continuou pelos minutos seguintes, e eu me debrucei sobre as respostas de Leo, tanto pelo conteúdo quanto pelas respostas um pouco evasivas, mas bem ilustradas. Fiquei sabendo que ele largou a faculdade no terceiro ano, por falta de dinheiro. Que ele não conhecia nenhum advogado, exceto por um amigo de escola chamado Vern, que caçava vítimas de acidentes de carro para atender e que era boa pessoa, apesar da linha de atuação, "sem ofensas". Que seu pai e irmãos eram bombeiros, mas que ele nunca quis seguir essa profissão. Que ele nunca tinha se casado e não tinha filhos, ao menos que soubesse. Que ele nunca tinha sido vítima de um crime violento, ou se envolvido em uma briga — a menos que contasse ter tomado partido em uma briga de casal.

E com essa última gracinha do Leo, minha vontade de ser dispensada do júri desapareceu por completo. Ao contrário, abracei fervorosa o meu dever de cidadã. Na minha vez de responder as questões, fiz exatamente tudo o que Andy me aconselhara a não fazer. Fui simpática e agradável, e encarei os advogados com meu sorriso especial do tipo "passando pelo inspetor do colégio", para demonstrar que jurada ideal, de mente aberta, eu daria. Falei rapidamente sobre meu trabalho, e do quanto eu era indispensável para Quyn, mas, resignada, concluí que o sistema judiciário e a Constituição na qual ele se apoiava valiam o sacrifício.

Assim, ao final de várias rodadas de perguntas, Leo e eu fomos escolhidos como os jurados nove e dez, eu fiquei extasiada, um estado, aliás, a que constantemente retornaria, durante os seis dias de testemunho que se seguiram, mesmo com os detalhes minuciosos sobre o brutal esfaqueamento com um estilete no Harlem espanhol. Um garoto de 20 anos morto e o outro sendo julgado pelo assassinato, e eu lá, torcendo para que as provas demorassem a ser comprovadas. Eu queria passar mais dias com Leo, ter uma chance de conversar com ele.

Conhecê-lo ao menos um pouquinho. Eu precisava saber se aquele início de paixão tinha fundamento, embora esse termo parecesse trivial demais para o que eu estava sentindo. No geral, Leo parecia amigável, mas inacessível. Sempre que possível, ele estava de fones de ouvido, evitando conversar pelos corredores fora da sala de audiência. Já, com os demais jurados, eu conversava de tudo um pouco, desde que não tivesse ligação com o caso. E ele também almoçava sozinho, em vez de se juntar a nós no restaurante ao lado do tribunal. Sua reserva serviu para que eu gostasse ainda mais dele. Então, uma manhã, quando nos acomodávamos em nossos assentos, pouco antes de defesa e acusação encerrarem os argumentos, ele se virou para mim e falou:

— Parece que é isso.

Então ele abriu um sorriso sincero e demorado, quase como se fosse um segredo entre nós. Meu coração sobressaltou. Assim, como se estivéssemos predestinados àquele momento, para verdadeiramente compartilharmos um segredo.

Durante as deliberações, começou a ficar claro que Leo e eu concordávamos sobre o veredicto. Para resumir, éramos ambos favoráveis à absolvição total. O assassinato era incontestável, e o réu, confesso. Portanto, a discussão era se ele havia ou não agido em legítima defesa. Leo e eu achávamos que sim. Ou, para ser mais correta, muitas das alegações de que ele agira premeditadamente eram duvidosas — uma diferença sutil, mas que, espantosamente, ao menos meia dúzia de jurados teimava em não compreender. Nós insistíamos no fato de que o réu não tinha passagem pela polícia (quase um milagre no lugar onde vivia), que ele morria de medo da vítima (o líder da gangue mais perigosa do Harlem, que vinha ameaçando o réu havia meses, tanto que este havia pedido proteção policial). E, por fim, que o réu carregava a arma do crime por força da profissão, carregador de mudanças. Tudo isso, somado à nossa crença de que o réu entrara em pânico ao ser encurralado pela vítima e três companheiros de gangue, e que ele tinha atacado a vítima por legítima defesa, era um cenário plausível — com certeza, plausível o suficiente para deixar de ser uma dúvida.

Depois de três longos dias andando em círculos desanimadores, continuávamos em dissonância com o resto do grupo. À noite, ficávamos todos confinados no depressivo hotel Ramada Inn, perto do aeroporto JFK. Podíamos assistir à televisão — aparentemente o julgamento não tinha interesse público —, mas estávamos impedidos de telefonar, nem podíamos discutir o caso entre nós mesmos em outro local que não fosse a sala do júri, durante as deliberações oficiais.

Por isso, fiquei surpresa uma noite quando o telefone do meu quarto tocou, sem eu saber quem seria, mas desejando em segredo que fosse o Leo. Quem sabe ele não tinha prestado atenção no número do meu quarto, quando voltamos do jantar em grupo, supervisionado por um guarda, mais cedo. Eu tateei para achar o fone e murmurei um "alô".

Leo respondeu com um ligeiro "alô" e depois, como se fosse possível haver confusão, disse:

— É o Leo. Jurado número nove.

— Eu sei — respondi, sentindo o sangue correr da cabeça aos pés.

— Sabe — disse ele (passados três dias de deliberação, eu já sabia que ele começava suas frases com um "sabe", coisa que eu adorava) —, eu tenho consciência de que não deveria ligar para você... mas estou enlouquecendo aqui sozinho...

Eu não sabia o que isso significava — ele estava maluco por estar isolado, ou maluco por mim? Mas fiquei com a primeira hipótese. A segunda seria boa demais para ser verdade.

— Sim, sei bem o que você quer dizer — eu falei, tentado manter o tom estável. — Não consigo parar de pensar no julgamento. É tudo tão frustrante.

Leo suspirou no bocal do telefone e, depois de um longo silêncio, completou:

— É sério. Que droga ter a porcaria do destino decidido por uma dúzia de babacas, não?

— Uma dúzia de babacas? — disse, tentando ser engraçada, descolada. — Fale por você mesmo, meu caro.

Leo caiu na risada, enquanto eu me esparramava na cama, cheia de animação. Então ele completou:

— Ok. Dez babacas. No mínimo, uns bons oito.

— Nossa, nem me fala!

— Falando sério, dá para acreditar nessa gente? Metade deles tem uma mentalidade muito fechada e a outra parte é de metidos a sabe-tudo, covardes que se deixam levar por qualquer coisa que os companheiros de almoço pensam.

— É verdade — concordei novamente, sem acreditar que estávamos, de fato, tendo uma conversa de verdade. E ainda por cima, comigo deitada no escuro, sob as cobertas. Fechei meus olhos, para imaginá-lo na cama dele. Não dava para acreditar que eu estava desejando um estranho.

— Antes eu não pensava assim — Leo disse —, mas se fosse julgado, eu preferiria enfrentar um juiz a um júri.

Eu disse que concordava com ele.

— Ora, eu preferiria um juiz corrupto, que aceita propina dos meus inimigos, que esse bando de perdedores.

Leo seguiu caçoando das piadas infames contadas por alguns dos jurados e eu caí na gargalhada. Ele estava certo. Era um comentário paralelo atrás do outro naquela sala claustrofóbica, experiências de vida gratuitas, sem a menor importância para as deliberações.

— Algumas pessoas simplesmente adoram falar sobre si. Mas você não parece uma delas, Sr. Alienado.

— Eu não sou alienado — protestou Leo.

— É sim, "Sr. Coloco Meu Fone de Ouvido, Assim Não Preciso Falar Com Ninguém".

— Estou falando com você agora, não estou?

— Já estava na hora — retruquei, pensando como era fácil ser ousada ao telefone.

Um longo silêncio acolhedor e proibido se seguiu. Então, eu comentei o óbvio, que se fôssemos surpreendidos por Chester, o oficial encarregado de nos vigiar, falando ao telefone, e ainda mais sobre o caso, estaríamos em apuros.

— Sim, é verdade. E aposto que o apuro seria maior ainda se eu fosse visitar você agora, que tal? — disse Leo, deliberada e pausadamente.

— Como é que é? — disse eu, embora tivesse ouvido perfeitamente.

— Posso ir até aí? — ele insistiu, em um tom meio sugestivo.

Eu me sentei abruptamente, alisando o lençol ao meu redor.

— E o Chester? — indaguei, sentindo uma espécie de fraqueza.

— Ele já dormiu. Os corredores estão livres, eu já chequei.

— Sério? — não me ocorreu nada melhor para dizer.

— É. Sério... E então?

— Então?

— Posso ir ate aí te ver? Eu só... Quero bater um papo, pessoalmente. Só nós dois.

Eu não acreditei que ele queria só isso, mesmo. E, no fundo, eu desejava que não fosse só isso. Considerei a encrenca se fôssemos pegos no flagra, os dois jurados juntinhos, que devíamos, pelo menos por respeito ao réu, seguir as regras, e que o nosso deslize poderia resultar em uma sentença equivocada. Lembrei também da minha camiseta e minha calcinha de algodão nada sexies, e que não havia nada mais apresentável na minha mala feita às pressas. Ponderei com a lógica da sabedoria feminina que se eu dissesse "sim" — e depois, de fato, acontecesse alguma coisa —, Leo poderia perder o respeito por mim, e tudo estaria acabado, antes mesmo de começar.

Assim, abri a boca esboçando um protesto ou, ao menos, uma recusa. Mas, em vez disso, proferi um irreparável "sim" ao telefone. Essa seria a primeira de muitas outras vezes que eu seria incapaz de dizer não ao Leo.

Cinco

Estava completamente escuro quando virei no nosso quarteirão, todo arborizado, em Murray Hill. Andy chegaria bem mais tarde e, daquela vez, eu não me importaria com as horas extras que ele cobraria de sua conservadora firma de advocacia. Eu teria tempo para o banho, acender umas velas, abrir uma garrafa de vinho e encontrar a trilha sonora perfeita, para apagar o passado da memória, algo alegre sem ligação nenhuma com Leo. "Dancing Queen" seria uma boa opção, pensei. Não havia absolutamente *nada* no ABBA que me lembrasse o Leo. Em todo caso, eu queria que a noite fosse sobre Andy e eu, sobre *nós*.

Respirei aliviada ao sair da chuva fria e entrar no prédio com fachada de arenito pardo. Não havia nada de mais no nosso edifício, mas eu o adorava exatamente por isso. Eu adorava o saguão démodé, com seu piso de escama de peixe e o candelabro de latão precisando de polimento. Adorava o tapete oriental em tons de pedra preciosa, com cheirinho de naftalina. E até gosto do elevador de madeira pequeno e opressivo, que sempre parece estar prestes a quebrar. E, acima de tudo, amo porque este é o nosso primeiro lar.

Naquela noite, porém, decidi subir as escadas, galgando os degraus de dois em dois, enquanto imaginava um dia no futuro distante em que Andy e eu retornaríamos àquele lugar para mostrá-lo aos nossos filhos, então nascidos. Faríamos um passeio para que eles conhecessem o primeiro apartamento do papai e da mamãe. Explicaríamos a eles que o dinheiro que o papai ganhava permitia que eles vivessem em um prédio sofisticado, com porteiro, no Upper-East Side, mas que ele havia escolhido aquele, naquela região sossegada, porque tinha mais personalidade... Exatamente o mesmo motivo pelo qual ele havia me escolhido e não uma daquelas beldades sulinas de olhos azuis.

Chegando ao quarto andar, procurei por minha chave e, ao girá-la, percebi que Andy tinha chegado antes de mim. Coisa inédita. Ao abrir a porta, olhar a sala de estar pela abertura da cozinha e ver meu marido deitado no sofá com a cabeça sobre uma almofada de chenile cor de laranja, eu me senti meio acanhada, quase envergonhada. Ele já havia tirado o paletó e a gravata no chão e desabotoado o colarinho da camisa azul. A princípio pensei que ele estivesse dormindo, mas então vi seus pés descalços acompanhando a melodia de "As Is", de Ani DiFranco. Como era um CD meu, bem diferente das trilhas alegres tipo As 40 Mais dele (ou suas músicas country, românticas e cafonas), imaginei que nosso aparelho de som estava programado aleatoriamente. Andy não está nem aí para o seu gosto musical, e quando ouço meus artistas favoritos, como Elliot Smith ou Marianne Faithful, ele faz uma careta nas letras mais turbulentas e comenta algo como "Com licença, pois preciso colocar veneno debaixo da pia". Mas, apesar dos gostos discordantes, ele jamais me pediu para abaixar ou desligar o que eu ouvia. Andy é o oposto de um controlador. Uma mistura de advogado com garoto surfista, despreocupado, na linha "viva e deixe viver".

Fiquei um bom tempo observando Andy deitado tranquilo sob a suave luz âmbar do abajur, e fui tomada por uma sensação que só podia ser descrita como um grande alívio. Aliviada por voltar para casa, por aquele ser o meu lugar, por aquela ser a minha vida. Quando caminhei até o sofá, Andy abriu os olhos, espreguiçou-se, sorriu e me cumprimentou:

— Oi, amor.

— Oi — respondi, retribuindo o sorriso, e larguei a bolsa sobre a mesa de jantar rétro redonda, comprada em um mercado de pulgas no Chelsea. Margot e minha sogra a detestavam, como detestavam todas as bugigangas kitsch espalhadas sobre cada superfície livre do nosso apartamento. O macaco de casca de coco usando óculos de arame empoleirado no peitoril da janela, colares de contas da fantasia da última festa de Mardi Gras pendurado no monitor do computador, uma coleção de saleiros e pimenteiras alinhada sobre a bancada da cozinha. Eu sou mais ordeira e organizada que o Andy, mas somos ambos loucos por quinquilharias, o que, segundo a Margot, é o único perigo de formarmos um casal.

Andy suspirou ao se sentar e recolocar as pernas no chão. Então, olhou para o relógio e me disse:

— Você não liga, não manda mensagem. Por onde andou o dia todo? Tentei o seu celular uma porção de vezes…

Ele falou em um tom leve — em momento algum acusador — e ainda assim, senti uma pontinha de culpa ao responder:

— Por aí. Tomando um pouco de chuva. Meu telefone estava desligado.

Todas afirmações eram verdadeiras. Porém, consciente de que estava escondendo algo do meu marido, eu titubeei sobre manter essa discrição ou contar tudo a ele. O que de fato havia se passado naquela tarde. Ele certamente ficaria chateado e, provavelmente, um tanto magoado se soubesse que Leo havia ido me encontrar na lanchonete. Da mesma forma que eu me sentiria se ele permitisse que uma ex-namorada tomasse um café com ele, sendo que ele poderia tê-la dispensado. A verdade poderia dar início até a uma discussão — a primeira briga de casados.

Por outro lado, Andy não se sentia ameaçado pelo Leo, e nem o via com hostilidade. Ele simplesmente o desdenhava, como qualquer pessoa desdenha gratuitamente um ex que foi importante no passado de seu parceiro — um leve misto de ciúme e competitividade que vai diminuindo com o tempo. Na verdade, o Andy é tão sossegado que provavelmente não sentiria nada disso se eu não tivesse feito a besteira de contar mais que deveria em uma de nossas conversas tarde da noite, no início do namoro. Eu havia usado especificamente o termo "intenso" para descrever o que Leo e eu tínhamos compartilhado. Isso não tinha me parecido uma grande revelação, já que eu imaginava que a Margot tivesse contado a ele uma ou outra coisinha sobre Leo e eu. Mas, no momento em que falei aquilo, percebi que era novidade para ele; Andy rolou sobre a cama para me olhar de frente, com os olhos brilhando de um jeito que eu não conhecia.

— Intenso? — retrucou ele, com um ar de atingido. — O que exatamente você quer dizer com intenso?

— Ah, sei lá — disfarcei.

— Sexualmente intenso?

— Não — respondi depressa —, não nesse sentido.

— Tipo, vocês passavam o tempo todo juntos? Todas as noites e todo o tempo acordados?

— Não — insisti eu.

Meu rosto foi ficando vermelho, com mais vergonha ainda, conforme eu ia me lembrando de quando a Margot me acusou de ter dado o cano nela por causa do Leo, e de me portar como uma daquelas fulanas que coloca os homens à frente da amizade. Ainda mais um homem sem real perspectiva de casamento, como ela mesma concluiu, contrariada. Mesmo assim, lá no íntimo, eu sabia que ela devia estar certa, mas apesar da minha culpa e do bom discernimento, não consegui evitar. Quando Leo queria me ver, eu largava tudo — e todos.

— O que, então? — Andy me pressionou. — Você o amava mais que tudo? — A voz dele tinha tom de sarcasmo, mas o sofrimento ainda estava estampado em seu rosto.

— Esse tipo de intensidade também não!

Eu tentava encontrar uma explicação corriqueira, sem conotação amorosa para descrever "intenso". Coisa impossível de se fazer. Seria o mesmo que dar um tom colorido à palavra "luto" ou um ar de esperança a "condenado". Pensei ainda por alguns momentos, antes de achar uma saída fraquinha:

— Não era intenso que eu queria dizer... Retiro o que disse... Escolhi a palavra errada...

Foi, de fato, um termo mal empregado. Mas somente porque era a mais pura verdade — "intenso" descreve exatamente o que Leo e eu vivemos. Praticamente tudo o que compartilhamos pareceu intenso, a começar pela nossa primeira noite, naquele quarto escuro de hotel, quando nos sentamos com as pernas entrelaçadas, os joelhos encostados, a minha mão na dele, e conversamos até o amanhecer.

— Tarde demais — disse Andy, com uma risadinha sem graça e balançando a cabeça. — O que foi dito, está dito. Essa não dá para apagar, senhorita Dempsey.

Afinal, era mesmo tarde demais.

Felizmente, Andy não gostava de espezinhar, e o nome de Leo raras vezes foi mencionado depois daquilo. Entretanto, toda vez que alguém usava a palavra "intenso", Andy me olhava de um jeito diferente e dava uma alfinetada sobre o meu ex-namorado "tão contido e tão apaixonado".

Naquele momento, eu não estava nem um pouco a fim desse tipo de inquérito, nem de piadinha ou coisa do gênero. Além do mais, concluí, ao tirar meu casaco e pendurá-lo no mancebo de madeira com uma perna bamba, se os papéis se invertessem, eu preferiria não ter a chance de saber que ele havia encontrado casualmente com a Lucy, a ex de quem ele mais gostou e com quem ficara mais tempo, e que tinha se tornado professora da terceira série, em uma escola particular esnobe de Atlanta. Segundo a Margot, Lucy era um modelo de beleza e inteligência, e ainda poderia muito bem servir de dublê para a Salma Hayek. Um comentário, aliás, bem desnecessário, pra mim.

Racionalizando dessa maneira, decidi de uma vez por todas que para o bem geral de todos eu manteria o meu segredo insignificante em sigilo. Assim, eu me deitei no sofá ao lado de Andy e coloquei a mão na perna dele.

— Mas, afinal, por que você chegou tão cedo? — perguntei.

— Porque senti sua falta — disse ele, sorrindo.

— Ah, sei — brinquei eu, dividida. Até que gostei da resposta, mas torci para que daquela vez houvesse algo mais. — Você nunca chegou em casa cedo assim.

— Senti saudades — ele disse, rindo. — Mas também consegui fechar um acordo no caso em que vinha trabalhando.

— Que ótimo.

Eu bem sabia o quanto ele temia as longas horas que se seguiriam em um julgamento normal. Eu também temia.

— Nem diga, foi um alívio. Assim não vou ficar sem dormir nos próximos dias... Então, eu estava pensando, que tal nos arrumarmos e sairmos para jantar? Talvez em um lugar bacana? Você topa?

Eu olhei pela janela e disse:

— Talvez mais tarde... Está chovendo forte agora... Eu acho que prefiro ficar aqui mais um pouco.

Eu lancei meu sorriso sedutor, enquanto tirava as minhas botas, sentei de frente no colo dele, e lhe dei um beijo no queixo e outro no pescoço.

Andy sorriu, fechou os olhos e sussurrou encantado:

— Ora, ora, o que aconteceu?

Ele falou usando de um jeito que adoro, como só os sulinos fazem, mas naquele momento caiu como um aviso de alerta no meu coração. Será que a minha iniciativa em começar as preliminares valia mesmo uma reação daquele tipo? Nós não éramos espontâneos em relação ao sexo? Minha mente entrou em ação para lembrar de alguns exemplos recentes picantes, mas, para minha decepção, eu não conseguia lembrar de termos feito amor em outro lugar que não fosse a nossa cama, na hora de dormir. Eu tentei me convencer de que isso é perfeitamente normal quando se é casado — mesmo para casais felizes. Andy e eu podemos não nos pendurar no lustre nem ir a loucura em cada cômodo do apartamento, mas ninguém precisa transar loucamente no balcão da cozinha, nem rolar sobre o assoalho, para ter uma ligação física sólida. Afinal, o sexo praticado sobre superfícies duras pode parecer sensual nos filmes, mas na vida real é desconfortável, supervalorizado e restritivo.

"É claro que houve uma vez com o Leo, no escritório dele..." Eu tentei desesperadamente afastar essa lembrança de minha cabeça beijando o Andy novamente, desta vez na boca. Mas sempre que se tenta não pensar em algo, a cena parece se reavivar cada vez mais. E, de repente, eu estava fazendo o impensado. Estava beijando o meu marido e pensando em outro homem. Pensando no Leo. Beijei o Andy com ainda mais disposição, desesperada para apagar o rosto e os lábios do Leo. Não adiantou, era como beijar o Leo com ainda mais ardor. Eu desabotoei a camisa do Andy e acariciei seu peito e seu abdômen. Então, tirei meu suéter. Nós nos abraçamos, pele com pele. Eu pronuncio o nome do Andy em voz alta. Mas o Leo continuava lá. Seu corpo contra o meu.

— Ah, Ellen — Andy suspirou, os dedos percorrendo minha costas.

As mãos quentes de Leo cravaram em minhas costas com uma pressão e urgência incríveis. Abri os olhos e pedi a Andy que me olhasse. Ele me atendeu.

Eu fitei seus olhos e me declarei:

— Eu ti amo.

— Eu também ti amo — ele respondeu, de forma doce.

Ele tem um ar honesto, sincero, leal. Seu rosto é o rosto que eu amo. Eu fechei os olhos bem apertados e me concentrei na ereção de Andy na minha coxa. Ainda estávamos de calça, mas eu me ajeitei bem em cima dele, roçando meu quadril contra o dele e disse seu nome outra vez. O nome do meu marido. Andy. Só então eu tive clareza com quem estava, quem eu amava de verdade. E isso pareceu funcionar naquela hora. E continuava a dar certo, enquanto ele me conduzia ao nosso quarto, com o nosso aquecedor, que ou ficava inerte ou soltava vapor sem parar. Naquele momento, nosso quarto lembrava os trópicos. Nós jogamos o edredom de pena de ganso no chão e deslizamos sobre os lençóis macios. Àquela altura já estávamos completamente nus. E aquela cama era sagrada, eu pensei. Leo se foi. Ele está em outro lugar.

No entanto, minutos mais tarde, enquanto o Andy se movia dentro de mim, eu voltei ao estúdio do Leo, no Queens, na noite em que a sentença de absolvição finalmente havia saído. Ele estava com a barba por fazer e os olhos levemente vidrados, por conta dos drinques da comemoração. Ele me abraçara com gosto e sussurrara no meu ouvido:

— Não sei bem o que há em você, Ellen Dempsey, mas você precisa ser minha.

Foi naquela mesma noite que eu me entreguei a ele por completo, consciente de que eu seria dele, pelo tempo que ele me quisesse. E tudo indicava que assim seria sempre que ele desejasse.

Seis

Margot me ligou na manhã seguinte, muito antes de o sol nascer — ou como Andy diria, "antes de qualquer um no juízo perfeito se levantar". Andy raramente se enfurecia, mas há três coisas que o tiram do sério: gente que fura filas, discutir política em reuniões sociais e o costume de sua irmã ligar cedo demais pela manhã.

— Que diabos! — resmungou ele, depois do terceiro toque.

A voz dele soou rouca, como sempre ficava depois de umas cervejas. E era exatamente isso que tinha causado aquela rouquidão; nós tínhamos ido a um bistrô na Terceira Avenida e tomamos cerveja para acompanhar os hambúrgueres e a melhor batata palito da vizinhança. Tínhamos nos divertido a valer, rimos mais do que de costume, mas nosso jantar não tinha conseguido espantar a lembrança do Leo, assim como o sexo também não conseguira. Leo "ficou" ali a noite inteira, feito um turrão, debochando do rabugento da mesa ao lado e da música ambiente da Joni Mitchell. Enquanto eu terminava meu terceiro copo de cerveja, escutando Andy contar sobre seu trabalho, acabei voltando no tempo, até a manhã em que Leo disse que meu rosto era o que mais chamava a sua atenção e que gostava dele como estava naquele momento, absolutamente trivial e com uma expressão tranquila durante o nosso café. Eu estava sem maquiagem, de rabo de cavalo e o sol batia direto no meu rosto. Ainda assim, acreditei nele. Dava para ver que ele estava sendo sincero.

— Obrigada — agradeci, enrubescida, pensando que o rosto dele também era, de longe, o meu favorito. Fiquei pensando se isso seria, antes de qualquer coisa, uma demonstração de amor de verdade.

— Jamais vou me cansar de admirar você... Nunca — disse ele.

Talvez fosse esse momento a lembrança mais especial que tinha do Leo, que mais uma vez tomava o meu pensamento, enquanto o barulho estridente do telefone tocando enchia o nosso quarto. Andy resmungou quando o aparelho parou de tocar, mas, passados alguns segundos, o toque voltou.

— Deixa a secretária eletrônica atender — sugeri, mas o Andy se esticou por cima de mim e apanhou o fone no meu criado-mudo.

Para se certificar do culpado, ele checou primeiro o número no identificador — coisa totalmente desnecessária. Afora uma emergência de fato, só poderia ser a Margot. Não havia nenhuma novidade. O nome do marido dela, Webb Buffington, apareceu no mostrador, seguido de Atlanta, Geórgia, onde eles voltaram a morar no ano anterior, para o meu desapontamento. Eu sabia que um dia isso seria inevitável, principalmente depois que ela conheceu o Webb, que também era do

Sul. Por mais que a Margot amasse Nova York e sua carreira, no fundo ela era uma típica garota sulina e almejava desesperadamente tudo o que uma vida de ostentação tinha a oferecer. Além do mais, Webb era, em suas próprias palavras, avesso à cidade grande. Ele gostava de jogar golfe e de dirigir, e precisava de espaço para todos os itens de sua sofisticada parafernália eletrônica.

Assim como a ligação daquela manhã, Margot e eu nos falávamos sempre, mas eu sentia falta do contato direto. Eu sentia falta do brunch no domingo e dos drinques depois do trabalho. Eu sentia falta de aproveitar a cidade junto com ela, e de dividir algumas amizades. Andy também sentia falta da irmã, exceto por momentos inoportunos como aquele, quando o sono dele era perturbado.

Ele apertou o botão e resmungou ao telefone:

— Jesus, Margot. Você sabe que horas são?

E ela falou tão alto que a escutei:

— Eu sei, eu sei. Sinto muito, Andy. Mas desta vez eu juro que é importante. Deixa eu falar com a Ellen, deixa?

— Ainda não são nem sete horas — disse ele. — Quantas vezes tenho de te dizer para não acordar a gente? Que a melhor parte do meu trabalho é poder chegar tarde no escritório? Você faria isso se a Ellen fosse casada com um estranho? E, além disso, não está na hora de você começar a respeitar o seu irmão mais do que um cara qualquer?

Eu dei risada quando ele falou "um cara qualquer",

pois quando esse cara se casasse comigo, ele deixaria de ser um cara qualquer para a Margot. Mas, então, pensei no Leo novamente e me retraí, ele nunca seria um cara qualquer para mim. Eu entendo a bronca do Andy, e sei que a Margot também tinha seus motivos para ligar naquela hora, mas ele nem sequer deu uma chance para ela se defender. Em vez disso, ele me passou o fone e enfiou a cabeça debaixo do travesseiro, furioso.

— Oi, Margot — eu falei o mais baixo possível.

Ela pediu desculpas de qualquer jeito, e depois anunciou toda animada:

— Tenho novidades!

Eram as mesmas palavras, a mesma entonação melodiosa e o mesmo ar de suspense que ela havia usado quando me ligou uma noite para contar que ela e Webb ficaram noivos. Ou, como Webb gostava de satirizar sempre que contava como foi o pedido de noivado, Margot teria ligado para mim antes mesmo que ela dissesse o "sim" para ele. É óbvio que era exagero da parte dele, mas era verdade que ela tinha me ligado antes mesmo de ligar para a mãe, o que gerou um motivo para minha sogra me espezinhar, alegando que devia ser porque eu não tenho mãe que, às vezes, os amigos tomam o lugar da família, mesmo que um ente querido esteja vivo.

— Minha nossa, Margot — eu disse, já bem acordada e sem me preocupar em perturbar o Andy.

Ele descobriu a cabeça e perguntou com um ar sério, um pouco preocupado:

— Está tudo bem com ela?

Eu balancei a cabeça feliz, mostrando que sim, mas, assustado, ele insistiu e sussurrou:

— O que aconteceu?

Eu levantei o dedo pedindo que ele esperasse. Eu só esperava que ela me confirmasse, embora eu tivesse certeza absoluta do que se tratava. O tom de voz que ela usou só valia para duas situações: casamento e bebês. Ela recebera três importantes promoções na J. Crew e não fizera praticamente nenhum alarde sobre todas elas. E não se tratava de modéstia, mas sim porque ela pouco se importava com sua carreira, embora fosse uma ótima profissional. Talvez ela não fosse apaixonada pela profissão. Ou talvez porque soubesse que era tudo temporário. Que em algum momento, por volta dos trinta anos, ela desistiria espontaneamente da carreira para dar início a uma nova fase da vida, isto é, casar, voltar para Atlanta e começar uma família.

— Você está de verdade? — perguntei, já imaginando a Margot com um barrigão usando o avental da maternidade.

— Ela está o quê? — Andy perguntou com os lábios.

Eu olhei para ele e me perguntei o que se passava na cabeça dele. Sobre que outra coisa nós poderíamos estar falando? Eu até acho graça nesse jeitinho de garoto inocente dele. "Sim, Andy, ela está assando bolinhos esta manhã. Sim, Andy, ela está interessada em comprar um piano de meia cauda."

— Ahã! — Margot murmurou. — Estou grávida! Acabei de fazer o teste!

— Uau! — gritei admirada, ainda que eu soubesse que eles estavam tentando, e que Margot, em geral, consegue tudo o que quer.

Ela consegue não só por sua persistência e determinação, mas principalmente porque ela é uma daquelas pessoas charmosas para quem as coisas sempre dão certo. Coisas grandiosas, coisas pequenas e tudo entre essas duas opções. Eu a conhecia havia 15 anos e a única contrariedade que eu a vi enfrentar, a única vez que ela sofreu de verdade, foi com a morte do avô, no último ano da faculdade. Se bem que a morte dos avós não pode ser considerada uma dificuldade. Pelo menos não para quem enfrentou a morte prematura do pai ou da mãe.

Eu pensava tudo isso sobre Margot sem qualquer ressentimento. Sim, minha mãe morreu aos 41 anos, e, sim, eu cresci usando a mesma roupa que eu tinha vestido no dia de tirar a foto da turma no colégio. Mas ainda assim eu não diria que eu era uma sofredora nata. E com certeza eu tinha me dado muito bem na minha vida adulta, pelo menos até aquele momento. Eu não estava desempregada, sem objetivo na vida, nem tinha tendência para depressão. Não estava doente, nem abandonada. E mesmo que essas coisas tivessem acontecido, eu simplesmente não me sentia competindo com minha melhor amiga. Eu nunca compreendi essas mulheres cheias de problemas e relacionamentos complicados, mas elas não são poucas. Se eu tinha inveja da Margot de vez em quando, especialmente quando a via com a mãe dela? Se eu gostaria de entender de moda como ela, ser confiante e ter um passaporte todo carimbado? É claro que sim. Mas isso não significava que eu tiraria isso dela ou que eu me ressentia de sua felicidade. Sem contar que naquele momento eu fazia parte da família dela. O que era dela passou a ser meu de verdade.

Assim, apesar de já esperar pela boa nova, lá estava eu, maravilhada, atônita e transbordando de felicidade. Afinal, há uma diferença enorme entre planejar ter um filho e o resultado do teste dar positivo. Saber que em poucos meses você irá se tornar a mãe de alguém ou, no meu caso, a tia.

— Parabéns — eu disse, com lágrimas nos olhos.

— Ela está grávida? — a ficha de Andy finalmente caiu, deixando-o de olhos arregalados.

Eu assenti com um sorriso.

— É... Passou a zanga, titio Andy?

Ele sorriu, pediu o telefone e, quando pegou o aparelho, disse:

— Sua danada, Maggie Beth! Por que não disse logo?

Então, eu a ouvi responder:

— Você bem sabe que eu tinha que contar primeiro pra Ellen.

— Preterindo seu próprio sangue?

— É que só um de vocês fica feliz ao falar comigo a qualquer hora do dia — justificou ela.

Andy ignorou a alfinetada bem-humorada e continuou:

— Caramba, que notícia fantástica. Que bom que planejamos passar o próximo final de semana aí. Mal posso esperar para te abraçar.

Eu passei a mão no telefone de novo e enchi a Margot de perguntas: se ela já tinha feito as contas para saber quando o bebê iria nascer, se ela achava que era menino ou menina, se já tinha pensado em algum nome e se eu devia organizar o chá de bebê em Nova York ou em Atlanta. Ela contou que o nascimento seria dia 23 de setembro, que achava que era menina, nada de nomes ainda e que o chá de bebê seria bem-vindo onde fosse.

— Qual foi a reação do Webb? — eu perguntei, lembrando que ele também fazia parte do assunto.

— Ele está feliz, surpreso e meio pálido — Margot riu. — Quer falar com ele? Ele está bem aqui.

— Claro — eu concordei, ainda que não estivesse com vontade de falar com ele.

Para dizer a verdade, vontade de conversar com o Webb era algo que nunca sentia, muito embora ele sempre tenha me tratado muito bem, o que já era mais do que tantos outros caras que a Margot tinha namorado antes dele. Ela sempre teve inclinação para o tipo arrogante, e o Webb tinha tudo para ser arrogante. Para começar, ele trabalha como empresário esportivo, muitíssimo bem-sucedido, e é ex-jogador de tênis semiprofissional — ao menos, ele é bem conhecido no mundo do tênis e chegou a derrotar o Agassi no circuito júnior. E, para coroar seu sucesso e fortuna, ele tem uma beleza clássica que chama muito a atenção, com um cabelo assustadoramente bonito e dentes alinhados e tão brancos que toda vez que ele inclinava a cabeça para trás gargalhando, eu me lembrava de um antigo comercial de pasta de dente. Ele tem um vozeirão e um porte imponente — é o tipo de homem que sabe falar de um jeito que deixa a mulherada alvoroçada e também sabe contar uma boa piada suja, arrancando profusas gargalhadas entre os homens. Ou seja, sob todos os aspectos, Webb tinha tudo para ser intoleravelmente metido, mas ele não era. Pelo contrário, ele era humilde, agradável e atencioso.

Mesmo assim, por algum motivo, eu não me sentia muito à vontade com ele, provavelmente porque a única coisa que tínhamos em comum era a Margot. Felizmente, ela nunca soube isso, desde que começou a sair com ele. Muito provavelmente porque eu suspeitei desde o início que ele seria o escolhido. Pela primeira vez eu vi a Margot ficar totalmente mexida com alguém. Pela primeira vez ela correspondia na mesma medida — ou até mais — o amor de alguém. E eu também não comentava sobre isso com Andy, primeiro porque ele faz parte do fã-clube do Webb, e também porque eu nunca soube exatamente o motivo da minha antipatia por ele.

Eu só confessei esse sentimento uma única vez, para minha irmã, pouco antes do casamento da Margot, em um fim de semana qualquer que passei em Pittsburgh. Nós estávamos almoçando no Eat & Park, nosso ponto de encontro favorito da época do colégio, que era a escolha natural toda vez que eu ia para casa. Cada uma daquelas mesas despertava uma porção de recordações, e tínhamos escolhido uma perto da porta onde ela havia se sentado para comer, depois do baile de formatura, com uma carinha de que, naquele momento, cumprisse pena por um crime qualquer. Teve uma noite em que o nariz do meu pai sangrou para valer (e que, a princípio, todo mundo achou que era ketchup) e teve uma vez em que comi cinco cachorros-quentes com chilli, em uma aposta. Enquanto Suzanne e eu incrementávamos nossos sanduíches com uma variedade de condimentos, ela me perguntou sobre o casamento da Margot, com uma pontinha de desdém, típico de todo comentário que ela fazia sobre os Grahams — desdém esse que, na minha opinião, era tanto injustificado quanto prova de má vontade. Mas, apesar do tom dela, dava para perceber que Suzanne ficava muito curiosa sobre a Margot, com a mesma cara de pau e superficialidade que marcava nossa curiosidade sobre personagens de novelas, como Luke e Laura, do *General Hospital*, e Bo e Hope, do *Days of Our Lives*.

— Quanta baboseira — Suzanne sempre dizia isso quando assistíamos aos casais de pombinhos das nossas novelas favoritas. Ela revirava os olhos enquanto apontava os absurdos e inconsistências dos romances televisivos. Mas ela não arredava pé da frente da televisão, louca por mais.

Da mesma forma, enquanto devorávamos nossos hambúrgueres, Suzanne queria saber tintim por tintim sobre o casamento da vez, louca para encontrar algum drama em potencial.

— Foi um noivado bem curto, não foi? — perguntou ela, levantando as sobrancelhas. — Ela não está de barriga, está?

Eu ri e balancei a cabeça.

— Então, por que a pressa?

— Eles estão apaixonados — respondi, pensando que o namoro todo parecia coisa de romance, inclusive a curta duração. Eles ficaram noivos antes que Andy e eu, mesmo nosso namoro sendo mais antigo.

— Quantos quilates tem o anel? — a pergunta dela tinha um tom de crítica.

— Muitos! E o principal é que é uma perfeição só.

Suzanne demorou a digerir a minha resposta:

— Que nome é esse, Webb?

— Nome de família. Diminutivo de Webster.

— Parece nome de programa de TV — disse ela, rindo.

— É, eu sei.

— Você gosta dele?

Considerando o humor dela, cheguei a pensar em mentir, com um "sim" para não deixar dúvida. Mas nunca consegui mentir para minha irmã. Em vez disso, fui sincera, e comentei que embora ele parecesse o cara perfeito, eu não estava muito satisfeita com o casamento dos dois. Eu me senti egoísta e desleal ao admitir isso, e isso se intensificou quando Suzanne quis saber mais:

— Por quê? Porque ela te trocou por ele?

— Não, de jeito nenhum — contestei, e era verdade. — Ela não é desse tipo.

— Então o que é? Ele te intimida?

— Não — respondi logo, começando a me sentir na defensiva.

Eu amo minha irmã, mas essa dinâmica estava se tornando rotina entre nós desde que eu tinha me mudado para Nova York, e ela não tinha deixado nossa cidade natal. Ela atacava sutilmente, e eu me defendia sutilmente. Era quase como se ela me punisse por eu ter saído de Pittsburgh. Ou pior, ela podia achar que eu me sentia superior, o que não era verdade. Eu continuava exatamente a mesma pessoa nos aspectos fundamentais. Eu só parecia um pouco mais urbana — adquiri um toque de sofisticação e contemporaneidade por viver na cidade grande e, convenhamos, por conviver com os Grahams.

— E eu seria intimidada pelo quê? — completei.

— Não sei. Pela aparência dele? Seu dinheiro? Sua bagagem como empresário, tenista e oportunista?

Eu me esforcei para lembrar o que havia dito a ela sobre Webb no passado. Ela tinha uma memória infalível, que acabava sempre usando contra mim.

— Ele não é oportunista — contestei. — Na verdade, ele tem os pés bem no chão.

— Um milionário de pés no chão, hein?

— Bem, na verdade, sim — disse eu, lembrando que aprendi cedo que não se pode incluir todos os que têm dinheiro em uma mesma categoria. Os ricos diferem entre si tanto quanto os menos favorecidos. Uns trabalham duro, outros são preguiçosos. Uns se fizeram na vida, outros nasceram em berço de ouro. Uns são modestos e despretensiosos, outros, pomposos e vaidosos. Já o ponto de vista da Suzanne não havia evoluído desde o tempo em que assistíamos os seriados Dallas, Dinastia e O Barco do Amor (Suzanne e eu crescemos assistindo televisão à beça, ao contrário de Andy e Margot, que só podiam assistir meia hora por dia). Para Suzanne, todo ricaço, um termo que ela usava feito deboche, era igual: mole, egoísta e previsível — uma cobra venenosa como um republicano.

— Que seja — disse ela. — Pode ser então que você se sinta intimidada porque ele pertence ao mundo da Margot e você, não.

Para mim, aquele comentário foi extremo e preconceituoso, e deixei isso bem claro para ela. Disse ainda que eu tinha superado, e muito, as inseguranças da adolescência e que o fator intimidação terminara na faculdade no auge da fase das fraternidades, quando a Margot esteve acompanhada por um mar de debutantes louras dirigindo BMWs, e eu temia injustificadamente que o fato de ela pertencer a uma fraternidade pudesse comprometer nossa amizade. E mais, argumentei que eu obviamente pertencia ao mundo da Margot, que ela era minha melhor amiga e colega de quarto e que, afinal de contas, tudo indicava que eu me casaria com o irmão dela, oras.

— Certo, desculpa, vai... — disse ela, sem demonstrar arrependimento de verdade, enquanto dava de ombros e mordia o sanduíche. Ela mastigou demoradamente, engoliu, bebeu um gole de Coca com canudinho e completou com um sarcasmo irritante:

— Era só uma teoria. Por favor, imploro que me perdoe.

E eu a desculpei, pois não conseguia ficar brava com Suzanne, mas demorei a esquecer. Na verdade, na vez seguinte em que o Andy e eu saímos para jantar com Webb e Margot, temi que minha irmã tivesse razão. Talvez eu fosse mesmo a estranha no ninho. Talvez a Margot finalmente caísse em si e visse o quanto nós éramos diferentes, e o Webb iria roubá-la em definitivo. Talvez o Webb fosse mesmo um elitista esnobe, que apenas sabia disfarçar isso muito bem.

Mas conforme aquela noite se desenrolava, eu observei o jeito dele com atenção e percebi que a Suzanne estava completamente enganada. Não havia nada no Webb que me desagradasse. Ele era um cara bacana de verdade. Era puramente um caso de falta de sintonia entre duas pessoas. Com o Webb, eu sentia o mesmo tipo de desconforto da infância, quando dormia na casa de alguém e havia um cheiro esquisito vindo do porão ou de um cereal que não me agradava no armário da cozinha. Ele não me intimidava, não me ofendia e não me causava preocupação por ser o marido da Margot. Ele me fazia sentir uma espécie de saudade de casa. Saudade do quê, especificamente, eu não fazia ideia.

Mas fora isso, eu estava decidida a me relacionar com Webb de uma maneira menos superficial. Ou, pelo menos, que eu me sentisse confortável o suficiente para ficar sozinha na presença dele, sem ficar rezando para uma terceira pessoa aparecer.

Por isso que naquele momento, quando Margot passou o telefone para o marido, ele saudou todo confiante:

— Oi, e aí?

E eu procurei usar o mesmo tom de entusiasmo para cumprimentá-lo:

— Parabéns! Eu estou tão feliz por vocês!

— Eu também estou muito feliz... Ao menos pelos últimos quarenta e cinco segundos! Sua amiga é rápida, não? Fala a verdade...

Eu dei risada, imaginando se ele admirava ou lamentava a frequência constante das nossas ligações e nosso compromisso de nos visitarmos mês sim, mês não. E acrescentei:

— Estou ansiosa por encontrar vocês no próximo fim de semana. Temos de celebrar.

— Sim, vamos nos divertir muito — disse ele. — Ainda mais porque você, o Andy e eu teremos de tomar todas pela Margot.

Eu forcei mais uma risada e concordei, dizendo que ele podia contar com a gente. Então o Webb passou de novo a ligação para Margot, que disse que me amava. Eu correspondi, e Andy me pediu para dizer a ela que ele também a amava e, finalmente, nós dois dissemos que amávamos o bebê que iria chegar. Ao desligar, eu me deitei ao lado do Andy. Ficamos de frente um para o outro, os pés se tocando e as mãos dele sobre o meu quadril, logo abaixo da minha camiseta larga. Nós sorrimos um para o outro, sem dizer nada, ambos assimilando a grande novidade. Novidade que pareceu superar o fato de eu encontrar por acaso um ex-namorado por aí.

Assim, pela primeira vez desde que deixei aquele cruzamento, consegui voltar a enxergar em perspectiva. Perspectiva que eu não tinha encontrado com o sexo, nem com um programa divertido nem com uma noite de sono ao lado do meu adorado marido, acordando de hora em hora para escutá-lo respirar e saber que ele estava lá. Não havia lugar para Leo naquele momento, concluí. Ele não fazia parte da família do Andy. Da nossa família.

— Você também quer um? — perguntou Andy, com a mão desenhando círculos no meu corpo, e depois massageando as minhas costas, próximo à cintura.

— Um o quê? — eu me faço de desentendida, embora soubesse bem do que ele estava falando.

— Um bebê. Sei que você e a Margot gostam de fazer as coisas juntas.

Não dava para saber se ele estava brincando, me fazendo uma proposta ou especulando, então, apenas murmurei:

— Um dia.

A mão de Andy continuou se movendo devagar até parar. E ele fechou os olhos para dormir mais alguns minutos, enquanto eu observava suas pestanas se moverem de levinho, imaginava como seria esse um dia, ou melhor, todos os dias ao lado do Andy.

Sete

As lembranças de Leo praticamente desapareceram durante a semana que se seguiu, graças à minha felicidade com Andy, à excitante novidade de Margot e, principalmente, ao meu trabalho. É impressionante o que uma semana de trabalho produtiva e recompensadora pode fazer pelo nosso ânimo, e eu me considero uma pessoa de sorte (ou como diria Margot, "abençoada", um toque espiritual positivo para justificar a boa sorte) por ter o tipo de trabalho que eu não me canso de fazer. Li certa vez que quando as horas voam enquanto a gente trabalha é porque se está seguindo a verdadeira vocação e, embora nem todos os dias sejam assim para mim, eu certamente já experimentei esse tipo de sensação.

Naquele momento, eu era dona do meu próprio estúdio de fotografia — de uma fotógrafa só — e trabalhava como freelancer. Eu tinha uma agente que negociava os trabalhos para mim, qualquer coisa, desde fotos de propaganda superlucrativas, que às vezes pagavam até milhares de dólares por uns poucos dias de trabalho, até pequenos editoriais, que eram os meus preferidos, do ponto de vista criativo.

Eu adoro fazer retratos, talvez por ser meio introvertida. Eu tenho dificuldade para falar com estranhos, ainda que lute contra isso, e fotografar pessoas é uma forma de interagir com elas. Eu gosto de encontrar com alguém para passar a tarde, ter a chance de se conhecer melhor durante o almoço ou o café, e depois fotografar. Eu gosto do processo de tentativa e erro, experimentando posições e iluminações variadas, até chegar à combinação perfeita. Não há nada mais realizador que capturar uma imagem única, perfeita. A minha interpretação de outra alma. Gosto também da variedade dos trabalhos, fotografar um empresário para a revista Business Week, por exemplo, é bem diferente de fazer fotos para um artigo na seção de moda do New York Times, ou de uma matéria de várias páginas para a revista Town & Country, sendo que as pessoas que fotografo variam tanto quanto as publicações. Só nas últimas semanas, eu tinha fotografado um autor de best-sellers, o elenco de um filme de arte caseiro, um astro do basquete universitário e seu técnico famoso e uma chef confeiteira promissora.

Em suma, eu percorri um longo, longo caminho desde os dias naquela loja e laboratório de revelação de filmes na Segunda Avenida, e o único arrependimento que restou do meu reencontro com Leo — além do fato de ter acontecido — foi não ter tido a chance de contar a ele sobre a minha carreira. Obviamente, preferi que ele soubesse do Andy antes do meu trabalho, mas na verdade eu queria atualizá-lo sobre ambos. Entretanto, outra vez, talvez ele soubesse mais do que demonstrou. Quem sabe ele não tinha perguntado sobre minha carreira porque ele já teria visitado minha página na internet ou visto alguns dos meus créditos mais importantes? Afinal, eu humildemente procurei os créditos dele, vasculhando seus artigos no jornal, com uma estranha combinação de desinteresse e apego, orgulho e desdém. É uma questão de curiosidade, e todos os que alegam ser indiferentes ao que aconteceu com a vida de cada um de seus ex mais marcantes, na minha opinião, ou estão mentindo ou perderam parte da profundidade emocional. Não estou defendendo ser obcecado pelo passado, buscando todos os detalhes sobre cada ex. Mas faz parte da natureza humana um certo interesse pelo que se passa com uma paixão antiga.

Portanto, imaginando que o Leo já tinha visto meu site ou algum trabalho meu, eu esperava que ele concluísse que nosso rompimento tinha sido um catalisador na minha vida, um trampolim para coisas maiores e melhores. De algum modo, ele estaria certo sobre isso, embora eu não acredite que se possa culpar alguém exclusivamente pela própria falta de ambição; certamente essa era uma tendência marcante durante o nosso relacionamento.

Até hoje, eu baixo minha cabeça pensando no quanto me tornei complacente no campo profissional enquanto estava com o Leo. Meu amor pela fotografia não chegou a ser completamente ofuscado, mas com certeza eu sentia muito menos urgência por ele — exatamente como tudo mais na minha vida, tudo havia sido relegado ao segundo plano no nosso relacionamento.

Eu só pensava no Leo, ele era tudo o que eu queria. Ele me preenchia completamente e eu não tinha energia extra para tirar fotos. Nem tempo ou motivação para sequer contemplar o passo seguinte em minha carreira. Eu tomava o ônibus todos os dias até o laboratório, bem depois de ter aprendido tudo o que pude com a Quyn, dizendo coisas a mim mesma do tipo: "Não preciso procurar outro emprego. Dinheiro não é importante para mim. Estou feliz como minha vidinha está".

Depois do trabalho, eu ia direto para a casa do Leo, sempre disponível para ele, e só voltava para o meu próprio apartamento quando ele tinha outros planos, ou quando eu precisava de roupas limpas. Nas raras noites em que ficávamos separados, às vezes eu saía com a Margot e nosso grupo de amigos, mas, na verdade, eu preferiria ficar em casa, sonhando com o Leo ou planejando nossa próxima aventura juntos, ou gravando fitas cassete com músicas que pareciam bacanas o suficiente, inteligentes o suficiente, profundas o suficiente para o meu namorado bacana, inteligente e profundo. Eu queria tanto agradar o Leo, impressioná-lo, ter certeza de que ele precisava de mim e me amava da mesma forma como eu precisava dele e o amava.

No começo parecia dar certo. Leo estava tão comprometido quanto eu, só menos meloso, por ser homem. Ele também nunca abandonou o trabalho, como eu fiz, mas ele também era mais velho e tinha a carreira mais estabilizada, com encomendas de matérias importantes e prazos apertados. Contudo, ele me incluiu em sua vida profissional, permitindo que eu o acompanhasse em suas entrevistas, ou me levando ao escritório nos fins de semana, onde eu organizava seus arquivos ou ficava vendo ele redigir suas matérias — ou era seduzida em cima da mesa dele. E ele parecia tão disposto quanto eu a dar o cano nos amigos e na família para ficar sozinho comigo.

Por meses, as coisas permaneceram assim, como se encantadas, mágicas. Nós não cansávamos de conversar. Nossas despedidas, pelo telefone ou pessoalmente, sempre se arrastavam, como se estivéssemos nos vendo ou conversando pela última vez. Nós sacrificávamos o sono para conversar, fazendo um milhão de perguntas um sobre o outro, e nossos respectivos passados, detalhes triviais da infância — um sinal evidente de se estar apaixonado, para não dizer obcecado. Leo até pegou uma foto minha, banguela, aos seis anos, de um álbum no meu quarto, e a pregou no quadro de avisos da cozinha dele, junto com suas notas e lembretes, dizendo que era a coisa mais linda do mundo.

Eu me abri de corpo e alma para ele; nada meu era privado, todos os meus mecanismos de defesa estavam desativados. Expus todas as minhas inseguranças, desde as coisas mais insignificantes e embaraçosas, como o fato de eu odiar os meus joelhos, até assuntos íntimos sobre como eu às vezes me sentia deslocada perto da Margot e de outros de nossos amigos ricos e viajados. E mais importante ainda, contei a ele sobre minha mãe, incluindo todos os detalhes de sua morte que eu nunca havia contado a ninguém. Como ela havia ficado tão fraca que lembrava imagens do Holocausto. A vez em que vi meu pai desobstruir a garganta dela com as próprias mãos, em uma noite em que ela literalmente não conseguia respirar — uma imagem que continua a me assombrar até hoje. E que cheguei ao ponto de rezar de verdade para que tudo acabasse de uma vez, e para que não apenas ela fosse poupada do sofrimento, mas todos os doentes do sanatório, para que a nossa casa ficasse finalmente livre do cheiro de doença e o nosso pai pudesse parar de se preocupar com os detalhes do funeral, escondendo sua agenda toda vez que eu entrava no quarto. E, por fim, como eu me senti terrivelmente culpada quando a hora dela finalmente chegou, quase como se eu tivesse apressado a sua morte. Contei a ele como eu, às vezes, sentia vergonha por não ter mãe, como se tudo o que eu fizesse na vida fosse ficar marcado, estigmatizado, e provocasse pena por causa daquele fato.

A cada revelação, Leo ouvia e me consolava, dizendo sempre a coisa certa — que embora eu a tivesse perdido muito nova, ela havia contribuído para a minha formação. Que eu nunca me esqueceria dela e que, aos poucos, as boas lembranças suplantariam o sofrimento final. Que as histórias e as minhas descrições eram tão cheias de vida que parecia que ele a conhecia.

Ao mesmo tempo, as confissões não eram privilégio meu. Leo também compartilhou seus segredos comigo — a maioria sobre problemas de família, sobre sua mãe, uma dona de casa passiva e com baixa autoestima, e o pai, controlador e genioso, cuja aprovação ele buscava sem sucesso. Ele contou que gostaria de ter tido dinheiro suficiente para ir a uma faculdade mais conceituada e ter se formado, e que ele também se sentiu muitas vezes intimidado pelos filhinhos de papai ricos de Manhattan, saídos de faculdades de jornalismo de ponta. Era difícil acreditar que alguém tão fantástico como o Leo pudesse ter alguma insegurança, mas essa sua vulnerabilidade só aumentou meu amor por ele.

Por fim, além de tudo isso, e provavelmente o mais importante de tudo, havia a nossa química. A ligação física, o sexo fantástico, de virar a cabeça, que alimentava ambos, poesia e pornografia. Completamente diferente de tudo que eu já havia experimentado. Pela primeira vez na vida, eu havia deixado de lado minhas inibições e cobranças em relação ao sexo. Nada era problema, não havia nada que eu não fizesse por ele, para ele, com ele. Sempre pensávamos que havíamos atingindo o ponto máximo, mas, de alguma forma, nos superávamos a cada vez, mais e mais.

Resumindo, nossa sintonia era perfeita e estávamos cheios de amor e desejo doentios, loucos, insaciáveis. Parecia bom demais para ser verdade e, por isso, eu não deveria ter ficado surpresa, quando constatei que, de fato, era bom demais para ser verdade.

Eu não saberia dizer ao certo quando aconteceu, mas, com cerca de um ano juntos, nosso relacionamento começou a mudar. Não houve nenhuma mudança drástica, nenhuma guinada em nossas vidas, nenhuma briga séria com ofensas irretratáveis. Nenhum dos dois traiu, nem mentiu, nem se mudou para o outro lado do país e nem deu um ultimato sobre a relação. Em vez disso, houve apenas uma discreta transferência de poder, uma mudança que eu dificilmente poderia apontar. Na verdade, foi tão sutil que cheguei a pensar que era paranoia minha — uma típica garota carente, coisa que sempre tive orgulho de dizer que não era e que jamais precisei ser ao lado do Leo. Mas, passado um tempo, percebi que não era fruto da minha imaginação. Leo ainda me amava, assim ele me dizia, afirmando que jamais usaria essas palavras se não fossem verdade. Só que, sem dúvida, havia um desequilíbrio de sentimentos. Pequeno talvez, mas no amor é assim, mesmo as mínimas diferenças se tornam evidentes, marcadas por uma ligeira, mas irrefutável, mudança de comportamento. Coisinhas pequenas, como em vez de retornar uma ligação minha em seguida, ele esperava horas para me telefonar, às vezes um dia inteiro. Ele tinha voltado a sair com os amigos regularmente, e entrou para um time de hóquei no gelo que jogava nas noites de sábado. Passamos a assistir televisão à noite, em vez de conversar, e às vezes ele ficava cansado para o sexo — coisa impensável no início, quando ele sempre me acordava no meio da noite com carícias por todo o meu corpo. E então, quando fazíamos amor era, frequentemente, seguido por certo distanciamento. Uma separação no momento em que ele rolava para o lado, ou ficava com o olhar perdido em seus próprios pensamentos ou em algum outro lugar misterioso.

— No que você está pensando? — eu perguntava, um chavão nosso, que o outro costumava responder com riqueza de detalhes, mas que naquele momento parecia colocá-lo na berlinda.

— Nada — ele sapecava.

— Nada? — eu retrucava, imaginando que isso era uma coisa impossível. — Ninguém fica sem pensar em nada.

— Sim, Ellen. Nada — ele então respondia, enquanto eu, desconfiada, percebia que ele não havia me chamado pela forma carinhosa "Ellie". — Às vezes, eu simplesmente não penso em nada.

— Tudo bem — eu respondia, determinada a lhe dar espaço ou parecer legal.

Mas na verdade, inquieta, eu analisava persistentemente cada um dos seus movimentos, especulando sobre o que haveria de errado. Será que eu o enervava ou estava muito longe do ideal dele? Será que ele ainda gostava da ex-namorada, uma artista plástica israelense seis anos mais velha que ele (ou seja, 12 anos mais experiente que eu)? Será que ela era melhor de cama que eu? Será que o seu amor por ela foi maior que o amor que ele tinha por mim? E o mais importante, será que ele ainda me amava como antes?

No começo, essas perguntas eram só conjecturas, mas aos poucos elas ganharam vida, algumas vezes no meio de uma discussão ou quando, frustrada, eu caía no choro. Eu exigia certezas, disparava perguntas, eu o confrontava, iniciava brigas sobre tudo e sobre nada. Uma noite, quando estava sozinha no apartamento dele, cheguei a remexer suas gavetas e li algumas páginas de seu diário — um caderno sagrado, recheado de cartões e de recortes, fotos e pensamentos. Um caderno que ele carregava por toda parte e que despertava a minha paixão toda vez que ele o abria. O que eu fiz foi um erro, mas não por conta do que eu pensava ou deixava de pensar, e sim pela horrível sensação de vazio e de pesar que eu senti depois, um verdadeiro turbilhão de sentimentos. Eu havia me tornado aquele tipo de garota e nós nos tornamos aquele tipo de casal. Eu tentei tirar isso da minha cabeça e seguir adiante, mas não conseguia superar o que eu havia feito — o que ele havia me levado a fazer. Por isso, alguns dias mais tarde, não aguentei e confessei. Começamos então uma briga explosiva, que culminou com ele admitindo que ele não se achava capaz de assumir um compromisso permanente. Nem comigo, nem com ninguém.

— Por que não? — eu indaguei, devastada e frustrada.

— Casamento não é a minha praia — ele respondeu.

— Como não? — insisti, sempre pressionando, querendo mais e mais.

Ele suspirou e disse que o casamento não passava de um contrato entre duas pessoas — e que contratos só são necessários quando um não confia no outro. E pior, jogou toda a culpa em mim ao alegar que eu claramente não confiava nele.

Eu me desculpei aos prantos, e argumentei que eu acreditava nele, sim, e não sabia o que havia dado em mim. Disse que não me importava com casamento, só queria ficar com ele, para sempre.

A expressão dele então se fechou, e ele foi taxativo:

— Eu tenho 29 anos, ainda é cedo para pensar em para sempre.

— Tudo bem — disse eu, extremamente resignada —, me desculpa.

Leo assentiu com a cabeça:

— Certo, vamos deixar isso pra lá, tá bom?

Eu fiz que sim, fazendo de conta que estava conformada. Minutos depois, fizemos amor, e eu procurei me convencer de que tudo ficaria bem. Nós só estávamos atravessando uma fase difícil, umas pedras no caminho, e eu precisava ser paciente, nadar com a correnteza, tirar proveito do prejuízo. Lembrei a mim mesma que o amor muitas vezes gera um confronto de interesses, e que com força de vontade eu resolveria todos os problemas, amando o Leo o bastante por nós dois.

Mas, alguns dias depois, tivemos a nossa briga derradeira, cuja dramaticidade refletia a ocasião. Era a véspera do novo milênio.

— A véspera do ano novo é uma noite de amadores — Leo vinha insistindo nisso por semanas, toda vez que eu implorava para ele me acompanhar a uma festa, para cumprir uma promessa à Margot. — Você sabe que eu odeio essas coisas. E essa história de ano 2000 é insuportável, é só um ano como outro qualquer — concluiu ele, irredutível.

— Vamos, por favor — insisti. — É importante para a Margot.

— Então ela que festeje!

— É importante para mim.

— Bem, ficar em casa é importante para mim — ele argumentou.

Eu tentei mudar de estratégia, implorando:

— A gente fica só um pouquinho, uma hora ou duas. Depois, voltamos juntos para casa.

— Vamos ver — ele finalmente cedeu um pouco. Mas essa era uma resposta que praticamente significava um não.

Mas naquela noite eu tinha esperança que ele ia me surpreender e aparecer. Eu imaginei a cena enevoada com iluminação indireta. Enquanto todos estariam festejando, nossos olhos se encontrariam e, ao soar da meia-noite, ele me beijaria. Como acontece em Harry e Sally — Feitos Um para o Outro. Eu passei a noite inteira de olho na porta e no relógio, com o coração um pouco apertado, mas sem perder a esperança. Isso até faltarem dez para a meia-noite. Aí eu me sentei em um canto sozinha, escutando um remix dançante da música "1999" do Prince e, na sequência, assisti à contagem regressiva com um frio na barriga. Minutos depois, Margot veio até mim toda alegrinha, bêbada, e me deu um abraço forte, dizendo que me amava e que o futuro prometia muito para a gente. Mas daí ela voltou para o seu acompanhante, eu fui sozinha para casa e dormi com o telefone perto do travesseiro, esperando, rezando por uma ligação que não veio.

Leo não ligou naquela noite e nem no dia seguinte. Perto do meio-dia, eu não aguentei esperar nem mais um minuto, então fui de metrô até o apartamento dele. Ele estava em casa, lendo o jornal e assistindo MTV.

— Você não apareceu — disse eu, patética, comentando o óbvio.

— Desculpa, eu ia, mais caí no sono umas dez e meia — justificou ele, sem parecer nem um pouco arrependido.

— Eu fiquei sozinha até a meia-noite — comentei, mais uma vez parecendo patética, cheia de razão.

— Eu também — ele riu.

— Não vejo a graça — rebati, já irritada.

— Eu não prometi que ia — disse ele, irritado também.

Na mesma hora recuei e deitei minha cabeça em seu ombro. Nós assistimos a um jogo na TV, preparamos um omelete grego, a especialidade do Leo, e fizemos amor no sofá. Mas, um pouco mais tarde, quando ele se levantou depressa e disse que precisava trabalhar em um artigo, eu voltei a ficar chateada.

— É ano-novo! — reclamei, detestando o som da minha própria voz.

— Eu tenho um prazo a cumprir — ele justificou, sem dar bola.

Olhei bem para ele, minha cabeça rodava, transbordando de ressentimento e pesar, e então abri a boca e deixei escapar aquelas palavras infames:

— Isso não está dando certo, acho melhor a gente terminar.

Eu disse aquilo acreditando de coração que era só um teste. Era pura pressão, uma tática nova para tentar resgatá-lo. Eu contava com a resistência dele, uma briga ou, no mínimo, uma bela discussão. Mas em vez disso Leo rapidamente concordou, dizendo que eu estava certa. Ele usou um tom carinhoso, quase amoroso, que me deixou ainda mais furiosa que uma resposta agressiva. Ele me abraçou, claramente aliviado.

Eu não tive escolha senão deixar o barco correr. Afinal, eu é quem tinha dado a deixa.

— Adeus, Leo — disse eu, buscando uma coragem que eu não tinha.

— Adeus, Ellen — respondeu ele, demonstrando certa tristeza.

Eu hesitei, mas sabia que não haveria volta. Assim, deixei o apartamento dele em estado de choque, quase sem acreditar no que estava acontecendo, e em vez do metrô, chamei um táxi para me levar para casa.

Quando cheguei ao meu apartamento, Margot estava na sala, lendo uma revista.

— Tudo bem com você, Ellen?

Eu respondi que não sabia.

— O que aconteceu?

— Nós terminamos.

Eu pensei em contar tudo, descrever os detalhes cruéis, mas eu me fechei completamente na defensiva.

— Sinto muito — disse ela. — Você quer desabafar?

Eu balancei a cabeça e disse:

— Eu não sei... É meio... Complicado.

E parecia mesmo complicado, na medida em que todos os rompimentos são complicados para as partes envolvidas. Mas a realidade crua é muito mais simples. É mais ou menos assim: uma pessoa deixa de amar a outra, ou simplesmente percebe que desde o começo nunca esteve apaixonada, desejando poder retirar tudo o que disse, todas as promessas feitas de coração. Olhando agora, eu percebo que foi exatamente o que aconteceu entre Leo e mim — a explicação mais simples é sempre a mais correta, dizia a minha mãe. No entanto, naquele momento, eu não podia aceitar que isso fosse verdade.

Ao contrário, eu esperava por aquilo que toda garota na minha situação esperava: que ele mudasse de ideia, recobrasse a razão, percebesse o que tinha de especial em mim e descobrisse que eu não podia ser substituída. Eu achava, e até mesmo dizia em bom som para Margot e minha irmã, que ninguém ia amá-lo tanto quanto eu. O que, hoje eu reconheço, está longe de ser uma vantagem a se oferecer para um homem, ou para qualquer pessoa.

Pior ainda, eu repetia para mim o tempo todo aquele ditado horroroso "quem ama deixa livre". Eu cheguei a fotografar o pôster com essa frase que a minha irmã mantinha pendurado no quarto dela, desde que ela rompera de um jeito traumático com um namorado do colégio. O pôster trazia a foto de uma águia sobrevoando o pico de uma montanha e a frase estava escrita em roxo, com uma fonte que lembrava um cartão de melhoras. Eu me lembro de pensar que nenhuma águia no mundo volta ao cativeiro por vontade própria.

— Com certeza, ele nunca foi seu de verdade — eu sempre quis dizer à Suzanne.

Mas naquele momento Leo era a águia, e eu estava convencida de que ele seria uma exceção à regra. A única ave a voltar.

Assim, esperei bravamente e me apeguei desesperadamente à ideia de que o nosso caso era apenas um teste de separação. E, para minha surpresa, depois do rompimento, meus sentimentos se aprofundaram ainda mais. Se eu já era obcecada pelo Leo quando estávamos juntos, então eu passei a me afundar de vez nele. Eu ocupava cada minuto do meu dia pensando nele, e eu me tornei um clichê de mulher abandonada. Eu me torturava ouvindo mensagens antigas dele na secretária eletrônica e músicas tristes de fossa, como "The Last Day of Our Acquaintance", da Sinead O'Connor. Eu me enfiava na cama e caía no choro nos momentos menos apropriados. Escrevi e revisei cartas enormes endereçadas a ele, que eu sabia que jamais enviaria. Eu ignorei por completo os cuidados com a minha aparência (a não ser os diversos momentos de autopiedade nos banhos de banheira à luz de velas) e me alternei entre não comer absolutamente nada e me afundar no sorvete, no Doritos e, no clichê mais recente, os confeitos coloridos, especialmente Twinkies.

Eu não escapava do Leo nem mesmo dormindo. Pela primeira vez na minha vida, eu me lembrava tintim por tintim dos vívidos detalhes dos meus sonhos, sonhos que eram invariavelmente sobre ele, sobre nós. Às vezes, eram pesadelos sobre desencontros e falta de comunicação, e seu retraimento. Outros eram sonhos incríveis, Leo e eu passando horas em restaurantes charmosos ou fazendo amor alucinados na cama dele, e, de certa forma, os sonhos davam mais agonia que os pesadelos. Eu sempre acordava e, por alguns instantes, eu realmente acreditava que estivéssemos juntos novamente. Que nosso rompimento tinha sido um sonho e que eu só precisava abrir os olhos e vê-lo ao meu lado. Só que, em vez disso, eu me confrontava novamente com a dura realidade. Leo tinha seguido com sua nova vida sem mim, e eu estava sozinha.

Depois de semanas, quase meses vivendo nesse melodrama, Margot decidiu intervir para valer. Era um sábado, acabava de anoitecer, e ela tinha falhado pela sexta vez consecutiva tentando me convencer a fazer um programa. Ela saiu de seu quarto, radiante, em um suéter azul-escuro todo transado, jeans justinho e botas de bico fino pretas. Seu cabelo, normalmente liso, estava todo cacheado, e ela havia aplicado um pó cintilante e perfumado no colo.

— Você está maravilhosa. Aonde vai? — perguntei.

— Sair com as meninas — ela respondeu. — Tem certeza de que não quer ir?

— Absoluta. Vão reprisar A Garota de Rosa-Shocking esta noite.

Ela cruzou os braços e torceu os lábios.

— Eu não entendo por que você fica tão na fossa. Você nem estava apaixonada de verdade por ele — ela finalmente disse, de um jeito tão prosaico como que afirmando que a capital da Pensilvânia é Harrisburg.

Eu a olhei como se ela fosse maluca. É claro que eu estava apaixonada pelo Leo! Será que o meu sofrimento profundo não era prova suficiente de um grande amor?!

— Era só desejo entre vocês. Estas coisas sempre causam confusão — ela insistiu.

— Era amor — rebati, convencida de que o desejo era apenas uma faceta do amor. — Eu ainda o amo. Eu vou amá-lo sempre.

— Não, você só estava apaixonada pela ideia de amar. E, agora, está apaixonada pela ideia de ficar de coração partido... Você está se comportando como uma adolescente angustiada.

Essa foi a pior das ofensas para uma mulher na casa dos vinte anos.

— Você está redondamente enganada, Margot.

Eu disse isso enquanto agarrava a lata de sorvete de creme com gotas de chocolate, aí ela me lançou um olhar maternal e continuou:

— Você nunca ouviu dizer que o amor verdadeiro torna a pessoa melhor? Coloca a gente para cima?

— Eu era uma pessoa melhor com o Leo — argumentei, escavando o sorvete para pegar uma gotinha de chocolate. — Ele me deixava para cima.

Ela balançou a cabeça e começou a discursar, e seu sotaque se acentuou ainda mais, como sempre acontecia quando ela julgava ter razão sobre alguma coisa.

— Quer saber? Você era uma droga junto do Leo... Ele te deixava carente, resignada, insegura e superficial. Era como se eu não te reconhecesse. Você não era a mesma pessoa do lado dele. Eu acredito que o relacionamento de vocês era um tanto... doentio.

— Você tinha era ciúmes — eu falei em um tom suave, mesmo sem saber se de fato ela tinha ciúmes, talvez porque ela não tinha um cara como o Leo para si, ou se porque ele tinha tomado o lugar dela como a pessoa mais importante da minha vida. Ainda que, durante o tempo em que estive com ele, ela também estivesse namorando.

— Ciúmes, eu? Você está muito enganada, Ellen.

Ela pareceu tão convincente, tão contrariada com a simples sugestão de que ela invejava o que eu tinha com o Leo, que senti meu rosto ficar vermelho e voltei ao assunto anterior e insisti:

— O Leo me fazia uma pessoa melhor sim!

Isso foi o mais perto de brigar que tínhamos chegado e, apesar da minha raiva crescente, eu fui ficando nervosa e não conseguia olhá-la nos olhos.

— Ah, é? Bem, se é assim então, Ellen, quero ver uma única foto boa que você tirou enquanto namorava com ele. Mostre pra mim o quanto ele te inspirava. Prove que estou errada.

Eu coloquei meu pote de sorvete bem em cima da edição fresquinha de abril da revista Town & Country dela e marchei até a minha escrivaninha retrátil, no canto da nossa sala de estar. Abri a gaveta, peguei um envelope de papel manilha cheio de fotografias e as espalhei de forma dramática sobre a mesinha de centro.

Margot apanhou as fotos e as manuseou com o mesmo desapego de quem mexe nas cartas de um baralho durante uma partida de paciência.

— Ellen — disse ela, por fim —, estas fotografias... elas não são assim... das melhores.

— Como assim, não são das melhores? — protestei, olhando por cima do ombro dela, enquanto ela examinava as fotos do Leo. Leo rindo. Leo pensativo. Leo dormindo em uma manhã de domingo, encolhido, perto do cachorro dele, Jasper. Fui invadida por uma crise de saudade daquele bóxer invocado, de que eu nunca tinha gostado muito, para começar.

— Certo — ela finalmente disse parando em uma foto de Leo que eu tinha tirado no verão anterior.

Ele estava reclinado sobre um banco do Central Park, de shorts e com uma camiseta escrito Atari, olhando direto para a câmera, diretamente para mim.

— Vamos pegar esta aqui, por exemplo — sugeriu ela —, a luz está boa. Uma boa composição, eu acho, mas ela é... meio maçante. Ele é bonitão e tudo, mas e daí?

É só isso, não há nada além de um cara bonitinho em um banco... E ele... Ele está muito forçado.

Eu me exasperei, ao menos por dentro. Esse insulto era talvez pior do que me chamar de adolescente apaixonada.

— Muito forçado? — eu disse, já completamente louca da vida.

— Eu não quis dizer que você forçou demais — ela explicou. — Mas ele, sem dúvida, forçou a barra. Veja a expressão dele, está afetado, metido e cheio de si. Ele sabe que está sendo fotografado, que está sendo adorado. Ele na certa estava pensando: "Veja só o meu olhar sedutor". Fala sério, Ellen, eu odeio essa foto. Qualquer uma das fotos que você tirou antes de ficar com o Leo é melhor que essas daqui.

Ela jogou a foto na mesinha de centro, que caiu virada para cima. Eu quase, quase consegui enxergar o que ela queria dizer. Eu senti uma pontinha de vergonha, parecida com a vez que escrevi um poema no colégio sobre um verão de surfe no litoral de Jersey. Poema que eu orgulhosamente enviei a uma revista literária e que me fez sentir realmente mal ao vê-lo voltar pelo correio, rejeitado.

Margot e eu ficamos nos olhando por um longo tempo. Foi provavelmente o momento mais honesto e intenso da nossa amizade, um momento em que eu tanto a amei quanto a odiei.

— Eu sei que dói, Ellen, mas é hora de partir para outra — disse ela, finalmente rompendo o silêncio. Ela recolheu rapidamente as fotografias e as recolocou no envelope. Pelo visto, para ela, Leo não valia mais o desgaste de rasgar o rosto dele em dois.

— E como é que se faz isso? — perguntei de mansinho.

E não era uma pergunta retórica, eu de fato queria saber exatamente que passos tomar para prosseguir. Ela pensou por alguns segundos e então começou a me dar instruções:

— Hoje você fica aqui de moletom assistindo ao filme com a Molly Ringwald. Daí, amanhã, levante e tome um banho demorado. Seque o cabelo, faça uma escova, passe um pouco de maquiagem. Depois, pegue sua câmera e mãos à obra... Ele não vai mais voltar, portanto, vá cuidar da sua vida. Já é tempo...

Eu olhei para ela, sabendo que estava certa. Sabendo que mais uma vez eu estava diante de uma encruzilhada na vida, que mais uma vez eu devia seguir o conselho da Margot e me dedicar à fotografia.

Então, no dia seguinte, comprei uma câmera nova — a melhor que coube no meu orçamento apertado — e me inscrevi em um curso completo no Instituto de Fotografia de Nova York. No ano que se seguiu, aprendi em detalhes a manusear os equipamentos e tudo mais, desde lentes e filmes a flash, tungstênio e luz estroboscópica. Estudei exaustivamente sobre abertura, obturador, velocidade, exposição e também sobre filme e sistema ISO, balanço de branco e histogramas. Aprendi as teorias de composição, de cor, dos padrões e de enquadramento, além da regra dos terços (algo que eu já conhecia instintivamente), e como usar as linhas para conseguir imagens de maior impacto. Eu já havia aprendido um milhão de coisas sobre revelação, mas pude apurar a minha técnica em máquinas muito mais sofisticadas. Fiz um curso de especialização em retratos, com ênfase em iluminação e posicionamento, além de estudar fotografia de produtos, fotografia de alimentos, fotografia arquitetônica, fotografia paisagística e até fotografia esportiva. Eu mergulhei na fotografia digital, passei a dominar o Photoshop e a linguagem dos megapixels e dos cartões de armazenamento (que na época eram o que havia de mais novo). Cheguei até a fazer aula de "Marketing e Negócios em Fotografia".

Cada nova semana de curso, cada nova técnica que eu aprendia, cada nova foto que eu tirava ajudava a me curar. Se, em parte, ajudava o tempo a passar, requisito fundamental de toda recuperação emocional, por outro lado era uma paixão que pouco a pouco substituía a outra. E, embora uma única grande desilusão amorosa não fizesse de mim uma especialista no assunto, eu creio que ambos fatores são essenciais — tempo e reposição emocional — para uma recuperação completa.

Assim, cerca de nove meses "pós-Leo", eu finalmente me senti apta — técnica e emocionalmente — a mostrar meu portfólio e me candidatar pra valer a uma vaga de assistente. Por meio do amigo de um amigo, fiquei sabendo que um fotógrafo comercial chamado Frank Brightman estava procurando um segundo assistente. Frank fazia principalmente fotos de moda e de propaganda e, eventualmente, algum trabalho editorial. Ele tinha um estilo cinematográfico marcante que evocava o realismo — uma visão que eu admirava e que conseguia me imaginar fazendo, com meu toque pessoal, obviamente.

Antes que eu pudesse desistir, liguei para o Frank para falar sobre a vaga, e ele marcou de me entrevistar em seu pequeno estúdio no bairro de Chelsea. Logo de cara, o Frank me impressionou e me deixou à vontade. Ele tinha um lindo cabelo grisalho, estava vestido impecavelmente e era muito gentil. Havia algo sutilmente afeminado em seus modos, que me fez pensar se ele não seria gay, o que, naquele altura da minha vida, saída de uma cidade operária e tendo estudado em uma escola conservadora do Sul, ainda soava como uma novidade sofisticada e excitante para mim.

Fiquei observando Frank tomar seu cappuccino enquanto analisava com indulgência meu portfólio amador, que eu colocara em um álbum de capa de couro sintético. Ele ia passando as páginas e murmurando sua aprovação. Quando fechou o álbum, ele me olhou nos olhos e disse que embora ele reconhecesse que eu tinha futuro, preferia não fazer rodeios: ele já tinha uma primeira assistente e o que precisava naquele momento era de um faz-tudo. Alguém para pagar as contas, buscar café e ficar por lá boa parte do tempo.

— Certamente uma função sem o menor charme — explicou ele.

— Posso fazer isso — assegurei com honestidade. —

Eu já fui garçonete. Sou ótima para ficar à disposição. Cumpro ordens como ninguém.

Frank permaneceu frio ao me contar que, antes de mim, ele já havia contratado quatro outros segundos assistentes. Segundo ele, todos tinham referências melhores que a minhas, mas um a um todos se revelaram indolentes e pouco confiáveis. Daí, ele fez uma pausa e disse que eu parecia diferente.

— Você me inspira sinceridade — disse ele. — E eu gosto do fato de você ser de Pittsburgh. Uma cidade boa, honesta, Pittsburgh.

Eu lhe agradeci e abri um sorriso com uma vontade enorme de agradar. Frank retribuiu o sorriso e disse:

— O trabalho é seu. Basta ser pontual e não faltar que você se dará bem.

E foi o que fiz. Compareci todos os dias nos dois anos seguintes e cumpri de bom grado as ordens do Frank e de sua primeira assistente, Marguerite, uma mulher mais velha, peculiar. Frank e Marguerite eram os gênios criativos, enquanto eu cuidava dos detalhes de fundo. Eu cuidava das apólices de seguro das sessões de foto maiores — e às vezes até falava com a polícia. Eu cuidava do aluguel dos equipamentos, ajustava a iluminação e os estrobos segundo as especificações detalhadas do Frank e quase sempre começava a trabalhar com o sol nascendo. Eu colocava o filme na câmera (nos últimos tempos que eu estava trabalhando lá, Frank dizia que nunca tinha visto ninguém colocar filmes tão rápido, o que à época soava como o melhor dos elogios) e fiz literalmente milhares de medições com o fotômetro. Resumindo, eu aprendi todos os meandros da fotografia comercial, enquanto adquiria confiança para um dia arriscar por conta própria.

E era lá que eu estava quando Andy entrou em minha vida.

Dizem que timing é tudo, e quando olho para trás, acredito totalmente nessa teoria. Pois se o Andy tivesse me chamado para sair antes disso, eu teria encarado o seu convite como um ato de piedade, algo arquitetado pela Margot. Eu teria rejeitado de cara, e como Andy não é um cara dos mais agressivos, teria deixado por isso mesmo. E, mais importante ainda, eu não teria tido tempo de ficar com alguns dos caras que, embora incidentais, insignificantes e cuja maioria não tenha durado mais que dois encontros, tiveram sua validade.

Por outro lado, se ele tivesse feito sua investida um pouco depois, eu poderia ter dado uma de cínica, um feito considerável para uma mulher perto dos trinta, mas algo do que eu seria tristemente capaz. Ou eu poderia ter começado a namorar outro rapaz a sério, talvez alguém como o Leo, já que dizem que a gente sempre acaba escolhendo o mesmo tipo, toda vez. Ou então, eu poderia ter me tornado absorvida demais pelo trabalho.

Mas, ao contrário, eu me sentia otimista, contente e autossuficiente ao máximo para uma jovem solteira vivendo em uma metrópole. Eu ainda pensava no Leo (e no que teria dado errado) muito mais do que gostaria de admitir para qualquer um — até mesmo para mim. E a lembrança dele ainda me tirava dos trilhos, fazia disparar meu coração e me deixava com um aperto no peito. Mas aprendi a controlar e a separar essas emoções. A dor mais forte aos poucos foi se acalmando, como acontece com todo mundo. Eu já conseguia encarar o Leo com olhar de realidade, um amor do passado que não ia mais voltar, e me julgava uma mulher mais experiente e mais completa, por tê-lo perdido. Em outras palavras, estava pronta para um novo relacionamento, para um homem melhor.

Eu estava pronta para o Andy.

Oito

Jamais vou esquecer o momento em que descobri que Andy estava interessado em mim mais que como a melhor amiga da irmã dele, ou melhor, mais que uma amiga *dele*. Curiosamente, não aconteceu em Nova York, ainda que Margot e eu víssemos Andy com regularidade, indo a bares para tomar drinques ou em um grupo de amigos nossos que se dava bem com os dele.

Margot, Andy e eu estávamos na casa deles em Atlanta. Tínhamos voado para lá na noite anterior para o Dia de Ação de Graças. Já tínhamos terminado havia bastante tempo a ceia preparada pessoalmente pela Dona Stella, mãe de Margot e Andy (Gloria, a governanta de longa data da família, tirara a semana de folga), e a louça já tinha sido limpa e colocada na máquina de lavar. Andy e eu estávamos sozinhos na cozinha — eu tinha me oferecido para lavar os cristais e a prataria (e ninguém se opusera, o que me fez sentir ainda mais bem-vinda) — e Andy tinha prontamente se voluntariado para secar tudo, o que eu considerei bacana, pois em uma família tradicional do Sul, os homens em geral passam longe dos afazeres domésticos.

Margot, seu outro irmão, James, e os pais tinham ido para a sala íntima assistir ao filme *Um Sonho de Liber-*

dade. Por acaso, havia ainda outros três cômodos da casa que poderiam ser considerados salas íntimas, mas eles os chamavam de sala de jogos, biblioteca e sala de estar íntima. A casa toda era enorme e espaçosa, repleta de antiguidades, tapetes orientais, quadros a óleo e outros objetos valiosos herdados, adquiridos de coleções ou em viagens exóticas de parentes falecidos. No entanto, apesar da formalidade da decoração, todos os cômodos tinham uma disposição aconchegante, o que eu atribuía à iluminação suave e quente e um número enorme de cadeiras e poltronas ultraconfortáveis. A Dona Stella não gostava de uma porção de coisas, molho de salada comprado pronto, passar um presente adiante, sobrenomes com hífen, só para começar a citar, e uma das mais importantes era um assento desconfortável. Como ela mesma me disse uma vez, nada estraga uma festa mais depressa que cadeiras duras. Quando ela me oferecia uma pérola como essa, minha vontade era passar a mão em um bloquinho e anotar tudo direitinho, para me servir de referência futura.

Mas, em uma casa cheia de cômodos lindos e confortáveis, o meu preferido era a cozinha. Eu adorava as paredes em tom de caramelo, as bancadas de ardósia e as pesadas panelas de cobre, penduradas em ganchos acima da ilha do fogão. Eu ficava encantada com a magnífica vista da janela voltada para o terraço dos fundos e a lareira de pedra, onde a seu lado se reuniam. Era uma cozinha espaçosa e bem iluminada como as que se vê nos filmes. Uma cozinha de uma família numerosa e feliz, com uma mãe firme no comando, ainda que à moda antiga, um pai bonitão e amoroso, uma filha graciosa e bem arrumada e dois filhos bem comportados que aparecem a toda hora para mergulhar as colheres de madeira nas caçarolas fumegando sobre o fogão enorme, a elogiar a comida da mãe ou da estimada empregada. Tudo naquela cozinha era perfeito, exatamente como naquela família.

Foi justamente isso que eu pensei quando mergulhei a mão na água quente cheia de sabão, para pescar duas colherinhas de chá de prata. Estava pensando que sorte a minha por estar lá — que era exatamente assim que o Dia de Ação de Graças devia ser — exceto, talvez, pelo friozinho de 15 °C que fazia.

Minha própria família tinha me desapontado naquele ano, o que não era incomum desde a morte da minha mãe. Meu pai tentou manter as tradições por alguns anos, mas a Sharon pôs fim a tudo — não de propósito, por maldade, mas simplesmente porque ela tinha os filhos dela e um jeito próprio de conduzir as coisas. Naquele ano, ela e meu pai tinham ido a Cleveland visitar o filho recém-casado de Sharon, Josh, e sua mulher, Leslie, uma ex-líder de torcida do time de futebol americano de Ohio State, fato, aliás, pelo qual Sharon era exageradamente orgulhosa. Com isso Suzanne e eu teríamos que nos virar sozinhas, e embora eu achasse duvidoso que duas irmãs solteiras que pouco entendiam de cozinha pudessem ter algum sucesso em preparar um banquete de Ação de Graças, eu estava disposta a arriscar. Mas Suzanne não. Ela tinha deixado bem claro que naquele ano não iria comemorar o feriado. Eu não tinha entendido muito bem o que aquilo significava, mas conhecendo o gênio dela, sabia que forçá-la a comemorar da forma tradicional não daria certo. Logo, fiquei mais do que grata quando a Margot me convidou para passar o feriado com sua família.

Eu expliquei parte dessa história ao Andy, quando ele perguntou sobre minha família, tomando o cuidado de não parecer amargurada e não pintar um quadro errado de mim e da minha irmã. Ou pior, para não soar como a coitadinha da amiga rejeitada da Margot.

Andy, que acabava de amarrar um avental azul de babadinhos, mais para fazer graça do que por necessidade, ouviu com atenção e então disse:

— Bem, eu estou muito feliz por você ter vindo conosco. Quanto mais gente, melhor, é o que digo.

Eu sorri, pensando que muita gente usa essa expressão, mas que os Grahams acreditam nela de verdade. E só naquele dia, até o momento, ao menos uma meia dúzia de amigos tinha passado para cumprimentá-los, incluindo Ty, um namorado do tempo do colégio da Margot que havia trazido umas duas dúzias dos famosos biscoitinhos de geleia da confeitaria Henri, a mais antiga de Atlanta. Margot negava, mas Ty sem dúvida ainda era apaixonado por ela — ou pelo menos ainda muito ligado à família dela. Ora, não era difícil imaginar o porquê.

— Sabe — eu disse para o Andy —, a maioria das famílias não é assim.

— Assim como?

— Funcionando bem — respondi. — Feliz.

— Nada, nós enganamos. É tudo fachada — disse ele.

Por um instante, fiquei preocupada, quase me desiludi. Será que havia algum segredo obscuro de família do qual eu não tinha conhecimento? Algum tipo de abuso? Um crime de colarinho branco, talvez? Ou pior, uma sentença médica definitiva, desenganadora, como aquela que mudou definitivamente a minha família? Eu olhei o Andy e ao ver sua expressão leve e jovial, senti um alívio enorme. Meu conceito sobre os Grahams como família próspera e bem ajustada, contrariando as expectativas, estava totalmente a salvo.

— Nada. Vamos bem demais... Exceto pelo James — disse ele.

Andy estava se referindo ao irmão mais novo, o adorável encrenqueiro da família, que no momento estava vivendo na casa de hóspedes nos fundos da mansão. James tinha acabado de perder outro emprego — dizia ter tido mais chefes tiranos que qualquer outro que eu tenha conhecido — e recentemente havia dado perda total no seu terceiro carro caríssimo, que ganhou de presente, obviamente. Ainda assim, as travessuras do James acabavam acrescentando um pouco mais de tempero, com o resto da família sacudindo a cabeça em desaprovação.

Andy e eu ficamos quietos por alguns instantes, trabalhando e esbarrando os cotovelos aqui e ali, até que ele disse do nada:

— Você não teve mais notícias daquele cara com quem namorou? Leo, não era?

Meu coração deu um sobressalto. Eu tinha pensado no Leo ainda naquela manhã, imaginando se ele estaria com a família no Queens ou se decidira ignorar o feriado, ao estilo da minha irmã. Era fácil imaginá-lo fazendo uma façanha semelhante, principalmente se ele estivesse com algum prazo apertado. Mas pensar nele era uma coisa, falar dele era outra. Eu respirei fundo, escolhendo cuidadosamente as palavras a usar. Eu tive a impressão de que ficaria tudo registrado e, embora eu quisesse ser corretíssima, queria parecer forte também.

— Não — eu disse, por fim. — Foi um rompimento definitivo.

Na verdade era certo exagero, a julgar pelo meu período de fossa; mas da parte de Leo era sim definitivo. Além disso, quando depois de romper nunca mais se entra em contato com alguém, nem uma única vez, cabe dizer então que é definitivo, certo? O que se sente lá no fundo conta? Eu pensei na vez em que quase liguei para o Leo. Foi logo depois do 11 de setembro. Tinha se passado quase uma semana, mas o país, em especial a cidade, continuava tomada pelo medo e profundo pesar. Eu sabia que o escritório e a casa do Leo ficavam bem longe do World Trade Center e que ele raramente passava pelo distrito financeiro. Ainda assim, foram tantos os relatos malucos naquele dia, sobre pessoas estarem em lugares diferentes do seu usual, que cheguei a imaginar o pior. E, como comentei com a Margot, eu vinha recebendo ligações de vários amigos antigos e de conhecidos, só para saber como eu estava. Era uma questão de compaixão e decência, não era? Afinal, mesmo estando amargurada por causa do Leo, eu queria que ele estivesse vivo. Mas minhas conjecturas não convenceram a Margot, que me dissuadiu de entrar em contato com ele, sob qualquer circunstância, e para isso ela lançou mão de um simples argumento irrefutável:

— Ele não ligou para perguntar de você, ligou?

Eu coloquei um pouquinho mais de detergente, deixei correr a água e o ar ficou tomado pelo aroma de limão. Andy balançou a cabeça e comentou:

— Rompimentos definitivos são sempre melhores.

Eu murmurei concordando.

— É, eu nunca entendi muito bem esse pessoal que continua amiguinho dos ex.

— Eu sei — completou ele. — Alguém sempre continua com a chama acesa.

— Como o Ty — eu disse, rindo.

— Ex-atamente, isto é, convenhamos, não é hora de se dar conta de que o sonho acabou?

Eu ri, e pensei que embora eu não tivesse escolha, com certeza, eu tinha deixado o sonho com o Leo morrer.

— Então, você está saindo com alguém no momento? — Andy perguntou sem rodeios.

Eu balancei a cabeça:

— Não. Não pra valer. Tenho um encontro aqui, outro ali, a maioria culpa da Margot. Eu acho que ela já tentou me apresentar a todos os héteros solteiros da indústria da moda... Mas nada sério... E quanto a você?

Eu perguntei por perguntar, pois sabia tudo sobre sua situação: ele estava novamente solteiro, depois de um romance curto com uma aspirante ao teatro chamada Felicia. Margot não sabia de muitos detalhes, apenas que eles haviam terminado, e que ela tinha quase certeza que tinha sido por iniciativa dele. Ao que parece, Felicia era exigente demais — fazia drama mesmo fora dos palcos. E quando lhe passei uma taça de cristal, ele me confirmou com um mero:

— Solteiro.

Ele me lançou um sorrisinho de canto de olho que de repente me fez pensar se ele não estaria fazendo algo além de simplesmente jogar conversa fora e ajudar com a louça. Será que seria possível um irmão da Margot demonstrar interesse por mim? Impossível, foi minha primeira resposta instintiva. Por mais que Andy fosse acessível, amigável e até meio brincalhão, ele continuava sendo o irmão mais velho da Margot, lindo e muito bem-sucedido, com quem de algum modo eu acreditava não ter a menor chance ou, no mínimo, que estava fora do meu alcance. Por isso espantei todo e qualquer pensamento romântico relativo ao Andy e tratei de manter o ritmo da nossa arrumação da cozinha. Não demorou e tínhamos acabado, o que, para minha surpresa, eu lamentei.

— Parece que terminamos — disse Andy, enxugando as mãos.

Ele desamarrou o avental e o colocou cuidadosamente dobrado sobre o balcão. Eu liberei o ralo da pia, e observei a água escoar lentamente, até fazer aquele barulho de sucção ao final. Sequei as mãos e limpei o balcão com uma toalhinha de mão com a letra G bordada. Eu tive a sensação de estar enrolando, mas enrolando por quê, eu não tinha certeza. Foi então que o Andy me olhou e disse:

— Bem, Ellen?

— Sim? — respondi meio nervosa, evitando o olhar dele.

Andy limpou a garganta, enquanto mexia com uma caixinha de fósforos sobre o balcão, e continuou:

— Quando voltarmos a Nova York... O que você acha de sairmos um dia? Podemos jantar ou algo assim... Só nós dois...

Não, não era engano, Andy estava me convidando para sair. Minha mente ficou a mil, considerando as implicações por sair com o irmão da minha melhor amiga. Seria um convite arriscado? E se a coisa ficasse séria e depois acabasse mal? A Margot tomaria partido? Nossa amizade sobreviveria? Ou, no mínimo, não seria estranho demais eu voltar a morar com ela? Por isso, naquele instante, em questão de segundos pensei em dizer não ou arrumar alguma desculpa qualquer para evitar um conflito de interesses. Havia milhares de bons partidos em Manhattan, por que então tomar esse caminho?

Em vez disso, olhei bem nos olhos azuis dele, que pareciam de vidro, porém mais calorosos que quaisquer outros olhos castanhos que eu conhecia, e respondi encabulada:

— Acho que há uma possibilidade.

Andy cruzou os braços, reclinou-se sobre o balcão e sorriu. Eu retribuí o sorriso. E quando ouvimos a Margot vindo em direção à cozinha, ele deu uma piscadela maliciosa e sussurrou:

— Veja só, se tudo correr bem… Você ao menos já conhece a família.

Pelo resto do fim de semana minhas expectativas só cresceram com nossa troca de olhares coniventes, principalmente na noite seguinte, quando Dona Stella decidiu investigar sobre o andamento da vida amorosa dos filhos:

— Alguém especial em vista? — ela perguntou enquanto jogávamos palavras cruzadas na mesa de couro na sala de jogos.

James respondeu caçoando:

— Claro, mamãe, há diversas garotas especiais… Se é que me entende.

— James — ralhou a mãe, balançando a cabeça dourada, impecavelmente penteada, em sinal de irritação com o filho do meio, enquanto soletrava a palavra "A N Õ E S" na sua vez de jogar, formada com as letras que tinha.

— Boa palavra! — bajulou Andy, virando-se para mim. — Sabe, Ellen, mamãe sempre ganha esse jogo.

Eu sorri, reparando que o pessoal do Sul não usa "meu pai" e "minha mãe", para falar dos pais.

— Já me contaram — comentei, impressionada e um pouco intimidada pela matriarca dos Graham.

Na verdade, vencer os jogos de tabuleiro era apenas uma das muitas coisas que ouvi sobre a Dona Stella, e que ajudaram a criar essa imagem bonita, quase cultuada, por sua família. Stella, inteligente, linda, firme. Encantadora e encantada, ela não ia morrer de câncer — eu tinha certeza disso —, e sim dormindo em sua própria cama, aos 94 anos, com um sorriso no rosto e a cabeça bem acomodada sobre o travesseiro com fronha de seda.

— Isso é porque ela trapaceia — completou James, falando mais lentamente e com sotaque mais forte que o do resto do clã, o que eu creditava a sua morosidade natural, que embalava, inclusive, seu modo de falar. Ele piscou para mim e disse:

— Você precisa ficar de olho aberto, Ellen. Ela é escamoteadora.

Nós todos caímos na risada diante da imagem ridícula da sempre bem-sucedida Stella Graham trapaceando, enquanto ela balançava a cabeça novamente, seu pescoço esguio extremamente gracioso. Depois, ela cruzou os braços sobre o bonito vestido de lã cor de marfim, com os berloques de ouro maciço de sua pulseira pendurados na direção do cotovelo.

— E você o que me diz, Andrew? — Dona Stella perguntou.

Eu senti o rosto esquentar, enquanto prestava atenção na miniatura de Torre Eiffel, certamente presente do pai de Margot, que até hoje chamo de Sr. Graham, o único a não jogar naquela noite. Em vez disso, ele estava lendo o Wall Street Journal próximo à lareira, e de vez em quando dava uma de juiz, consultando o dicionário para as palavras controversas do jogo.

— Eu? Dizer o quê? — Andy desconversou evasivo, parecendo surpreso ao mesmo tempo.

— Ele deu o fora na Felicia — antecipou Margot. — Eu não contei para a senhora?

Dona Stella assentiu, mantendo o olhar em Andy.

— Alguma chance de se reconciliar com a Lucy? Uma mocinha tão doce, bonitinha — ela comentou, lamentosa. — Eu adorava a Lucy.

James caçoou, imitando o personagem do seriado *I Love Lucy*, Ricky Ricardo:

— Luuuuuuucy! Cheguei!

Mais uma vez todos demos risada, enquanto Andy me lançava um olhar sugestivo.

— Que nada! A Lucy já era — afirmou ele, acariciando meu dedão através da minha meia, com o dele descalço, por debaixo da mesa. — Mas já tenho um encontro acertado para a próxima semana.

— Sério? — Margot e a mãe disseram em coro.

— Sim — Andy confirmou.

— Promissor? — Margot perguntou.

Andy assentiu, no momento em que o Sr. Graham levantou os olhos do jornal, esboçando certa curiosidade. Margot uma vez me contou que o pai esperava que no futuro o Andy voltasse a morar no Sul e assumisse seu escritório de advocacia. E, para ele, o casamento do filho com uma yankee seria o único empecilho de peso para esse sonho. Assim, como não poderia deixar de ser, o Sr. Graham olhou por cima do jornal e perguntou:

— Por um acaso, ela seria do Sul?

— Não — Andy respondeu. — Mas tenho certeza que o senhor gostaria muito dela. Todos vocês.

Eu sorri, encabulada, e voltei minha atenção ao jogo, tentando formar uma palavra com as letras que me restavam: "D E S T I N O" — definitivamente um bom sinal.

Foi assim que Andy e eu começamos. E é por isso que visitar a família da Margot (que em algum ponto entre nosso namoro e casamento eu passei a chamar de família do Andy) é para mim uma espécie de volta sentimental no tempo, como ler uma carta de amor antiga, ou como voltar ao lugar de um encontro especial. Tudo isso me veio à cabeça no momento em que Andy e eu, passada uma semana da notícia sobre a gravidez de Margot, voamos até Atlanta para os visitar.

O voo seguiu tranquilo, sem uma só nuvem no céu cor de azul cobalto de fevereiro. Mas me senti um pouco ansiosa. Eu ficava nervosa ao voar, pois certamente herdei um pouco do pavor da minha mãe, que se recusava a entrar em um avião. Não que meus pais tivessem meios para viajar de avião por aí, fato que, aliás, me magoava, quando via meu pai e Sharon decolando para a Flórida todo inverno, para embarcar em seus cruzeiros comemorativos pelo Caribe. Eu desejo a felicidade do meu pai, mas às vezes parece injusto que seja a Sharon quem desfrute da aposentadoria dele — e ter aprendido desde cedo que a vida não é justa não me serve de grande consolo.

Seja como for, a comissária de bordo acabou de avisar, de modo cortado, que estávamos nos aproximando do aeroporto de Hartsfield-Jackson e que devíamos retornar aos nossos assentos e recolher as mesinhas. Andy seguiu as instruções e colocou seu exemplar do USA Today no colo. Ele escreveu "oito" na cruzada horizontal com a caneta e pediu:

— Preciso de uma palavra com quatro letras para cúpula.

— Topo — eu sugiro.

Andy balançou a cabeça.

— Não, não encaixa.

— Cume? — tentei novamente.

Ele assentiu com a cabeça:

— Obrigado — ele agradeceu, ao mesmo tempo irritado e orgulhoso com a minha destreza nas palavras cruzadas. Ele pode ser o advogado, mas eu sou a mestra no vocabulário. Como a mãe dele, eu tinha passado a ganhar todas dele nas cruzadas e na forca e, definitivamente, em todos os jogos de tabuleiro. O que não o incomodava nem um pouco, já que o Andy não tem lá muito espírito competitivo.

Enquanto o avião manobrava, eu agarrei o braço da minha poltrona com uma mão e a perna do Andy com a outra. Ao fechar os olhos, pensei novamente naquele dia na cozinha, anos atrás. Pode não ter sido tão excitante quanto engatar um caso amoroso com um total estranho, enquanto se está isolada do mundo durante um julgamento por assassinato, mas, em vários aspectos, foi ainda melhor. Teve substância. Uma essência doce e concreta. Teve o embasamento da amizade e da família, duas coisas simples que realmente contam na vida, que duram. Não foi o mistério que me atraiu no Andy, pois eu já o conhecia quando começamos a sair. Talvez eu não soubesse tudo dele, e o que sabia tivesse sido filtrado pela Margot — ainda assim, eu o conhecia em uma instância fundamental, decisiva. Eu conhecia suas origens. Sabia que ele amava e era amado. Sabia que era bom filho e bom irmão. Sabia que era um rapaz engraçado, atencioso e atlético... O tipo de cara que ajuda a lavar a louça do jantar do Dia de Ação de Graças, com ou sem segundas intenções.

Logo, quando Andy e eu tivemos nosso primeiro encontro alguns dias mais tarde, estávamos muito mais avançados que os demais casais que saem pela primeira vez. Já estávamos no equivalente ao quarto encontro, e pudemos pular a parte autobiográfica e aquela história do "vamos nos conhecer melhor", pudemos relaxar e nos divertir. Não havia necessidade de manter a postura, passar por algo que não éramos, pensando em cada atitude, como eu tinha ficado acostumada a fazer no final do meu namoro com o Leo — e em vários encontros fracassados que se sucederam. Tudo pareceu fácil e natural, equilibrado e construtivo. Nunca precisei tentar imaginar o que passava pela cabeça do Andy, ou como ele se sentia, porque ele sempre foi um livro aberto e feliz a valer. E mais ainda, ele sempre se preocupou em me fazer feliz. Um verdadeiro cavalheiro do Sul, educado e respeitoso. Um romântico galanteador.

Em algum lugar bem lá no fundo, eu sabia desde o início que faltava um pouco de intensidade no nosso relacionamento, mas não no aspecto que eu inicialmente imaginei. Muito pelo contrário, era um alívio enorme nunca me desesperar, era como o primeiro dia de bem-estar depois de superada uma gripe. O simples fato de não me sentir deplorável causava euforia. Conforme Andy e eu íamos nos tornando mais íntimos, eu tinha a certeza que era assim que as coisas deveriam ser. Era assim que o amor devia ser. E o principal é que eu tive certeza que esse é o único tipo de amor inesgotável. Andy era definitivo, e juntos tínhamos a promessa de durar para sempre.

Senti o avião fazendo a aproximação final. Andy dobrou o jornal, guardou-o na mala de mão sob o assento e apertou a minha mão.

— Tudo bem com você?

— Sim — respondi, ao lembrar que com o Andy é sempre assim, eu tenho a garantia de me sentir bem ao seu lado.

Minutos depois aterrissamos bem em Atlanta, mas

demoramos um pouquinho para chegar até nosso portão. Andy se levantou para apanhar nossos casacos no compartimento superior enquanto eu ligava meu celular para checar se a Margot havia telefonado. Nós tínhamos combinado na noite anterior de nos encontrarmos na saída do desembarque às 9h30 em ponto, mas a Margot costuma se atrasar ou mudar os planos no meio do caminho. Não é difícil imaginar que ela estivesse com uma quiche ainda no forno ou que seu cabelo ainda não estivesse bem seco ou ainda que algum imprevisto tivesse acontecido. Bingo, havia uma mensagem na minha caixa postal. Uma nova mensagem. Eu apertei o play, mas de cara percebo apreensiva e excitada que a mensagem não era da Margot. Era uma mensagem do Leo. Leo que, depois do nosso reencontro, aparentemente estava se esforçando para cumprir sua promessa de reatar a nossa amizade.

Confusa, eu olhei para o Andy, que estava completamente desligado. Eu poderia facilmente ouvir toda a mensagem sem que ele percebesse e, mesmo me sentindo culpada, uma parte de mim estava morrendo de curiosidade para saber o que Leo tinha a dizer. Mas, ao contrário, eu não permiti que ele passasse do "oi, Ellen, aqui é o Leo", e rapidamente interrompi a gravação. Eu não permitiria que ele dissesse mais que isso na terra natal do Andy... na presença do Andy e ponto final. Era uma questão de respeito, concluí, ao desligar novamente meu telefone e guardá-lo na bolsa. Se não fosse por outra coisa, seria, no mínimo, uma questão de respeito.

Nove

Andy e eu chegamos à esteira de bagagem e deixamos o desembarque em tempo recorde.

— Como poesia em movimento — gabou-se ele, orgulhoso de sua capacidade de viajar com eficiência, quando viu o jipe prateado Mercedes do Webb e da Margot.

Para nosso espanto, Margot aparentemente discutia veementemente com uma policial de voz rouca, sentada em um assento de bicicleta completamente desproporcional ao seu quadril gigante de mamute. Ela sem dúvida estava informando ao Webb que era proibido estacionar ali. Dava para ver pela janela semiaberta do carro que, embora Margot estivesse munida de seu sorriso mais meloso, decidida a não ceder e a não perder aquela vaga, seu charme não estava funcionando com a policial de cabelo comprido repicado e botas pesadas de motoqueiro, que apitava e berrava:

— Somente embarque e desembarque, senhora! Vamos liberando, imediatamente!

— Minha nossa! — exasperou-se Margot, apertando a mão contra o peito e logo nos avistando. — Ei, veja só! Minha família chegou. Estamos aqui para embarcar, agora! — ela anunciou.

Eu abri um sorriso, pois vi que a Margot venceu, outra vez, e com classe, como de costume. A policial se virou para nos conferir e saiu pedalando com vigor em busca de sua próxima vítima. Enquanto isso, Margot desceu do carro. Ela estava com uma blusa de caxemira bege queimada, de cinto e jeans preto, usado por dentro das botas marrom chocolate, e óculos escuros de armação exagerada (um modelo que ela não deixou de usar nem mesmo na década de 1990, quando a moda era a armação sequinha). Sempre no auge da moda, como em Nova York — talvez ainda mais.

— Que alegria vocês aqui! — ela soltou um gritinho agudo, abraçando Andy e eu ao mesmo tempo, em um abraço desajeitado, mas muito carinhoso.

Mesmo sabendo que ainda era cedo para aparecer, seu porte pequeno e seus gestos cheios de energia disfarçavam a gravidez. Só mesmo os seios denunciavam seu segredo, o tamanho 38 já estava mais para o tamanho 42. Fiquei satisfeita e sorri ao pensar que esse tipo de coisa só se nota na melhor amiga. Eu fiz um gesto para destacá-los e disse:

— Que beleza!

Ela riu e retrucou:

— É, eles já cresceram um pouquinho... Mas o responsável mesmo é o modelo de sutiã que dá uma levantadinha.

Andy demonstrou certo embaraço com nossa conversa, enquanto acomodava a volumosa mala de mão no porta-malas do carro. Segundos depois, também recebidos com uma calorosa recepção pelo Webb, deixamos o aeroporto rapidamente pela rodovia. Margot e eu estávamos no banco de trás. Todos falamos animadamente sobre o bebê e sobre a ala nova que seria construída, onde ficaria o quarto do bebê.

— O empreiteiro é mais mole que uma lesma — Margot comentou. — Eu já avisei que espero que o quarto esteja terminado quando o bebê chegar.

— Acho difícil eles terminarem até lá, amor. Não com os intervalos de uma hora para tomar café — disse Webb, alisando o queixo bem definido.

Eu reparei que Webb também estava usando uma blusa cor de caramelo e me perguntei se a Margot combinou de propósito. Esse tipo de coisa é típico deles, e um exemplo vivo desse comportamento de casal é o par de mocassins que usam para dirigir, na versão ele/ela.

Webb olhou sobre o ombro antes de mudar de faixa, para ultrapassar um Volkswagen lento, e continuou:

— A Margot contou a vocês sobre o novo piso de couro no estúdio no andar de baixo?

— Não — respondi, olhando para Margot, intrigada como um detalhe desses passou em branco em nossos bate-papos diários ao telefone.

Ela balançou a cabeça e gesticulou na direção do marido, como quem diz "foi ideia dele, não minha" — mas dava para ver que ela estava orgulhosa com o bom gosto e o estilo arrojado do marido.

— Piso de couro? — Andy assobiou. — Caramba.

— É, ficou sofisticado à beça — Webb disse. — Esperem para ver.

— Mas não arranha com facilidade? — eu perguntei, ao me dar conta que sempre pareço prática demais, mesmo chata, ao lado do Webb.

— Uns arranhõezinhos agregam certo caráter — Webb observa. — Além do mais, no geral, andamos descalços nele.

Margot explicou:

— É onde pratico minha ioga e meditação... Nós vimos um igual em um spa na Califórnia e não resistimos.

"Naturalmente", penso, com afeto.

— Você está fazendo ioga? — perguntei.

Margot nunca foi de se exercitar, e quando ia à academia em Nova York, ela fazia mais o gênero garota que fica na bicicleta ergométrica reclinável lendo a revista *People*.

— Por causa do bebê — disse ela, acariciando uma barriga imaginária —, estou tentando me tornar um pouco mais... centrada.

Eu concordei, lembrando que essa mudança, na verdade, ocorreu mesmo antes da gravidez, desde que ela se mudou de Nova York. E isso não me surpreendia, pois nem que fosse só por um fim de semana, sair da cidade também me acalmava. Embora Atlanta seja uma grande metrópole, tudo é mais amplo, relaxante e extremamente convidativo se comparado a Nova York. Mesmo o centro da cidade, que tínhamos acabado de cruzar, tem um ambiente muito mais amigável, mais acessível, para quem está acostumado com os espigões de Nova York.

Em poucos minutos, chegamos ao coração de Buckhead, bairro no norte de Atlanta, onde Andy e Margot cresceram. Ao ouvir pela primeira vez esse estranho nome, "Buckhead" (aparentemente tirado de uma antiga taverna, onde havia uma cabeça de cervo pendurada), eu imaginei uma paisagem rústica, bucólica, mas, na realidade, trata-se de uma região bastante cosmopolita. O distrito comercial tem dois moderníssimos shoppings, onde a Margot abastece seu closet com peças Gucci e sapatos Jimmy Choo, além de hotéis e edifícios luxuosos, galerias de arte, casas noturnas e até mesmo restaurantes cinco estrelas, o que lhe valeu os apelidos de Distrito das Meias de Seda e Beverly Hills do Sul.

Mas a verdadeira essência de Buckhead está em sua área residencial, com suas alamedas sinuosas ricamente arborizadas conduzindo a charmosas mansões georgianas e casarões em estilo neoclássico, como aquela em que Margot e Andy cresceram. Outras, como a casa de tijolos pintados da década de 1930, em que viviam Webb e Margot, são mais modestas, mas igualmente cheias de charme.

Quando o carro finalmente estacionou depois de atravessar o caminho ladeado por camélias brancas, não me ocorreram outras palavras senão adorável e encantador, pouco frequentes em meu vocabulário, devo confessar.

Webb abriu a porta do carro para mim. Eu agradeci e disse que eu já estava me sentindo com vontade de tomar um chá bem docinho. O chá gelado adocicado é um dos costumes sulinos que mais me agradam, servido fresco com biscoitinhos caseiros e mingau de queijo. Andy e eu não conseguimos entender por que uma bebida tão deliciosa, presença garantida em todos os lares e restaurantes do Sul, incluindo a maioria das cadeias de fast-food, não era oferecida no Norte, para além dos Estados de Pensilvânia e Maryland.

Margot abriu um sorriso:

— Bem, você está com sorte, querida. Eu fiz uma jarra cheinha hoje cedo.

Não me restou dúvida que ela tinha preparado bem mais que chá, pois a Margot é uma anfitriã maravilhosa, saiu à mãe. Seguimos e adentramos o que poderia ser o cenário de um artigo completo da revista de decoração típica do Sul. Usando as palavras da Margot, o estilo de sua casa é "tradicional com um toque déco". Não sei ao certo o que isso significa, mas adoro o fato de tudo ser lindo, sem ser previsível ou tradicional demais. A área principal é ampla e aberta, a sala de estar e a cozinha são interligadas, com farta área para sentar. O marrom chocolate e o azul sálvia dominam o esquema de cores e os tecidos sedosos das cortinas criam um efeito etéreo, feminino. Webb sem dúvida deixou Margot se encarregar totalmente da decoração, pois isso não é o que se esperaria de um empresário esportivo grandalhão. Até aquele momento, as flâmulas e camisas esportivas autografadas e emolduradas, que dominavam as paredes do seu apartamento de solteiro em Manhattan, estavam relegadas às paredes revestidas de madeira de seu escritório, no piso inferior.

Andy apontou para o sofá cor de creme, enfeitado com uma manta azul, cuidadosamente arrumada, e duas almofadas coordenadas, na sala de estar:

— Isso é novo?

Margot assentiu com a cabeça:

— Ah-hã. Não é uma delícia?

— Sim — Andy respondeu todo capcioso. — Delícia vai ficar quando seu filho virar o prato de espaguete inteiro nele.

— Ou filha — emendou Margot ao nos conduzir até a cozinha onde ela nos serviu um farto café da manhã com salada de frutas, quiche de espinafre e crepes de queijo que ela mesma havia preparado. — Espero que estejam com fome.

— Famintos — Andy respondeu.

Margot sugeriu que comêssemos logo, pois jantaríamos cedo, no Bacchanalia, o restaurante predileto dos Grahams em Atlanta.

— Mamãe e papai vão jantar conosco. Prometemos que não vamos monopolizar a atenção de vocês, agora que moramos aqui.

— É verdade. Andy e eu falamos sobre isso. Sua mãe não se chateou por ficarmos hospedados aqui? — perguntei.

— Ela compreende — disse Margot, regando os crepes com calda de framboesa. — Mas ela também me deixou bem claro, sem margem de negociação, que espera que seu filho continue a dormir sob o teto dela quando vier a Atlanta para as festas e feriados. — Margot termina a frase usando o sotaque pomposo característico da cidade natal da mãe.

Andy revirou os olhos e eu sorri, agradecida, porque embora fosse um filho atencioso, ele não era nem um pouco um filhinho mimado da mamãe. Estou certa que eu não aguentaria um marido assim. Eu tinha ido a um casamento recente em que a mãe do noivo precisou ser afastada do filho ao final da festa, chorando e gritando "eu não quero te perder!". A cena toda foi lamentável. Margot tinha uma teoria sobre o assunto, dizendo que isso é mais comum entre mulheres que só têm filhos homens e nenhuma filha. Talvez porque não estejam acostumadas a disputar nada com outras mulheres ou por conta do velho ditado "um filho é filho até arranjar uma esposa, já uma filha é filha para a vida inteira". Talvez ela estivesse certa, pois embora a Dona Stella adore os filhos, ela concentrava seu tempo e energia muito mais na filha.

Ao ver Margot atarantada na cozinha, eu me ofereci para ajudar. Ela recusou e serviu o chá em três copos altos cheios de gelo, além de água Perrier para si. Então, ela nos convidou para sentar e pediu ao Webb para que desse graças, um costume que é mais uma tradição do que um ato religioso, já que em Nova

York esse hábito e ir à igreja tinham ficado de lado para os dois.

Quando Webb encerrou a oração formal e sucinta, e Margot sorriu desejando a todos um bom apetite, eu tive a ligeira sensação de que a única coisa que tinha restado em comum era o nosso passado conjunto. Porém, essa impressão se desfez em segundos, enquanto Margot ia desfilando rapidamente uma variedade de assuntos, discutindo e analisando tudo e todos, com o que a maioria das pessoas — incluindo Webb e Andy — consideravam um exagero de detalhes. Acima de tudo, é exatamente por isso que nós duas somos tão íntimas e que nos damos tão bem, mesmo sendo tão diferentes. Nós simplesmente adoramos conversar uma com a outra.

Assim, os rapazes praticamente não tinham chance de falar, enquanto colocávamos as fofocas de Nova York e Atlanta em dia, com igual pormenor e fervor. Falamos das amigas solteiras de Nova York, que terminavam as noites sempre sozinhas, sem saber por que não encontravam o cara certo, das vizinhas de Margot que tinham empregadas em tempo integral e passavam os dias entre jogos de tênis, compras e almoços.

— O que você preferiria? — perguntei a ela. — Se tivesse de escolher.

— Humm, não tenho certeza. Os dois extremos me parecem meio tristes — respondeu Margot.

— Você não sente saudade de trabalhar? — eu a instiguei.

Eu não conseguia me imaginar desistindo da minha carreira, mas é verdade que eu não estava grávida. Isso pode vir a mudar tudo.

Margot balançou a cabeça negativamente.

— Eu pensei que sentiria falta... Mas na verdade, ando tão ocupada.

— Jogando tênis? — Andy caçoou.

Margot torceu os lábios, na defensiva.

— De vez em quando — ela respondeu. — Mas também decorando a casa... e me preparando para a chegada do bebê... e fazendo trabalho voluntário.

— Ela até desistiu do grupo de mulheres que estava participando — comentou Webb, ao servir-se de mais crepe. — Era coisa demais ao mesmo tempo. Mesmo para ela.

— Eu não disse que esse trabalho volutário era demais na minha agenda — corrigiu Margot. — Eu simplesmente disse que aqui em Atlanta o grupo de mulheres é muito jovem. Eu me sentia a tia mais velha, perto daquelas garotas de vinte e poucos anos, a maioria recém-formada na faculdade e casada com o namorado do colégio.

A expressão no rosto de Webb se abriu com o que ele disse:

— Falando nisso... Conte para a Ellen e o Andy quem você contratou para fazer nosso paisagismo.

Margot ralhou com o marido meio de brincadeira, já vermelha como um pimentão. Eu dei risada, abismada com a facilidade com que ela e a Dona Stella ficam encabuladas, ficando coradas até mesmo pelos outros, tamanha a empatia delas. Na verdade, a Dona Stella não podia sequer assistir a uma premiação, os discursos de agradecimento já a deixavam nervosa.

— Deixa disso — insistiu Webb, com um sorrisinho nos lábios. — Vamos, conta pra eles, amor.

Margot espremeu os lábios e Andy a incentivava:

— Quem, mana?

— Os irmãos Portera — Webb contou.

Todos sabíamos que esse era o sobrenome de Ty, o namorado dos tempos do colégio da Margot, o mesmo que continuava a aparecer para cumprimentar no Dia de Ação de Graças.

— Os irmãos Portera? — reforçou Andy, se deliciando. — Como no filme *Ty, o Eterno Apaixonado*?... Ty *Oh! Girl!* Portera?

— "*Oh! Girl!*"? — Webb perguntou.

— Margot nunca te contou sobre a apresentação do namoradinho dela, rebolando e fazendo cover do Jordan Knight no colegial? — Andy se levantou e começou a girar e a cantar — "Oh! Oh! Girl! You know you got the right stuff!" (Você sabe que tem o jeito certo).

— Conta isso direito, Margot. O seu namorado do colegial dublou os Backstreet Boys? — disparou Webb, satisfeito com a nova munição.

— Não vamos ser injustos, Webb. O Jordan Knight era do New Kids on the Block — corrigiu Andy. — E acho que no ano anterior ele havia imitado os Menudos, não foi mesmo, Margot?

Margot deu um tapa de protesto na mesa:

— Não! Ele nunca imitou os Menudos!

Eu não resisti à tentação e lembrei que o único de nós que conhecia as letras das músicas do New Kids era o Andy.

— New Kids, hein? Bem, eu acho que isso facilita um pouco as coisas — Webb concluiu, morrendo de rir. — Isto é, talvez o cara seja gay agora, ou faça parte de outra boy band. Ou, Deus nos livre, ambos.

Eu dei risada, mas mentalmente classifiquei esse comentário entre as coisas que diferenciam o Webb de mim, eu podia apostar que ele não tinha amigos gays.

Webb continuou:

— Falando sério. Dá para acreditar que a Margot contratou o próprio ex?

— Não — Andy respondeu com uma sobriedade exagerada —, de maneira nenhuma. Uma coisa absurda.

Sei que Andy e Webb estão só brincando, mas meu estômago começou a embrulhar quando pensei na mensagem na caixa postal do meu telefone. A mensagem que eu deveria ter deletado. Eu olhei para o meu prato e cutuquei um galhinho de salsa com um dente do garfo.

— Vamos, Ellen! — disse Margot, com os cotovelos apoiados na mesa, algo que ela normalmente não faria. — Me ajuda aqui!

Eu pensei por um instante, buscando alguma forma de ajudar sem me comprometer. E propus uma alternativa meio ineficaz:

— Eles são apenas amigos.

— Apenas amigos, hein? — Webb brincou. — A velha desculpa esfarrapada do "apenas amigos".

— Meu bom Deus! — Margot se irritou e se levantou recolhendo o prato dela e o de Andy.

— O bom Deus não vai ajudar você mais que a Ellen aqui — Webb afirmou. — Nenhum dos dois aprova esse tipo de joguinho de veado.

— Joguinho de veado, vê se cresce, Webb! O Ty tem mais que antecedentes, e não tem graça nenhuma — Margot retrucou, voltando da cozinha. — Nós fizemos a transição para amigos zilhões de anos atrás, quando ainda estávamos no colégio. E ele já cuida do jardim do papai e da mamãe faz um ano!

— E por acaso isso ameniza algo? E o fato de ele também estar fazendo o jardim dos seus pais torna as coisas melhores? — Webb argumentou, sacudindo a cabeça. E olhando para mim: — Cuidado. Eles estão sendo desleais. O bando todo.

— Ei, não me coloca no mesmo saco que meus pais e minha irmã — Andy protestou. — Eu não contrataria o cara, nem que eu tivesse um jardim.

— Foi mal, cunhado, eles são todos desleais, exceto você. Até mesmo o James — Webb retificou.

— O James não tem jardim — Andy observou.

— É. Mas o James joga golfe com ele. Traidor desleal — Webb devolveu.

— Não é uma questão de lealdade com ninguém — Margot afirmou. — Além do mais, ele não virá aqui plantar nada. Ele tem funcionários para isso... A empresa de paisagismo dele é ótima e tem bom preço. O motivo é só esse e você sabe bem disso, Webster Buffington.

— Tá bom — Webb prosseguiu —, continue repetindo isso para si mesma e talvez você passe a acreditar.

— Ah, caramba! Você fala como se eu tivesse colocado a foto do meu baile de formatura enfeitando a lareira!

— Com certeza isso virá na sequência — afirmou Webb. Aí, se dirigindo a mim, ele perguntou: — Ellen, você ainda tem contato com o seu par no baile de formatura?

Eu sacudi a cabeça com intensidade.

— Ele… hmmm, limpa seu apartamento, prepara sua declaração de renda ou algo parecido? — Webb insistiu.

— Não — eu disse.

— Você por acaso conversa com algum ex?

A resposta deveria ser outra, mas eu fiquei quieta, impressionada com a coincidência, rezando para que alguém dissesse alguma coisa e me salvasse. Mas não tive essa sorte e o silêncio dominou a mesa. Então, olhei para o Andy, como se a pergunta tivesse sido dirigida a ele.

— O quê? — Andy disse. — Não olha pra mim, não. Você sabe que não tenho amizade com mulheres, quem dirá ex-namoradas.

— A Lucy te enviou um cartão de Natal uns anos atrás — eu disse, sentindo uma velha pontinha de ciúme ao lembrar da doce e sensual Lucy.

— Com uma foto do filho junto — Andy completou. — O que está longe de ser uma cantada... Além do mais, eu nunca mandei cartão de Natal nenhum para ela.

— É, mas você nunca teve o costume de mandar cartões de Natal, mesmo antes do nosso casamento — argumentei, ao me levantar para ajudar a Margot a tirar a mesa.

Andy deu de ombros. Advogado que é, ele sabe reconhecer uma tangente irrelevante:

— A questão é: eu não falo mais com ela e ponto final.

— E eu não falo com minhas ex, ponto — Webb falou na sequência.

Andy me olhou com expectativa.

— E eu não falo com meus ex — repeti, com a cara lavada.

Nunca mais.

— Ah, vão procurar o que fazer, vocês todos — censurou Margot, recolhendo na palma da mão as migalhas derrubadas pelo marido. Ela levantou a cabeça, olhou ao redor e acrescentou: — E enquanto se ocupam, aproveitem para esquecer dos seus ex definitivamente.

Naquela tarde, tirei a mensagem do Leo da minha cabeça, enquanto escolhia roupinhas de cor neutra para o bebê em uma loja charmosa chamada Kangaroo Pouch, toda derretida pelas coisinhas mais lindas, todas minúsculas. Ao final, compramos uma camisola branca e uma manta combinando, para a maternidade, e mais uma dúzia de macacões e uma porção de sapatinhos de tricô, gorrinhos e meias bordados à mão. Eu senti meu instinto materno querendo se manifestar e, pela primeira vez, desejei estar grávida também. Obviamente, sei que desejar um bebê quando se está comprando o enxoval do primeiro filho da sua melhor amiga é a mesma coisa que querer se casar ao ver a amiga experimentado um vestido de noiva de uma grife famosa em frente a um espelho no provador, e que a maternidade traz junto uma porção de fatores não tão agradáveis. Assim, quando na sequência Margot e eu visitamos algumas casas à venda — por pura diversão —, foi impossível não imaginar como seria bom mudar para Atlanta, morar perto da Margot e poder ver nossos filhos, primos e melhores amigos crescerem felizes, em um mundo maravilhoso, repleto de camélias brancas e bebendo chá sob o sol do verão.

Porém, quando Margot e eu estávamos nos arrumando para o jantar, as lembranças de Leo voltaram com força total, e meu celular parecia que ia pegar fogo e abrir um buraco na minha bolsa. Tanto que, por pouco, não confidenciei tudo para Margot. Mas me lembrei a tempo que além de ser minha melhor amiga, ela também é irmã do Andy. E ainda por cima, ela odeia o Leo. Essa conversa não terminaria bem de jeito nenhum.

Em vez disso, como quem não quer nada, voltei ao tópico da amizade com um ex, tentando descobrir uma saída para o meu mais novo dilema moral.

— Diz pra mim — puxei assunto ao fechar o zíper da

minha saia tubinho cinza —, o Webb não leva mesmo a sério o Ty, leva?

Margot caiu na risada e balançou o dedo.

— Claro que não! Webb é o homem mais seguro que conheço... E ele com certeza não se sente ameaçado com um namorico de nada dos meus tempos de escola.

— Certo — eu disse, imaginando se Andy se sentiria ameaçado pelo Leo e, principalmente, se ele teria motivos para isso.

Ela segurou duas opções de roupa para vestir, um vestido preto de jérsei e uma jaqueta de crochê cor de lavanda com gola chinesa e perguntou:

— Com qual eu vou?

Eu hesitei por um momento e então apontei para a jaqueta.

— Mas vamos supor que você tenha contratado o Brad para fazer o seu paisagismo.

— Brad Turner? — ela perguntou, para confirmar se eu me referia mesmo ao corretor de ações lindo e maravilhoso com quem ela namorou por dois anos antes de conhecer o Webb.

— Sim, ele mesmo.

Ela ergueu os olhos e disse:

— Certo, já estou até vendo... O Brad de terno impecável, ali fora com o cortador de grama.

— Será que o Webb se chatearia?

— Talvez — ela reconhece. — Mas eu jamais contrataria o Brad. Nós não nos falamos mais.

— Por que não? — eu insisti, pois, afinal, esse era

o âmago da questão. Por que se pode manter contato com certos ex e outros não? Por que não há problema em continuar a amizade com alguns? Existe um teste de múltipla escolha para saber ou é tudo mais simples que isso?

— Ah, eu não sei — Margot respondeu, preocupada. Por um instante eu me preocupei se ela havia desconfiado de algo. Mas ao vestir uma calça preta e calçar um lindo escarpim aberto na ponta, sua expressão se suavizou novamente. A última pessoa em quem ela pensaria seria o Leo. E eu queria poder dizer o mesmo de mim — Por quê? Você por acaso sentiu saudade do Brad ou algo assim?

Eu sorri, dei de ombros e respondi:

— Sei lá... Só fiquei pensando se existe uma regra definida para se lidar com nossos ex. O assunto me deixou curiosa.

Margot refletiu um pouco e, então, deu seu veredicto:

— Pois bem. Se você não sente nadinha mais pelo cara, e ele não sente nadinha mais por você, e o namoro de vocês nem foi tão sério assim, não vejo problema algum em se dar um "alô" casual. Ou mesmo fazer o paisagismo inocentemente. Contanto, é claro, que o seu maridão maravilhoso não vá pirar com isso. Já se o seu atual for um psicótico, é preciso mais cuidado ao escolher quem vai cuidar do seu jardim.

— Certo — disse eu, agradecida pela conclusão

sucinta e, mais ainda, satisfeita com a abertura que ela sem querer criara para mim. — Muito bem colocado.

Com isso, avisei a Margot que iria escovar os dentes e retocar a maquiagem e, segundos depois, estava a sós no banheiro de hóspedes, com a porta trancada e a torneira da pia aberta ao máximo. Só evitei a todo custo olhar para o espelho, para não me ver abrindo a bolsa e pegando o celular.

Afinal, repetindo as considerações firmes e bastante razoáveis da Margot, não havia absolutamente nada de errado em um relacionamento inocente de amizade, quando ambas as partes já tinham deixado o passado para trás definitivamente.

Dez

— Ellen. É o Leo. sabe, quero te perguntar uma coisa. Ligue, quando puder.

Mesmo com não mais de quatro segundos e treze palavras, a mensagem de Leo conseguiu me intrigar de tal modo que me deixou ainda mais confusa e incomodada. Depois de ficar em pé, diante da pia, olhando o vazio por alguns minutos, decidi ouvi-la de novo só para ter certeza de que não deixei passar nada. Como, é claro, eu havia ouvido tudo direitinho, deletei a gravação dizendo em bom som:

— Pode esperar sentado, meu caro.

Se o Leo pensou que, depois de tantos anos, ele podia ir ligando assim, como nos velhos tempos, supostamente para perguntar algo, contando que eu estivesse disponível e que fosse retornar em seguida como se fosse algo urgente, bem, ele pensou errado. Na melhor das hipóteses, ele estava sendo presunçoso e, na pior, altamente manipulador.

Escovei os dentes indignada e com todo cuidado apliquei um batom rosado novinho em folha, uma camada farta no lábio inferior e uma bem fraquinha no superior. Retirei o excesso com um lencinho de papel, mas como avaliei que tinha tirado demais, passei de novo o batom e finalizei com uma camada de gloss incolor. Então, apliquei um pouco de blush para realçar as maçãs do rosto, a testa e o queixo e um lápis cinza escuro para delinear os olhos. Passei o rímel e apliquei um pouco de corretivo sob as pálpebras e estava pronta para sair. Dei uma boa olhada no espelho conferindo o resultado e percebi que estava bonita, ainda que a iluminação fraca do banheiro de Margot não favorecesse a beleza de ninguém. Assim como a mãe, ela também não gostava de lâmpadas fluorescentes.

Abri a porta que ligava ao quarto de hóspedes, pensando que checar a minha caixa postal é uma coisa, retornar a ligação de Leo é outra bem diferente. Eu não iria ligar para ele tão cedo, se é que o faria um dia. Eu me ajoelhei perto da minha mala para procurar minha carteira de pele de cobra, que eu tinha colocado ali de última hora. Eu tinha ganhado esse presente da Dona Stella no último Natal, e pensei em agradá-la, usando-a. Minha sogra sempre foi muito atenciosa e generosa ao presentear, embora seus presentes eram uma clara indicação de como ela esperava que eu me portasse em geral, lembrando um pouco mais a própria filha. Isto é, o tipo de mulher que troca de bolsa para um compromisso noturno.

Guardei o gloss, um espelhinho e um pacotinho de pastilhas na carteira. Como sobrou um lugarzinho, encaixei meu celular, só para garantir. Garantir o quê, eu não sabia ao certo, mas é sempre melhor prevenir.

Então, calcei um sapato preto de salto agulha e desci para encontrar Margot e os rapazes, sentados em banquinhos ao redor da mesa da cozinha, degustando vinho, queijo e azeitonas recheadas. Eu observei bem o Andy e a irmã, lado a lado, divertindo-se com a imitação de Webb de um de seus clientes e reparei que a semelhança entre eles parecia ter aumentado. Além do rosto dos dois em formato de coração e os olhos azuis redondos e distanciados, eles compartilham da mesma aura de felicidade, um jeito autêntico de ser, eu diria.

A feição de Andy resplandeceu ainda mais ao me ver.

— Oi, amor — ele disse, levantando-se para me dar um beijo no rosto e sussurrar no meu ouvido: — Como você está cheirosa!

Por acaso, eu estava usando uma loção corporal de frutas vermelhas e baunilha, também um presente da minha sogra.

— Obrigada, querido — sussurrei de volta, sentindo uma pontinha de remorso com relação a meu marido e a mãe dele.

Eu disse a mim mesma que não tinha feito nada de errado — a culpa toda era do Leo. Ele tinha me colocado em uma situação delicada, sendo obrigada a dissimular perante as pessoas que amo. É claro que era um segredinho no universo das coisas, mas um segredo que só iria se multiplicar se eu retornasse a ligação dele. Portanto, não iria ligar. Não retornaria a chamada dele.

Porém, enquanto espetava uma azeitona com um palitinho e escutava parte de uma das histórias do Webb sobre seus clientes (aquela em particular era sobre um jogador de futebol americano do time dos Falcons que foi surpreendido carregando maconha em um avião), eu percebi que era impossível parar de colocar caraminholas na minha cabeça. Eu concluí que se não ligasse de volta para o Leo, eu continuaria fissurada querendo saber o que ele queria me dizer e que diabo de pergunta seria essa. E quanto mais eu pensasse nas possibilidades, mais eu me sentiria mal, e mais ele e o nosso passado juntos minariam o meu presente. E mais, se eu não ligasse, eu poderia passar a impressão para ele de que aquilo estava me causando algum desconforto e que ainda me importo com ele. E eu não me importo. Nem um pouco. Por isso vou ligar para ele, responder à sua pergunta, e depois informá-lo, usando no máximo quinze palavras, que apesar do que eu lhe disse naquela tarde, eu já tenho amigos suficientes e não preciso tirar nenhum do fundo do baú. Se é que chegamos a ser amigos algum dia. Só então colocaria uma pedra sobre o assunto. Eu tomei um belo gole de vinho e pensei que mal podia esperar para voltar a Nova York e ter essa conversa de uma vez por todas.

Mesmo assim, apesar da minha promessa de tirar o Leo completamente da minha cabeça até a manhã da segunda-feira seguinte, eu não consegui me livrar dele por toda a noite, nem mesmo durante o jantar no restaurante Bacchanalia com o resto da família. Eu estava tão distraída que, em um dado momento — depois do terceiro prato do menu de degustação, acompanhado de uma seleção especial de vinhos que o Webb descreveu como sendo brilhante —, minha sogra se virou para mim e perguntou:

— Você parece meio agitada esta noite, querida. Está tudo bem?

O olhar e o tom que ela usara eram de preocupação, mas eu já tinha visto o suficiente de como ela lidava com os filhos e até mesmo com o marido para saber que aquela era uma reprimenda velada. Repetindo suas palavras, era fundamental estar presente, quando se está acompanhado, e em uma cultura de telefones celulares e Blackberries em que negócios são fechados o tempo todo, com frequência as pessoas se tornam distraídas, desinteressadas e desligadas da realidade imediata. Esta era uma das muitas coisas que eu admirava na Dona Stella; apesar de ela parecer dar grande importância às aparências, ela sabia reconhecer como ninguém a essência do que realmente importa.

— Desculpe-me, Dona Stella — eu digo.

Eu me senti culpada e um pouco encabulada por ela ter chamado a minha atenção, mas, estranhamente, o comentário também me deu a sensação reconfortante de pertencer, de fato, à família, como se eu fosse uma filha dela de verdade. Ela me tratava assim havia vários anos, mas esse tratamento se intensificou desde que Andy e eu nos casamos. Eu me lembrei do primeiro Natal após Andy e eu ficarmos noivos, quando ela colocou os braços ao meu redor, quando estávamos a sós, e disse:

— Eu nunca tentarei substituir a sua mãe, mas saiba que você é como uma segunda filha para mim.

Foi um comentário perfeito. Dona Stella sempre tem um comentário perfeito a fazer. E, o mais importante de tudo, ela é sempre sincera.

Ela balançou a cabeça e sorriu, como se me absolvesse, mas eu insisti em dar uma explicação de que só estava um pouco cansada, tínhamos nos levantado muito cedo... e depois de toda aquela comida deliciosa...

— Sem dúvida, querida — ela diz, arrumando a echarpe de seda estampada ao redor do pescoço elegante como o de um cisne. Ela jamais ficava de cara fechada, por nenhuma situação — qualidade que sua filha não herdou, pois Margot, para surpresa de todos, era capaz de ficar de birra por anos a fio.

Eu aproveitei a deixa e tentei tirar o Leo da minha cabeça, pela centésima vez no dia, tentando me concentrar no assunto que tinha sido iniciado pelo Sr. Graham: o recém-reformado campo de golfe do clube. Mas cerca de três minutos de discussão sobre tacadas com segundo par, eagles e tacadas de primeira entre os homens à mesa, acompanhada com grande interesse por Margot e sua mãe, comecei a divagar novamente e resolvi que não havia um minuto sequer a se perder. Eu precisava descobrir o que Leo queria de mim. Naquele instante.

Meu coração disparou ao pedir licença e me dirigir para a seleta lojinha de presentes conjugada ao restaurante, situada próxima à toalete feminina. Segurando minha carteira com a mão molhada de suor, eu parecia apavorada; era como se estivesse vendo uma daquelas mulheres imbecis em um filme de terror — do tipo que, depois de ouvir um barulho suspeito à noite, em vez de ligar para a polícia, decide que é melhor ir descalça, na ponta dos pés, investigar o que acontece no jardim dos fundos. No meu caso, não havia um assassino com um machado à minha espreita, mas com certeza eu também corria perigo. Margot ou a mãe podiam me flagrar a qualquer momento. Ou o Andy poderia inovar e decidir conferir a minha conta de telefone no final do mês e ia querer saber para quem de Nova York eu tinha precisado ligar, repentinamente, em pleno jantar de família, em Atlanta.

No entanto, a despeito das armadilhas evidentes, lá estava eu, tolamente escondida em outro banheiro, apressada, tentando decidir entre mandar uma mensagem de texto ou ligar diretamente para o Leo. Depois do que pareceu uma vitória moral, resolvi mandar um torpedo, escrito agilmente com os dois ávidos dedões: "Oi. Recebi seu recado. Pode dizer". Assim que acabei de digitar, apertei o botão de envio, antes que mudasse de ideia ou resolvesse trocar alguma palavra. Fechei os olhos e sacudi a cabeça.

Senti um misto de alívio e de horror de mim mesma, como um alcoólatra ao tomar o primeiro gole de vodca. Uma emoção que triplicou, segundos depois, quando meu telefone vibrou e o número de Leo apareceu no mostrador. Eu parei na saída do banheiro, fazendo de conta que admirava umas peças de cerâmica à venda na loja. Então, respirei fundo e atendi.

— Oi! — disse Leo. — Sou eu. Acabei de receber sua mensagem.

— Verdade? — respondi, nervosa, andando e olhando ao redor. Naquele momento, além da possibilidade de ser pega por Margot ou minha sogra, eu estava também exposta a qualquer um dos homens da família a caminho do banheiro masculino, ali perto.

— Como vai? — ele perguntou.

— Bem — respondi, sóbria —, mas não posso falar agora, estou no meio de um jantar... Eu só... só fiquei curiosa sobre o que você queria me perguntar.

— Bem — Leo respondeu, fazendo uma pausa, como se quisesse dramatizar —, é uma história longa.

Eu suspirei, pensando como era engraçado, o rei do "vamos direto ao assunto", de repente, tendo um proposta longa para me fazer.

— Resume pra mim — insisti, desesperada ao menos por uma dica. Seria uma bobagem sem importância, como uma dúvida sobre a câmera fotográfica dele? Ou algo sério, do tipo se eu era a responsável por uma DST que ele acabou pegando? Ou seria um meio-termo?

Leo limpa a garganta:

— Bem... é sobre trabalho — disse ele. — O seu trabalho.

Foi impossível conter um sorriso. Então, ele já tinha visto as minhas fotos, hein? Eu sabia.

— Verdade? — eu disse o mais relaxada possível, enquanto colocava minha linda carteira debaixo do braço, que transpirava como nunca.

— É... como eu disse, é uma longa história, mas...

Eu dei uns passos em direção às mesas, e espiei do canto do salão com cuidado, e vi que minha família continuava sentada. Em segurança, a barra estava limpa por mais alguns segundos, pelo menos. Eu recuei um pouco para me proteger e gesticulo com a mão como se pudesse apressá-lo:

— Sim?

Leo continuou:

— Eu tenho um trabalho em potencial para um retrato... se você estiver interessada... Você faz retratos, certo?

— Sim, eu faço — afirmei, sentindo a curiosidade explodir. — De quem seria?

Eu demonstrei interesse, mas estava preparada para recusar o convite. Eu diria que tinha vários trabalhos agendados para as semanas seguintes. Que naquele momento eu tinha uma agente que cuidava da minha agenda e eu não precisava mais andar por aí procurando bicos. Que eu era bem-sucedida — eu podia não ser famosa ainda, mas era bem-sucedida o bastante. Assim, agradeceria a lembrança, mas não aceitaria, obrigada. Ah, e mais uma coisa, Leo? Sim. Melhor você não voltar a me ligar, nunca mais. Sem ressentimentos, certo? Até.

Eu falaria exatamente assim, em uma adrenalina só. Já até sentia certa satisfação. E foi então que, depois de Leo limpar a garganta novamente, ele deu a cartada final, usando seu coringa:

— Drake Watters — ele contou.

— Drake Watters? — perguntei, atônita, torcendo para que ele estivesse se referindo a outro Drake Watters, outro que não o dez vezes vencedor do Grammy e recém--apontado para concorrer ao Prêmio Nobel da Paz.

Mas obviamente, só existe um único Drake, e Leo confirmou:

— Esse mesmo.

Naquele instante, eu me lembrei de quando, ao menos uma vez por semana, eu ia ao colégio exibindo a minha camiseta de um show do Drake, uma calça jeans surrada e que eu mesma tinha desbotado, e tênis da Tretorn, todo enfeitado com símbolos da paz, feitos com caneta piloto preta. E, embora eu não tivesse seguido muito de perto o restante da carreira do Drake, depois daquilo, sem dúvida, ele continuava fazendo parte da minha lista especial de ícones que eu faria qualquer coisa para fotografar. Bem ao lado de Madonna, Bill Clinton, Meryl Streep, Bruce Springsteen, Rainha Elizabeth, Sting e, embora não esteja muito à altura dos demais, por razões puramente fúteis, George Clooney.

— Então, o que você me diz? — ele perguntou com uma pontinha de convencimento. — Está interessada?

Eu chutei de leve uma tábua do assoalho, quando me veio à cabeça que eu odiava o Leo por fazer esse tipo de proposta. Odiava a mim mesma por dar o braço a torcer. E quase chegava a odiar o Drake.

— Claro — eu respondo, sentindo-me derrotada, acabada.

— Ótimo. Então, a gente conversa melhor depois?

— Claro — eu repito.

— Você trabalha na segunda de manhã?

— Com certeza — eu afirmei. — A gente se fala.

Eu desliguei e voltei para a mesa, carregando mais um segredo, novinho em folha, enquanto fingia um enorme entusiasmo pelo meu flã de cardamomo com laranjinha kinkan cristalizada.

Onze

A manhã de segunda-feira chegou voando, como costuma acontecer quando não se sabe ao certo como agir. Desde a noite de sábado, eu vinha planejando minuciosamente a minha estratégia para o caso Leo-Drake — esgotei todas as possibilidades, desde nunca mais ligar para o Leo, contar *tudo* para o Andy e deixá-lo decidir sobre o impasse ou encontrar pessoalmente com o Leo para discutir os detalhes incríveis do maior trabalho da minha carreira até o momento.

Mas naquele momento, parada à porta do nosso apartamento depois de dar um beijo no Andy e lhe desejar bom trabalho, com o som da voz do Drake em minha cabeça cantando "Crossroads", uma música sobre as consequências desastrosas de uma noite de traição, eu sabia bem o que devia fazer. Eu me virei e atravessei correndo nossa sala íntima e, com ajuda das minhas meias fofinhas cor de lilás, cheguei junto à janela a tempo de dar uma última olhadinha no meu marido descendo as escadas do prédio e caminhando a passos largos pela calçada, todo elegante com seu sobretudo três quartos azul-marinho e um cachecol xadrez de caxemira vermelha. Ele segue em direção à Park Avenue e, antes de perdê-lo de vista, deduzi, por sua silhueta, que ele caminhava alegre, balançando a pasta ao lado do corpo. É esta rápida imagem que reforça minha decisão final.

Eu caminhei lentamente até a cozinha e conferi o relógio no fogão — 9h42 —, tarde o bastante para poder ligar para qualquer um. Ainda assim, eu adiava e decidia que eu precisava primeiro de um café. Nossa cafeteira tinha quebrado havia algumas semanas e, como não tínhamos chaleira, fervi uma caneca d'água no micro-ondas e procurei no armário o vidro de café instantâneo recém-comprado, igual ao que eu via minha mãe preparar todas as manhãs. Eu olhei o rótulo do café Taster's Choice e me impressionei ao lembrar que costumava achar o cavalheiro da imagem velho. Naquele momento ele parecia ter passado para o lado dos jovens; no máximo, teria uns quarenta e poucos anos. Uma das artimanhas do tempo. Retirei a tampa e coloquei duas generosas colheres de chá na água fervente e fiquei olhando os cristais marrons se dissolverem. Tomei um gole e fui invadida por uma onda de saudade da minha mãe. São justamente as coisas menores, como o café instantâneo, que me fazem sentir mais a falta dela. Penso em ligar para Suzanne, que, às vezes, consegue amenizar esses surtos pelo simples fato de ela ser a única pessoa no mundo a entender como eu me sinto. Pois embora tivéssemos relacionamentos muito diferentes com nossa mãe — ela lidava de uma forma quase sempre turbulenta, pois herdou a teimosia da nossa mãe — continuávamos a ser órfãs prematuras de mãe, e isso é um laço forte, poderoso e duradouro. Por fim desisto de telefonar, pois, algumas vezes, o empenho todo funciona da maneira contrária, e eu termino ainda mais deprimida. E não podia arriscar e me fragilizar em um momento como aquele.

Em vez disso, eu me distraí com a coluna de moda do The Times, lendo sem compromisso sobre as novíssimas calças legging, modismo que Margot havia previsto no ano anterior. Eu bebi um gole de café insosso, imaginando como a minha mãe aguentou consumir isso por tantos anos. Depois, arrumei a cama, terminei de desfazer as malas do fim de semana, organizei minha gaveta de meias, depois a do Andy, escovei os dentes, tomei banho e me vesti. Sem me sentir pronta de verdade, eu organizei os romances por ordem alfabética na estante, coisa que planejava fazer havia séculos. Eu deslizei o dedo pela fileira perfeitamente ordenada com grande satisfação, saboreando a ordem reinante, apesar do caos na minha cabeça.

Às 11h25, eu finalmente decidi enfrentar a realidade e telefonei, mas o Leo não atendeu e fui direcionada para a caixa postal, experimentando, ao mesmo tempo, alívio e frustração. Em um ímpeto de adrenalina, eu repeti o discurso que produzi nas trinta e seis horas anteriores, enquanto eu visitava uma igreja, e durante um chá com os Grahams, depois disso, quando passeamos de carro aleatoriamente, olhando mais casas à venda e, finalmente, no nosso tranquilo voo de retorno.

A essência do meu discurso era a seguinte: a) eu

estava impressionada pelo fato de ele ter acesso ao Drake Watters (afinal, por que não fazer um pequeno e inofensivo agrado para ele?); b) eu tinha ficado muito contente por ele se lembrar de mim para o trabalho; c) seria maravilhoso poder aceitar a tarefa; d) mas eu não me sentia "totalmente à vontade com a ideia da reativação da amizade e pensava que era melhor evitarmos". E no momento final, eu disparei: e) "em respeito ao meu marido", pois eu queria que o Leo soubesse que ele estava na categoria de um Ty Portera, tão inofensivo que não tem problema se ele cuidasse do jardim da gente, e não de um Brad Turner, cujos antecedentes certamente incomodariam meu marido.

Então, desliguei aliviada e, pela primeira vez desde o reencontro com Leo semanas antes, o coração bateu mais leve. Esse telefonema podia não ser um ponto final no sentido clássico da expressão, mas fosse como fosse, era uma espécie de ponto final e, o mais importante, era um ponto final do meu jeito. Isso é o que eu chamo de tacada final. O que torna mais significativo ainda, já que eu teria a desculpa perfeita — Drake Watters, que nada — para encontrar o Leo, jogar meu charme pra cima dele, e até passar direto para uma conversa mais séria, e analisar o que de fato teria acontecido entre nós dois. Mas abri mão da oportunidade. Na verdade, fechei a porta na cara dela. E não porque eu não fosse capaz de levar adiante a amizade com o Leo, mas, simplesmente, porque não quis. E fim de papo.

Imagino o Leo ouvindo essa mensagem, pensando

se ele ficaria decepcionado, meio desapontado ou totalmente indiferente. De qualquer modo, porém, sei que ele se surpreenderia de ver que seu poder, antes tão totalitário, tinha se evaporado por completo. Ele certamente entenderia a deixa e se mandaria com sessão de foto e tudo. Eu só teria de conviver com o fato de que perdi a chance de fotografar Drake Watters. Eu abri um sorriso, sentindo-me forte, feliz e virtuosa e, por fim, cantei bem alto a única estrofe positiva de "Crossroads", com a minha voz de taquara rachada: "Quando o sol raiar, baby, eu já terei partido para sempre".

Muitos dias depois de eu quase ter expurgado o Leo por completo da minha vida, eu estava seguindo a rotina de trabalho no meu laboratório, um salão sem muito requinte no quinto andar de um depósito industrial na esquina da Rua 24 com a Décima Avenida, alugado em conjunto com Julian e Sabina, também fotógrafos, que trabalham em dupla, e Oscar, um editor de arte, que faz impressões exclusivas e restaura documentos. Há dois anos nós quatro dividimos esse espaço de trabalho e, depois desse tempo, acabamos nos tornando amigos íntimos.

Sabina, uma jovem pálida e franzina, cuja aparência anêmica destoa de sua personalidade irreverente, é a mais falante; a voz dela só perde para a programação da BBC, que o Oscar mantém sintonizada em um radinho em um volume frustrante que, em geral, não me permite nem entender nem esquecer que está ligado. Naquele momento, Sabina estava nos presenteando com uma história sobre a última que seus trigêmeos tinham aprontado: jogaram a coleção inteira de abotoaduras vintage do pai deles na privada e deram descarga, inundando o apartamento, no quarto andar de um prédio sem elevador e, ainda por cima, causando estrago no apartamento de baixo. Ela deu risada ao contar tintim por tintim, alegando que não lhe cabia fazer outra coisa senão rir. Para mim, no fundo ela até gostou do acontecido, pois sempre criticava o marido por ser materialista e muito rigoroso. Eu me divirto com as histórias da Sabina, principalmente quando estou fazendo retoques, o que dispensa minha concentração, como era o caso. Mais especificamente, eu estava removendo toneladas de acne dos rostos de três adolescentes skatistas, para um anúncio impresso de uma pequena gravadora.

— O que vocês acham, pessoal? Faço ou não faço um implante de queixo nesse garoto? — eu perguntei.

Oscar, um britânico muito sóbrio, com tiradinhas ocasionais de um humor árido, mal tirou o olho de suas gavetinhas cheias de chumbo, antimônio e tipos de madeira. Ao chegar perto dele, vi sobre seu ombro que ele estava trabalhando no livro de um artista usando Etrurian, a fonte vitoriana preferida dele. Adoro ficar olhando o Oscar trabalhar, em parte porque o que ele faz seja muito diferente do que eu faço, mas principalmente por sua metodologia rebuscada, quase à moda antiga, eu diria.

— Deixa o pobre garoto ser como é — respondeu

ele, descartando uns papéis, e depois murmurando algo sobre "os disparates da cirurgia plástica digital".

— É isso aí, Ellen. Deixa de ser superficial, garota! — zomba Julian, que tinha acabado de voltar de uma de suas incontáveis saidinhas para fumar, como se ele mesmo nunca tivesse diminuído em uns bons números de manequim o diâmetro das coxas de uma porção de mulheres.

Eu dou risada e prometo:

— Vou tentar...

Dos três colegas que trabalham ao meu lado, Julian é de quem mais gosto — ou, pelo menos, é o que tem mais a ver comigo. Temos quase a mesma idade, e ele é casado com Hillary, uma moça simpática e extrovertida e advogada como meu Andy.

Sabina disse a Julian para se calar, caminhando apressada em minha direção, vestindo calça jeans justinha e rasgada nos joelhos, e com os cabelos compridos, estilo anos 1960, balançado nas costas. Ela se desculpa por seu hálito cheirando alho, dizendo ter exagerado nos suplementos naturais, e então observa a foto em questão.

— Você captou bem o movimento nessa aí — ela elogia, apontando para a prancha borrada, em pleno ar.

Como considero que as fotos em movimento são minha maior deficiência como fotógrafa, o comentário dela me deixou satisfeita.

— Obrigada — eu digo. — Mas e quanto ao queixo dele?

Ela segurou a foto contra a luz e respondeu:

— Entendo o que você quer dizer, mas para mim o queixo dele lhe dá um ar destemido... É essa a imagem que a propaganda quer passar?

Eu balanço com a cabeça:

— É sim. Para uma gravadora que tem o termo "irado" no nome, acho que um ar destemido é bem apropriado.

Sabina examinou a foto de novo e comentou:

— Mas eu possivelmente diminuiria um pouco o nariz dele. Chama mais atenção que a falta de queixo... Já reparou como é comum ter pouco queixo e narigão ao mesmo tempo? Por que será isso?

Meu celular interrompe a observação de Sabina na metade.

— Um segundinho — eu peço, certa de ser a Margot, que já tinha me ligado duas vezes só naquela última hora.

Mas eu estava enganada. Olhei o visor e vi que era Cynthia, minha agente. Eu atendi e, como de costume, ela gritou anunciando:

— Pode ir sentando, que você não vai acreditar no que tenho para lhe dizer!

Leo logo veio à minha cabeça, mas escutei excitada a novidade que ela tinha para me contar:

— Ligaram da revista *Platform*. E imagine só, minha amiga, eles querem que você fotografe nada menos que o Drake Watters para a reportagem de capa da edição de abril!

— Isso é fantástico! — exclamei, tomada por uma confusão de emoções.

Para começar, mal podia acreditar que o Leo tinha levado isso adiante, e só então me dei conta que deixei a porta dos fundos convenientemente escancarada para que ele orquestrasse tudo via minha agente. Contudo, eu, honestamente, não acreditava que ele poderia ser tão altruísta assim. Eu achava — e talvez até esperava — que a isca do Drake fosse só uma jogada de mestre, um plano para me atrair à força para uma amizade inapropriada e inadmissível. Porém, eu precisava encarar esse último gesto, para não dizer o próprio Leo, sob outra ótica. Mas, invariavelmente, isso tudo acabaria sendo ofuscado pelo puro prazer inebriante de fotografar um ícone.

— Fantástico? — Cynthia contesta. — Fantástico é pouco.

— Incrivelmente fantástico — corrijo, agora sorrindo.

Sabina, sempre curiosa, no bom sentido, queria saber:

— O quê? O quê?

Eu escrevi as palavras Platform e Drake Watters em um bloquinho de anotações. Ela arregalou os olhos enquanto satirizava fazendo uma dança erótica ao redor de um poste ligado do teto ao piso de cimento e então correu ao Julian para contar a novidade. Ele levantou os olhos e sorriu para mim. Não havia competição entre nós, mas com certeza fazíamos uma espécie de contagem amigável. Antes disso, ele e Sabina encabeçavam soberanos essa contagem com uma foto de Katie Couric para a revista Redbook, tirada no balneário de Hampton, onde Julian costumava trabalhar, antes de se casar com Hillary, o que passou a exigir dele que ficasse em Nova York em tempo integral.

— Eles contaram como conseguiram minha indicação? — perguntei calmamente à Cynthia, depois de ela tratar de alguns detalhes da sessão de fotos, por exemplo, que seria em Los Angeles; que a revista pagaria três mil dólares, mais a passagem aérea, o aluguel do equipamento e as despesas de viagem, e que eu ficaria hospedada no Beverly Wilshire.

— Não — ela repondeu. — E quem se importa? Você devia comemorar agora e não ficar fazendo perguntas!

— Certo — eu disse, querendo realmente acreditar nisso. Afinal, depois de lhe agradecer, desligar o telefone e receber os cumprimentos de todos, concluí que uma coisa é ter princípios e outra é ser teimosa ou ter orgulho besta. Um verdadeiro "disparate", como diria Oscar. E com certeza ninguém, nem mesmo o Andy, podia discordar de que não se pode sacrificar um Drake Watters por conta dos disparates de um ex-namorado.

Doze

Cerca de uma semana depois, após diversas comemorações informais, Andy e eu estávamos "oficialmente" celebrando minha futura sessão de fotos com o Drake no restaurante Bouley, um dos nossos favoritos na cidade. Além da comida divina e da atmosfera aconchegante, o Bouley tinha um valor sentimental para nós, pois foi onde jantamos na primeira noite em que fizemos amor, que aconteceu, por coincidência, exatamente um mês depois do nosso primeiro encontro. Na manhã seguinte, eu provoquei o Andy, dizendo que fora preciso a nova culinária francesa do *chef* David Bouley para inspirá-lo a dormir comigo.

— Você está certa — disse ele, aceitando a brincadeira. — Foi a carne de cervo. Eu nunca mais vou me esquecer daquele cervo. Sem dúvida a melhor que já comi.

Eu dei risada, ciente da verdade — que aquela espera tinha tudo a ver com o modo romântico e respeitoso de agir do Andy. Além do alto valor da minha amizade com a irmã dele, ele se importava comigo o bastante para querer fazer tudo certinho, em vez de correr para a cama depois de exagerar nos drinques, prática comum entre a maioria dos homens disponíveis em Nova York — ou pelo menos com os dois com quem eu tinha dormido depois de terminar com o Leo. E embora muitos pudessem dizer que nossa primeira vez deixou a desejar em espontaneidade, eu não mudaria um detalhe sequer no jeito que aconteceu. Mesmo agora, eu não mudaria.

O que tornou a surpresa melhor ainda, naquela noite, ao sentarmos na mesma mesa discreta de canto, no salão cheio de arcos. Eu levantei as sobrancelhas e sugeri:

— Coincidência?

Andy deu de ombros com uma risadinha nos lábios.

Com certeza aquilo não era uma coincidência. Eu abri um sorriso, reconhecendo o gesto amável do meu atencioso marido. Às vezes ele chega a parecer bom demais para ser verdade.

Nos minutos seguintes, depois de analisarmos detalhadamente a carta de vinho e o menu, escolhemos a entrada — patê de foie gras com um fricassê de cremini para mim e terrina de berinjela para o Andy — acompanhada de uma garrafa do melhor champanhe do Bouley. Andy se atrapalhou um pouco com a pronúncia do seu prato ao fazer o pedido, apesar de ter estudado francês por dez anos, quando pequeno. Nosso garçom murmurou sua total aprovação, senão pelo sotaque carregado do Andy, ao menos pela escolha.

Depois de servidas as entradas e o champanhe e de Andy ter feito um brinde a sua "linda e brilhante esposa", ele entrou direto nos detalhes da sessão de fotos:

— E que tipo de poses você vai pedir para o Drake fazer? — ele começa.

Eu acho graça no termo poses, que dificilmente traduziria as fotos brilhantes e estilizadas de um editorial completo em uma revista. Esse termo me lembra sim as fotos feitas em estúdios fotográficos que minha irmã Suzanne e eu tirávamos na infância, com cenário completo — uma cerquinha branca, nuvens de mentirinha ao fundo e um tapetinho marrom, roçando nos nossos cotovelos.

Mas entendo o que o Andy quer dizer, uma questão que, formulada em termos mais técnicos, já me ocorreu dezenas de vezes nos últimos dias. Eu expliquei a ele que preciso primeiro consultar o diretor de arte e o editor de fotografia para saber o que eles pretendem. Mas disse também que tenho algumas ideias sobre o conceito da sessão.

— Estou pensando em algo sério. Quase sóbrio — eu disse. — Especialmente por conta do engajamento do Drake em campanhas contra a aids.

— As fotos serão feitas em estúdio ou em uma externa? — Andy perguntou.

— Você sabe que eu prefiro a luz natural. Seja perto de uma porção de janelas ou no exterior. Talvez com sobrecarga.

— O que é sobrecarga? — Andy quis saber, do mesmo modo que sempre lhe faço perguntas básicas sobre procedimentos legais.

— É uma técnica em que a pessoa ou objeto fica bem iluminado, com a foto, em geral, tirada no meio do dia, mas o fundo tende a desvanecer para o preto — eu expliquei. — É um modo bem comum de se fotografar no exterior. Você reconheceria uma se a visse.

Andy concordou e disse:

— Bem, talvez o hotel tenha um terraço, ficaria bem bacana. Ou então, você pode apelar para a piscina. Ou que diabos, dentro da piscina! Você sabe, jogando uma bola de vôlei... esse tipo de coisa.

Eu caio na risada, imaginando o Drake de sunga, e por notar que o Andy aparentemente estava ainda mais ansioso que eu. Em parte, acho que é porque ele tinha se tornado um fã do Drake mais leal e mais entusiasmado a cada ano que passava. Mas, principalmente, pelo comportamento dele diante de artistas, que, aliás, é um contrassenso divertidíssimo (a Margot diria "mortificante") em relação à maioria dos moradores de Manhattan, que não dão a mínima para as aparições em público das celebridades, quase como um ponto de honra. É como se quanto mais indiferentes as pessoas forem, mais ficaria evidente que suas próprias vidas eram tão fabulosas quanto à dos artistas, tirando a agitação e o tédio da fama, é claro. Mas não o Andy. Eu considerei o entusiasmo dele totalmente descabido quando vimos o Spike Lee em um caixa eletrônico no West Side, o Kevin Bacon e a Kyra Sedgewick correndo no parque — dois pelo preço de um! —, a Liv Tyler fazendo compras em uma papelaria chique e, o mais excitante de todos, o Dustin Hoffman passeando com seu labrador preto em East Hampton — depois que passamos pelo cão e seu dono, Andy me confessou que teve de se conter feito um louco para não repetir bem alto aquela frase famosa do filme A Primeira Noite de Um

Homem: "Deixa eu te dizer só uma palavra... plásticos!" — que me fez morrer de rir, é verdade, mas que não teria a menor graça para o Dustin.

Mas Dustin Hoffman passeando na praia é uma coisa e Drake Watters em uma sessão de fotos é outra bem diferente. Por isso, quando Andy perguntou, meio na brincadeira, se eu conseguiria um autógrafo para ele, eu sacudi a cabeça decidida.

— Sem chance — disse a ele.

— Ah, vamos lá — ele insistiu, esticando o braço para roubar mais uma garfada do meu foie gras, sobre o qual concordamos que tinha sido a melhor pedida, absolutamente.

— Pede pra ele só para escrever algo curto e amável. Assim: "Para Andy, meu caro amigo e grande inspiração. Melodicamente, Drake Watters". Ou ele pode simplesmente assinar "Drake", até mesmo "Sr. Watterstein". Qualquer um tá bom.

Eu dou risada, pois tinha esquecido dos tempos em que li em uma revista adolescente que o sobrenome verdadeiro do Drake é Watterstein. Eu me lembro que costumava ler atentamente tudo sobre a intimidade dos artistas — o nome verdadeiro do Drake! O prato favorito do Rob Lowe! A paixão do Ricky Schroeder! O cachorrinho novo do River Phoenix!

Andy fez cara de desapontado, ou pelo menos fez de conta que estava.

— Você não vai mesmo quebrar essa pra mim?

— Sinceridade? — eu respondo. — De jeito nenhum.

— Certo, Annie. Que seja.

É a terceira vez que ele fazia graça, mas com um quê de admiração, referindo-se a mim como Annie, e em todas elas eu me senti como uma impostora. Uma fraude por não contar a ele a verdade sobre como consegui o trabalho. Por outro lado, esse trabalho começava a perder sua conotação sobre o Leo, e eu tentava muito me convencer de que o tinha conseguido graças ao meu talento, apenas. Afinal, eu tinha certeza de que, àquela altura, a verdadeira intenção do Leo (amenizar a culpa pelo modo como me tratou, benevolência pura, porque ele descobriu o meu talento depois de conhecer o meu trabalho, para me seduzir, ao menos em pensamento) já não fazia a menor diferença.

O trabalho era meu, e eu tinha competência para fazê-lo. Eu me recusava a me sentir intimidada por Drake ou pela *Platform* e me recusava a me sentir devendo alguma coisa para o Leo, o que, convenhamos, era o objetivo dele.

Eu comi a minha última garfada e resolvi satisfazer meu marido:

— Tá certo — eu disse. — Vou deixar essa história de autógrafo no ar... Se Drake e eu nos dermos bem... e tudo correr como previsto na sessão, eu digo a ele que o bobão do meu marido quer um autógrafo dele. Combinado?

— Combinado — Andy concordou alegremente, ignorando o fato de eu tê-lo chamado de meu marido bobão, como só um homem seguro de si faria.

Eu sorri, lembrando que poucas coisas são tão atraentes quanto um homem que não se leva a sério demais.

Nosso garçom veio na hora certa até nossa mesa, para completar com maestria nossas taças de champanhe — as bolhas subiram até o alto, sem derramar. O Andy observou que bebemos quase a garrafa toda, e me ofereceu mais. Eu acenei com a cabeça, coisa de comunicação não verbal entre marido e mulher, imaginando que a noite prometia mais comemoração com sexo de pilequinho. O Andy pediu outra garrafa ao garçom e seguiu falando sobre o Drake e as fotos.

Pouco depois, enquanto aguardamos descontraídos a chegada do prato principal, ele endireitou a postura e estranhamente endureceu a expressão.

— Bem — ele começou —, quero lhe falar sobr outra coisa.

Por um segundo, entrei em pânico, imaginando que ele tivesse visto minha conta do celular, ou que soubera de outra forma que estive em contato com o Leo. Mas então, ele disse:

— Eu também tenho novidades.

— Verdade?

Ele brincou com o guardanapo e abriu um largo sorriso para mim, o que me fez pensar que se ele fosse a esposa, e eu o marido, eu acharia que teríamos um bebê. Era esse o tom solene e desconcertante, ainda que excitante, que ele tinha criado.

— O quê? — perguntei, contente por saber que seria para mim que ele daria uma notícia especial como aquela.

Andy se curvou sobre a mesa e disse:

— Estou pensando em pedir demissão.

Olhei para ele na expectativa, já que isso não era novidade nenhuma. Andy pensa em pedir demissão desde seu primeiro dia de trabalho, o que parece ser coisa normal entre associados de firmas de advocacia. Mas ainda havia algo maior daquela vez.

— E qual é a novidade de verdade? — quis saber, curiosa.

— Eu quis dizer, imediatamente — ele explicou. — Na verdade, preparei o rascunho da minha carta de demissão nesta tarde.

— Sério?

Eu já tinha ouvido sobre a tal carta diversas vezes, mas nunca tinha pensado que ele a tivesse redigido de fato. Ele balançou a cabeça, correu a mão pelo copo de água e deu um gole demorado. Então, secou os lábios no guardanapo e prosseguiu:

— É sério. Vou pedir demissão.

— Para fazer o quê? — perguntei, imaginando se o Andy seguiria os passos do irmão, James, que não fazia nada além de dormir, jogar golfe e festejar.

— Além de viver à custa da minha esposa famosa? — Andy perguntou, com uma piscadela.

— Exatamente — eu disse rindo. — Além disso…

— Bem, eu pretendo continuar a advogar… mas gostaria de fazer isso em um ambiente menor, mais reservado… familiar.

Eu sabia o que estava por vir, mas esperei que ele

mesmo me contasse. Ele, então, finalmente disse:

— Em Atlanta, com o meu pai.

Eu bebi um gole de champanhe sentindo meu coração disparar e sendo invadida por um turbilhão de emoções desconhecidas. Então perguntei:

— E você acha que isso vai te fazer feliz?

— Acredito que sim. E o papai ficaria maravilhado.

— Verdade — eu concordei. — Ele mencionou isso ao menos umas cinco vezes na última vez que estivemos lá.

Andy me olhou nos olhos e perguntou:

— Mas e quanto a você? O que você pensa disso tudo?

— Sobre você trabalhar com seu pai?

Sei que pareci tonta, e que ele estava querendo saber sobre algo muito mais abrangente do que o trabalho dele, mas ainda assim eu não sabia bem o que era.

— Não. Sobre Atlanta — disse Andy, brincando impaciente com a faca.

— Sobre morar em Atlanta?

Obviamente, nós dois já havíamos falado sobre mudar para lá, principalmente depois que a Margot se mudou de Nova York. Nós até mesmo tínhamos saído de carro olhando algumas casas à venda na nossa última visita. Mas daquela vez a coisa era diferente. Era algo para valer, não uma hipótese — como diria o próprio Andy —, e era iminente.

— Você está dizendo para nos mudarmos logo para lá? — eu quis saber.

Andy assentiu.

— Ainda este ano? Rápido assim?

Andy concordou novamente, e então desandou a falar, em um discurso sincero e nervoso:

— A última coisa que pretendo fazer é te pressionar. Se você preferir ficar em Nova York ou acha que isso pode prejudicar sua carreira, eu posso ficar. Isto é, eu não odeio a cidade, nem estou desesperado para mudar, nem nada assim. Mas, depois de nossa última visita a Atlanta... e de ver aquelas casas... e de pensar em um lindo sobrinho a caminho, e que meus pais estão envelhecendo, e tudo mais... Sei lá. Acho que estou pronto para algo novo. Para uma vida mais leve. No mínimo, para um tipo de vida diferente.

Eu concordei, enquanto passava uma montanha de coisas pela minha cabeça. Tudo o que ele tinha dito fazia sentido, não só porque já havíamos discutido isso antes, mas também porque estávamos em uma fase em que a maioria dos nossos amigos estavam se casando, tendo filhos e se mudando para os arredores das cidades. Mas, de qualquer forma, a ideia de ir embora da cidade assim tão depressa me assustava. De repente, uma porção de imagens clássicas de Nova York invadiram o meu pensamento: o Central Park em um dia lindo de outono, patinar no gelo no Rockefeller Center, tomar um vinho em algum terraço no alto de um arranha-céu no verão — e eu já estava sentindo nostalgia pelo passado. Sentindo até nostalgia pela noite de hoje, pela comida que Andy e eu estávamos saboreando, pelas lembranças que estávamos criando naquele exato momento.

— Diz alguma coisa — Andy me pediu, puxando a própria orelha.

Esse é um tique nervoso que só aparecia quando ele estava ansioso ou quando algo era muito importante para ele. Como quando ele me pediu em casamento. Pensei então que aquele momento não era tão diferente. Ele estava me perguntando o que eu sentia a respeito de uma grande mudança. Um passo que íamos dar juntos. Não era um compromisso igual ao do casamento. Mas, sob alguns aspectos, representava uma mudança maior ainda.

Eu segurei a mão dele, querendo muito satisfazê-lo, mas com a intenção também de ser completamente honesta com ele.

— Acho que pode ser maravilhoso — comentei, soando menos insegura do que realmente estava. — Mas, embora isso seja verdade, não sei dizer exatamente como eu estou me sentindo.

Andy balançou a cabeça e disse:

— Eu sei. E entenda, eu não quero te pressionar. Mas... queria só que você pensasse sobre isso.

Ele soltou da minha mão e retirou um papel dobrado do bolso interno de sua jaqueta.

— Aqui está — ele disse ao me entregar.

Eu peguei o papel e vi a foto de uma casa feita de cedro e tijolo à vista, com uma varanda coberta na frente, parecida com as casas das listas que a Margot estava me mandando por e-mail desde nosso último fim de semana lá, sempre terminando com uma frase sugestiva como "vizinha ao lado" ou "perfeita para vocês!". Só que aquela casa não era o fruto das horas que a Margot passava se distraindo no computador... Aquela casa veio do bolso do Andy, tomando champanhe no Bouley.

— Você gosta? — ele perguntou, hesitante, embora fosse evidente que ele esperava ouvir minha resposta.

— É claro — eu respondi, dando uma olhada nos detalhes relacionados abaixo da foto: cinco dormitórios, três banheiros e um lavabo, jardim dos fundos cercado, piscina aquecida, pé-direito alto, varanda com proteção, subsolo com iluminação natural, garagem para três carros, despensa, elevador de carga servindo os três pisos.

Não havia absolutamente nada do que não gostar. Era a casa dos sonhos, em todos os sentidos, sem igual na cidade em que nasci, ou que eu pudesse imaginar quando criança. Nem mesmo quando minha mãe me disse que eu teria uma vida maravilhosa, cercada de coisas e de pessoas bonitas.

— Eu não preciso me preocupar com você, Ellie — ela disse, acariciando meu cabelo. — Nem um pouco.

Isso aconteceu uma semana antes de ela morrer, depois de voltar do hospital pela última vez. E eu me lembro de ouvir a voz macia dela, imaginando a minha vida de adulta, casada, com a minha casa e meus filhos, e em dúvida se algum dia eu conseguiria apagar a dor de perder a minha mãe.

Eu tirei os olhos do anúncio e disse:

— É linda, Andy. Linda de verdade.

— E é linda por dentro também — Andy falou, afoito. — Margot disse que entrou nela... Foi assistir a um desfile de roupa infantil, ou coisa assim. Ela contou que tem um escritório enorme no piso inferior, onde você pode montar o seu laboratório. Você não vai mais precisar pagar aluguel. É só descer as escadas de pijama... E a melhor parte é que fica a uns poucos metros da casa da Margot e do Webb. Não é bacana?

Eu concordei, absorvendo aquilo tudo.

— Na verdade, é perfeita — ele completou. — Perfeita para nós. Perfeita para a família que queremos formar.

Eu olhei novamente para a casa e reparei no preço anunciado.

— Uau! Mas custa um dinheirão — eu disse.

Andy balançou a cabeça alegando que não.

— Podemos pagar por ela?

Dinheiro era algo sobre o que Andy e eu pouco falamos. Ele e Margot têm isso em comum. Mas, ao passo que ela parece indiferente à fortuna da família, ele às vezes parece ficar encabulado, quase pedindo desculpas. Isso explica algumas de suas atitudes, como ter escolhido um apartamento pequeno para nós. Às vezes, eu até esqueço o quanto ele é rico.

— Você é rico à beça, não é?— perguntei, sorrindo.

Andy olhou para o chão e balançou a cabeça. Depois, olhou bem nos meus olhos e disse com sinceridade:

— Nós somos ricos... sob diversos aspectos.

— Eu sei — disse, absorta.

Ficamos nos fitando, durante o que nos pareceu horas, até que Andy quebrou o silêncio:

— Então… o que você pensa?

Eu abro minha boca, fecho, então tornei a abri-la:

— Eu ti amo, Andy — disse finalmente, com a cabeça girando com o champanhe e tudo mais. — É isso que eu penso.

— E eu aceito — Andy retrucou, com uma piscadela, bem na hora em que nossas lagostas tinham chegado. — Não é o autógrafo do Drake, mas eu aceito.

Treze

— Eu sempre soube que você acabaria sendo enrolada — disse minha irmã, quando liguei para lhe contar da nossa possível — provável — mudança para Atlanta. O tom dela não era de crítica, mas total compreensão. — Eu *simplesmente* sabia.

E eu sabia qual seria a reação dela, e mesmo assim eu disse:

— Eu não usaria o termo enrolada. Para começar, a gente ainda não se decidiu para valer.

Suzanne me interrompeu:

— Só me prometa que você não vai começar a falar com sotaque do Sul.

— Lá em Atlanta o sotaque não é tão carregado. É coisa de leve... Andy praticamente nem tem sotaque.

— E nem comece a usar a expressão "cêis tudo" — disse ela, sóbria, como se me implorando para eu não me juntar a nenhuma seita religiosa e nem beber o suco que me oferecerem. — Você é uma yankee, não se esqueça disso.

— Certo. Se nós nos mudarmos, e note que eu disse "se", eu prometo evitar os sotaques e me manter fiel à expressão "vocês todos" em vez de "cêis tudo". E também prometo nunca dirigir uma caminhonete, nem empunhar uma bandeira dos confederados, nem destilar uísque no quintal — respondi, enquanto fazia uma pausa das pilhas de roupa suja para lavar, entre um monte de peças brancas e outro de coloridas, sentada de pernas cruzadas no chão do quarto.

Apesar da sensação constante de que Suzanne não aprovava nem Andy, nem Margot, nem o universo no qual eles vivem, eu continuava a sorrir. Eu tenho uma grande afeição por minha irmã, e era bom ouvir a voz dela depois de semanas de ligações desencontradas. Desde o colegial, nossa comunicação se tornou esporádica, dependendo dos nossos horários e, principalmente, dependendo do humor da Suzanne. Às vezes, ela simplesmente se recolhe, e nem toda insistência do mundo é capaz de trazê-la para fora enquanto ela não se sentir pronta.

Com isso, eu acabei aprendendo a fazer uma lista de tópicos para colocarmos os assuntos em dia, e tinha pegado a minha agenda para consultar. Por certo, não me esqueceria das novidades de peso, como Atlanta ou o Drake, mas eu também fazia questão de falar das trivialidades, com medo de perder a sensação de convívio diário, tão reconfortante. Eu não podia admitir que isso acontecesse, embora soubesse que isso acontecia o tempo todo entre irmãs, principalmente se elas morassem longe uma da outra, ou tivessem pouco em comum e se, como no nosso caso, também não tivessem mais uma mãe que as unisse. De alguma maneira, eu sentia que se a mantivesse informada das trivialidades da minha vida — seja sobre o novo creme para as pálpebras que estivesse usando, o e-mail inesperado que tinha recebido de uma colega do colegial, ou da lembrança divertida de quando tínhamos ido com nossos pais comprar sapatos para a volta às aulas em um feriado do Dia do Trabalho — nós nunca íamos nos tornar irmãs somente de fachada. Nós sempre seríamos mais que duas mulheres adultas que se telefonam e se visitam a qualquer momento só para cumprir uma obrigação familiar.

Assim, eu ia ticando a minha listinha, e depois escutava as novidades dela, que não eram assim novidades, mas serviam para demonstrar como eu me importava com a vida dela. Para dar um exemplo, Suzanne continuava odiando o emprego de comissária de bordo, e ainda não tinha ficado noiva do namorado, Vince. Ela continua no mesmo emprego e com o mesmo namorado há quase seis anos — quando eles se conheceram, ambos combinavam perfeitamente com esse estilo de vida livre. Mas naquele momento, aos 36 anos, ela estava cansada de servir drinques para gente rude lá nas alturas, e mais cansada ainda de servir drinques para o Vince e os amigos imaturos dele, enquanto eles torciam para os times dos Steelers, dos Pirates e dos Penguins. Ela queria mudar de vida — ou pelo menos, esperava que o Vince mudasse —, mas não sabia ao certo o que fazer para que isso acontecesse.

Ela também era teimosa demais para pedir conselho à irmã mais nova. Não que eu soubesse o que dizer a ela. Vince, um empreiteiro de obras que Suzanne tinha conhecido durante um congestionamento em uma rodovia — sim, eles trocaram telefones ali mesmo —, era pouco confiável, não queria saber de compromisso, e já havia namorado com uma stripper chamada Honey. Mas ele também aparentava ser caloroso, tinha sempre uma boa resposta pra tudo e era festeiro a toda prova. Mas o mais importante era que Suzanne o amava de verdade. Por isso eu tinha aprendido a me oferecer apenas para ouvir seus desabafos — ou para rir, quando fosse o caso, como estava fazendo naquele momento, quando ela me contava em detalhes que o Vince tinha dado a ela uma caixinha de joalheria, sem embrulhar, no dia do namorados, logo depois de terem feito amor. Conhecendo o Vince, dava para imaginar como essa história ia terminar.

— Ai, não — eu resmunguei, retomando minha separação de roupa suja.

— Ai, sim — disse Suzanne. — Então, eu penso: "Fala sério! Diz que eu não passei seis anos esperando por um pedido de casamento brega, no dia dos namorados. E ainda por cima, na cama. Ai meu Deus, e se for um anel em formato de coração?"... Mas, ao mesmo tempo pensei: "Aceita o que vier, minha filha. Nessa altura, não dá para ficar escolhendo".

— E afinal, o que era? — indaguei, em suspense.

— Um anel de granada, a porcaria da pedra do meu signo.

Eu caí na risada — um horror, coitada. Mas não deixava de ser um gesto carinhoso.

— Coitado, ele bem que tentou — eu incentivo.

Suzanne ignorou o meu comentário e disse:

— Quem no mundo, com mais de dez anos, dá importância para a pedra do signo?... Você por acaso sabe qual é a sua?

— Turmalina — eu respondo.

— Pode deixar que vou garantir que o Andy te dê uma. Comprar uma bela casa em Atlanta, com uma turmalina para completar.

Suzanne deu uma gargalhada, marca registrada dela, que faz parecer que ela vai perder o fôlego. E eu penso comigo que graças a seu senso de humor a vida não era tão deprimente. Isso e o fato de que, apesar de ela sempre fazer tipo, ela tinha um coração de manteiga. Ela até podia ser amargurada, como a maioria das solteiras que ficam esperando em vão por uma aliança, mas ela simplesmente não era. E, embora eu ache que, às vezes, ela sente ciúmes da minha boa sorte, minha vida mais tranquila, ela continuava sendo uma boa irmã, que desejava o melhor para mim.

Por isso, sei que ela com certeza ficaria feliz ao saber das fotos com o Drake — assunto sobre o qual eu estava doida para lhe falar. Suzanne, como Andy, adora o Drake, mas menos pela música e mais pelo ativismo político. Embora minha irmã não seja uma hippie declarada — ela desistiu da maconha e dos tamancos de cortiça assim que superou sua fase Grateful Dead, na faculdade —, ela é completamente passional no que diz respeito a suas causas, especialmente as relativas ao meio ambiente e à pobreza no terceiro mundo. E por "passional" não quero dizer que ela fazia discursos calorosos — ela, na verdade, tirava o traseiro da cadeira e tomava atitudes que faziam diferença. O que era um contraste e tanto com a inércia que regia a vida pessoal dela.

Quando estávamos no colégio, por exemplo, ela quase não conseguia acompanhar as aulas e tinha dificuldade para manter a média C, apesar de ter um QI de gênio, 14 pontos mais alto que o meu — coisa que descobrimos fuçando nos documentos dos nossos pais, quando encontramos os resultados de um teste que fizemos. Ainda assim, ela encontrou tempo e energia para fundar uma representação da Anistia Internacional na escola e circular petições exigindo que a diretoria providenciasse lixeiras para coleta de lixo reciclável na cantina — fato sem precedentes na época, pelo menos na nossa cidade.

E hoje ela sempre está envolvida em alguma missão para fazer o bem aqui ou ali, como voluntária para plantar árvores em praças públicas e cemitérios, ou enviando cartas eloquentes para os deputados. Ela até mesmo foi a Nova Orleans após o furacão Katrina como voluntária da ONG Habitat for Humanity para ajudar a consertar casas. Quando Suzanne me conta sobre seus diversos projetos, eu sempre penso que gostaria de ter mais motivação para o bem comum. O meu ativismo se resume a votar todo novembro (e isso é muito mais do que o Andy, que só vota nas eleições presidenciais).

Como não poderia deixar de ser, eu conto a ela tudo

sobre o Drake, deixando de fora apenas a parte sobre o Leo.

— Uau. Que sorte, sua cadela! — disse Suzanne.

— Eu sei — disse eu, com vontade de contar a ela a história toda, e que esse trabalho não teve nada de sorte. Se eu fosse confiar meu segredo a alguém, ninguém era melhor do que a Suzanne. Não apenas por conta da nossa lealdade de sangue — e o simples fato de ela não ser parente do Andy —, mas porque ela é a única pessoa das minhas relações que não tem antipatia pelo Leo. Eles só se encontraram uma vez e ambos falaram pouco. Mas deu para ver que eles se deram bem e sentiram respeito mútuo. Eu me lembro de achar que eles tinham algumas coisas em comum, incluindo suas convicções políticas, o hábito cínico de caçoar de quase tudo e todos, a inteligência afiada, e o jeito contraditório de ambos, ao mesmo tempo passionais e totalmente desapegados. Mesmo quando ele me despedaçou o coração, e eu achei que Suzanne cairia matando em cima dele, ela acabou sendo mais filosófica do que protetora, dizendo que todo mundo precisava levar um fora, que isso faz parte da vida, e que certamente não era para dar certo.

— Melhor agora que no futuro mais adiante, com três filhos — ela tinha dito.

Embora eu tivesse pensado que eu preferiria a segunda hipótese, eu queria ter algo duradouro como o Leo, doesse o quanto doesse. De qualquer forma, naquele momento eu resisti em contar a ela sobre ele, pois o Leo não tinha a menor importância. Além do mais, eu não queria que isso prejudicasse injustamente a opinião dela sobre o meu relacionamento com Andy, pois sei que isso alimentaria sua visão depressiva de que a maioria dos casamentos tem algum tipo de problema — um dos dois ou ambos se acomodam, ou um acaba ficando insatisfeito, ou alguém trai, ou ao menos considera a ideia. Eu estava cansada de ouvir essa ladainha dela, e era inútil argumentar que nossos pais eram felizes juntos, porque ela rebate dizendo que éramos crianças e seria impossível saber se isso era verdade mesmo. Ou então ela dizia sarcástica:

— É, mas e daí? A mamãe morreu. Que droga de conto de fadas.

Margot, que fica completamente chocada com as tiradas cínicas da minha irmã, acredita que essa deve ser a maneira que Suzanne encontrou para justificar para si mesma o limbo em que se encontrava por não ter se casado. Em parte, concordo com isso, mas há também um pouco da história do ovo e da galinha, isto é, se a Suzanne fosse um pouco mais romântica e tradicional, ou desse um ultimato de verdade, como a maioria das garotas da nossa cidade fizeram, por volta dos 25 anos de idade, eu acredito que o Vince teria mudado na hora. Ele a amava o suficiente para não querer perdê-la. Mas com a postura estanque dela, o Vince tinha a desculpa perfeita para protelar o casamento deles sem sentir a menor culpa. Na verdade, eu acho que ele devia ser muito mais pressionado por sua família e amigos do que pela própria Suzanne — e em geral era ela quem sempre tinha um comentário espirituoso, do tipo:

— Sem querer faltar com o respeito, Tia Betty, mas vá cuidar da sua própria vida... E pode ter certeza que o Vince não consegue o leitinho dele de mão beijada.

Por fim, não houve abertura para falar sobre o Leo, pois Suzanne logo disse com seu jeito autoritário de irmã mais velha:

— Eu vou com você.

— Verdade? — perguntei.

— Sim.

— Mas você não liga para essa coisa de artista — eu disse, sendo que ao menos ela fazia de conta que não se importava com isso, embora eu já a tivesse flagrado lendo tabloides ao longo dos anos.

— Eu sei. Mas o Drake Watters não é um astro comum. É o Drake, oras. E eu vou.

— Sério?

— Sim. Por que não? — ela insistiu. — Faz meses que quero ir te visitar, e para eu pegar um voo até Los Angeles é moleza.

— É verdade.

Aliás, essa é a melhor parte do trabalho dela, e é a razão pela qual ela não deixa o emprego. Suzanne pode ir aonde quiser, na hora em que desejar.

— Eu serei sua assistente. Vou trabalhar de graça.

— A revista vai me providenciar um assistente — expliquei, relutante em aceitar, embora sem motivo para a recusa.

— Então serei a assistente da assistente. Vou segurar aquele treco para você, o tal do disco grande prateado, como fiz naquela vez em que você fotografou o Rio Monongahela naquele dia frio de congelar os ossos, lembra? Lembra que eu deixei cair a minha luva no rio e que quase tive queimadura de frio?

— Eu me lembro — eu disse, pensando nas coisas que a Suzanne faz questão de nos lembrar. — E você, por um acaso lembra que eu te comprei um par de luvas no dia seguinte?

— Sim, sim. Eu me lembro daquelas luvas vagabundas — ela comentou.

— Elas não eram vagabundas.

— Eram sim — ela insistiu. — Então, para compensar, você me leva com você para Los Angeles.

— Está bom — eu acabei cedendo. — Mas nada de autógrafos.

— Ora, vamos, eu não sou tonta desse jeito.

— E chega dessa história da luva.

— Combinado — ela disse em tom solene. — Está esquecido.

Nos dias que se seguiram, Andy viajou a Toronto a trabalho e eu me concentrei na sessão de fotos, planejando a logística e fazendo vários contatos com a editora de fotos e o diretor de arte. Eles me informaram que o foco do artigo seria o trabalho humanitário do Drake, e por isso queriam de dois a três retratos coloridos, sóbrios e visualmente ricos, valorizando o meio ambiente.

— Vocês já decidiram que tipo de situação desejam? — perguntei à editora de fotos, tomada pelo meu primeiro surto de ansiedade.

— Isso vai ficar por sua conta — disse ela. — Vimos seu trabalho no seu site e adoramos. Era pura beleza. Vai ficar em suas mãos.

Senti uma injeção de confiança e estímulo, natural quando alguém aprecia o meu trabalho. Eu perguntei se seria possível usar como cenário uma lanchonete local que eu tinha encontrado na internet, a poucos quilômetros do hotel.

— É uma daquelas lanchonetes clássicas, estilo rétro, com piso de ladrilhos pretos e brancos e estofados vermelhos — eu expliquei, pensando na semelhança com o local onde vi Leo na última vez. — Você sabe, o vermelho simbolizaria o trabalho dele com a aids... Acho que pode ficar muito bom.

— Brilhante — a editora disse. — Eu vou ligar agora mesmo para a assessora de relações públicas do Drake e pegar a aprovação.

— Ótimo — eu disse, tentando parecer natural, como se eu já tivesse ouvido esse termo, "assessora de relações públicas", um milhão de vezes antes.

Uns minutos depois, ela retornou a ligação e disse:

— Envie-nos o endereço exato do lugar. Drake e sua equipe estarão lá às 15h em ponto. O único problema é que eles têm uma agenda apertada. Você precisa trabalhar rápido. Terá no máximo de vinte a trinta minutos. Será que dá?

— Sem problemas. Será suficiente para conseguir as fotos — eu respondi, parecendo a profissional perfeita, muito mais confiante do que realmente estava.

Desliguei e telefonei para Suzanne, perguntei a ela se vinte minutos valiam uma viagem atravessando o país. Ela é definitiva.

— Vinte minutos com uma sumidade são vinte minutos com uma sumidade. E sem dúvida faz muito tempo que não vejo tanta sumidade em uma pessoa só — ela respondeu.

— Então está bem. Só não deixe o velho Vince ouvir você falando isso.

Suzanne riu e completou:

— Ah, o Vince tem consciência de sua mediocridade.

— Pelo menos ele sabe onde é o lugar dele — eu comentei.

— Verdade — ela concordou. — Pois há poucas coisas na vida piores que um homem que não reconhece seu lugar.

Eu dei risada e memorizei essa pérola vinda da Suzanne, mas só viria a apreciá-la em todo o seu potencial ao aterrissar em Los Angeles, três dias depois.

Quatorze

Eram 17h30 no horário de Los Angeles e eu já estava na cidade havia uma hora — tempo suficiente para me registrar no hotel Beverly Wilshire, deixar minha mala e meus equipamentos no quarto e ligar para Suzanne, cujo voo tinha chegado um pouco mais cedo naquela tarde. Ela me disse que estava olhando umas vitrines na Rodeo Drive — Bem a minha cara — foi o comentário sarcástico dela, prometendo que voltava logo. Ela me contou que já tinha dado uma olhada geral no hotel e sugeriu que nos encontrássemos no bar anexo ao saguão, o mais descolado de lá, para tomarmos um drinque.

Eu achei uma boa ideia, pois a dose de calmante que eu tinha tomado durante o voo tinha sido insuficiente frente às tempestades que enfrentamos, e uma taça de vinho cairia muito bem. Suzanne riu e me chamou de fracote. Depois de desligar, vesti uma roupa mais apropriada, ao estilo de Los Angeles — jeans escuro, plataforma prateada, que me deixava com quase um metro e oitenta, e uma blusa de alcinha de seda, verde-limão, simples, mas chique, ao menos na minha opinião. Eu lamentei ter esquecido de trazer um bustiê para usar com ela, ainda assim avaliei que meu peito era pequeno o bastante para dispensar o sutiã sem parecer vulgar. Além do mais, eu estava na Califórnia, onde tudo é permitido. Eu retoquei minha maquiagem, esfumacei os olhos além do habitual, e completei com uma borrifada de perfume nas costas das mãos, um truque que Margot tinha me ensinado na faculdade, dizendo que qualquer um que fala usando as mãos, como era o meu caso, devia transformar isso em um benefício e liberar o aroma ao mesmo tempo.

Então desci do elevador e atravessei o lobby requintado, andando com tamanha confiança que parecia estar fazendo pose quando adentrei o bar, um salão elegante, íntimo, moderno e muito refinado, decorado com tons ricos de âmbar, chocolate e dourado. Conforme eu ia admirando o balcão de ônix brilhante, com uma prateleira com no mínimo umas mil garrafas de vinho iluminada por trás, acabei admirando também o perfil marcado de um homem sentado sozinho no balcão, segurando um drinque. Um homem que se parecia tremendamente com Leo. Eu espremi os olhos com atenção para confirmar, e descobri, em meio à admiração e algo próximo de horror, que ele não só se parecia com Leo, ele era o Leo.

Leo outra vez. Leo a quase cinco mil quilômetros de casa.

Eu fiquei paralisada e, por um segundo, cheguei a ser ingênua ou estúpida a ponto de pensar que se tratava de outra coincidência. Outro encontro fortuito. E, naquela batida, meu coração parou com a ideia tola e vergonhosa: "Ah, meu Deus, e se for o destino me perseguindo do outro lado do país?".

Mas Leo olhou na minha direção, levantou o copo no ar na altura do rosto, como se estivesse me cumprimentando, aí percebi o que ele tinha tramado. Percebi que tinha caído em uma armadilha.

Eu transferi o meu peso de um salto para outro enquanto ele abaixava o drinque devagar — aparentemente um uísque com gelo, sua bebida favorita — e me dava um sorrisinho confiante.

Eu não retribuí o sorriso, mas caminhei o pouco que faltava até ele. Eu já não andava mais empertigada e um frio na espinha me fazia desejar estar de sutiã, ou melhor, de casaco comprido.

— Olá, Leo — eu cumprimentei.

— Ellen — ele retribuiu, balançando a cabeça. — Que bom que você veio.

Soou como um diálogo tirado de um filme de Hollywood, mas eu estava longe de me sentir encantada. Nem mesmo quando ele sinalizou para que eu me sentasse no banco ao seu lado.

"Você não é nenhum Cary Grant", pensei, sacudindo a cabeça e me recusando a sentar. Eu estava muito surpresa para ficar brava, mas sentia algo mais intenso que mera indignação.

— Você veio até aqui e não vai se sentar? — ele perguntou.

"Outra frase feita." Leo nunca foi de usar chavões antes, eu estava quase desapontada por ele estar recorrendo a isso. Eu não estava interessada no homem que o Leo tinha se tornado na última década, mas de uma forma estranha, não queria a imagem que eu tinha dele manchada por frases de script.

— Não, obrigada — disse com frieza. — Minha irmã está chegando a qualquer minuto.

— Suzanne? — ele disse, todo presunçoso.

Olhei para ele, imaginando se ele achava que me impressiona por lembrar um nome. Eu até que fiquei tentada a devolver com Clara, Thomas, Joseph, Paul, os nomes dos quatro irmãos dele, por ordem cronológica de idade, mas jamais lhe daria a satisfação de saber que eu ainda me lembrava tão bem de sua família. Em vez disso, eu respondi:

— Sim, a Suzanne. Eu só tenho uma irmã.

— Claro. Que bom que ela vem. É um bônus e tanto.

— Um bônus e tanto? — eu disse, com uma ruga de espanto na testa. — Como... Duas irmãs pelo preço de uma?

Ele riu.

— Não. Como... eu sempre gostei da Suzanne... nas poucas vezes que nos encontramos.

— Vocês se viram apenas uma vez.

— Certo. E eu gostei dela naquela ocasião. Aliás, bastante.

— Tenho certeza que ela ficará feliz de ouvir isso — disse debochando. — Agora, se me dá licença...

Antes que ele protestasse, caminhei até o final do balcão e olhei para o barman, um homem grisalho e bochechudo, que parecia ter sido contratado para o papel como em um filme.

— O que posso lhe oferecer? — ele perguntou, com voz arrastada de barítono, digna de seu personagem.

Eu dispensei meu vinho e pedi uma vodca com martíni, pura e com azeitonas extras, e então apontei para um sofá desocupado no canto mais afastado do salão:

— E eu estarei sentada lá, por favor.

— Pois não — o barman respondeu, simpático, como se soubesse que eu preferia estar em qualquer outro lugar do mundo que não na companhia daquele homem no bar.

Eu me virei e andei decidida até o sofá, sentindo Leo me acompanhar com o olhar. Eu me sentei, cruzei as pernas e fiquei olhando para o Wilshire Boulevard com a minha mente acelerada. O que o Leo fazia ali? Estava tentando me provocar? Assombrar? Torturar? O que a Suzanne pensaria quando chegasse? E se o Andy pudesse me ver aqui agora, sem sutiã, naquele ambiente requintado, com um martíni a caminho e o meu ex-amante do outro lado do salão?

O meu drinque chegou um segundo antes de Leo.

— Você está... chateada? — perguntou ele, de pé ao meu lado.

— Não. Não estou chateada — respondi, mal lhe dirigindo o olhar, antes de tomar algo entre uma bicada e um belo gole do meu martíni. A vodca, forte, estava suave, e desceu macia.

— Está sim — Leo protestou, mais surpreso que preocupado.

Quando vi que ele esboçava um sorriso de satisfação, eu perdi a calma e rebati:

— O que é isso agora?

— O que o quê? — ele perguntou, demonstrando uma calma irritante, ao se sentar perto de mim no sofá, oferecido e indesejavelmente.

— Isto — respondi indignada, mostrando o espaço entre nós no sofá e sem querer liberando meu perfume ao gesticular. — O que você está fazendo aqui, Leo?

— Eu vim entrevistar o Drake — contou ele, inocentemente.

Eu olhei para ele estupefata, sem palavras. Por incrível que pareça, jamais me ocorreu que o Leo fosse escrever o artigo. Será que eu havia convenientemente bloqueado essa possibilidade? E nesse caso, por quê? Por que no meu subconsciente eu tinha uma esperança de que o Leo estivesse aqui? Ou por que eu queria me absolver de toda e qualquer culpa por aceitar esse trabalho fantástico? Eu tinha a desagradável impressão de que um bom psicólogo exploraria ambas possibilidades.

— Ah — eu murmurei, completamente sem graça.

— Pensei que você soubesse disso.

Dava para sentir que ele estava sendo sincero. Eu sacudi a cabeça e baixei a guarda ao me dar conta de que ele tinha mesmo uma razão para estar lá; não se tratava, afinal, de nenhuma emboscada.

— Como eu poderia saber? — perguntei, na defensiva, e um tanto envergonhada pela minha reação exagerada, sob a pretensão de que ele estivesse ali por minha causa.

— De que outra forma eu poderia indicar alguém para fazer as fotos? — ele perguntou, esclarecendo ainda mais as coisas.

— Eu não sei… algum contato?

— Tipo o Drake? — ele rebateu, meio admirado.

— Você conhece mesmo… o Drake?

— Sim — ele respondeu, roçando um indicador no outro. — Nós dois somos assim.

— Ah — falei, impressionada, apesar dos pesares.

— É brincadeira.

Leo então explicou que trabalhara como correspondente da Unicef durante a Caminhada pela aids em Nova York, no ano anterior, que tinha conhecido o pessoal do Drake, e concluiu:

— Então, para encurtar a história, nós acabamos indo beber e conversar… E eu basicamente me insinuei sobre o artigo, que, por fim, ofereci à *Platform*. E, voilà… O resto você já sabe.

Eu assenti, praticamente desarmada com esse papo de caridade e jornalismo, o tipo de coisa que dificilmente serviria para seduzir a ex-namorada casada em um bar descolado em Los Angeles.

— Seja como for — ele continuou —, no dia em que recebi a luz verde da *Platform*, foi exatamente o dia em que nos encontramos por acaso… Por isso, pareceu… sei lá, coisa do destino… que era para você se encarregar da parte da fotografia.

— Mas, nós nem falamos sobre o meu trabalho — eu disse, basicamente perguntando se ele tinha ido para casa e me buscado no Google ou se por acaso ele vinha acompanhando a minha carreira ao longo dos anos.

— Eu sabia por onde você andava — ele me confirmou, sorrindo acanhado.

— E isso significa? — eu perguntei com um tom meramente inquisitivo.

— Significa que não é preciso falar com uma pessoa para pensar nela... e saber o que se passa com ela, de vez em quando.

Eu estremeci, meus braços ficaram arrepiados e os biquinhos dos meus seios enrijeceram contra minha blusa.

— Está frio aqui — eu comentei, cruzando os braços, nervosa.

— Eu, na verdade, estou com calor — Leo afirmou, se curvando na minha direção, perto o bastante para que eu sentisse o cheiro da sua pele e seu hálito de uísque. — Você quer o casaco?

Eu olhei para o blazer de camurça marrom, do tipo que um repórter ou um cowboy usariam, gentilmente mostrando com a cabeça que não.

— Não, obrigada — eu falei com uma voz que mais pareceu um sussurro, um sussurro que contrastava enormemente com o repentino cumprimento de Suzanne, de pé ao nosso lado.

Eu dei um pulo, assustada, surpreendida. E me

levantei, agitada, para abraçar minha irmã, já tentando dar explicações:

— Eu… É… Veja só quem eu encontrei! Lembra do Leo?

— É lógico — Suzanne respondeu alegre, com naturalidade. Ela colocou uma mão no bolso do jeans e estendeu a outra ao Leo. — Oi, como vai?

— Olá, Suzanne. Que bom revê-la — ele disse, dando a mão a ela.

— Eu digo o mesmo — ela retribuiu com sinceridade. — Há quanto tempo!

Uma pausa estranha seguiu-se, e nós três formamos um triângulo, parados, até que Leo se afastou de lado, dizendo:

— Bem, vou deixar vocês duas colocarem o assunto em dia…

A Suzanne sorriu e se acomodou no sofá, como se quisesse nos dar um pouco de espaço, e alguns segundos, em privacidade. Eu aproveitei a chance, tomada por um conflito. Queria que Leo fosse embora, mas também queria que ele ficasse. Por fim, agradeci:

— Obrigada, Leo.

Não sei com certeza pelo que lhe agradeci. Pelo trabalho? Por sua confissão de que, afinal, nunca tinha deixado de pensar em mim? Por ter me oferecido sua jaqueta? Por ter nos deixado, voluntariamente, naquele momento?

— Claro — ele respondeu, como se estivesse ciente de

tudo o que eu tinha pensado. Ele se virou para sair, mas então deu uma paradinha, deu meia-volta e me fitou nos olhos. — Olhe, ah... Eu vou jantar em um restaurante mexicano ótimo esta noite. O melhor guacamole que já experimentei, e as margaritas também não deixam a desejar... Não vou insistir, mas me liguem se vocês quiserem me acompanhar...

— Certo — respondi.

— Pode ligar para o meu celular ou para o meu quarto. — Ele olhou para o cartão de plástico e completou: — Quarto 612.

— Quarto 612 — eu repeti, reparando que era exatamente o quarto acima do nosso, o 512. — Certo.

— E se não nos encontrarmos mais hoje, nos veremos amanhã à tarde, então.

— Certo.

— Pelo visto, vou fazer minha entrevista na lanchonete que você escolheu, não?

Eu assenti, grata por saber, com antecedência, que o Leo estaria lá. Leo e Drake no mesmo lugar.

— Você sempre gostou de uma boa lanchonete — Leo comentou, com uma piscadela, e então partiu de vez.

A expressão passiva de Suzanne deu lugar a um largo sorriso sugestivo, enquanto Leo deixava o ambiente.

— Jesus, Ellen.

— O quê?— eu perguntei, já me preparando para o massacre inevitável.

Ela balançou a cabeça e continuou:

— Dava para pegar com a mão a tensão sexual no ar.

— Imagina, que absurdo — eu protestei.

— Quarto 612. Certo — ela me imitou, em falsete.

— Eu não disse dessa forma. Não foi assim que eu falei, Suzanne. Por favor.

— Ok. Então foi como?

— É uma história muito longa.

— Nós temos tempo.

— Beba alguma coisa antes — eu sugeri, querendo enrolar.

— Já bebi. Eu fiquei observando vocês dois bobos enquanto pedi a especialidade da casa, o coquetel *Uma Linda Mulher*... Você sabia que o filme foi rodado aqui?

— Mesmo? — eu desconversei, tentando desviar o assunto para o lado da Julia Roberts. — Eu adoro esse filme. Nós não assistimos juntas?

Ela deu de ombros.

— Tudo o que me lembro é que glorificava a prostituição. Mas, então, voltando ao gato do seu ex...

— Ele não é um gato.

— Ele é gostoso, sim, não adianta negar — ela insistiu. — Os olhos dele são de morrer.

Eu tentei abafar um sorriso, mas não tive sucesso.

— São mesmo de morrer!

— Agora, vem cá. Quer fazer o favor de me contar o que está acontecendo?

Eu suspirei bem alto, segurei minha cabeça com as mãos e comecei a falar:

— Está certo, mas, por favor, não me julgue.

— E quando foi que te julguei?

— Está me gozando, né? — eu perguntei, olhando para ela entre os vãos dos dedos e rindo. — E quando foi que você não me julgou?

— Tem razão. Mas prometo que desta vez eu não julgo.

Eu suspirei novamente, e então deslanchei a contar a história toda, começando com aquele momento desconcertante no cruzamento. A Suzanne não me interrompeu nem uma vez — exceto para pedir outra bebida para mim, quando uma garçonete veio até nós com uma tigela de prata com petiscos salgados. Quando terminei, perguntei a ela se me achava um monstro de pessoa.

Suzanne então deu uns tapinhas carinhosos na minha perna, como costumava fazer quando éramos crianças e eu ficava enjoada no banco traseiro da perua Buick da mamãe.

— Até o momento — ela disse.

— Como assim?

— Estou dizendo que só estamos no primeiro martíni e a noite é longa… e muita coisa pode acontecer.

— Suzanne! — eu disse, indignada com sua indireta. — Eu jamais trairia o Andy. Jamais!

— Ora, Ellen — ela disse, com as sobrancelhas arqueadas —, e quem foi que falou em traição?

Duas horas, dois drinques e muita conversa depois, Suzanne e eu estávamos no nosso quarto, de pilequinho. Ao vascular o minibar, rindo por concluir que quando se está faminta dez pratas por um pacotinho de amendoins com chocolate não soa como extorsão, o guacamole do Leo me veio à cabeça.

— Podemos ligar para a recepção e pedir uma sugestão de restaurante — eu sugeri. — Bem que eu comeria em um mexicano…

— Ora que coincidência — Suzanne disse com uma risadinha, ao pegar o fone —, podemos também ligar para o quarto 612… Ou melhor, podemos ir direto até lá.

Eu sacudi a cabeça e disse que jantar com o Leo estava fora de questão.

— Tem certeza?

— Absoluta.

— Pois acho que seria divertido.

— Divertido me assistir morrer de vergonha.

— Não. Divertido, pois eu por acaso gosto da companhia do Leo.

Não dava para dizer se ela estava brincando, me testando ou puramente cumprindo a promessa de não me julgar, mas eu peguei o telefone — e o saquinho de M&M's da mão dela.

— Ora, vamos — ela pressionou. — Você não quer saber o que o Leo tem feito nesses anos todos?

— Eu sei o que ele fez. Ele continua como jornalista e escritor — eu disse, tirando os sapatos e calçando uma pantufa branca com o logotipo do hotel. Eu coloquei um punhado de amendoins na boca e acrescentei: — Por isso é que estou aqui, certo?

— Sim, mas e além do trabalho… Você não sabe nada da vida pessoal dele, sabe? Sabe ao menos se ele se casou?

— Ele não está casado.

— Tem certeza?

— Ele não estava de aliança.

— Isso não quer dizer nada. Uma porção de homens casados não usa aliança.

— Que horror — eu murmurei.

— Isso não significa necessariamente que eles estejam dissimulando — disse Suzanne, defendendo o lado oposto, em vez do seu habitual ataque contra os "sem aliança", os conquistadores, os homens de negócios desavergonhados que lotam as cabines da primeira classe. — Não usar aliança pode ser simplesmente um costume das antigas. O papai nunca usou aliança de casado, mas acho que dá para afirmar que ele não andava à espreita por aí.

— Você acha que dá mesmo pra chamar de coisa das antigas com uma cara de menos de quarenta?

— Claro que sim. É aquela história de alma antiga... E eu acho que o Leo é uma alma antiga — ela disse em tom de admiração.

É, pensei comigo mesma, dizer que alguém tem alma antiga, em geral, é uma forma de elogio. E olhando para ela:

— E você está se baseando no que exatamente?

— Sei lá. É que parece que ele não se prende ao aspecto material nem outras armadilhas superficiais da nossa geração.

— Nossa, Suzanne! De onde você tirou toda essa baboseira? Você passou no máximo quatro horas com ele até hoje!

— Ele faz trabalho voluntário — ela lembrou, em uma referência à cobertura da Caminhada pela aids.

— Ora, só porque ele se comove com as vítimas da aids não quer dizer que ele é um santo de alma antiga — eu argumentei.

Apesar do meu pouco caso, no fundo, eu admitia que ela tinha tocado em uma das coisas que eu amava no Leo. Ao contrário da maioria dos caras, principalmente os que conheci em Nova York, Leo nunca se comportou como alpinista social, nem como bajulador. Ele não consultava as revistas de prestígio para escolher restaurantes e bares. Ele nunca usou o sapato preto da Gucci que se via em todo pé por aí. Ele nunca se referiu a nenhuma grande obra literária que acabara de ler, nem filmes de arte que acabara de assistir, ou uma banda alternativa desconhecida que havia "descoberto". Ele nunca sonhou em se estabelecer em uma mansão em uma bela vizinhança, com uma linda mulher e filhos. E ele sempre preferiu viajar e curtir as experiências a comprar coisas dispendiosas. Moral da história, o Leo não era de ficar acompanhando as listas dos "Mais Mais", nem de tentar impressionar, e menos ainda de fazer força para ser quem não era.

Eu comentei isso com a Suzanne, mais pensando alto do que outra coisa, e então comparei Leo a Andy em silêncio. Andy que possui diversos pares de sapato Gucci, Andy que tem o hábito de escolher restaurantes nas listas de jornais e revistas, Andy que está doidinho para deixar a melhor cidade do mundo para morar em uma mansão em Atlanta. E embora o meu marido não possa ser acusado de entrar no pretensioso jogo urbano de comparar as bandas alternativas mais descoladas, nem os filmes de arte ou obras literárias do momento, eu não podia negar que ele aparentemente tem um estilo de vida mais voltado para o status do que o meu ex.

Fui tomada por uma onda de culpa, então troquei de lado e comecei a defender com fervor o meu marido. E daí se ele apreciava as coisas boas da vida, como itens de grife? E daí se ele sonhava com uma casa grande e uma vida confortável para sua família? Não quer dizer que ele baseava suas escolhas na competição com os vizinhos nem seguindo um bando de forma irracional. Ele só não é um cara antenado, mas que segue as próprias preferências sem precisar se justificar, o que o torna um homem tão autêntico quanto o próprio Leo.

E mais, por que eu precisava ficar comparando o Andy e Leo se não havia absolutamente nada em comum entre eles? Eu hesitei um pouco, mas acabei colocando essa pergunta para Suzanne, esperando, obviamente, que ela assumisse uma posição totalmente democrática, e dissesse que não havia por que compará-los. Que o Leo não tem nadinha a ver com o Andy e vice-versa.

Em vez disso, ela disse:

— Começa que é impossível não comparar. Quando você se encontra diante de uma encruzilhada, não dá para deixar de considerar a outra direção. Especular como a sua vida poderia ter sido.

— Imagino que sim — eu disse, certa de que o caminho para o Leo nunca tinha sido uma opção. Eu tinha tentado segui-lo, mas acabei dando de cara com uma viela fria e sem saída.

Suzanne correu as mãos pelos cabelos longos e cacheados e continuou:

— E depois, Leo e Andy têm ligação, sim, pelo simples fato de que você ama, ou um dia amou, os dois.

Olhei para ela, desconcertada:

— E por que você diz isso?

— Porque não importa se os homens que você amou tenham pouco ou muito em comum… ou se aconteceu simultaneamente ou com uma década de diferença… ou se eles se detestam ou se nem sabem um do outro… ainda assim, eles estranhamente estão ligados de algum modo. Pertencem a uma mesma fraternidade, da mesma forma que você pertence à fraternidade das mulheres que o Andy amou. Há uma afinidade velada, goste você ou não.

Enquanto fiquei pensando nessa teoria da Suzanne, ela continuou falando e me contou do encontro recente que tinha tido com a ex-namorada stripper do Vince, em uma pista de boliche, e que, embora elas mal se conhecessem e tivessem pouquíssimos conhecidos em comum (o que era quase impossível, visto que as duas são de Pittsburgh), elas acabaram batendo um papo, enquanto assistiam ao Vince conquistar seu primeiro jogo perfeito de 300 pontos.

— E foi realmente esquisito — confessou Suzane

—, pois, além de comentar sobre o jeito desajeitado e amalucado do Vince, típico de um nova-iorquino do Brooklyn, na verdade não falamos dele. Era como se ela entendesse direitinho o que eu tenho que aturar... Como é ser apaixonada pelo Vince, apesar de todas as bobagens dele... E mesmo você sendo minha irmã e eu tendo te contado muito mais sobre o meu relacionamento, do que eu jamais confessaria a ela, de certa forma, ela sabe mais do que você jamais saberá.

— Mesmo ela não gostando mais dele?

— Bem, com base no olhar meloso na cara dela, vendo o Vince brincar com todo mundo, todo abusado, isso certamente levanta dúvidas — Suzanne observou. — Mas, sim, mesmo assim.

Eu deitei no travesseiro e senti o pilequinho dar lugar a um cansaço enorme e uma fome maior ainda. Eu perguntei à Suzanne se ela não queria escolher algo do menu para comermos no quarto, mas então me lembrei que ela passava o tempo todo entre voos e hotéis de aeroportos, e disse a ela que me animaria a sair também.

— Nah. Bobagem — respondeu ela. — Eu não vim aqui pela vida noturna.

— Hmmm — balbuciei rindo, e dei um beijão na bochecha dela —, você veio aqui por causa da sua irmã, não foi?

— Sai para lá!

— Ah, Suzanne... — e lhe dei outro beijo no rosto e depois na testa.

Afinal, só consigo beijá-la assim, de gozação. Como nosso pai, Suzanne não se sente confortável com demonstrações físicas de afeto. Já eu herdei o jeito carinhoso da minha mãe.

— Você adora a sua irmãzinha. É por isso que está aqui! Confessa, vai! — disse em tom de brincadeira.

— Que nada, eu vim aqui por dois motivos...

— Ah é? Pelo Drake e pelo que mais?

— Para tomar conta dessa traidorazinha aqui — ela afirmou, jogando um travesseiro na minha cabeça —, só por isso.

Ela falou brincando, mas era o incentivo que faltava para eu vestir a minha camisola, escolher um sanduíche de peru no cardápio do serviço de quarto e ligar para o meu marido, exatamente quando ele já tinha dado o dia por encerrado.

— Oi, amor — Andy respondeu sonolento. — Vocês duas estão se divertindo?

— Muito! — eu disse, pensando no quanto era bom e reconfortante ouvir a voz dele.

Ele me perguntou o que estávamos fazendo, e eu contei que preferimos não sair e que botaríamos o papo em dia.

— Sei, nada de sair para paquerar, certo?

— Não — eu respondi, sentindo um acesso de culpa ao pensar no hálito de uísque do Leo e no olhar que ele tinha me dado antes de deixar o bar. Eu o imaginei bebericando uma margarita em algum lugar bem próximo, naquele exato momento.

— Assim que eu gosto da minha garota! — Andy disse, bocejando. — Eu ti amo.

Eu sorri e disse ao Andy que também o amava.

— O suficiente para me conseguir aquele autógrafo?

— Nem tanto assim — eu respondi, pensando comigo mesma, "mas com certeza, o suficiente para passar sem o tal guacamole e sem o homem que, daqui a pouco, irá pegar no sono no quarto 612".

Quinze

No meio da noite, eu acordei com o som da minha pró-pria voz, por conta de um sonho tão realista com o Leo que me deixou muito agitada — para não dizer encabulada — o que seria uma proeza e tanto, para quem está deitada no escuro e sozinha. Ao escutar a Suzanne roncar baixinho na cama ao lado, eu recuperei o fôlego e relembrei todos os vívidos detalhes, o contorno dos ombros largos dele se curvando sobre mim, suas mãos entre as minhas pernas, sua boca no meu pescoço, e ele me penetrando, bem devagarzinho.

Alerta e toda arrepiada, eu mordi o lábio com força, ao me dar conta de que ele estava apenas um andar acima de mim, em uma cama exatamente como aquela. Podia ser que estivesse sonhando com a mesma coisa e, quem sabe, até estivesse acordado e desejando que acontecesse de verdade. Exatamente como eu.

Seria muito fácil, pensei. Tudo o que eu precisaria fazer seria pegar o telefone, ligar para o quarto 612 e sussurrar: "Posso ir até aí te ver?".

E ele responderia: "Sim, gata. Venha logo".

Sei que ele me pediria para ir. Sei por causa do trabalho de amanhã, exatamente pelo fato de estarmos ambos em Los Angeles, hospedados no mesmo hotel.

Sei por conta do olhar inconfundível que ele me deu lá no bar, um olhar em que até mesmo a Suzanne reparou. Mas acima de tudo, sei o quanto era bom quando estávamos juntos. Não importa o quanto eu tentava negar e ignorar, ou me concentrar apenas no modo como as coisas acabaram, eu tinha consciência do que vivemos. E ele com certeza deve se lembrar também.

Eu fechei os olhos, com o coração disparado e certo temor, e imaginei me levantando da cama, me espreitando em silêncio pelos corredores, chegando à porta do quarto do Leo e batendo uma vez só, exatamente como ele fez naquele dia em que bateu na porta do meu quarto de hotel, durante aquele julgamento tantos anos atrás. Eu podia vê-lo claramente me esperando do outro lado da porta, com a barba por fazer e os olhos inchados de sono, e depois me conduzindo até a cama e me despindo.

Uma vez sob os lençóis, não haveria discussão sobre o motivo do nosso rompimento, nem sobre os últimos oito anos, nem sobre o quê ou quem quer que fosse. Não trocaríamos sequer uma palavra. Haveria apenas o ruído da nossa respiração, dos nossos beijos e dos nossos gemidos.

Tentei me convencer de que aquela sensação não significava nada. Não tão longe de casa. Não no meio da madrugada. Tentei me convencer de que era apenas uma confusão mental, a continuação de um sonho bom demais e real demais para se resistir.

Quando tornei a acordar, horas depois, os raios de sol já inundavam o quarto, e Suzanne já estava toda serelepe para lá e para cá, arrumando as coisas dela e as minhas, enquanto acompanhava a TV sem som.

— Abençoado seja o sol do oeste — eu resmunguei.

— Eu sei — disse ela, olhando por cima de sua nécessaire. — Esquecemos de fechar as cortinas.

— Também esquecemos de tomar uma aspirina — comentei, franzindo os olhos com a cabeça latejando.

Fui tomada por uma onda de culpa e arrependimento, como acontecia depois das noites de balada na faculdade — acordar de manhã depois de beber todas e ouvir muita música alta e, principalmente, sabendo que tinha me empolgado demais e acabado de beijar um cara com quem, de outra maneira, nem sequer teria conversado. Disse a mim mesma que aquilo estava longe de ser a mesma coisa. Não tinha acontecido nada na noite passada. Foi só um sonho, só isso. Os sonhos, às vezes, em geral, não significam absolutamente nada.

Uma vez, durante a minha agonia adolescente de ajustar o aparelho nos dentes, eu tive um sonho bem provocante com o meu dentista, um homem careca, sem graça, pai de um carinha do time de futebol americano que era da minha classe, e com quem eu poderia até ficar. Era batata que eu não tinha nenhum interesse real pelo Dr. Popovich, em nenhum nível subconsciente possível.

Ainda assim, no fundo, eu sabia que aquele sonho não tinha surgido do nada. E mais importante ainda, eu sabia que o sonho em si não tinha importância nenhuma.

O problema era o como eu me senti depois, quando acordei. Era como eu me sentia naquele momento.

Eu me sentei e me espreguicei, sentindo-me melhor só por sair da posição horizontal. E ao me levantar de vez, assumi minha postura profissional e eficiente, e cheguei a tratar minha irmã com um tom decidido, quase empresarial. Eu não podia me dar ao luxo de me perder em devaneios e fantasias ridículas, com uma sessão de fotos tão importante e crucial na minha carreira agendada para logo mais à tarde. Repetindo as palavras do Frank, meu mentor: "O show vai começar!".

Mas, algumas horas mais tarde, depois de ter terminado a checagem completa das baterias e o levantamento dos meus equipamentos, revisado minhas anotações e ligado para meu assistente temporário para confirmar a nossa agenda, além de checar pela terceira vez com a gerente da lanchonete para me certificar de que ela de fato fecharia o local por duas horas, conforme solicitado pelo Drake, ali estava eu no chuveiro, debaixo da água bem quente, ainda divagando sobre o Leo. Desejando que tivesse trazido roupas mais bonitas para a sessão de fotos. Avaliando o quanto eu estaria me sentindo mal agora caso tivesse ligado para ele na noite passada, e imaginando se teria mesmo valido a pena — e, por fim, crucificando-me por nem sequer imaginar a possibilidade de uma coisa terrível como aquela.

Em uma certa altura, Suzanne interrompeu meus pensamentos e gritou em meio à nuvem de vapor:

— Você continua viva aí dentro?

— Sim, senhora — respondi educada, relembrando que, quando adolescentes, ela costumava abrir a fechadura do banheiro com um grampo de cabelo e entrava sem avisar, invadindo meu único momento de privacidade na casa apertada que morávamos.

— Você está nervosa ou é sujeira mesmo? — ela me perguntou naquele momento, retirando o vapor do espelho com uma toalha e se pondo a escovar os dentes.

Eu desliguei o chuveiro e retirei o excesso de água dos cabelos, enquanto admitia a ela que estava, de fato, nervosa, omitindo é óbvio que o motivo real do meu nervosismo não tinha nada a ver com fotografar o Drake.

Era mesmo surreal ver os dois juntos, batendo papo enquanto almoçavam — Leo, um hambúrguer, e Drake, uma salada grega. Por um momento, eu me abstraí da situação para absorver todos os detalhes. Eu reparei que o cabelo de ambos é do mesmo tom de castanho, e que enquanto a barba de Drake já dá os primeiros sinais de crescimento e seu cabelo é comprido e ligeiramente mais oleoso, Leo estava bem barbeado, em um estilo quase conservador em relação ao que ele era na verdade. Ambos vestiam camisetas lisas pretas, mas a do Leo era um modelo mais comum e a do Drake era cheia de estilo e marcava mais o corpo (além de custar umas cinco vezes mais), além dele também ter caprichado nos acessórios com um brinco de argola de prata, diversos anéis e óculos com lente cor de âmbar, sua marca registrada.

Muito mais que sua roupa ou aparência, o que mais me chamou a atenção foi o clima sereno e relaxado que cercava a sua mesa. Leo, que parecia sexy e muito à vontade, conseguira fazer Drake relaxar e até mesmo demonstrar interesse por perguntas que ele já devia ter respondido mais de mil vezes. Reparei também que Leo havia trocado seu antigo bloquinho de anotações amarelo por um minigravador prateado, discretamente posicionado ao lado do saleiro e pimenteiro. Na verdade, se não fosse pelo gravador e pelo fato de Drake ser o Drake, ninguém diria que se tratava de uma entrevista. Até mesmo o leão de chácara superfashion, que aparentemente trabalhava para o Drake, guardou uma distância respeitosa, próximo ao balcão, mérito também do Leo. Eu já tinha visto muito pessoal que fazia a linha relações públicas ficar rondando celebridades bem mais famosas com os olhos abertos contra perguntas mal-intencionadas ou inapropriadas feitas por jornalistas de maior calibre. Certamente o brucutu devia ter percebido que o Leo era um cara íntegro, ou, no mínimo, um jornalista íntegro.

— Caramba — Suzanne sussurrou sem tirar os olhos deles. — Que rosto bem definido ele tem.

Embora eu soubesse que não estávamos admirando o mesmo homem, eu concordei, desfrutando um último instante da visão do Leo. Por fim, eu disse:

— Ok. Mãos à obra — e comecei a descarregar meu equipamento, analisando os vários cenários e buscando a melhor fonte de luz natural. — Disfarça e tenta agir como uma assistente, Suzanne.

— É para já — ela disse, enquanto a gerente da lanchonete se aproximava.

O nome dela era Rosa, uma mulher baixinha e gordinha cujo ar perturbado dava a ela a impressão de ter a testa toda enrugada. Desde que ela tinha nos recebido, era a terceira vez que ela vinha perguntar se queríamos algo. Eu tive a sensação de que ela estava vivendo o auge da carreira dela, algo que tínhamos em comum. Se bem que era verdade que somente uma de nós teria uma brilhante foto 8×10 do Drake e uma caneta de jornalista prontinha para funcionar.

— Nem mesmo uma água ou um café? — ela insistiu.

Eu estava muito serelepe para cafeína, então aceitei que ela trouxesse água e a Suzanne, na cara dura, pediu um milk-shake de morango.

— Ótimo. Nossos milk-shakes são famosos — Rosa comentou orgulhosa e foi apressada encaminhar nosso pedido.

Olhei para a minha irmã com leve ar de desaprovação e de surpresa. Ela deu de ombros e se defendeu:

— Fazer o quê? Eu trabalho melhor com uma boa dose de açúcar. Você não espera tirar o melhor da sua equipe?

Eu revirei os olhos, aliviada por descobrir que meu assistente de verdade, um novato chamado Justin, estava chegando naquele momento trazendo refletores maiores e outros equipamentos alugados, que eu não conseguiria trazer no avião. Depois de nos apresentarmos e conversarmos um bocadinho, eu comentei sobre os ângulos que considerava melhores e pedi a opinião dele, o que o deixou satisfeito. A admiração dele por esse ato meu me deu a sensação de ser uma profissional experiente, e me valeu como uma injeção de autoconfiança. Justin concordou com a minha avaliação sobre o cenário e a iluminação, e até sugeriu algumas coisas. Nós dois colocamos a mão na massa e arrumamos toda a parafernália, fizemos leituras com o fotômetro e tiramos umas fotos de teste. Enquanto isso, Suzanne esboçava uma tentativa de parecer útil, enquanto espichava o ouvido para escutar parte da entrevista.

Conforme nos movimentamos pela pequena lanchonete, eu acabei ouvindo uma ou outra pergunta do Leo e uns poucos trechos inspiradores de Drake até que, finalmente, Justin e eu estávamos prontos para começar. Ao consultar o meu relógio e descobrir que estava adiantada, eu consegui relaxar pela primeira vez no dia; quem sabe, da semana.

Isso até ouvir Leo dizer meu nome e, ao me virar, ver que Drake e ele estavam me observando, na expectativa.

— Venha cá — Leo gesticulou me chamando como se fôssemos dois velhos conhecidos e ele tivesse acabado de encontrar com um terceiro amigo do qual costumávamos ser inseparáveis.

Meu coração deu um sobressalto — e por muitas razões diferentes. Bem, pelo menos duas.

— Caraca! Ele está olhando para você — Suzanne murmurou por trás de seu milk-shake. — Não vai me tropeçar nesse monte de fios por nada, hein?

Respirei fundo, mentalizei que tudo ia dar certo, agradeci por não trabalhar de salto alto, então caminhei até a mesa onde naquele momento diversas pessoas da equipe de Drake se aglomeravam.

Leo olhou através deles, como se fossem invisíveis, e se dirigiu a mim:

— Oi, Ellen.

— Olá, Leo — eu o cumprimentei.

— Sente-se — disse ele, e aí eu tive uma sensação de déjà vu. Mas depois reconsiderei e notei que nós havíamos nos cumprimentado da mesma forma na véspera, ou seja, não era um déjà vu. "Chega de ficar racionalizando tudo", eu me repreendi ao sentar no banco ao lado de Leo. Ele abriu espaço, mas não muito. Ficamos perto o suficiente para que pudéssemos dar as mãos se estivéssemos lá para isso.

— Ellen, este é Drake Watters. Drake, quero lhe apresentar minha grande amiga Ellen — Leo anunciou, em outro momento surreal. Eu simplesmente não podia acreditar que estava sendo apresentada ao Drake — e que Leo foi quem fez as apresentações.

Por instinto, ameacei estender a mão, mas então me lembrei do Frank me prevenir sobre a fobia de germes das celebridades, e me contive, fazendo apenas uma mesura com a cabeça.

— Olá, Drake — eu cumprimentei, com o coração palpitando.

— Muito prazer em conhecê-la, Ellen — ele disse com seu sotaque sul-africano.

Drake foi descoladíssimo, exatamente como eu imaginei que seria. Mas, ao mesmo tempo, eu me surpreendi, pois ele não era nem excêntrico nem um pouco exagerado.

— O prazer também é meu — eu retribuí e parei por aí, lembrando de outro conselho que Frank me dera: que bajular demais uma celebridade é uma verdadeira condenação para um fotógrafo profissional. Não que tivesse me ocorrido dizer muita coisa além de "olha, sabia que perdi a virgindade ouvindo uma de suas músicas?". Embora fosse a mais pura verdade, nem em um milhão de anos eu faria um comentário ridículo desses, ainda que no fundo eu temesse acabar me traindo...

Àquela altura alguém impaciente por ali esfregou as mãos dando a dica de que era hora de encerrar o papo furado.

—Você é Ellen Dempsey? — a pessoa disse, com um sotaque sul-africano ainda mais marcado que o de Drake.

—Sim — eu respondi, lamentando não ter trocado meu nome profissional quando Andy e eu tínhamos nos casado.

— Você tem quinze minutos para fazer as fotos — outra pessoa do staff me instruiu, com ar de superioridade.

— Sem problemas — assegurei, e então me dirigi a Drake. — Podemos começar?

— Claro — ele disse, balançando a cabeça como só

um astro do rock sabe fazer, cheio de ginga, supermaneiro. — Onde devo ficar?

Eu apontei para uma mesa com sofá atrás de nós e apertei meu piloto automático, sem tempo a perder:

— Daquele lado — eu o instruí. — Sente-se próximo à janela, por favor. Será que pode levar sua caneca de chá, por favor? Eu gostaria que ela ficasse em primeiro plano.

— Ótimo — Drake comentou, com uma piscadela —, eu ainda ia beber mais um pouquinho.

Conforme ele tomava posição, notei que Leo me observava com um olhar que só poderia ser descrito como carinhoso, assim retribuí com um pequeno sorriso, sincero, quase carinhoso.

— Boa sorte! — ele sussurrou, olhando nos meus olhos.

Por um instante, fiquei estática, perdida em seu olhar. Então, contrariando o meu bom senso, disse a ele:

— Espera por mim?

Leo sorriu.

— Estava contando com isso. Você não vai se livrar fácil de mim.

Eu sorri novamente, mas então me ocorreu que jamais conseguiria encobrir a participação de Leo na história. Andy e Margot iam ver o crédito dele no artigo. Todo mundo ia ver. Nossos nomes sairiam impressos lado a lado, junto ao de Drake. Os três na mesma página. Mesmo assim, ao empunhar a minha câmera, concluí que aquele dia bem que valia uma dor de cabeça.

Nos quinze minutos que se seguiram, foi uma adrenalina só: 94 fotos batidas, enquanto eu dava instruções monótonas ao Drake: "Sente-se aqui, fique em pé ali, um pouco para a esquerda, levante um pouco o queixo, um sorrisinho, sem sorrir, um meio sorriso, mão na caneca, mão na mesa, mãos no colo, olhe pela janela, olhe sobre meu ombro, olhe para mim". E por fim:

— Certo. Terminamos. Obrigada, Drake.

E era isso, eu tinha acabado. Acabado na maior satisfação. E a melhor e mais eufórica parte disso tudo é que consegui "a" foto, minha foto especial. Sempre sei quando consigo a foto que precisava, e naquele dia tive mais certeza que nunca. Drake, com a quantidade exata de luz natural atrás dele, praticamente criando uma auréola suave ao seu redor. O estofado vermelho do assento contrastando com a camiseta preta e a caneca branca, as linhas bem definidas da mesa, da janela e da estrutura óssea do rosto dele. Uma perfeição.

— Obrigada, Ellen Dempsey — Drake disse, sorrindo. — Não doeu nadinha.

Eu sorri, ou melhor, abri um sorriso radiante para ele, encantada pelo modo como ele fez soar meu nome como a frase de um poema de uma de suas músicas. Eu estava totalmente, completamente, nas alturas — física e emocionalmente.

Assim, depois de Drake ter sido levado por seu séquito, de Justin ter recolhido todo o equipamento, de Rosa ter pendurado com destaque a foto autografada ao lado da caixa registradora, e de Suzanne ter ido até o balcão para degustar um chocolate batido, eu finalmente tive um momento a sós com Leo, no fundo da lanchonete, encostada na parede, olho no olho, mais uma vez.

Dezesseis

— Então? como se sente? — Leo me perguntou, o olhar fixo no meu, como um campo magnético.

Sua pergunta casual me permitiu relaxar, embora eu não soubesse ao certo se ele estava sendo vago de propósito.

— Sobre as fotos? — eu perguntei.

— Claro — ele confirmou, interessado. — Sobre a sessão. Sobre tudo.

Eu olhei para ele tentada a confessar que estava completamente extasiada. Que nunca tinha experimentado um momento de tamanha excitação com o meu trabalho, e que raras vezes tinha sentido o tipo de química que estava sentindo naquele exato instante. Eu lembrava que tinha dito para não sermos amigos, mas que a possibilidade de me afastar definitivamente dele estava me consumindo. Que embora eu estivesse feliz no meu casamento, eu me sentia ligada a ele, e que não queria que tudo acabasse ali, daquele jeito, para sempre.

Mas é óbvio que não mencionei nada disso a ele, por uma porção de motivos óbvios. Em vez disso, abri um sorrisinho indiferente e lhe assegurei que tinha conseguido algumas fotos realmente muito boas.

— Portanto, não se preocupe... Minhas fotos não vão melar demais sua entrevista.

— Ótimo, pois isso estava mesmo me preocupando. Desde que liguei para sua agente que venho pensando "ih... ela vai botar meu artigo a perder!" — ele disse, na gozação.

Eu sorri, exagerando um pouco no charme, e ele retribuiu na mesma linha. Passados uns trinta segundos de uma intensidade explosiva, eu é que lhe perguntei se tinha conseguido um bom material.

Leo balançou a cabeça, acariciando seu gravador no bolso traseiro:

— Sim, eu não sabia direito o que esperar... Já tinham me dito que ele era um cara legal, amistoso, franco, bem apessoado... mas é sempre difícil prever que humor a gente vai encontrar... Acho que você me entende, não é?

Eu concordo:

— Encontrar resistência sempre atrapalha o andamento do trabalho... mas às vezes a cara amarrada e o mau humor rendem fotos melhores do que se imagina.

Leo se aproximou ainda mais de mim.

— Acho que é uma questão de química — comentou ele, sugestivamente.

— Verdade — eu concordei, abrindo um sorriso largo e ridículo. — É, química é uma coisa importante.

Outro momento desconcertante se passou antes de Leo me perguntar, da forma mais corriqueira e casual, o que eu faria mais tarde. Essa era uma pergunta sobre a qual eu havia ponderado uma dezena de vezes, lamentando que não tínhamos uma noite a mais no Beverly Wilshire e, ao mesmo tempo, aliviada por ter uma passagem aérea para me salvar de mim mesma.

— Vou voltar para Nova York — eu disse.

— Ah — ele murmurou, e seu olhar perdeu parte do brilho. — Que horas é o seu voo?

— Vou tomar o das 21h30.

— Puxa, que pena — ele lamentou, conferindo o relógio.

Eu murmurei algo não comprometedor, calculando quanto tempo ainda me restava em Los Angeles, tentando encontrar uma maneira de passá-lo com Leo, em vez de acompanhada por minha irmã, que continuava lá para os lados do balcão.

— Não tem um jeito de eu te convencer a ficar mais uma noite? — ele perguntou.

Eu hesitei, pensando em uma solução. Uma maneira de permanecer na cidade da maneira mais honesta possível. Só que então eu me lembrei do sorriso do Andy, das covinhas dele, seus olhos azul-claros, e não me restou escolha:

— Não... eu preciso mesmo voltar.

De jeito nenhum eu podia me aventurar naquelas águas turbulentas.

— Eu entendo — Leo disse logo, como se pudesse ler as entrelinhas.

Ele abaixou os olhos ajustando a alça da sua bolsa verde-limão — uma cor chamativa demais para ele, que me levou a divagar se não teria sido um presente, se a mulher que teria dado aquele presente a ele seria bonita, se eles ainda estariam juntos...

Então ele olhou de novo para mim e piscou todo maroto:

— Tem nada, não — ele disse. — A gente combina alguma coisa na próxima vez que viermos a Los Angeles fazer outra matéria com o Drake.

— Combinado — eu respondi, tentando superar seu sarcasmo com um comentário de peso. — A gente fica junto na próxima vez que você me der o fora, depois me reencontrar por acaso anos depois e então me envolver em um trabalho sensacional...

Leo ficou estupefato.

— Do que você está falando?

— Que parte você não entendeu? — rebati sorrindo, para amenizar o tom de confronto da minha pergunta.

— Eu não te dei fora nenhum — ele protestou.

Eu virei os olhos e caí na risada.

— Sei...

Ele deu ares de abatimento, ou pelo menos de confusão.

— Não foi bem assim.

Eu observei bem a expressão dele, supondo que ele estivesse tentando me poupar, fazendo de conta que tínhamos terminado em comum acordo. Mas não havia qualquer traço de estratégia, nenhum traço de nada que não fosse a mais genuína surpresa pela minha versão da nossa história.

— Então foi como, Leo?

— Nós simplesmente… Sei lá… Sei que fui um babaca… Eu me lembro daquele réveillon… Mas não consigo me lembrar por que nós terminamos… Tenho a impressão de que nós terminamos por nada…

— Por nada? — eu rebati, tomada pelo desespero de ver Suzanne de repente virando na nossa direção.

Ela devia ter entendido a minha expressão, pois rapidamente se desculpou e se deteve.

Eu dei um sorriso forçado, dizendo a ela:

— Não, está tudo bem. Nós só estávamos conversando… sobre… o Drake.

Suzanne me olhou com cara de descrédito, mas entrou no jogo:

— O que vocês acharam dele? Ele era mesmo tão centrado quanto fez parecer?

— Sem dúvida — disse Leo. — Super gente boa.

— Super — eu repeti entusiasmada, em chamas por dentro.

— Qual foi a melhor parte da entrevista? — Suzanne perguntou a Leo. — Ou vou ter de esperar pela revista?

Leo pensou um pouco, depois disse que confiava nela e que a colocaria a par de tudo, então começou a detalhar o trabalho do Drake para o perdão das dívidas do Terceiro Mundo e suas críticas ao governo. Mas eu não consegui prestar atenção em nada, tão ocupada que estava tentando aplacar o vazio no meu peito, até decidir tomar uma atitude drástica no primeiro intervalo que surgisse na conversa. E quando ele finalmente chegou, procurei ser o mais incisiva o possível:

— Bem, melhor a gente ir andando.

Leo assentiu e reconheci aquela expressão dele, que aos poucos ia se tornando impassível.

— Certo — disse ele.

— Então, obrigada novamente por tudo — eu disse.

— Obrigado a você — ele disse, esquivando-se mais um pouco. — Mal posso esperar para ver as suas fotos.

— E eu mal posso esperar para ler o seu artigo. Sei que vai ficar excelente — eu disse, sentindo que toda a excitação de instantes atrás estava começando a drenar as minhas energias. "Altos e baixos", eu pensei. Minha história com Leo sempre foi cheia de altos e baixos.

Suzanne fez de conta que estava interessada em um cartaz de espetáculo pendurado na parede atrás de nós, na tentativa de nos conceder uma última pontinha de privacidade, enquanto Leo me agradecia outra vez. Por um instante, pareceu que ele ia me dar um abraço de despedida, ainda que formal. Mas ele se limitou a nos desejar uma boa viagem.

No entanto, tudo o que escutei foi um "eu te desejo uma boa vida".

Já no táxi, a caminho do hotel, Suzanne franziu a testa consternada:

— Você parece triste — ela disse docemente. — Está triste mesmo?

Como não encontrei energias para mentir, eu confirmei, embora o termo mais apropriado para o que estivesse sentindo fosse "completamente desconsolada".

— Só não sei por quê — eu confessei. — É tudo tão estranho… Voltar a revê-lo…

Suzanne segurou minha mão e me confortou:

— Isso é normal.

— Jura mesmo? Porque não é o que parece. E eu certamente não acredito que o Andy chamaria isso de normal.

Suzanne olhou pela janela, pensativa, antes de fazer a pergunta derradeira:

— Você ainda sente alguma coisa por ele, ou acha que é só nostalgia?

— Eu acho que é um pouco mais do que nostalgia — eu admiti.

Suzanne disse:

— Eu suspeitei. Mas se isso lhe serve de consolo, eu entendo direitinho o que te atrai nele. Moreno, sexy, inteligente…

Eu não resisti e dei uma risadinha.

— Na verdade, isso não ajuda muito — eu disse. — Mas, de qualquer forma, obrigada.

— Então sinto muito — ela me fez um carinho.

— E sabe o que mais não me ajuda nem um pouco? — eu completei, enquanto nosso táxi chegava ao hotel e éramos cercadas por uma porção de carregadores.

Suzanne me olhou, ansiosa para que eu falasse logo.

— O Leo me confessar que não lembrava de jeito nenhum o motivo da nossa separação.

— Caraca! — ela exclamou, arregalando os olhos. — Ele te disse isso mesmo?

— Exatamente.

— Aí tem coisa.

Eu balancei a cabeça, enquanto pagava o motorista:

— Sem dúvida… Você acha que ele quer me confundir?

Suzanne ficou pensativa por um instante e então completou:

— Por que ele faria isso?

— Não sei — respondi sincera, ao atravessarmos a porta giratória e entrarmos no lobby para buscar nossa bagagem. — Talvez para melhorar a imagem que eu tenho dele do passado, ou então talvez ele esteja em uma espécie de missão de resgate?

— Eu não o conheço o suficiente — ela disse. — O que você acha?

Eu dei de ombros e disse que não acreditava de jeito nenhum — nem em uma coisa nem na outra. Fazer alguém se sentir bem, de graça, não era muito a cara do Leo. Mas eu também não acreditava que ele era um manipulador frio.

Nós nos sentamos em duas cadeiras de espaldar alto, no saguão. Suzanne ficou contemplativa por uns instantes e por fim concluiu:

— O mais provável é que ele tenha sido sincero, que ele não se lembre de fato do que aconteceu, como tudo acabou.

Eu passei a mão no cabelo e suspirei com a respiração pesada.

— Você acha isso possível mesmo? — eu insisti.

Suzanne balançou a cabeça.

— Claro. E afinal, é uma coisa positiva, não? — ela perguntou. — É o que toda garota que levou um fora espera ouvir. Que um dia o namorado vai reaparecer e dizer a ela que se arrependeu... e o melhor de tudo... é que você não tem nenhum arrependimento.

Eu olhei para ela.

— Certo? — ela disse, uma pergunta carregada de significado. Uma só palavra para testar minhas escolhas. O Andy e tudo mais na minha vida.

— Certo — afirmei enfaticamente. — Com certeza, sem arrependimentos.

— Bem, se é assim — Suzanne disse, convicta, como de costume. — Então está bom.

Três horas mais tarde, depois de jantarmos em um fast-food no aeroporto, Suzanne e eu nos despedimos na entrada do setor de inspeção da asa sete do aeroporto, e eu embarquei no meu voo com uma dor pronunciada no peito e uma sensação incômoda de assunto mal-acabado. Eu me acomodei no meu assento junto à janela, na primeira fila, perto da classe executiva, ouvindo vagamente a comissária de bordo informar algo sobre o espaço limitado para guardar a bagagem de mão, e comecei a repassar tudo o que me acontecera naquele dia e, principalmente, o final brusco do meu último contato com o Leo. Percebi então que queria ter dito à minha irmã que eu precisava de um tempinho a mais com ele. Teria sido embaraçoso demais pedir isso a ela, mas bastava uma hora, trinta minutinhos que fossem, e conseguiríamos amenizar a carga emocional dramática que foi criada, e concluiríamos o nosso papo desconcertante sobre a nossa separação.

Como Suzanne resumiu com precisão, eu não tinha nenhum arrependimento sobre como as coisas acabaram acontecendo em minha vida. Ainda assim, não conseguia evitar a vontade de entender de alguma forma o meu relacionamento com o Leo, bem como o período turbulento entre a minha adolescência e a vida adulta, quando tudo parece ser mais sensível, revigorante e assustador — e por que esses sentimentos afloraram novamente em mim, naquele momento.

Eu fiz uma rápida ligação para o Andy, só para avisar que o voo estava no horário, mas ele não respondeu. Deixei uma mensagem dizendo que a sessão de fotos tinha corrido bem, que eu o amava e que o veria de manhã bem cedinho. Depois, concentrei minha atenção nos inúmeros passageiros que tomavam os corredores e rezei para que o assento ao meu lado continuasse desocupado, ou que pelo menos fosse alguém pequenininho e do tipo quieto. Mas, um segundo depois, um homem desajeitado e descabelado, com um bafo inconfundível de bebida e cigarro, veio por cima de mim, com uma sacola de lona, um saquinho de viagem do Burger King e uma garrafa de refrigerante com um líquido cor de âmbar para lá de suspeito.

— Olá, tudo bem aí? — ele cumprimentou efusivo. — Meu lugar é perto do cê!

Além do bafo de bebida e da garrafa em sua mão, os olhos vermelhos e volume exagerado da voz não deixavam dúvidas de que ele já estava bêbado — ou na iminência de ficar. Eu já podia prever uma noite inteira de drinques, alguns inclusive sendo derrubados, e seguidos por desculpas profusas, tentativas inapropriadas de me enxugar e muita conversa fiada para cima de mim. Minha única chance de um mínimo de paz era cortar o mal pela raiz e evitar qualquer tipo de interação com o camarada. Assim, eu não respondi nada, dei só uma ameaça de sorriso educado, quando ele despencou na poltrona e imediatamente se curvou para frente para retirar os tênis imundos e as meias manchadas, com os braços e ombros parrudos invadindo cada milímetro do meu espaço.

— Puta que pariu! O chulé aqui está de amargar — ele avisou, ao colocar os pés em liberdade. E logo me ofereceu uma batata frita. — Quer uma?

Eu engoli uma risada, disse não, obrigada, e sem perder tempo coloquei os fones de ouvido e virei meu corpo todo na direção da janela. Então sintonizei o canal de música clássica e aumentei o volume, fechei os olhos e tentei pensar em algo que não fosse o Leo. Cerca de cinco minutos de cutucões para todo lado, o avião começou a taxiar, tomar velocidade e sair do chão, com aquela inclinação para trás de dar vertigem. Ao ganharmos o ar, eu apertei o braço da minha poltrona com toda força, sem perceber me abraçando, enquanto tentava afastar as imagens de chamas e metal retorcido da minha mente, e repetia para mim mesma "nós não vamos cair". Que destino mais cruel seria passar meus últimos minutos com aquele cara ali do meu lado.

Mas quando, por fim, abri os olhos, meu companheiro de assento e seu banquete do Burger King tinham desaparecido. E no seu maldito lugar, como se fosse mágica, estava ninguém menos que Leo.

Ele me deu uma risadinha de lado meio sem graça e disse:

— Peguei o seu voo.

— Estou vendo que sim — tentando abafar meu sorriso, mas sem sucesso algum.

— E então pedi para trocar de lugar com ele — ele explicou.

— Estou vendo que sim, também — eu disse, já com um sorriso bem aberto. — Abusado você, não?

— Abusado? Eu te salvei daquele palhaço... que foi ficar bêbado, e descalço, lá na classe executiva. Eu chamaria isso de cavalheirismo não abusivo.

— Você abriu mão de um lugar na classe executiva? — eu disse, sentindo-me lisonjeada e até poderosa ao imaginar o esforço todo para culminar naquela situação.

— Sim. E o que você me diz disso? E por uma poltrona central no fundo do avião.

— Bem, você sem dúvida é um cavalheiro.

— É? E que tal então um obrigado?

— Obrigada.

Naquele momento eu me dei conta de que teria de passar as cinco horas seguintes confinada a um espaço escuro e minúsculo ao lado do Leo, e meu coração deu um sobressalto.

— Ora, de nada — ele disse, reclinando seu encosto um pouquinho e então abaixando e levantando a bandeja à sua frente, demonstrando o que considerei certo nervosismo.

Trocamos olhares, coisa não muito fácil de se fazer sentados lado a lado na classe econômica. Então eu sorri, balancei a cabeça e virei o rosto olhando pela janelinha.

A comissária de bordo anunciou que o aviso do cinto de segurança continuaria aceso, e que o comandante nos informaria quando fosse seguro circular pela cabine. "Perfeito", completamente presa e sem ter o que fazer.

Passados alguns minutos de um silêncio poderoso, eu fechei os olhos e percebi que, por um milagre, o medo de voar tinha passado.

— Então — Leo finalmente se manifestou e eu abri os olhos, enquanto o avião ganhava estabilidade nos céus da Califórnia. — Onde foi que nós paramos, mesmo?

Dezessete

Não me lembro como eu respondi àquela primeira pergunta do Leo, apenas que conseguimos evitar com sucesso polemizar sobre nosso relacionamento, sobre os pormenores de como ele tinha acabado e sobre fatos de natureza pessoal, por um longo período do voo. Em vez disso, preferimos águas mais seguras e falamos de filmes e músicas, viagens e trabalho. O tipo de papo de quando se conhece alguém e deseja saber mais sobre essa pessoa — ou quando encontra um velho conhecido que não via há tempos. Ficamos só no superficial, ainda assim havia algo no ar, uma série de perguntas e respostas corriqueiras, marcadas por intervalos de um silêncio reconfortante. Tão reconfortante, aliás, que acabamos nos deixando levar pelo terreno da intimidade.

Foi acontecendo na maior inocência, quando terminei de contar a ele sobre uma sessão de fotos que havia feito em Adirondacks:

— Tem algo sobre fotografar uma cidadezinha, seus moradores — eu contei —, pessoas tão arraigadas à sua geografia… É tão gratificante…

Minha voz foi sumindo conforme Leo me fitava.

— Você adora o que faz de verdade, não é? — O tom dele era de tanta admiração que meu coração amoleceu.

— Sim — respondi com a voz macia. — Adoro mesmo.

— Deu para ver isso hoje… Eu amei assistir a você trabalhando.

Eu sorri, sentindo uma tentação irresistível de dizer a ele que também amei vê-lo fazendo sua entrevista. Mas deixei que ele prosseguisse.

— É engraçado — ele comentou, quase como se estivesse pensando alto —, por um lado você parece a mesma Ellen que eu conheci, mas em outros aspectos… você está tão… diferente…

Eu me perguntei em que ele estava se baseando para fazer aquele comentário, pois juntando todas as informações que trocamos desde que nos esbarramos naquele cruzamento, não chegava a uma hora de papo. Assim, mais uma vez, eu me dei conta de que o conceito que eu tinha de Leo também estava mudando, e lembrei que não apenas há dois lados para cada história, como também essas versões evoluem com o tempo.

Fiquei observando o Leo tomar um gole da sua tônica com gelo e de repente consegui me enxergar por meio dos olhos dele. Antes e naquele momento. Dois retratos contrastantes tendo a mesma centelha básica. Eu pensei em como eu era — uma garota carente, solitária, órfã de mãe, recém-chegada à cidade grande, lutando para encontrar a própria identidade, uma identidade outra que não apenas a da sufocante cidade natal, a experiência protegida da faculdade e a simpática melhor amiga.

Foi a minha primeira paixão, e aquele amor devorador — com o Leo — parecia ser a resposta a tudo isso. Ele era tudo o que eu queria me tornar: apaixonado, espirituoso, forte. E ficando ao lado dele, eu me sentia, no mínimo, um subproduto dessas coisas. Porém, quanto mais eu tentava me aprofundar naquele relacionamento, mais insegura eu me tornava. Na época, pareceu que foi tudo culpa dele, mas naquele momento, olhando para trás, eu percebi que eu também tive culpa. Ao menos eu entendia como eu fui ficando menos atraente para ele.

Eu relembrava os comentários que o Leo fazia, a seriedade com que ele se posicionava. Talvez fosse mesmo verdade, mas também percebia que eu não me levava a sério o suficiente. E que foi essa combinação letal que tornou nosso rompimento inevitável.

— É... me agrada pensar que eu evoluí um pouco — eu finalmente disse. Eu me lembro o quanto ele ficava frustrado com a minha falta de independência, sua irritação com a minha tendência a me acomodar ou optar pelo caminho mais fácil, fosse no trabalho ou na vida em geral.

— Nós dois tínhamos muito ainda a amadurecer... muito do mundo para conhecer e assimilar sozinhos — Leo observou, confirmando que não era só eu que estava passando a limpo o nosso relacionamento.

— E então? — perguntei, hesitante. — Você descobriu muita coisa nova?

— Algumas. Mas a vida é uma longa jornada, sabe?

Eu assenti, pensando na minha mãe. Quando se tem sorte de viver uma vida longa.

Depois de alguns instantes, eu me dei conta de que pela primeira vez desde que o conheci naquele corpo de jurados, eu não conseguia definir com clareza o que ele tinha representado para mim. Leo não era mais o homem dos meus sonhos, e que certa vez coloquei em um pedestal, nem era o vilão que Margot tinha se esmerado tanto para demonizar, nem se encaixava em nenhuma categoria parecida. Ele simplesmente não era o cara certo para mim, na época. Nem mais, nem menos que isso.

— Você deve estar exausta — Leo disse, depois de um longo silêncio. — Vou deixar você dormir um pouco.

— Não, tudo bem. Vamos conversar mais um pouco…

Eu consegui captar a satisfação do Leo no tom de sua voz ao me responder:

— Você sempre costumava falar isso…

Uma dezena de coisas veio à minha mente naquele instante — todas inapropriadas — e quase acabei falando metade delas sem pensar. Mas, em vez disso, eu mudei de assunto e fiz a pergunta que estava morrendo de vontade de fazer desde que o reencontrei, naquele cruzamento:

— Conta para mim, você está com alguém?

Eu mantive uma expressão passiva, embora estivesse me roendo por dentro aguardando pela resposta, sentindo um surto de ciúmes que eu desesperadamente lutava para não sentir. Mas quando ele assentiu com a cabeça, eu senti um alívio enorme, embora já me vinha à cabeça uma beleza escultural, falando com algum sotaque estrangeiro, com uma inteligência cativante e um temperamento terrivelmente irresistível. O tipo de diva em que os compositores se inspiram para compor músicas como "Femme Fatale". Imaginei que ela era do tipo que tinha brevê e que bebia doses e doses de tequila com os rapazes, e ao mesmo tempo tricotava suéteres para o Leo e cozinhava com pelo menos três variedades de azeite de oliva. Ela devia ser esbelta, esguia, e ficaria tão linda em uma camisola de renda quanto vestindo uma camiseta de alcinha branca e uma cueca samba--canção dele.

— Que ótimo — eu disse, exagerando um pouco no entusiasmo. — Você está... é... sério?

— Acho que sim... Já estamos juntos faz alguns anos...

Então, ele me surpreendeu e tirou a carteira do bolso traseiro para pegar uma foto dela e me mostrar. Eu não podia imaginar que ele era do tipo que andava com a fotografia da namorada na carteira, quem diria ficar mostrando a foto por aí. E o choque foi maior ainda quando acendi a luz e vi uma loira bem sem graça, posando ao lado de um cacto maior que ela.

— Como ela se chama? — eu perguntei, notando os braços bem torneados e bronzeados, o cabelo curtinho e sorriso largo.

— Carol.

Eu repeti esse nome em silêncio, achando que ela se parecia exatamente com uma Carol, do tipo saudável, acessível.

— Ela é bonita — eu disse, devolvendo a foto para ele.

Achei que esse era o comentário indicado a fazer — na verdade, o único comentário possível.

Leo recolocou a foto em seu lugar na carteira e balançou a cabeça, como que dizendo que concordava com a minha avaliação e admitindo que ele mesmo não a considerava terrivelmente irresistível nem impressionante.

Contudo, apesar da sua aparência comum, eu fui acometida de um senso de competição que eu não sentiria se ela fosse maravilhosa, como inicialmente eu imaginava. Uma coisa é ser trocada por uma Angelina Jolie da vida, outra bem diferente é ser substituída por alguém sem dúvida da minha categoria.

— Conta, como você e a Carol se conheceram?

Leo limpou a garganta, como se organizasse as ideias, e então disse:

— Bem, na verdade não há muito o que contar.

O que, é claro, me deixou muito feliz.

— Ora, vamos — eu pressionei, querendo ouvir sobre algum encontro às escuras, que eu considerava o ponto mais baixo na esfera do romance.

— Tá bom — ele concordou. — Nós nos encontramos em um bar… na noite mais repugnante do ano… ao menos na cidade Nova York.

— Réveillon? — eu disse, com um sorriso, fazendo de conta que não guardava nenhuma amargura.

— Quase — Leo disse, com uma piscadela. — Saint Patrick's Day.

Eu sorri, pensando no quanto eu não dava a mínima para celebrar o patrono da Irlanda, todo dia 17 de março.

— Ora, Leo. Vai me dizer que você não gosta de ir a um bom pub lotado e barulhento e entornar um barril de cerveja colorida de verde de manhã bem cedinho ao som de cantigas irlandesas? — eu caçoei.

— Claro, tanto quanto adoro ver os carinhas das universidades vomitando em público por Manhattan.

Eu dei risada.

— O que afinal você estava fazendo no Saint Patrick's Day?

— Eu sei. Um choque não?... Eu não estou treinando para nenhum concurso de popularidade, mas já não sou mais tão antissocial como antes... Acho que algum amigo com sangue irlandês deve ter me persuadido naquela noite.

Eu resisti à tentação de comentar "e pelo visto ele teve mais sucesso que eu...". Mas, em vez disso, eu perguntei:

— E a Carol? Ela é irlandesa?

Foi uma pergunta estúpida, mas me ajudou a não perder o foco, e saber mais sobre a vida amorosa do Leo.

— Algo desse tipo. Inglesa, escocesa, irlandesa, tanto faz — e por fim ele acrescentou, do nada — Ela é de Vermont.

Eu forcei um sorriso agradável, enquanto me retorcia toda por dentro, ao imaginar a tal da Carol abrindo a porta do celeiro na propriedade da sua família, em um dia fresco de outono, demonstrando toda orgulhosa para o namorado da cidade grande como tirar leite de uma vaca... Os dois rindo à vontade por ele não conseguir acertar o movimento certo... e o leite espirrando no rosto dele, antes que ele tombasse vagarosamente do banquinho de madeira pintado e caísse na cama de feno... então, ela se atiraria sobre ele, arrancando-lhe o macacão.

Eu bloqueei a cena e me permiti perguntar um pouco mais sobre Carol:

— O que ela faz? No que ela trabalha?

— Ela é cientista — ele contou. — É pesquisadora da Universidade Columbia... Ela estuda arritmia cardíaca.

— Uau! — Murmurei impressionada, do mesmo jeito que todas as pessoas que usam mais o lado direito do cérebro se sentem em relação às que usam mais o lado esquerdo, e vice-versa.

— É verdade — ele concordou. — Ela é um gênio.

Eu olhei para ele, esperando por mais, mas estava claro que ele já tinha dito tudo sobre a Carol. Em vez disso, ele cruzou as pernas e disse com o que parecia ser um sopro de ar fresco deliberado:

— Sua vez. Agora me conte um pouco sobre o Andy.

Essa era uma pergunta difícil de responder, mesmo se eu não estivesse conversando com um ex, então eu sorri e disse:

— Sei que você é repórter e adora perguntas abrangentes, mas não pode ser mais específico? O que você quer saber?

— Certo. Algo mais específico… Vejamos… Ele gosta de jogos de tabuleiro?

Eu dei risada ao lembrar que Leo jamais se entreteria com um jogo de tabuleiro comigo.

— Sim, ele gosta.

— Ah. Que sorte a sua — Leo comentou.

Eu sorri e balancei a cabeça concordando:

— Algo mais?

— Humm… Ele passa sem o café da manhã ou essa é a refeição mais importante do dia para ele?

— A última opção.

Leo balançou a cabeça como se estivesse fazendo uma anotação mental e seguiu perguntando:

— Ele acredita em Deus?

— Sim — eu respondi. — E em Jesus também.

— Muito bem… E… ele se põe a conversar com estranhos em aviões?

— De vez em quando — respondi sorrindo. — Mas, em geral, não com ex-namoradas. Pelo que eu sei…

Leo me olhou de lado, encabulado, mas não mordeu a isca. Em vez disso, ele suspirou sonoramente e disse:

— Certo… Que tal essa aqui… o seu marido fica mesmo verdadeiramente surpreso quando ele abre uma coca-cola e descobre que, macacos me mordam, ele não tirou a tampinha premiada?

Eu dei risada.

— Essa foi engraçada, Leo. E a resposta é sim! Ele é um eterno otimista.

— Então, vejamos, parece que você encontrou um

cara gente boa, jogador de damas, comedor de sucrilhos, temente a Deus, do tipo que acredita na metade cheia do copo.

Eu caí na gargalhada, mas temi que o interrogatório do Leo tivesse pintado uma imagem que não fazia jus ao Andy, ou diminuía sua importância. Assim, decidi fazer-lhe justiça e acrescentei:

— Verdade. Andy é um homem maravilhoso e uma pessoa maravilhosa. Eu tenho mesmo muita sorte.

Leo se virou em seu assento e olhou para mim com um sorriso meio apagado:

— Ele também teve sorte.

— Obrigada — eu agradeci, enrubescida.

— É verdade — ele insistiu. — Ellen… eu não sei como pude te perder…

Eu dei um sorriso encabulado, enquanto pensava maravilhada como um comentário tão simples como aquele podia ser tão acalentador, excitante e desconcertante ao mesmo tempo.

E a coisa piorou ainda mais — e melhorou também — quando Leo reclinou seu encosto e colocou o braço ao lado do meu no descanso do assento, de forma que ficamos pele com pele, do cotovelo até o pulso. Eu fechei meus olhos, inspirei o ar e senti um rastro de calor e energia que me faziam perder o fôlego. É a mesma sensação de querer tanto uma coisa que acaba virando uma necessidade, e aquela necessidade estava acabando comigo.

Eu me forcei a tirar o meu braço, ciente do quanto

era importante fazer a coisa certa. Podia ouvir o grito na minha cabeça: "Sou recém-casada, e amo o meu marido!". Mas de nada adiantou. Eu literalmente não conseguia me convencer a recuar. Simplesmente não conseguia. Em vez disso, eu reclinei meu encosto para ficar nivelado com o dele e curvei meus dedos, na esperança de que ele os tocasse. E foi o que aconteceu. A princípio, de relance, nossos dedinhos quase se encostando, depois um sobrepondo ligeiramente o outro, então um pouco mais, e mais ainda, como se uma onda os puxasse um na direção do outro, sobre mim.

Tentei imaginar se ele ainda estava me olhando em meio à penumbra da cabine, mas não abri os olhos para tirar a dúvida, na esperança de a escuridão amenizar a minha culpa, tornar o que estava fazendo um pouco menos real. Porém o efeito foi exatamente o contrário, tudo pareceu ainda mais real, mais intenso, pois sempre exacerbamos um dos sentidos quando nos privamos de outro.

O tempo passou, mas nenhum de nós disse nenhuma palavra enquanto a mão de Leo encobria totalmente a minha. O peso e o calor daquela mão eram os mesmos daquela vez na lanchonete em Nova York, no dia que deu origem a tudo aquilo, mas o gesto naquele momento tinha um sentido completamente diferente. Aquele contato não era um acaso no meio de um diálogo. Ele era o próprio diálogo. E era também um convite. Um convite que eu aceitei com um movimento lânguido, virando a minha palma para cima, contra a dele, e então estávamos oficialmente de mãos dadas. Tentei me convencer de que aquele era o mais inocente dos atos. Namorados da pré-escola se dão as mãos. Pais e filhos se dão as mãos. Amigos se dão as mãos.

Mas não assim. Nunca daquele jeito.

Eu ouvia o som da respiração do Leo, o rosto dele próximo ao meu e os nossos dedos enroscados, entrelaçados, atados. E assim seguimos para o leste, acabamos deixando nos levar, suspensos nos céus, juntos, antes que fosse tarde demais.

Eu tenho uma lembrança indistinta da etapa seguinte do voo, pois eu cochilei e acordei várias vezes. Ouvi vagamente os avisos da comissária de bordo, mas só acordei de verdade quando começamos a descer para pousar. Ainda grogue, olhei as luzes da cidade pela janela, e quando me virei, Leo continuava a dormir, ainda segurando minha mão. Seu pescoço estava inclinado, o corpo levemente curvado na minha direção, e o rosto iluminado pelas luzes da cabine. Eu observei com uma atenção frenética cada detalhe do seu rosto, os fios de barba escura ao longo da mandíbula, as costeletas meio despenteadas, a ponte alongada do nariz e os cílios longos e curvos.

Meu estômago revirou, quando me ocorreu que estava me sentindo quase da mesma maneira como me senti na manhã seguinte da primeira vez em que fizemos amor. Naquele dia, eu também havia acordado antes do amanhecer e me lembro direitinho de ficar paralisada ao lado dele, vendo-o dormir, seu peito nu subindo e descendo, e eu pensando comigo mesma "e agora?".

Então repeti a mesma pergunta, mas daquela vez a resposta era um pouco diferente. Não havia um pingo de esperança naquele momento. Não era um começo, mas sim o fim. A hora de soltar a mão de Leo se aproximava. Estava chegando a hora de dizer adeus.

Alguns segundos depois aterrissamos, com um toque brusco no solo. Leo piscou e abriu os olhos. Ele bocejou, se espreguiçou e esboçou um sorriso, desorientado.

— Oi — ele disse.

— Bom dia — respondi de mansinho.

Minha garganta estava seca e contraída, mas não sabia dizer se era de sede ou do aperto causado pela tristeza. Pensei em me esticar para pegar a garrafa de água em minha bolsa, mas ainda não estava pronta para me soltar dele, não apenas para me hidratar.

— Já amanheceu? — ele perguntou, olhando furtivamente pela janela, para a pista escura.

— Quase. São 6h30... Chegamos adiantados.

— Droga — ele se exasperou, sua expressão refletindo o mesmo abatimento e conflito que eu estava vivendo.

— O quê? — eu perguntei, esperando que ele desabafasse por nós dois, querendo que ele me dissesse que não queria acreditar que já tínhamos chegado a Nova York e que era hora de tocar as nossas vidas em frente... cada um para o seu lado.

Ele olhou para nossas mãos entrelaçadas e disse:

— Você sabe bem o quê.

Eu balancei a cabeça e segui seu olhar até os nossos dedos, entrecruzados. Então, eu apertei com força a mão dele mais uma vez, antes de soltá-la.

Nos poucos minutos que se seguiram, simplesmente acompanhamos o compasso dos demais: juntamos cabisbaixos nossos pertences, vestimos o casaco e seguimos do avião até o saguão dos portões. Permanecemos esse tempo todo em silêncio, sem qualquer comunicação, até trocarmos olhares diante das portas dos banheiros — um olhar que claramente indicava que esperaríamos um pelo outro.

Ainda assim, vários minutos depois, depois de escovar os dentes e pentear o cabelo, eu me surpreendi ao virar no corredor e vê-lo novamente, encostado em uma parede cinza, todo másculo, lindo de tirar o fôlego. Ele me deu um sorrisinho, e então deliberadamente desembrulhou um chiclete, dobrou-o na boca, começou a mascar e me estendeu o pacote:

— Quer um?

— Não, obrigada.

Ele guardou o pacote no bolso da jaqueta e então desencostou da parede com um impulso dos ombros.

— Pronta?

Eu balancei a cabeça e seguimos novamente, até a esteira de bagagem.

— Só o meu equipamento. Uma mala... E você? — eu perguntei por perguntar, pois sabia que ele sempre viajava levando o mínimo de bagagem possível.

— Nada — ele confirmou. — Mas... eu te espero.

Eu não me opus, e assim que chegamos à esteira, eu desejei que os funcionários encarregados da bagagem estivessem trabalhando em ritmo lento. Mas eu não estava com toda essa sorte — identifiquei minha mala logo de cara e não tive outra opção senão me abaixar para apanhá-la.

— Deixa comigo — Leo se ofereceu, gentilmente me empurrando para o lado e levantando minha mala com um leve sussurro. Por uma fração de segundos, ainda que me sentindo culpada, fiz de conta que aquela era a minha realidade. Leo e eu, repórter e fotógrafa, voltando à cidade depois de entrevistar e fotografar uma celebridade.

Leo equilibrou minha mala sobre sua mala de mão e perguntou:

— Você mandou algum carro vir te buscar?

Eu chacoalhei a cabeça.

— Não. Vou tomar um táxi mesmo.

— Eu também. Quer dividir um?

Eu disse "claro", ciente de que estávamos apenas tentando adiar o inevitável. Mas o rosto de Leo então se iluminou de tal modo que me causou surpresa e me deu segurança.

— Certo — ele disse, animado. — Então vamos.

Do lado de fora, a manhã estava fria e limpa. Rastros rosados de luz riscavam o céu claro, sem nuvens. Não havia dúvidas de que seria um dia lindo. Nós caminhamos pela calçada até a área reservada aos táxis e entramos em uma pequena fila, que andava rápido. Em poucos instantes, Leo estava colocando nossa bagagem no porta-malas do táxi.

— Para onde? — o motorista quis saber assim que nos sentamos no banco traseiro.

Leo foi quem respondeu:

— Serão duas paradas. A primeira é em Astória — no cruzamento da Avenida Newton com a Rua 28... e a segunda parada... — ele então olhou para mim, com as sobrancelhas escuras arqueadas, esperando o meu endereço.

— Na 37 com a Terceira Avenida — eu completei.

Naquele instante, a imagem do meu apartamento me veio à cabeça — as cortinas estariam abaixadas e tudo estaria no maior silêncio, exceto pelo som abafado do tráfego, que crescia pouco a pouco do lado de fora. Andy estaria com uma camiseta surrada e calça de pijama, todo encolhido, dormindo em nossa cama. Fui tomada por um sentimento de culpa, mas me convenci de que logo mais estaria em casa, ainda cedo o bastante.

— Morando em Murray Hill, hein? — Leo perguntou em tom de aprovação.

Na verdade ele nunca tinha gostado do meu antigo endereço, em Upper East Side — desaprovava as lojas, os restaurantes e muitas das pessoas que moravam lá.

— É. Nós gostamos muito de lá — eu contei. — Tem pouco movimento... e é muito bem localizado... central...

"Nós", eu pensei. Meu marido e eu.

Dava para perceber que o Leo também reparou que eu tinha falado "nós", pois notei uma leve alteração em sua expressão, quando ele assentiu com a cabeça, quase em sinal de respeito. Ou talvez ele estivesse pensativo sobre a outra metade de seu próprio nós — Carol, que provavelmente devia estar na Avenida Newton naquele exato instante, vestindo sua melhor camisola, à espera dele. Ao cruzarmos a via expressa em direção a Manhattan, me dei conta que até então eu não sabia se eles moravam juntos, nem se ele planejava se casar, com ela ou qualquer outra, em algum momento futuro.

E também me ocorreu que eu não tinha comentado nenhuma vez sobre a minha provável mudança para Atlanta. Preferi pensar que era por puro esquecimento, mas no fundo eu sabia que era uma omissão intencional, só não sabia o porquê daquela omissão. Será que tive medo do Leo encarar aquilo como um retorno da velha Ellen, sem personalidade, correndo atrás de seu homem? Ou que ele me descartasse de vez por uma questão espacial? Ou porque uma parte de mim não queria se mudar, apesar do que eu tinha dito ao Andy?

Mais uma vez, voltei a repetir a mim mesma que teria tempo para analisar isso depois. Naquele exato momento, tudo o que eu queria era aproveitar a beleza do instante que estava vivendo — o sol nascendo no horizonte, o ritmo suave da melodia egípcia tocando no rádio, o fato de Leo estar sentado ao meu lado no banco traseiro do táxi, enquanto completávamos a última parte da nossa jornada.

Uns poucos minutos mais tarde, deixamos a via expressa e atravessamos a ponte Triborough e o metrô de superfície. Eu olhei para cima, observei a estrutura de trilhos todos cruzados e fui tomada por um turbilhão de lembranças, de todas as vezes que tinha pegado o trem daquela linha para chegar até ali. E mais lembranças me aguardavam quando dobramos o quarteirão onde o Leo morava e revi um conjunto de casas de tijolos à vista, pintadas de creme, rosa e vermelho, alinhadas na calçada. Leo apontou seu prédio, no meio do quarteirão, dizendo ao motorista:

— Bem ali à esquerda, por favor... Perto da picape branca.

Enquanto o táxi reduzia a velocidade e parava, ele olhou para mim, balançou a cabeça e pôs em palavras exatamente o que eu estava sentindo:

— Isso tudo é estranho pra cacete.

— Nem me fala — eu concordei. — Pensei que nunca fosse voltar aqui.

Leo mordeu o lábio inferior e disse:

— Sabe o que eu queria fazer agora?

Algumas imagens ilícitas cruzaram o meu pensamento, e eu perguntei nervosa:

— O quê?

— Te arrancar desse carro e te levar para dentro comigo — Leo falou tão baixinho que quase chegou a ser hipnotizante. — Preparar omelete grego para nós dois... passar um café... Depois sentar no sofá e ficar olhando pra você... e conversar com você o dia todo...

Meu coração disparou enquanto eu me lembrava de todas as outras coisas que fizemos no apartamento dele no segundo andar, a uns poucos passos de onde estávamos naquele momento. Todas as coisas além de conversar. Eu olhei bem nos olhos dele, sentindo uma fraqueza e um pouco de náusea, tentando desesperadamente me convencer de que não haveria problema algum em entrar com ele. E se eu ficasse só um pouquinho, tomasse só um café? O Andy nem sequer tinha acordado ainda. Ele não daria pela minha falta na próxima hora ou um pouco mais. Haveria mesmo algum mal?

Eu limpei minha garganta, esfreguei minha mão na coxa e observei o taxímetro, que não parava de girar enquanto protelávamos. Por fim eu disse:

— Então, esse é o seu desejo, hein? Mais bate-papo e um café?

Leo me olhou longamente com a expressão séria, antes de se despedir:

— Ok. Você tem razão, desculpa... — daí, ele correu as mãos no cabelo, suspirou e tirou duas notas de vinte da carteira.

Eu balancei a cabeça, recusando.

— Essa é por minha conta, Leo.

— De jeito nenhum — ele insistiu.

Isso era uma coisa que ele e Andy têm em comum, ambos se recusam terminantemente a deixar uma mulher pagar por seja lá o que for. Mas se para Andy era uma questão de cavalheirismo, para Leo era puro orgulho. Ele me estendeu as notas outra vez.

— Vamos, pega.

— É muito. O taxímetro nem passou de quatorze ainda — eu me justifiquei.

— Aceita, Ellen — ele insistiu. — Por favor.

Como eu não queria que nosso encontro terminasse com uma discussão sobre dinheiro e uma corrida de táxi, eu peguei o dinheiro e agradeci:

— Tudo bem. Obrigada.

Ele acenou com a cabeça.

— O prazer é meu... A noite toda foi... um prazer para mim... — as palavras dele soaram firmes, mais seu tom podia ser tudo, menos mecânico. Ele estava sendo sincero. Ele tinha adorado a minha companhia, tanto quanto eu tinha adorado a dele.

Eu notei o olhar cético do motorista, nos observando pelo retrovisor, antes de Leo descer e dar a volta por trás do carro, onde parou para acender um cigarro e esperar.

— Será que somos assim tão óbvios? — Leo perguntou.

Eu dei uma risadinha nervosa.

— Imagino que sim.

— Certo — Leo disse —, onde nós estávamos?

— Eu me esqueci — respondi, sentindo a cabeça girar, além de uma profunda tristeza.

Leo fitou o teto do carro e, depois, olhando para mim:

— Acho que acabamos de reafirmar que não seria boa ideia você entrar, certo?

— É, acho que sim — eu disse.

— Bem, então… — Leo disse, com o olhar fulminando o meu. — Então, acho que é isso.

— Certo, é isso.

Ele hesitou, e por um segundo, exatamente como na lanchonete, achei que ele ia me abraçar, ou até mesmo me beijar. Em vez disso, ele só abriu um sorriso tímido e triste, antes de se virar de vez. A porta do carro se fechou atrás dele e eu o observei ajeitar sua bolsa no ombro, atravessar a calçada para entrar em seu prédio, tomar a escada, subindo os degraus de dois em dois até a entrada do edifício. Ele não se virou para acenar nem olhou uma última vez para o táxi antes de abrir a porta e desaparecer. Meus olhos ardiam em lágrimas, enquanto o táxi dava a partida e eu repetia aquelas últimas palavras na minha cabeça, sem parar: "Certo, é isso".

Dezoito

Em algum ponto do meu curto trajeto do bairro do Queens até Manhattan, eu passei de deprimida e desiludida para simplesmente lamentosa e nostálgica, o que, no mínimo, devia contar como um passo em direção à redenção. Mas, ao abrir a porta do meu apartamento e encontrar o Andy vestindo seu robe verde xadrez preferido, passando manteiga com todo o cuidado em um *waffle* tostado, eu senti nada além da mais pura, incólume e dolorosa culpa. Contudo, por mais estranho que pareça, foi quase um alívio eu sentir dor, além de provar que eu não tinha agido tão mal assim e que, na essência, eu continuava sendo uma esposa decente.

— Oi, amor — Andy me recebeu, largando a faca sobre o balcão e colocando os braços ao meu redor em um abraço do tipo "como estou feliz em te ver". Eu reparei no seu perfume com cheiro de garoto, completamente diferente do perfume marcado do Leo.

— Oi, Andy — eu retribuí, pecando na formalidade ao chamá-lo pelo nome, coisa que os casais só costumam fazer quando estão bravos um com o outro, ou quando estão longe um do outro.

E, para piorar, eu usei um tom mais acusador, em vez de surpreso, para perguntar o que ele estava fazendo acordado tão cedo. Eu, na verdade, esperava que ele estivesse dormindo, pois isso facilitaria muito a minha transição de volta à realidade.

— Senti sua falta — ele declarou, beijando a minha testa. — Eu não durmo direito sem você...

Eu sorri e disse que também tinha sentido a falta dele, mas a terrível sensação de que eu estava falando a mais pura mentira — eu não tinha sentido a mínima falta do meu marido — acrescentou um toque de pânico ao meu sentimento de culpa. Eu disse a mim mesma que teria sido do mesmo jeito, mesmo que eu não tivesse visto o Leo. Afinal, tinha sido uma viagem curta e muito atribulada, com muito trabalho a fazer. Eu tinha passado um tempo agradável com a minha irmã. Tinha conhecido e fotografado o Drake Watters, minha nossa! Com um cenário como esse era normal não sentir falta do marido, até mesmo previsível. Eu me convenci de que quem ficava para trás, envolvido na mesma rotina, era quem sentia mais a falta do outro. Eu também me sentia muito sozinha quando Andy viajava a negócios, a nossa cama parecia imensa sem ele.

— Está com fome? — Andy perguntou.

Eu fiz que sim, e já era mesmo de se esperar depois de passar a noite inteira acordada e ter comido apenas um saquinho de amendoim.

— Toma. Come este aqui — ele ofereceu, apontando para o waffle dele.

— Não. Esse é seu — eu recusei incisiva.

Pois, afinal de contas, uma coisa era atravessar o país segurando a mão do ex-namorado, durante um romântico voo noturno, e outra completamente diferente era devorar o waffle caprichado do meu marido faminto.

— Come esse, sim — ele insistiu, despejando a calda na forma de uma letra "E" sobre o waffle.

Eu me lembrei de como tinha pegado as notas da mão do Leo no táxi, nossos dedos se roçando, e percebi que não estava certo aceitar o dinheiro dele e depois recusar aquela oferta do Andy.

— Está certo, obrigada — eu agradeci, apanhando um garfo na gaveta e me curvando sobre o balcão para comer.

Andy me observou mastigar.

— Está bom? — ele perguntou, todo interessado, como se fosse um verdadeiro chef e eu estivesse provando sua mais recente inovação culinária.

Eu relaxei e sorri, o meu primeiro sorriso sincero e feliz da manhã, ao reconhecer a capacidade do Andy de transformar uma cena doméstica corriqueira em uma demonstração especial de carinho.

— Soberbo — eu disse, por fim. — É o melhor waffle que já experimentei...

Ele sorriu todo garboso, então preparou outro para ele e nos serviu dois copos de leite.

— Agora me conte tudo sobre a sessão de fotos — ele falou, apontando para a mesa da cozinha.

Eu me sentei, comi meu waffle e comecei a contar tudo sobre a viagem, omitindo cuidadosamente todos os detalhes relativos ao Leo. Eu falei do hotel, da minha irmã, da lanchonete, de como foi excitante conhecer Drake Watters e de como tinha ficado satisfeita com as minhas fotos.

— Mal posso esperar para ver as fotos que você tirou.

— Eu acho que você vai amar.

"Muito mais que o artigo", pensei.

— Quando as verei?— ele perguntou.

— Hoje à noite — eu prometi, imaginando se conseguiria levar o dia sem tirar ao menos um cochilo. — Eu quero ver se trabalho nelas hoje mesmo...

Andy esfregou as mãos e comentou:

— Beleza... e o meu autógrafo? Imagino que você conseguiu o meu autógrafo, não?

Eu assumi uma expressão melosa, imaginando que se eu pudesse imaginar que o Leo fosse aparecer no meu voo, sem dúvida eu teria pagado o mico de pedir um autógrafo ao Drake. Faria qualquer coisa para diminuir a culpa que eu estava sentindo naquele momento.

— Sinto muito, querido — eu me desculpei, cheia de sinceridade. — Mas eu não tive oportunidade.

Ele suspirou de um jeito melodramático e então tomou um último gole de leite. Por alguns segundos, ele ficou com um bigodinho branco no canto da boca, até que o limpou com o guardanapo.

— Tudo bem... — ele falou, franzindo a testa. — Desta vez eu não vou questionar a sua lealdade.

Embora ele estivesse claramente debochando, as palavras de Andy cravaram no meu coração como uma adaga. Não havia outro argumento: eu era uma besta. Eu era uma esposa má, muito má. Eu podia não merecer uma letra escarlate no peito, mas, com certeza, merecia ir dormir na casinha do cachorro. Por um segundo pensei em confessar tudo, até mesmo sobre o meu desvio desnecessário e desleal até Astória. Mas quando eu ensaiava começar a falar, Andy afastou o prato dele, estalou os dedos das mãos e abriu um sorrisinho maroto, lascivo, até mesmo para os padrões dele:

— Certo... Quer saber o que eu fiz ontem?

— Claro — respondi, já o imaginando dentro de uma loja enorme de brinquedos, matando o trabalho e experimentando um monte de novidades como o personagem do Tom Hanks em *Quero ser Grande*.

— Peguei um avião de última hora e também fiz uma viagenzinha curta...

Meu coração disparou. Eu sabia exatamente o que viria a seguir e fiquei em estado de alerta:

— Verdade?

— Verdade — ele confirmou, enquanto ouvia o rufar dos tambores. — Fui até Atlanta... para ver nossa casa — ele completou.

Eu olhei para ele, com um sorriso forçado no rosto, repetindo para mim mesma, "nossa casa".

Andy balançou a cabeça.

— Ela é genial, Ellie. Eu adorei. Margot adorou.

Minha mãe adorou. Você vai adorá-la. Sério, ela é perfeita… Melhor ainda ao vivo.

Eu respirei bem fundo para perguntar a ele:

— Você… a comprou?

Eu me preparei, quase desejando ouvir um sim, pois dessa forma eu não teria de decidir nada. E o mais importante, assim eu poderia me sentir enganada. Eu até me imaginava com os olhos marejados dizendo a ele toda indignada: "Você deveria ter falado comigo antes! Quem compra uma casa sem consultar primeiro a esposa?". Assim, mesmo sem o Andy saber, nós ficaríamos quites, um deslize marital pelo outro.

Mas é claro, ele sacudiu a cabeça e disse:

— Não, eu não a comprei. Eu jamais faria isso sem te consultar antes… embora — ele observou, na maior animação — eu tenha uma oferta bem aqui, prontinha para ser enviada pelo fax, quando, isto é, se você concordar. — Ele alisou um envelope pardo sobre a mesa. — Eu acho que aquela casa vai ser vendida rápido. Ela é muito superior às outras que vimos… Charmosa, uma construção sólida, completinha. Totalmente perfeita… E é praticamente do lado da casa da Margot… O que você acha de irmos lá para vê-la neste fim de semana? Ou talvez procurar um pouco mais?

Ele me olhou, inocentemente, cheio de expectativa, e eu pensei comigo mesma, "ele está feliz de verdade". Engraçado é que isso soava ao mesmo tempo como um elogio e uma crítica. Essa era uma das coisas que eu amava no Leo, mas naquele momento era algo que eu queria poder mudar no Andy. Não torná-lo infeliz, é claro. Mas torná-lo um pouco menos simplório. Será que o Andy não percebia que aquela decisão tinha várias facetas? Ele não se preocupava em viver tão perto assim da família? Por trabalhar com o pai? Por deixar a cidade que tanto amávamos?

De repente, meu coração foi invadido por um ressentimento, e embora eu tentasse me agarrar à confiança do Andy, eu sabia que a minha emoção tinha uma origem definida, um ponto em especial, um único conflito interno.

Leo.

Enquanto Andy aguardava minha resposta, eu tentei me conscientizar de que não importava qual fosse a decisão sobre a casa, ou se mudaríamos ou não para Atlanta, mas era fato que minha vida ia prosseguir sem a presença do Leo. Logo, eu precisava retirá-lo da equação e decidir o que fosse melhor para Andy e eu.

Mas quando olhei nos olhos do meu marido, o muro que dividia os dois mundos desabou — o mundo do avião na noite passada, e tudo o que poderia ter sido, e minha vida com Andy, seguindo adiante, em nossa casa em Atlanta. Uma casa com dois, talvez três carros na garagem, um cachorro labrador babão correndo pelo gramado impecável, atrás de bolinhas de tênis amarelas, a Margot morando poucas casas abaixo, prontinha para trocar receitas e fofocar sobre a vizinhança, o Andy saindo todo dia de manhã para pegar o jornal, com seu roupão de flanela xadrez e chinelos de couro, uma porção de filhos bochechudos, de olhos azuis, fazendo algazarra na piscina no quintal, com suas metralhadoras de água cor de laranja e eu parada olhando pela janela da cozinha, descascando uma maçã, lamentando ao relembrar minha antiga rotina, os trabalhos que eu costumava conseguir em Nova York... A vez em que fotografei o Drake Watters, em Los Angeles... A última vez que vi o Leo.

Eu abaixei a cabeça e olhei para mesa, imaginando quanto tempo seria preciso para eu me esquecer do toque dele no avião. Para que nossa despedida, no banco de trás daquele táxi, não me atormentasse mais, como um momento final de uma cena congelada em preto-e-branco. E o medo de que isso durasse para sempre assolava meu coração e me comandava a abrir a minha boca e dizer "vamos em frente".

Diante dos fatos, eu estava apenas autorizando meu marido a enviar um fax. Eu só estava concordando com a mudança de endereço e a compra de um imóvel em Atlanta. Mas no fundo significava bem mais que isso. No fundo, eu estava com remorso. Estava provando meu amor. Estava renovando meus votos matrimoniais, preservando o meu casamento. Estava escolhendo Andy.

— Você não prefere ir até lá olhar a casa primeiro? — ele insistiu, pousando os dedos delicadamente na dobra do meu braço.

Era a minha última chance de pular fora, a última tacada. Tudo o que precisava fazer era ir ver a casa e inventar alguma desculpa, qualquer coisa, que eu não teria gostado muito. Uma vibração que eu pudesse apontar. Um aspecto negativo do feng shui que o Andy e as duas mulheres do Sul com um senso estético apurado teriam deixado passar despercebido. Eu sairia com fama de irracional ou de ingrata, mas ganharia um pouco de tempo. Tempo para o que eu não sabia ao certo. Tempo para continuar checando a secretária eletrônica em vão, esperando que ele se lembrasse de uma última coisa a me dizer? Tempo para procurar por ele em cada cruzamento, cada lanchonete, cada bar? Tempo para fazer a besteira de pegar o primeiro táxi e voltar à Avenida Newton? Por isso eu lutei contra todos os meus desejos naquele momento e então balancei a cabeça e atestei:

— Confio no seu julgamento.

E era verdade mesmo. Eu confiava no julgamento de Andy. Naquela altura, eu confiava mais no dele que no meu. Mas eu também estava sensibilizada com a questão do meu trabalho — evidências nada saudáveis de agressividade passiva e uma resignação estoica para me tornar uma esposa tradicional e prestativa, e aceitar a dinâmica da superioridade de um sobre o outro, que antes não existia em nenhum aspecto na nossa relação.

"Essa sensação vai passar", pensei comigo. "Isso é só uma luzinha à toa na tela do radar do relacionamento. Basta manter o curso."

— Tem certeza, querida? — Andy perguntou de mansinho.

Instintivamente, coloquei a mão no coração e eu

repeti em alto e bom som, como que para ser registrado oficialmente em um tribunal:

— Sim. Eu tenho certeza. Vamos em frente.

Dezenove

Margot chorou quando contamos a ela que decidimos fazer uma oferta pela casa. E minha sogra exagerou um pouco ao afirmar que aquilo era uma resposta a suas preces. Mas, convenhamos, Margot já era uma manteiga derretida antes mesmo de engravidar e chorava em comerciais de ligações interurbanas, ou com alguns acordes até de uma marcha militar, e a Dona Stella rezava por motivos muito menos importantes que o retorno do seu filho amado depois de anos vivendo "no Norte". Mas, ainda assim, não havia mais como voltar atrás após o anúncio sacramentado — com laços de família como aqueles não se brinca.

Foi assim que, com a chegada da primavera em Nova York, minha decisão corajosa e intempestiva, influenciada pelo waffle feito pelo meu marido, por uma noite sem dormir e o peso gigante da culpa, tomou vulto sozinha.

Felizmente, ao avisar todo mundo sobre a decisão de largar seu posto no escritório, Andy também demonstrou certa ambivalência em relação à nossa mudança, embora ele enxergasse muito mais o âmbito geral e sentisse uma espécie de alegria por abandonar tudo — do tipo que se sente próximo à formatura do colégio, diante da expectativa de ir para a faculdade. Ele desandou a fazer planos com nossos amigos mais chegados, agendou jantares de despedida nos nossos restaurantes favoritos e comprou ingressos para shows da Broadway que planejávamos assistir havia tempos. Em uma manhã de sábado, ele insistiu em tomarmos a balsa até a Estátua da Liberdade, um cartão postal da cidade que eu jurei admirar somente da janela de um avião, quase como um ponto de honra. Assim, depois de enfrentarmos os grupos de turistas, a garoa e um guia terrivelmente monótono, Andy me estimulou a fotografar a vista para mais tarde servir de decoração para a nossa casa nova. Eu caçoei dele e não podia deixar de pensar que, por mais espetacular (e o elogio era por minha conta) que pudesse ser um pôster do porto de Nova York, ele não conseguiria me servir de consolo para a falta intangível que eu sentiria da energia viva da cidade.

Até então, eram as pequenas coisas que estavam me afetando mais, conforme nos ocupávamos de resolver nossos assuntos na cidade, correndo para cumprir o prazo final marcado para junho. Era o que servia de base para a minha rotina — detalhes sobre os quais eu nem sequer reparava, mas que naquele momento me deixavam sentimental. Era o meu trajeto até o estúdio e a camaradagem velada das pessoas, também seguindo para o trabalho, que lotavam as calçadas ao meu redor. Eram os comentários bem-humorados e espirituosos da Sabina e do Julian no nosso local de trabalho e o aroma pungente da impressora do Oscar. Eram as rugas acentuadas na testa do nosso tintureiro, quando ele colocava cuidadosamente a capa plástica nas camisas do Andy e nos desejava um bom dia, com seu sotaque turco, e a minha manicure coreana com dificuldade para me mandar escolher um esmalte, mesmo sabendo que eu sempre trazia um de casa. Era o balanço do metrô deslizando com eficiência sobre os trilhos e a satisfação de conseguir um táxi em uma noite de final de semana agitada no bairro boêmio do Village. Eram os hambúrgueres do P. J. Clarke, os pratos dim sum da Brasserie Chinatown e os bagels do empório da esquina de casa. Era saber que todos os dias, ao deixar o nosso prédio, praticamente tínhamos a garantia de ver alguma coisa diferente. Era a diversidade de opções e de pessoas... a beleza urbana crua... as possibilidades infinitas à disposição por aqui.

E por trás de tudo isso estava o Leo, a constante presença dele na minha cabeça, logo era possível concluir que ele estava intimamente ligado a essa cidade e vice-versa. Tanto que, na verdade, deixar Nova York se parecia demais com deixá-lo de vez.

Mas eu não entrei em contato com ele nenhuma vez. Nem mesmo depois de ter inventado mais de uma dúzia de desculpas quase perfeitas, ligadas ao trabalho, nem depois de ter chegado à conclusão de que mais uma última conversa, definitiva, talvez fosse positiva para ambos. Nem mesmo quando a tentação ficou tão intensa que chegou a me dar medo — da mesma forma que imaginava que me sentiria em relação a cocaína, se eu a experimentasse.

Ao contrário, eu rapidamente me resignei com base na noção de certo e errado, de preto no branco e na lealdade absoluta ao Andy. E, para me assegurar, como último recurso, eu decidi ficar o máximo de tempo possível na companhia do Andy, o que significava literalmente todos os momentos em que ele não estivesse trabalhando. Eu o encorajava a me acompanhar ao estúdio e às minhas sessões de fotos, levava ele junto para a academia e planejei fazermos todas as refeições juntos. Eu, com frequência, tomava a iniciativa de fazer contato físico, no nosso quarto à noite ou, de modo mais reservado, em público. Eu dizia a toda hora que o amava, mas nunca de forma mecânica, automática. Eu pensava nos significados da palavra "amar" como verbo e "amar" como compromisso.

Sempre que podia, reforçava para mim mesma que estava quase na linha de chegada. Minhas emoções estavam tomando o curso natural e as coisas logo voltariam ao normal, ou pelo menos voltariam ao jeito que eram antes daquele dia, naquele cruzamento. E que, se não acontecesse nada antes de deixarmos a cidade, certamente não ia acontecer nada em Atlanta, em um contexto totalmente novo, longe do Leo.

Mas conforme os dias passavam e a hora de partir se aproximava, eu comecei a me perguntar o que, exatamente, era o normal. As coisas eram normais quando Andy e eu começamos a namorar? Eram normais quando ficamos noivos e nos casamos? Será que algum dia de fato eu superei o Leo? Houve uma época em que pensei que eu tivesse. Mas se ao revê-lo, e somente segurar sua mão, já tinha conseguido tocar tão fundo o meu coração, será que de fato eu tinha deixado de amá-lo da maneira como supostamente se devia deixar de amar alguém para amar aquele que estivesse ao seu lado? Se a resposta fosse não, então será que o tempo ou a distância geográfica conseguiriam resolver o problema? E, independentemente da resposta, o que essa mera questão tinha a ver com o meu relacionamento com o Andy?

Para me perturbar ainda mais, tive uma ligeira sensação de que esse plano emocional não me era completamente estranho, e que eu já tinha vivido algo parecido e tinha experimentado esse mesmo tipo de sentimento havia muito tempo, quando minha mãe morreu. O paralelo, sem dúvida, parecia não fazer sentido, pois não havia nada de trágico em se mudar de Nova York ou em não falar com o Leo. Mas havia um aspecto desconcertante, difícil de explicar, que ligava uma coisa à outra.

Então, em uma noite em que Andy saiu com os amigos, eu fiquei em casa e liguei para a minha irmã, na esperança de encontrar uma abertura e escolher as palavras certas para desabafar sobre os meus sentimentos sem valorizar demais o Leo nem desrespeitar a memória da minha mãe.

A Suzanne atendeu ao telefone de bom humor e contou que o Vince também havia saído com os amigos, o que para ele era uma coisa comum. Nos primeiros minutos, nós colocamos as novidades em dia, e depois a ouvi se queixar um pouco da vida, na maior parte do tempo do Vince, tudo misturado com algumas histórias divertidas do trabalho dela. A minha preferida foi sobre uma senhora de idade, na primeira classe, que derrubou o bloody mary que tomava não uma, nem duas, mas três vezes no passageiro sentado ao lado, e ainda por cima ficou enfurecida quando a Suzanne se recusou a servir um quarto drinque a ela.

— Enfurecida como? — perguntei interessada, adorando como sempre os dramas que se passam nos aviões.

— Ela me xingou de vaca. Bons tempos, hein?

E dei risada e perguntei o que ela tinha feito na sequência, sabendo muito bem que poderia haver algum tipo de retaliação.

— Eu solicitei que alguns policiais fossem receber a velha bêbada no portão de desembarque.

Nós duas caímos na risada.

— Ela tinha razão. Você é uma bela de uma vaca.

— Eu sei — disse ela. — É a minha vocação.

Nós gargalhamos novamente e, na sequência, Suzanne perguntou sem rodeios se eu tinha notícias do Leo.

Eu pensei em contar a ela sobre o voo, mas resolvi manter isso em segredo para sempre, como sagrado. Então eu disse apenas que não, mas dei um suspiro sonoro, como uma deixa para o assunto continuar.

— Uai, o que foi isso? — ela perguntou.

Eu ponderei por um instante e daí confessei que desde Los Angeles eu estava sentindo a falta dele de um jeito que não passava e nem diminuía. Que tinha me sentido de um jeito que me fazia lembrar daquele inverno sofrido — que era o modo velado como eu mencionava a morte da nossa mãe quando não estávamos no espírito de reavivar nosso pesar.

— Nossa, Ellie — ela disse espantada —, você está comparando o fato de não falar com o Leo com a morte da mamãe?

Eu neguei rápida e efusivamente e então acrescentei:

— Talvez eu só esteja melancólica por me mudar dessa cidade… e com todas as outras mudanças.

— Ou seja, você está comparando se mudar de Nova York com a morte?

— Não. Também não é isso — eu insisti, percebendo que nem sequer devia ter tentado explicar um sentimento tão sutil, mesmo para a minha irmã.

Mas do jeito particular dela, Suzanne me forçou a explicar. Eu pensei por um segundo, então tentei explicar que era mais em um sentido de fim iminente e por mais que eu me preparasse para o que estivesse por vir, eu, de fato, não sabia o que esperar.

— E há também o temor implícito na espera — disse, querendo ilustrar melhor. — Como com a mamãe… Nós sabíamos havia semanas que o fim estava bem próximo… A morte dela era mais do que esperada. E, ainda assim… fomos pegas de surpresa… Não foi mesmo?

Suzanne suspirou dizendo que sim e por um instante permanecemos em silêncio, lembrando daquele dia em que a orientadora da escola apareceu nas nossas respectivas classes, e depois ficou esperando conosco do lado de fora, perto do mastro da bandeira e de um bueiro coberto por um monte de neve, até o nosso pai vir nos apanhar para nos levar para a casa e a vermos pela última vez.

— E então, depois disso — eu disse, fazendo força para não chorar nem me lembrar de nenhum outro detalhe daquele dia horrível, nem dos dias que se seguiram — eu fiquei desesperada para que o ano no colégio acabasse logo, para começar uma nova rotina... em outro lugar onde eu não ficasse lembrando da mamãe o tempo todo.

— É — Suzanne comentou. — Ir para o acampamento naquele ano até que ajudou.

— Verdade — eu concordei.

Na verdade, pelo que eu me lembrava, durante o acampamento eu só tinha encontrado motivação para fazer amizade com pessoas que morassem longe de Pittsburgh, em lugares que o papai e a mamãe nunca tinham visitado nem nunca mencionado, com gente que não sabia que eu não tinha mãe. Aí eu limpei a garganta e continuei explicando para a Suzanne:

— Mas, ao mesmo tempo, por mais que eu quisesse sair de casa e ficar longe das coisas da mamãe e das lágrimas do papai, e até mesmo longe de você, eu também tinha medo que ao sair de lá, ou virar o calendário, ou fazer qualquer coisa de um jeito diferente do que costumávamos fazer, que eu fosse perdê-la de vez, ainda mais rápido. Era como se eu estivesse apagando ela da minha vida.

— Eu entendo exatamente o que você quer dizer. Exatamente… Mas… Ellie…

— O quê?— eu perguntei de mansinho, sabendo que aí vinha uma pergunta difícil de responder.

E eu acertei, pois Suzanne disse:

— Por que você não quer apagar o Leo?

Eu pensei por um longo minuto e o silêncio preencheu todos os espaços. Mas, por mais que me esforçasse, eu não conseguia pensar em uma boa resposta — ou, naquele caso, em resposta nenhuma.

Vinte

Estávamos no primeiro sábado de junho, o nosso último sábado morando em Nova York. Um trio de carregadores de pescoço largo de uma empresa de mudança de Hoboken havia chegado pela manhã, e nove horas malucas de empacotamento depois, nosso apartamento estava completamente pelado, exceto por umas poucas malas perto da porta da frente, alguns pedaços de fita adesiva grudados nos balcões da cozinha e um milhão de montinhos de sujeira espalhados pelo piso de madeira. Andy e eu estávamos suados e exaustos, de pé onde costumava ser a nossa salinha íntima, escutando o zumbido do ar-condicionado instalado na janela, lutando para derrotar o calor.

— Acho que está na hora da gente ir — Andy disse, fazendo eco nas paredes brancas, que nunca tivemos tempo para pintar de uma cor mais interessante.

Ele limpou a bochecha na manga da camisa velha e manchada que estava usando, uma entre as cerca de trinta que ele havia separado para ocasiões de mudança e pintura, mesmo eu tendo argumentado, em tom de provocação, que seria impossível haver uma oportunidade em que levássemos trinta dias pintando ou fazendo mudança.

— É, vamos embora — eu disse, minha atenção já se voltando para a próxima parte da nossa jornada.

Fomos de táxi até um hotel, onde tomamos um banho e nos aprontamos para nossa festa de despedida, naquela noite. Os dois melhores amigos de Andy da faculdade de Direito organizaram o evento, mas todos os nossos amigos de Nova York, de todos os segmentos, deviam comparecer. Até mesmo a Margot e o Webb vieram para as comemorações, só para viajar de volta a Atlanta conosco pela manhã, onde eles se encarregariam oficialmente de nos dar as boas-vindas. Eu então bati palmas e forcei um animado:

— E que comece o show!

Andy parou por um instante e então sugeriu:

— Não devemos fazer algo um pouco mais cerimonioso, primeiro?

— Como o quê? — eu perguntei.

— Sei lá... talvez tirar uma fotografia?

Eu balancei a cabeça, pensando que àquela altura o Andy devia me conhecer melhor. Tudo bem que eu era a fotógrafa, mas não queria que fosse eu a única a documentar momentos simbólicos como aquele — encerramentos, inícios, e mesmo festas, feriados e ocasiões especiais. Eu preferia capturar as coisas corriqueiras que estão no intervalo disso tudo — fato esse que meus amigos e família não conseguiam entender, e às vezes pareciam frustrados.

— Que nada — eu respondi, olhando para fora da janela e acompanhando um pombo andando no terraço de cimento do outro lado da rua.

Um longo momento se passou, então Andy segurou

a minha mão e perguntou:

— Como você está se sentindo?

— Bem — eu respondi, aliviada por constatar que era verdade. — Só um pouquinho triste.

Ele balançou a cabeça, como se reconhecesse que os encerramentos quase sempre eram tristes, ainda que existisse algo excitante a se ansiar do outro lado. Assim, sem maiores estardalhaços, nós deixamos o nosso primeiro apartamento de casados.

Alguns minutos mais tarde, nosso táxi parou diante do hotel Gramercy Park e eu me dei conta, com um misto de pânico e de remorso, de que sem querer nós tínhamos nos transformado instantaneamente em visitantes — turistas — na cidade onde morávamos.

Contudo, ao entrarmos no lindo e eclético saguão, repleto de azulejos marroquinos, tapetes feitos à mão, candelabros de cristal venezianos e obras de Andy Warhol, Jean-Michel Basquiat e Keith Haring espalhados por todo lado, eu tentei me convencer de que havia um lado positivo em experimentar a cidade por esse ângulo.

— Uau! — eu exclamei, admirando a enorme lareira de mármore e a luminária de bico de peixe-espada diante dela. — Que lugar bacana.

Andy sorriu e disse:

—É. Alta boêmia bacana. Como a minha garota.

Eu retribuí o sorriso e nos encaminhamos até o balcão da recepção, onde uma moça negra vistosa, Beata, como informava a credencial no uniforme, nos deu as boas-vindas com um sotaque europeu carregado.

Andy a cumprimentou e, todo certinho e bom rapaz que é, resolveu explicar a nossa aparência meio desleixada. Então ele murmurou, em tom de desculpa:

— Nossa mudança saiu ainda há pouco do nosso apartamento.

Beata gesticulou indicando que compreendia a situação e gentilmente perguntou:

— E para onde estão indo depois daqui?

Eu respondi por nós dois, dizendo "Atlanta, Geórgia" com toda pompa possível, até mesmo acompanhando a entonação com as mãos, como se estivesse revelando um segredo norte-americano dos mais bem guardados, uma joia de cidade que se ela ainda não tivesse visitado, não podia deixar de visitar. Não estava bem certa de por que precisava engrandecer Atlanta para uma pessoa estranha, se era para eu me sentir melhor, ou para contrapor o estado defensivo que eu ficava toda vez que contava a alguém de Nova York para onde estávamos nos mudando e recebia ou um olhar de pena ou uma crítica exagerada, juntamente com a pergunta:

— Mas por que Atlanta?

Andy levava ainda mais para o lado pessoal — como acontecia comigo quando ouvia alguém falar mal de Pittsburgh — embora eu não encarasse essa reação como uma afronta a Atlanta, e sim uma decorrência do complexo de superioridade nova-iorquino, a ideia pretensiosa de que, comparado a Nova York, o resto do mundo, ou ao menos o resto dos Estados Unidos, saía perdendo. E embora eu me ressentisse dessa atitude naquele momento, a bem da verdade, eu não chegava a discordar totalmente da avaliação, e sabia que já tinha me comportado da mesma forma com relação a amigos que também tinham se mudado daquela cidade, fosse por causa de um emprego ou de um relacionamento ou para criar melhor os filhos. "Antes você que eu", pensava, mesmo tendo alguma reclamação a fazer sobre a cidade no momento seguinte. Afinal, para mim esse universo de possibilidades era a melhor parte de morar em Nova York, e era exatamente o que mais me faria falta.

Em todo caso, meu entusiasmo preventivo parecia ter surtido efeito em Beata, pois ela sorriu e respondeu:

— Ah, que beleza — como se eu tivesse acabado de dizer "Paris, França".

Ela então fez o nosso registro, deu as informações gerais sobre o hotel e entregou o cartão magnético do quarto ao Andy, desejando-nos uma estada maravilhosa.

Nós lhe agradecemos e, com a maior discrição possível, cruzamos novamente o lobby e o salão adjacente ao Rose Bar, que era tão ricamente decorado quanto o saguão de entrada, com uma mesa de bilhar de veludo vermelho e outro quadro impressionante de Warhol. Eu comecei a divagar, lembrando que da última vez que estive em um bar elegante de hotel eu havia encontrado o Leo, mas logo afastei isso do meu pensamento, quando Andy perguntou em um tom formal:

— Aceita um aperitivo?

Eu dei uma olhada no cardápio de bebidas e disse a ele que o mojito de abacaxi com canela parecia interessante. Ele concordou e pediu dois, para viagem. Poucos minutos depois, estávamos sozinhos em nosso quarto suntuoso, em tons ricos e vibrantes, com vista para o Gramercy Park, um dos meus lugares prediletos na cidade, embora eu nunca tivesse atravessado seus portões; talvez fosse exatamente esse o motivo da minha predileção.

— Que lindo — disse eu, bebericando meu mojito e admirando a vista do romântico parque privado, impecavelmente bem cuidado.

— Eu sabia que você sempre quis conhecê-lo por dentro — ele disse, colocando os braços ao meu redor. — Imaginei que essa seria uma boa despedida.

— Você sempre pensa em tudo — eu comentei, sentindo uma profunda admiração pelo meu marido.

Andy deu uma risadinha como quem diz "ora, não foi nada", bebeu um gole generoso do seu drinque, então tirou a roupa e ficou só de samba-canção, cantando sua versão de "The Devil Went Down to Georgia".

Eu caí na risada, chacoalhando a cabeça.

— Vai logo para o chuveiro — eu disse, morrendo de rir.

E assim eu prometi a mim mesma ficar feliz naquela noite. Ainda que estivesse exausta, ainda que odiasse ser o centro das atenções, ainda que não gostasse de despedidas, ainda que certo alguém da Avenida

Newton não estivesse presente e não fizesse a menor ideia de que eu estava de partida.

Uma hora mais tarde, a nossa festa na Blind Tiger, uma microcervejaria aconchegante na Rua Bleecker, estava na maior animação. A iluminação tinha sido suavizada, a música estava em um volume adequado, e eu já estava na minha quarta cerveja da noite. A última cerveja que estava bebendo parecia ser a melhor das quatro, mas isso podia ser resultado do pilequinho que só aumentava. Uma coisa era certa, eu tinha deixado todas as minhas preocupações de lado e estava aproveitando além do prometido, talvez porque todos estivessem se divertindo a valer — coisa um pouco rara quando se junta um grupo tão heterogêneo. Meus amigos fotógrafos tinham muito pouco em comum com a turma de advogados colegas do Andy, ou com os fashionistas do Upper East Side com quem eu e a Margot acostumávamos sair sempre quando ela morava em Nova York. Na verdade, a Margot merecia boa parte do crédito por reunir todo mundo e dar um sentido de unidade ao grupo. Ela era uma dádiva em qualquer tipo de festa. Era expansiva, graciosa e sempre encontrava um modo de incluir no grupo até o convidado mais obtuso e deslocado. Eu a observava naquele momento, dominando o ambiente, com um daiquiri sem álcool na mão, linda em um vestido de verão rosa de cintura império e escarpim prateado com tiras nos tornozelos. Pequenininha e com quase seis meses de gravidez, ela parecia não ter ganhado nenhum quilinho extra, só mesmo a barriguinha redonda, e seu cabelo, as unhas e a pele estavam mais bonitos que nunca. Segundo ela, isso era resultado das vitaminas do pré-natal, mas eu desconfiava que os tratamentos caríssimos a que ela tinha se submetido em um spa na manhã daquele dia tinham sua parcela de responsabilidade. Resumindo, ela era a grávida mais bonita que já tinha visto, opinião compartilhada por pelo menos outras cinco pessoas só naquela noite; incluindo uma colega de trabalho do Andy que estava grávida do mesmo tempo que a Margot, mas que parecia ter sido enchida com gás hélio no corpo todo, no nariz, nos tornozelos e até nos lóbulos das orelhas.

— Fica longe de mim — a garota disse brincando para a Margot. — Você está me deixando ainda mais feia.

— Ela deixa todas nós mais feias, grávidas ou não — eu acrescentei.

Margot modestamente gesticulou para pararmos com aquilo e nos disse para deixarmos de ser ridículas, mas no fundo ela tinha consciência de que era verdade. Felizmente, ela também era mais charmosa que a maioria de nós, então ninguém se ressentia de sua beleza, nem mesmo a mais horrorosa de suas amigas grávidas.

Nossos olhares se cruzaram quando ela se juntou a Julian, Hillary, esposa dele, e eu em uma mesa de madeira rústica no fundo bar, bem a tempo de ouvir Hillary contar de sua admiração por Andy ter se libertado dessa cultura de empresas grandes. Esse era o tema corrente da noite entre o bando de advogados insatisfeitos, e para o bem do Andy, eu ficava satisfeita com a nossa partida.

— Faz uns sete anos que ameaço pedir demissão — contou Hillary, dando risada e balançando o rabo de cavalo louro e comprido. — Mas nunca se confirmou.

Julian balançou a cabeça e comentou:

— Se eu ganhasse um dólar cada vez que ela diz que vai se demitir, nós poderíamos nos aposentar... Mas, em vez disso, o que ela faz?

— O quê? — Margot e eu perguntamos juntas.

Julian deu um tapinha no ombro da esposa e contou com orgulho:

— Ela vai e vira sócia.

— Não diga! Por que você não me contou nada? — eu perguntei ao Julian, dando um tapinha em seu ombro.

— Ela só ficou sabendo ontem — ele explicou.

Então me veio à cabeça o quanto eu sentiria falta dos detalhes sobre a vida dele, agora que não íamos mais compartilhar o local de trabalho. Nós prometemos não perder o contato e eu acreditava que trocaríamos e-mails e, de vez em quando, falaríamos ao telefone, mas não seria o mesmo, e eu temia que, com o tempo, ele, Sabine e Oscar iam se tornar amigos de cartão de Natal, apenas. Contudo, eu coloquei mais isso na minha lista das coisas com que não me preocuparia naquela noite e então me virei para Hillary e a cumprimentei:

— Segundo o Andy, é praticamente impossível tornar-se sócio em uma firma grande de advocacia.

— Principalmente sendo mulher — Margot completou, balançando a cabeça.

— Bem. Mas acho que não vai durar muito. Ao menos eu espero que não dure... Eu vou ficar lá só até ele me engravidar... Depois, vou tirar licença-maternidade e correr para as montanhas — disse Hillary, sorrindo.

— Isso é que é plano — eu comentei.

— E você, vai ter filho logo? — Julian me perguntou.

Aliás, essa era uma pergunta que Andy e eu tínhamos escutado bastante, desde que anunciamos nossa mudança, portanto eu tinha a resposta prontinha, na ponta da língua:

— Não na sequência — eu expliquei, com um sorriso vago. — Mas deve ser para logo...

Hillary e Julian deram uma risadinha sugestiva, demonstrando ter gostado do termo "logo" na minha resposta. Principalmente a Margot, que chega mais perto de mim e me dá o braço. Eu reparei no perfume gostoso dela, enquanto ela comentava que não queríamos que nossos filhos tivessem muita diferença de idade.

— Ah, sem dúvida. Vai ser ótimo para vocês duas... Eu queria ter alguém para dividir essas coisas de bebê, mas estou tão atrasada em relação às minhas amigas... Elas já estão matriculando os filhos na pré-escola, em um estágio da vida totalmente diferente. Vocês têm muita sorte por terem uma a outra e por morarem tão perto.

Margot e eu murmuramos juntas que reconhecíamos que éramos sortudas, e, por um instante muito prazeroso eu senti que isso era a mais pura verdade. É claro que o momento parecia não ser o ideal. Eu talvez não estivesse tão preparada assim para me mudar daquela cidade e os meus filhos seriam um pouco mais novos que os da Margot, mas esses eram detalhes menores. A perspectiva geral era incrivelmente maravilhosa. Minha amizade com a Margot, meu casamento com Andy, a nossa casa em Atlanta — tudo isso era maravilhoso.

Era nisso que eu estava pensando quando minha agente, Cynthia, entrou no bar, deu uma olhada geral no ambiente, e veio afoita, bem na minha direção. Cynthia foi modelo de roupas tamanho GG e atriz de teatro, e tinha uma personalidade opulenta e um estilo meio bizarro que levava as pessoas a acharem que ela era famosa. Na verdade, ela me contou que muita gente a confundia com a Geena Davis e ela já tinha até dado autógrafos falsos e respondido perguntas sobre as filmagens de Thelma e Louise e Os Fantasmas se Divertem. Eu a vi parar intempestivamente e dar dois beijos no rosto do Andy e esfregar a mão no cabelo dele, antes de seguir firme na minha direção, arrastando meu marido junto.

— Só espere! Espere para ver o que eu trouxe — eu consegui ouvir ela falando para ele do outro lado do salão.

Um segundo depois, os dois estavam ao meu lado e eu lhe estava agradecendo pela presença, quando senti um arrepio percorrer a minha espinha e entrei em pânico ao desconfiar do que ela estava prestes a divulgar para a nossa festa de despedida.

E eu estava certa, os lábios carnudos e cor de escarlate dela se contraíram dramaticamente enquanto ela arrancava uma revista gigante de sua bolsa branca de franjas Balenciaga e anunciava para a plateia que não parava de crescer:

— A revista *Platform*! Fresquinha, saída da prensa!

— Mas pensei que só sairia no fim do mês — eu disse, anestesiada e exposta, não ao imaginar as fotos que tinha tirado do Drake, que me custaram tantas horas de retoques e dedicação para ficarem perfeitas, mas sim na assinatura da reportagem.

— Bem, você tem razão, ela só vai para as bancas em algumas semanas — Cynthia explicou. — Mas eu mexi os meus pauzinhos e consegui uma cópia adiantada para você… Achei que seria o presente de despedida perfeito para você, tolinha. — Ela se inclinou e bateu duas vezes na ponta do meu nariz com o indicador.

— Nossa, que demais! — exclamou Andy.

Ele esfregou as mãos ansioso e chamou mais alguns de seus amigos, incluindo o Webb, para vir até a mesa.

— Mas você já viu as fotos — eu disse para o Andy, em tom grave e preocupado, como se houvesse algo a fazer para deter a onda de antecipação iniciada por Cynthia.

— Sim, mas não em uma capa brilhante assim — Andy justificou, parado atrás de mim, massageando meus ombros.

Mais alguns minutos de tortura se passaram, enquanto

Cynthia continuava a criar mais suspense, escondendo a capa da revista contra o peito volumoso, e fazia um discurso shakespeariano sobre como eu tinha talento, como ela era orgulhosa de me representar e que eu estava predestinada ao sucesso, onde quer que eu morasse.

Enquanto isso, eu fixei meus olhos na capa de trás da revista, uma foto em preto-e-branco da Kate Moss, de longe a minha modelo favorita, e quem eu adoraria fotografar. Na foto, os lábios dela estavam ligeiramente entreabertos, o cabelo jogado pelo vento cobria parte de seu olho direito, e sua expressão, ainda que serena, era sugestiva. Enquanto eu fitava seus olhos esfumaçados, eu tive uma impressão extremamente narcisista de que ela estava ali não para anunciar os relógios de grife, e sim apenas para me atormentar: "você devia ter contado para eles antes", eu podia até mesmo ouvir ela falar com seu sotaque britânico. "Você teve semanas e semanas para lhe contar, mas, em vez disso, esperou por uma plateia lotada, na sua última noite em Nova York. Belo trabalho!"

— Vamos, Cynthia! — Andy gritou, interrompendo meus pensamentos paranoicos. — Mostre a revista logo pra gente!

Cynthia deu risada e cedeu:

— Tá bom, tá bom!

Então, ela virou a Kate Moss, levantando a revista acima da cabeça e revelando Drake aos poucos, em toda sua glória. Por um rápido instante, enquanto todo mundo batia palmas, assobiava e gritava, eu fui tomada por uma onda surreal de satisfação ao me dar conta de que era mesmo a minha capa. Uma foto do Drake Watters feita por mim.

Mas meu pavor voltou com toda a força quando Cynthia entregou a revista ao Andy dizendo:

— Página 78, meu chuchu.

Eu prendi a respiração e senti meus músculos se retraírem quando Andy se sentou ao lado do Julian e procurou ávido pela página 78. Enquanto isso, todos se aglomeravam atrás dele murmurando "oh!" e "ah!" sobre as fotografias que tinham me dado tanto trabalho e que eu tinha praticamente memorizado, mas no momento eu não conseguia sequer olhar. Em vez disso, eu observei a expressão de Andy, e senti um alívio enorme quando percebi que ele estava um pouco mais de pilequinho que eu, e não estava em condições de ler artigo nenhum, e que dizer de prestar atenção nas palavras impressas na página. Ao contrário, ele era só sorrisos, adorando os elogios que meus colegas fotógrafos amavelmente estavam fazendo sobre os elementos artísticos das minhas fotos, enquanto o resto do pessoal queria saber como o Drake era pessoalmente, e Margot, com seu jeito natural de tomar conta de tudo, instruía a todos para ter o cuidado de não amassar e nem derrubar líquido nas páginas. O assunto prosseguiu por mais algum tempo, com a revista passando de mão em mão ao redor da mesa, até acabar diante de Margot e de mim, na última página do artigo.

— Isso é genial — ela sussurrou. — Eu estou tão orgulhosa de você.

— Obrigada — eu agradeci, observando-a virar as cinco páginas lentamente, ao contrário, até voltar ao início do artigo.

— Eu acho que esta é a minha favorita — Margot comentou, apontando para a primeira foto do Drake, rodeada pelo texto do Leo, com o nome dele grafado bem acima, no centro da página. Embora os meus olhos tivessem sido atraídos imediatamente para ele, o tamanho da fonte não era tão grande quanto eu temia, tampouco estava em negrito ou era destacada. Assim, enquanto Margot conversava sobre o quanto Drake era sexy e como eu tinha conseguido captar sua essência com perfeição, eu concluí que podia escapar ilesa por aquela noite. Na verdade, podia ser que eu escapasse daquilo em definitivo. Eu sentia uma injeção de adrenalina, com a minha sensação de triunfo ao derrotar a vergonha que deveria estar sentindo. Era como eu imaginava que alguém se sentiria com algo que tinha acabado de roubar de uma loja enfiado no bolso, ao acenar sorridente para o segurança na saída.

Porém, um segundo depois, minha sorte acabou quando percebi a Margot paralisada ao meu lado, sentindo um arrepio. Olhei para ela e ela me fitou, deixando bem claro para mim que ela tinha visto o nome do Leo, tinha compreendido a importância da situação e estava ciente. Certamente ela não teria como saber exatamente o que eu tinha feito ou tinha deixado de fazer, mas ela teve certeza de que tinha sido desonesta com ela e, principalmente, com o irmão dela. Se fosse outra pessoa, eu esperaria um súbito ataque de raiva, ou pelo menos uma saraivada de perguntas e acusações. Mas eu conhecia bem a Margot, e sabia como ela era reservada, como tomava cuidado com as palavras e evitava confrontos. Mais que isso, eu sabia que ela jamais, nem em um milhão de anos, diria alguma coisa para estragar aquela festa, qualquer festa. Em vez disso, ela me infringiu uma punição ainda maior, não dizendo uma só palavra ao fechar a revista com uma expressão fria e impassível, e então se esquivando de mim pelo resto da noite.

Vinte e um

Na manhã seguinte, liguei para minha irmã de uma lojinha de presentes do aeroporto de LaGuardia, para colocá-la a par do que acontecera na noite anterior, e também pedir um conselho sobre como abordar o assunto com Margot, pois ia me encontrar com ela dali a poucos instantes no portão de embarque.

— Você acha mesmo que ela ficou chateada por você ter aceito o trabalho? Não é paranoia sua, não? — Suzanne perguntou.

Eu primeiro chequei, nervosa, como estava o progresso de Andy na fila do Starbucks ao lado, e então disse:

— Sim. Tenho certeza. Exceto por um tchau bem rápido no fim da noite, ela não falou mais comigo. Nem uma só vez.

Suzanne fica em silêncio por uns segundos e pergunta:

— E isso seria muito incomum em uma festa? Afinal, não havia um montão de amigos por lá? Será que vocês tinham de ficar grudadas a noite inteira?

Eu hesito na resposta, sabendo que esse tipo de pergunta tem motivo — é o modo pouco sutil da minha irmã de criticar o que ela mesma já chamou de codependência da minha parte com relação à Margot. E embora eu normalmente me esqueceria da pergunta e defenderia a minha amizade, no momento não tenho tempo para me desviar. Então só reitero:

— Veja, mana, ela com certeza não está feliz com essa coisa toda... e para ser sincera, eu não posso culpá-la. Eu sou casada com o irmão dela, lembra? Agora, alguma ideia para me ajudar?

Eu escuto o barulho de água escorrendo e pires quebrando ou, no caso de Suzanne, provavelmente os pratos do jantar de ontem.

— Você quer saber o que eu acho que você deve fazer, ou o que eu faria no seu lugar? — ela perguntou.

— Sei lá. Os dois — respondo, impaciente. — E fala logo... o Andy vai voltar a qualquer instante.

— Certo — Suzanne diz, fechando a torneira da pia. — Bem, eu partiria para a ofensiva e diria para ela dar um tempo. Parar de ser tão altiva e poderosa.

Eu sorrio e penso, "bem, é claro que você diria isso, maninha", enquanto ela continua a meter o pau:

— Quer dizer, qual é o grande problema? Seu ex-namorado te arrumou o trabalho da sua vida, a chance de fotografar uma supercelebridade, e você sabiamente aproveitou a chance como devia... para o bem da sua carreira, não para retomar o romance.

Como não respondi, Suzanne me provocou:

— Certo?

— Bem, certo — concordei. — É lógico.

— Certo. Então você foi até Los Angeles desconhecendo que o Leo estaria lá também. Não foi nada planejado, correto?

— Corretíssimo — eu afirmo, prestando bem atenção nessa versão positiva, porém totalmente exata, dos fatos.

— Daí você recusou o convite do Leo para jantar, disse umas boas para ele e ficou comigo a noite inteira.

Eu balanço a cabeça entusiasmada, imaginando que deveria ter ligado para Suzanne direto do bar ontem à noite. Essa nossa pseudoconversa teria me poupado de um bocado de conflito interno.

E ela continua:

— E quanto à sessão de fotos no dia seguinte, você passou cerca de dez minutos com ele no total, e se portou o tempo todo com uma profissional. Certo?

Tecnicamente, tudo aquilo também era verdade, mas eu hesitei, lembrando dos meus pensamentos luxuriosos na noite da véspera das fotos; nos olhares insinuantes do Leo; e, é claro, no longo, romântico, intimista e palpitante voo de mãos dadas.

Então, limpei a garganta e afirmei, bem menos convicta:

— Certo.

— E você não falou mais com ele depois que voltou à cidade?

— Não — eu digo, pensando que isso era a mais pura verdade. E significava muito, considerando o número de vezes que tive vontade de ligar para ele. — Não falei.

— Então me diga, qual é a grande afronta que você fez para a família Graham?

Eu apanhei um globo de neve escrito "Eu Amo Nova York" da prateleira entulhada de lembrancinhas, e dei uma balançadinha. E ao observar os floquinhos caindo sobre o Empire State, eu respondo:

— Nenhuma, imagino.

— Pensa bem — Suzanne diz, cada vez mais incisiva. — A Margot por um acaso sabe se você viu o Leo ou não?

— Bem… não. Ela provavelmente acha que deve ter havido algum contato… o que de fato houve.

— Contato profissional — ela insiste.

— Tá, você me convenceu… mas você acha que devo limpar a barra e dizer tudo isso a ela?

— Na verdade, não. Não acho. Vocês duas podem jogar esse joguinho passivo dela. Acho que você deve se segurar e esperar que ela toque no assunto com você.

— E se ela não tocar? — eu pergunto, lembrando de um caso da faculdade quando Margot deixou de falar com uma de suas melhores amigas.

Em uma festa oficial da irmandade, Courtney Finnamore bebeu demais e vomitou no carro novinho da Margot. E embora Courtney parecesse mortificada, ela nunca se ofereceu para limpar o carro, nem para pagar pelos danos. Não era pelo dinheiro, Margot dizia. Foi pela falta de atenção e pela rudeza, além de supor que, como a Margot tinha dinheiro, ela não se importaria de arcar com o prejuízo. Margot simplesmente não conseguiu superar o incidente ao notar o quanto Courtney era mesquinha e egoísta. Mas apesar de furiosa, ela nunca confrontou a Courtney. Em vez disso, ela se retirou calada da amizade, tão calada que acho que a Courtney só notou a mudança nos sentimentos da Margot na época da formatura, quando ela ficou noiva e convidou a Margot para dama de honra. Depois de pensar um pouquinho, Margot decidiu que ela não poderia dar uma de duas caras, então educadamente recusou a honra, sem dar explicação, nem justificativa nem se desculpar. A Margot ainda foi ao casamento, mas obviamente a amizade das duas se deteriorou rapidamente, e hoje em dia elas não se falam mais. Nem mesmo conversaram em um reencontro da irmandade durante a semana de boas-vindas da faculdade, uns meses atrás.

— Não é muito a cara da Margot confrontar as pessoas.

Embora eu não possa imaginar que possa acontecer um desentendimento desses entre a Margot e eu, fico angustiada ao ouvir a Suzanne falar:

— Mas você não é uma pessoa. Você é a melhor amiga dela. Você quer me enganar que ela não vai mencionar uma coisa dessas logo com você? — Suzanne capricha no tom de dramaticidade.

— Não sei. Talvez ela vá falar — eu digo, pensando nos argumentos de Suzanne e tentando me lembrar de uma situação em que a Margot foi direta comigo. E, ironicamente, a única passagem que lembro tem relação com o Leo. — Ela me confrontou quando o Leo e eu rompemos e eu me tornei uma perdedora sentimentaloide.

Suzanne me interrompe para discordar:

— Você não era uma perdedora sentimentaloide. Você estava de coração partido. É muito diferente.

Essa reação certamente me desarmou, pois em uma situação dessas ninguém acredita que não era sentimentaloide, nem perdedor, e que eu principalmente não agia como uma perdedora sentimentaloide. Mas a esta altura o meu tempo acabou, pois o Andy estava vindo na minha direção com nossos cafés.

— Ele vem aí — eu aviso. — Concluí logo.

— A conclusão é que isso é entre você e o Andy... não entre você e sua cunhada, melhor amiga ou seja o que for — Suzanne capricha no sarcasmo ao dizer "melhor amiga". — Mas se você acha que deve acertar as coisas, então faça...

— Certo!

— Mas, faça o que fizer, não dê uma de coelho assustado, e não rasteje nem se encolha... Entendeu?

— Entendido — eu digo, ao pegar o meu café com Andy e agradecer com um sorriso. Eu não me lembro de ter precisado tanto de um café assim.

— Porque, Ellie... — Suzanne retoma com fervor.

— Diga?

— Se você rastejar e se encolher, você estará criando um péssimo precedente para você mesma, lá na terra deles.

O conselho de Suzanne continua a soar na minha orelha, enquanto Andy e eu, em um último impulso sentimental, compramos o globo de neve e viramos no corredor em direção aos portões de embarque.

"Não rasteje nem se encolha", penso eu, imaginando que tipo de postura eu tinha adotado na noite anterior. Eu não poderia ter rastejado, já que nem sequer houve troca verbal, mas será que me retraí? Será que também evitei a Margot, talvez até mais do que ela me evitou? Se evitei, talvez eu tenha piorado as coisas, fazendo a chateação dela virar desconfiança de verdade. E embora tenha certeza de que ela viu o nome do Leo, posso estar exagerando a reação dela na minha cabeça, permitindo que a minha própria consciência pesada e as emoções intensas da nossa mudança, associadas aos drinques demasiados, estejam distorcendo a realidade. Talvez tudo pareça diferente nesta manhã. A minha mãe costumava dizer sempre isso, e conforme nos aproximamos de Margot e Webb, já acomodados no portão, eu cruzo os meus dedos torcendo para que hoje não seja uma exceção à sua regra.

Eu respiro fundo e contra-ataco com um bom-dia entusiasmado, torcendo para não soar tão artificial como me sinto.

Como sempre, Webb se levanta e beija meu rosto:

— Bom dia, querida!

Margot, que estava impecavelmente vestida com um suéter azul-marinho, calças brancas e uma sapatilha cereja, da cor do seu batom, levanta os olhos do romance de Nicholas Sparks e sorri:

— Oi! Bom dia! Como foi o resto da noite de vocês?

Os olhos azuis dela passaram de mim para o Andy, depois, de volta para mim, e eu não consegui detectar nada na expressão dela que indicasse que ela estava brava ou chateada. Pelo contrário, ela parece acolhedora e amistosa como sempre é.

Eu relaxo de tal forma que me sento ao lado dela, e dou uma resposta segura:

— Foi divertido — respondo com leveza.

— Um pouco divertido demais — Andy diz, sentando-se do meu outro lado e colocando nossa mala de mão sob os pés. — Eu talvez devesse ter ficado sem a última dose às duas da manhã.

Margot dobra a pontinha da página do livro, fecha-o e o guarda em sua bolsa preta bem grande.

— A que horas vocês voltaram para o hotel? — ela nos pergunta.

Andy e eu olhamos um para o outro e com certa imprecisão.

— Três, talvez? — eu respondo, completamente à vontade agora.

— Por aí — Andy confirma, massageando as têmporas.

Margot dá um sorrisinho de solidariedade:

— Devo admitir... que esta é uma das melhores coisas da gravidez... nove meses sem saber o que é ressaca.

— Ora, amor, você não sabe o que é ressaca há nove anos — Webb comenta.

Eu dou risada, imaginando que ele deve ter razão

mesmo. Na verdade, dá para contar nos dedos o número de vezes que a Margot perdeu o controle na faculdade e quando mais nova. E perder o controle no caso dela não significa dançar de topless em uma festa, e sim tirar um par de lentes de contato em perfeito estado e jogar em um canteiro ou devorar um saquinho de batatas fritas com tempero barbecue.

Depois de uns minutos de bate-papo, quando Webb diz que vai comprar um jornal antes de embarcarmos e Andy se oferece para ir com ele, Margot e eu finalmente ficamos sozinha, no que parecia ser o momento da verdade.

E com certeza, foi mesmo.

— Certo, Ellie — ela diz, aflita. — Eu estava morrendo de vontade de conversar com você.

"Você quase me enganou", pensei comigo. Eu a olhei de canto de olho, e percebi que sua expressão era mais de curiosidade que de acusação.

— Eu sei — eu digo, hesitante.

— Leo? — ela diz, com os olhos estáticos, sem piscar.

Meu estômago se retorce, quando ouço o nome dele em voz alta. Eu queria que ele tivesse um nome mais comum, como Scott ou Mark. Um nome que se misturasse em meio a conhecidos e permitisse outras associações. Mas na minha vida, havia somente um Leo.

— Eu sei — repito, enrolando, e bebo um gole demorado de café. — Eu devia ter contado antes… Eu ia contar… Mas a mudança… Seu bebê… Aconteceu tanta coisa diferente…

Eu percebo que estava gaguejando e que Suzanne classificaria esse meu último trecho de conversação como algo parecido com um coelho assustado se desculpando, e resolvo adotar outra postura.

— Mas não é bem o que parece... Eu... Eu encontrei com ele um dia, por acaso, na rua, e nos falamos rapidamente... Depois, pouco tempo depois, ele ligou para minha agente e passou a dica sobre o Drake. E foi só isso, de verdade...

Resumindo, era a verdade, e eu não me senti tão mal assim por editar um pouco a história, e omitir o fato de tê-lo visto em Los Angeles, e mais tarde no avião.

Margot pareceu visivelmente aliviada:

— Eu sabia que devia ser algo assim... Eu só imaginei que você me contaria...

Ela falou de um jeito que demonstrava mais desapontamento do que um julgamento.

— Eu ia contar... ia contar antes de a revista sair — eu assegurei, me permitindo o benefício da dúvida, sem saber se aquilo era verdade. — Eu sinto muito.

Eu lembro da Suzanne novamente, mas me convenço de que um mero sinto muito em nada se parece com rastejar.

— Você não precisa se desculpar — Margot se apressa em dizer. — Está tudo bem.

Passados alguns segundos de silêncio entre nós, quando eu começava a pensar que havia conseguido me safar, ela dá uma volta completa com seu brinco de diamante e pergunta à queima-roupa:

— E o Andy já sabe?

Por alguma razão, a pergunta me pegou de surpresa, e só fez aumentar a minha culpa residual e a minha ressaca. Eu sacudi a cabeça, certa de que não era a resposta que ela esperava.

— Você vai contar a ele? — ela me perguntou com um olhar de pena.

— Eu... Eu acho que deveria? — disse, mais perguntando que respondendo.

Margot, acariciando sua barriga:

— Talvez não... — ela diz pensativa. — É, talvez não — ela repete, mais segura.

— Você não acha que ele vai reparar no crédito da reportagem? — eu pergunto, reparando que havia anos nós não discutimos sobre esse tipo de análise e estratégia de relacionamento.

Há muito não temos uma oportunidade como essa. Na verdade, exceto por umas desavenças sem importância durante o planejamento do nosso casamento, sobre as quais Margot tomou o meu partido, Andy e eu nunca brigamos de fato — ao menos não em uma dimensão que necessitasse da intervenção ou do conluio da melhor amiga.

— Provavelmente não — diz ela. — Ele é homem... e nem sabe o sobrenome do Leo, sabe?

Eu digo que não tenho certeza, acho que sabia, mas deve ter esquecido.

— E afinal, que diferença faria? — ela conclui, recruzando as pernas na altura dos tornozelos.

Eu olho para ela, em grande parte extasiada pelo rumo que ela está tomando, contudo, ligeiramente desconfiada de que isso pudesse ser uma armadilha, fruto da lealdade entre irmãos.

"O sangue fala mais alto", posso até ouvir Suzanne dizer, enquanto balanço a cabeça, sem me comprometer, e escuto Margot concluir seu pensamento:

— O Leo não foi assim um grande amor na sua vida nem nada — ela diz, por fim.

Como eu fiquei em silêncio, ela arqueou ainda mais as sobrancelhas, esperando por algum tipo de certeza e confirmação minha. Por isso respondi da forma mais incisiva possível:

— Não, ele não foi.

Desta vez, eu sabia que estava mentindo, mas que escolha eu tinha?

— Ele foi só um cara qualquer, de muito tempo atrás — Margot diz, com a voz se arrastando.

— Verdade — eu confirmo, arrepiada ao lembrar daquele voo.

Margot sorri.

Eu trato de retribuir o sorriso.

Então, quando a atendente anunciou o início do embarque, e nossos maridos voltaram com jornais, revistas e garrafinhas de água, ela se curvou e sussurrou em segredo:

— O que você acha de tocarmos a bola pra frente e guardar isso entre nós duas?

Eu assenti com a cabeça, imaginando nós duas literalmente varrendo a sujeira para debaixo de um caríssimo tapete persa, cantarolando o tema de um dos nossos seriados favoritos, que assistíamos depois das aulas na faculdade.

— Tudo está bem quando acaba bem — Margot conclui.

Palavras que estranhamente me confortam e me incomodam com um senso de apreensão. Palavras que ecoam na minha cabeça, enquanto nós quatro recolhemos nossos pertences e caminhamos lentamente pelo corredor de embarque, em direção à minha vida nova, um recomeço, com gostinho de redenção.

Vinte e dois

Nas semanas seguintes, eu me esforcei ao máximo para trilhar o caminho da redenção, enquanto Andy e eu nos acomodávamos na nossa nova casa. Todo dia ao acordar eu procurava levantar minha moral e repetia clichês estimulantes em voz alta no chuveiro — coisas como "Lar é onde mora o coração" e "Felicidade é um estado de espírito". E a todo momento dizia ao Andy, à Margot , à Stella, e até a estranhos, como a atendente do supermercado e a mulher na fila do departamento de trânsito, que sou feliz aqui e que não sinto falta de Nova York. Tentei me convencer de que se isso tudo fosse verdade, então conseguiria passar tudo a limpo, limpar de vez a minha ficha, e esquecer o Leo para sempre.

Mas apesar de todo o meu esforço sincero, a coisa não deu muito certo. Em vez disso, conforme eu passava pelos estágios da mudança — arrumando as fotos emolduradas nas estantes embutidas ao lado da lareira de pedra, ou ao percorrer os corredores das lojas procurando caixas plásticas para guardar objetos, ou escolhendo amostras de tecidos para cortina com a decoradora da Margot, ou plantando calêndulas brancas nos cachepôs de cobre na nossa varanda, eu me sentia desconfortável e deslocada.

Pior ainda, eu tenho a dolorosa sensação de ter sido mais eu mesma naquele voo noturno do que havia sido em muito tempo — de que eu cometera um erro ao deixar Nova York. Um erro enorme, do tipo que gera ressentimentos e fissuras perigosas. O tipo de erro que dói no coração. O tipo de erro que leva a gente a sentir falta de uma opção, do passado, de outra pessoa.

Ao mesmo tempo, a alegria radiante do Andy me fazia sentir ainda mais alienada. Nem tanto porque miséria pouca é bobagem — embora isso estivesse presente —, mas porque a felicidade dele significava que nossa mudança era definitiva, que ficaríamos enraizados aqui para sempre, no universo dele. Estava condenada para sempre a ficar parada no trânsito e ter dirigir para todo lado, até mesmo para comprar um café ou fazer as unhas; a frequentar shoppings monótonos e não ter serviço de entrega de restaurante tarde da noite; a ter que comprar futilidades caras para preencher os espaços da nossa casa gigantesca; a me acostumar a dormir no mais absoluto silêncio, em vez de com o zum-zum-zum vibrante de uma metrópole; a abdicar da neve no Natal; a tolerar verões escaldantes, os jogos de golfe e tênis do Andy nos fins de semana, e vizinhas loiras artificiais, de olhos azuis, com suas roupas de grife bem comportadas e suas reuniões para os jogos de dados, com as quais não me identifico em nada.

Então, em uma manhã de abril, pouco depois de Andy sair para o trabalho, eu estava no meio da cozinha segurando a tigela de cereal que ele tinha largado sobre a mesa, sem se importar, quando me dei conta de que aquela sensação tinha deixado de ser sutil. De repente, o ar me faltou. Eu joguei a tigela na pia de qualquer jeito, e liguei para Suzanne, em pânico.

— Eu odeio tudo aqui — confessei a ela, tentando não chorar.

Ao dizer aquilo em voz alta, eu solidifiquei a minha posição e oficializei de vez meu estado de espírito. A Suzanne murmurou sua solidariedade e disse:

— Mudar é sempre difícil mesmo. Você não odiou Nova York no começo?

— Não — eu disse, parada ali na cozinha, quase me deixando levar pelo sentimento de uma dona de casa oprimida e desvalorizada. — Nova York exigiu que eu me ajustasse. No princípio eu me senti meio indefesa... mas jamais odiei a cidade. Não como aqui.

— Qual é o seu problema? — ela perguntou, e por um instante achei que estava sendo sincera, até que ela completa: — É o maridinho apaixonado? A casa enorme? A piscina? Seu Audi novo? Ou, espera... deve ser o fato de dormir tarde e não precisar levantar cedo para o trabalho, certo?

— Ei! Espera aí — eu protesto, sentindo-me mimada e ingrata, como uma celebridade resmungando da falta de privacidade, e insistindo que sua vida é uma dureza só. Ainda assim, eu continuo, certa de que meus sentimentos são legítimos. — Estou alucinada, pois minha agente não me liga para oferecer nada, e eu passo os meus dias tirando fotos dos pés de magnólia do nosso quintal ou do Andy fuçando pela casa com sua caixa de ferramentas, fazendo de conta que é hábil... ou das crianças vendendo limonada na esquina, até que as babás comecem a me olhar feio como se eu fosse uma molestadora... Eu quero trabalhar!

— Mas você não precisa trabalhar — Suzanne me interrompe. — Pode ter certeza, essa é a diferença.

— Eu sei. Eu sei que tenho sorte, e que devia estar pulando de alegria ou ao menos me sentir reconfortada por isso — eu digo, olhando ao redor da minha cozinha espaçosa, com balcões de mármore, fogão de inox reluzente e assoalho de cedro. — Mas eu não consigo me sentir bem aqui... é difícil explicar.

— Ora, experimenta.

Minha cabeça é tomada por uma ladainha das minhas queixas mais corriqueiras, antes de me fixar em uma bobagem à toa, mas simbólica, sobre a noite anterior. E eu conto a ela sobre a garotinha que mora ao lado ter vindo oferecer os biscoitos do seu grupo de bandeirantes, e de como eu fiquei irritada com a indecisão do Andy sobre quantas caixas comprar, como se sua vida dependesse daquilo. Eu até o imitei, carregando no sotaque:

— Compro três caixas do biscoito de amendoim e duas de chocolate com menta ou duas de amendoim e três de chocolate com menta?

— É uma decisão difícil — Suzanne debocha.

Eu a ignoro e continuo a história:

— E aí o Andy e a mãe da garotinha ficaram no

maior papo-furado sobre seus dois graus de parentesco, o que aparentemente é um exagero por aqui, e sobre os conhecidos da Westminster.

— Aquela de Londres? — ela perguntou.

— Não. Mais importante que a tal abadia inglesa. Esta Westminster é a escola particular mais seleta de Atlanta... aliás, do sudeste do país, minha cara.

A risadinha cínica da Suzanne me faz pensar que embora deseje a minha felicidade, ela estava se deliciando com tudo isso. Afinal, ela bem que me avisou, desde o começo: "Você é uma intrusa. Você não é um deles. Você nunca vai se encaixar".

— E então — eu continuo. — Quando achei que tinha acabado e voltaríamos a assistir à televisão, que aliás é só o que fazemos agora, a mãe da garota pede a ela que agradeça ao senhor e senhora Graham e eu fico procurando pelos meus sogros, até me dar conta de que eu sou a senhora Graham.

— E você não quer ser mais a Sra. Graham? — Suzanne pergunta, incisiva.

Eu suspiro.

— Não quero que o ponto alto do meu dia seja biscoitinhos de chocolate com menta.

— Olha que esses biscoitinhos são uma perdição — Suzanne comenta. — Principalmente depois de colocar no freezer.

— Deixa disso — eu protesto.

— Foi mal. Pode prosseguir, vai.

— Não sei, eu me sinto tão... aprisionada... isolada.

— E a Margot? — Suzanne perguntou.

Eu reflito sobre a pergunta, dividida entre o senso de lealdade para minha amiga e o que parece ser a triste realidade, que, apesar de falar com Margot diversas vezes ao dia, ultimamente tenho sentido um estranhamento entre nós. Uma sensação que começou com aquele olhar atravessado na nossa festa de despedida, e que persiste mesmo depois da nossa conversa no aeroporto no dia seguinte.

Eu fiquei satisfeita com a isenção dela na ocasião e o desconto que ela me deu apesar da minha bola fora. Mas agora tenho a incômoda e inquietante impressão de que ela de fato acredita que eu devo muito a ela, ao Andy e à família inteira. E de que tenho muita sorte de estar aqui, cercada pela dinastia Graham, e que não posso em hipótese nenhuma sentir falta de Nova York. De que tenho de passar a enxergar o mundo e as pessoas segundo a visão, o senso de decoro e os princípios deles.

"O que mais te atrai é exatamente o que te leva à loucura", penso comigo — e é a mais pura verdade. Eu costumava adorar a imagem de perfeição que o mundo dos Grahams passava. Eu costumava admirar sua fortuna, seu sucesso, o quanto eles são ligados. Até o fato do James, a ovelha negra que finalmente se mudou da casa de hóspedes dos pais, dar um jeito de não faltar à igreja nas manhãs de domingo, apesar do olho vermelho, da roupa amarrotada e do cheiro característico de cigarro. Ficava encantada com o fato de eles consultarem uns aos outros antes de fazerem qualquer coisa, de terem orgulho do nome e das tradições da família, e de todos colocarem a Dona Stella em um pedestal. E me agradava principalmente que ninguém tivesse morrido, nem se divorciado e nem causado desgosto.

Mas agora, agora eu me sinto encurralada. Encurralada por eles e por tudo mais.

Por um segundo, pensei em admitir isso para Suzanne, mas sei que se o fizer, o jogo estará perdido. Jamais poderei retirar minhas palavras nem amenizá-las. E, algum dia, depois que a tormenta passar, minha irmã pode jogar isso na minha cara. Ela já fez isso antes. Portanto, eu me limito a dizer:

— A Margot vai bem. A gente continua se falando o tempo todo... Só estamos meio fora de sintonia... Ela está muito envolvida com a gravidez, o que é compreensível, eu acho...

— E você acha que vocês duas vão se sintonizar logo? — ela perguntou, claramente se referindo aos nossos planos de começar uma família.

— Provavelmente. Eu também devo ter alguns filhos. Nós estamos agindo como se eles já tivessem nascido. Fiquei pensando nisso ontem à noite... Em como os nossos amigos de Nova York que já são pais dão a ideia de que ter filho é tão apelativo. Eles não mudaram em nada, é a mesma combinação de imaturidade, mas refinados. Yuppies de vanguarda, antenados com as tendências urbanas. Continuam a sair para apreciar boa música, e frequentando restaurantes transados.

Eu suspiro, lembrando da Sabina, e como ela trocou as idas aos parquinhos e as aulas de músicas sem graça das trigêmeas por visitas ao museu de arte moderna e por festivais de cinema. E que em lugar de terríveis aventais sintéticos, elas usam camisetinha preta básica de algodão orgânico e jeans, criando uma linhagem de Sabininhas.

— Mas por aqui o assunto é outro — eu comento, toda emotiva. — Todo mundo primeiro vira um adulto invejável antes de pensar em ter filhos. Parece a década de 1950, quando as pessoas se transformavam em seus pais aos vinte e um anos... e estou sentindo que Andy e eu estamos nos tornando assim... Não sobrou mais nenhum mistério, nenhum desafio, nenhuma paixão, nenhum extremo... Chegamos lá, você me entende? Esta é a nossa vida daqui por diante.

— E ele está feliz com a mudança? — ela perguntou. — Nenhum arrependimento por comprar uma casa tão cara?

— Nada. Ele está em êxtase... Ele anda assobiando ainda mais que o normal. É o perfeito Andy Griffith. Assobia dentro de casa, no jardim e na garagem. Assobia indo para o trabalho no escritório do pai, e na volta do trabalho, a caminho do golfe com a galera.

— Galera? Ué, você não disse que por aí só tem adulto responsável e de nariz empinado?

— Eu estou me referindo à turma da fraternidade dele...

Suzanne ri enquanto eu enxáguo o que sobrou de cereal sabor tutti frutti boiando no leite com sabor artificial de morango, e em lugar de questionar o valor nutricional da dieta do meu marido, eu me ponho a pensar que só mesmo um adulto sem infância para gostar de comer cereal colorido cuja embalagem tem um coelho estampado.

— Você já contou a ele como se sente? — minha irmã perguntou.

— Não, não ia adiantar nada.

— E a honestidade? Não conta? — ela dá uma provocadinha.

Esse é o tipo de comentário que faço quando ela e Vince estão com problemas. "Seja sincera. Exponha seus sentimentos. Discuta o assunto." E então percebo que não só os papéis estão invertidos, como é bem mais fácil falar que fazer. Só parece fácil quando os problemas são relativamente insignificantes. E, no momento, os meus problemas não têm nada de insignificante.

— Não quero que o Andy se sinta culpado — eu justifico, e essa é a parte complicada da equação.

— Bem, talvez ele devesse se sentir culpado por te obrigar a mudar.

— Ele não me forçou a nada — eu protesto, sendo tomada por um ímpeto de defender o Andy. — Ele me deu várias oportunidades para eu me opor. Eu é que me calei... Eu é que não esbocei a menor reação.

— Bem, essa foi a sua grande estupidez — ela aponta.

Eu me afastei da pia e, me sentindo como se tivesse dez anos de idade, disse:

— Sua estúpida!

Vinte e três

Uns dias mais tarde, eu me pus a fazer etiquetas brancas para as gavetas da cozinha, sucumbindo a uma crise de transtorno obsessivo compulsivo, assistindo ao programa da Oprah. Eu estava imprimindo a palavra "espátulas", quando ouvi baterem na porta lateral, e vi Margot através do painel de vidro.

Eu mal sinalizei, e ela já foi entrando:

— Oi, Ellie, sou eu!

Eu tirei o som da TV e levantei os olhos do meu etiquetador, dividida — dois terços grata pela companhia, e um terço irritada com o jeito presunçoso dela de ir entrando assim. E talvez, ligeiramente embaraçada por ser pega assistindo à TV no meio do dia, coisa que jamais fiz em Nova York.

— Ei! — ela murmura, com um sorriso cansado. Vestindo uma blusinha sem manga colada no corpo, calça legging e sandálias de dedo, pela primeira vez ela dava sinais de desconforto pela gravidez, parecendo quase desajeitada — ao menos para os padrões dela. Até os tornozelos e os pés estavam inchados.

— Está confirmado vocês irem jantar lá em casa hoje?

— Claro. Eu tentei te ligar há pouco para confirmar.

Onde você tinha ido? — eu pergunto, com estranheza, pois sempre sei dos passos dela.

— Aula de ioga para gestantes — ela diz, gemendo ao se abaixar para sentar no sofá. — E você está fazendo o quê?

Eu imprimo uma etiqueta "escumadeiras" e colo no lugar.

— Organizando umas coisas.

Ela balança a cabeça em aprovação, com um ar aéreo, e pergunta:

— Que tal Josephine?

Eu olho para ela intrigada, mas então entendo que ela fala dos nomes de bebê. Pela milésima vez. Ultimamente, parece que é só o que discutimos. Em geral, eu gosto desse jogo de nomes, e entendo a importância de escolher o nome do filho, já que às vezes o nome parece definir a pessoa. Mas esse tema está ficando cansativo. Se ao menos a Margot soubesse o sexo do bebê, o trabalho diminuiria à metade.

— Josephine — eu repito em voz alta. — Eu gosto... É charmoso... Original... Uma gracinha.

— E que tal Hazel? — ela diz.

— Hum... Um pouco afetado demais. Além disso, não é o nome da filha da Julia Roberts? Você não vai querer ser acusada de imitar celebridade, né?

— Acho que não. E que tal Tiffany?

Eu pessoalmente não gosto do nome, e ele destoa um pouco da lista de clássicos da Margot, mas sou cuidadosa ao responder. Dizer que não gostou de um nome em potencial do bebê da amiga é uma posição delicada (é como anunciar que não gostou do namorado dela — é garantia na certa de que eles vão se casar).

— Não sei não — eu respondo. — É bonito, mas é meio frufru... Pensei que você preferisse um nome mais tradicional, de um parente.

— Eu prefiro, mas é o nome de uma prima do Webb, aquela que morreu de câncer de mama... Mas a mamãe acha que é meio brega, meio dos anos oitenta... principalmente agora, que a joalheria Tiffany's se popularizou e abriu loja em todo lugar...

— Bem, eu conheço algumas Tiffany's de Pittsburgh — eu comento. — Então você deve estar certa de ser meio carne de vaca...

Margot deixa passar meu comentário insinuante, e continua animada:

— Ele me faz lembrar daquele filme antigo famoso, Bonequinha de luxo, com a Audrey Hepburn... Ei! E que tal Audrey?

— Prefiro Audrey a Tiffany... O único problema é ficar entre as primeiras na lista de chamada.

Margot acha graça do meu comentário:

— Bem, então ela vai ter de ser estudiosa e saber tudo na ponta da língua.

— Já pensou, a pobrezinha vai participar de toda chamada oral. Melhor ser boa aluna mesmo...

Margot sorri:

— Só da sua cabeça mesmo!

— O que aconteceu com Louisa? — eu perguntei.

Durante semanas, Louisa, outro nome de família, esteve no topo da lista dos nomes de menina. A Margot até comprou um maiô, em um desfile de roupa infantil, com um L monogramado — para o caso de ter uma menina. Aliás, a preferência dela por uma menina é tão evidente que chego a me preocupar se nascer um menino. Na noite anterior, eu até havia comentado com o Andy que a Margot agiria como uma atriz indicada ao Oscar, só esperando para lerem o cartão. Um suspense total, seguido de muita emoção se ela vencer, ou ter de fazer de conta que está feliz caso perca.

— Eu adoro Louisa — Margot responde. — Só não estou muito convencida.

— Bom, acho melhor você se apressar e se decidir por algum deles, agora só faltam quatro semanas.

— Eu sei — ela diz. — O que me faz lembrar que precisamos pensar nas fotos da gravidez. Eu vou fazer luzes no cabelo na segunda-feira, e o Webb disse que consegue chegar mais cedo qualquer dia da semana que vem. Então, quando você estiver livre...

— Combinado.

Ela tinha me pedido, e eu aceitado, fazer o que ela chamou de fotos artísticas em preto-e-branco da barriga dela. Na época pareceu uma boa ideia, mas no meu estado de espírito atual não estou muito entusiasmada com a história. Principalmente se o Webb vai estar envolvido. Eu o imagino olhando para ela com admiração, acariciando o barrigão dela, e talvez até beijando o umbigo saliente da Margot. Ugh. Como eu me rebaixei. Se não tomar cuidado, eu vou de fotografar para a revista Platform direto para limpar baba de bebê ou fazer malabarismo com chocalho em frente a uma criancinha emburrada.

Então sou cuidadosa ao perguntar:

— Você não acha isso meio démodé?

De alguma forma, se é cafona dizer em francês, parece amenizar a maldade da pergunta.

Por um instante, Margot pareceu magoada, mas logo ela se recuperou e respondeu enfática:

—Não. Eu até gosto um pouco. Quer dizer, não para pendurar na sala, mas para colocar em um porta-retratos no quarto, ou em um álbum... A Ginny e o Craig têm umas assim, e ficaram realmente incríveis.

Eu me abstenho de dizer a ela que eu jamais me espelharia em Ginny e Craig, que para mim são o casal mais irritante de Atlanta.

Ginny é a amiga mais antiga da Margot, a que eu desbanquei do posto de preferida. Eu já escutei a história de como elas se conheceram uma dezena de vezes, mas sempre contada pela própria Ginny. Para resumir, suas mães se conheceram em um grupo de mães que frequentavam um parquinho do bairro, quando as duas eram ainda bebês; mas elas saíram do grupo duas semanas mais tarde, por achar que as demais não tinham a mesma sensibilidade delas. (Mais especificamente, uma das outras mães serviu salgadinho ressecado no lanche da manhã, o que passaria despercebido, não tivesse ela oferecido também às adultas. E ainda por cima em uma tigela plástica. Nesse momento, Ginny sempre emprega uma expressão sulina, que considero bastante falsa e irritante, "Deus ilumine!", que queria dizer: "Pobre coitada!")

Assim, as mães das duas naturalmente largaram daquele grupo para formar o próprio grupo, e o resto é história. Pelo que dá para ver pelos álbuns de fotografia da Margot, as duas garotas eram praticamente inseparáveis durante a adolescência, fosse como animadoras de torcida (Ginny, por coincidência, estava sempre segurando o salto esquerdo da Margot quando formavam pirâmides, foto que vejo como símbolo da amizade das duas) ou desfrutando do clube de campo do qual eram sócias, vestidas com biquínis amarelos combinando; ou indo a chás, festas e bailes de debutantes. Sempre sorridentes, sempre coradas de sol, sempre cercadas pela admiração de outras beldades menos marcantes. Coisa bem diferente das raras fotos instantâneas que tenho minhas e da Kimmy, minha melhor amiga lá de casa, passando o tempo no rinque de patinação Ches-A-Rena, usando cabelo esvoaçante, camisetinhas sem manga fluorescentes e uma coleção de pulseiras de barbante desbotadas.

Em todo caso, da mesma forma que Kimmy e eu tomamos caminhos diferentes depois da formatura (ela fez curso de cabeleireira, e agora reproduz o mesmo corte em camadas no salão dela, em Pittsburgh), Ginny e Margot também. A experiência das duas pode ter se assemelhado mais, pois Ginny frequentou a Universidade da Geórgia e também fez parte de uma irmandade; ainda assim, conviver com pessoas diferentes nesse período tão intenso da vida, em geral, leva a melhor amiga a ser rebaixada ao posto de mera boa amiga.

Desde então, Ginny continuou imersa entre as mesmas pessoas de Atlanta (pelo menos metade da turma do colégio foi para a mesma universidade), mas Margot abriu seus horizontes, indo sozinha para a Wake Forest. Sendo que esse novo horizonte dela me incluía, uma garota do norte, yankee legítima, que destoava — para não dizer, desafiava — os padrões da sociedade de Atlanta. Na verdade, pensando bem, chego a achar que a minha amizade com a Margot fez parte da redefinição da sua personalidade, como uma pessoa que resolve gostar de uma banda desconhecida. Não que eu fosse alternativa, ou coisa parecida, mas uma morena católica, de olhos castanhos falando em um dialeto de Pittsburgh, sem dúvida representou uma guinada na formação social sulina da Margot. E para ser sincera, penso que a Margot também gostou que eu fosse inteligente, para não dizer mais inteligente que ela própria, em contraste com a Ginny, que apesar do boletim aceitável é totalmente destituída de curiosidade intelectual. E do pouco que ouvi dos telefonemas das duas na faculdade, deu para ver que a Ginny não se interessava por outra coisa além de festas, roupas e garotos; e no fundo, embora Margot, como qualquer garota da faculdade, também gostasse dessas coisas, ela tinha muito mais substância.

Assim dava para imaginar que Ginny sentiria ciúmes de mim e passaria a competir comigo, principalmente nos primeiros anos da guinada mais profunda. Foi sempre algo velado, apenas um pouco de frieza combinado ao hábito de ficar relembrando passagens e piadas particulares das duas na minha presença. Pode até parecer paranoia minha, mas com certeza ela fazia de tudo para discutir coisas que não tinham a menor relação comigo — coisas do costume entre os ricos, como suas respectivas colheres de prata com monograma, que as avós das garotas haviam comprado na mesma loja tradicional de Atlanta, antes do nascimento delas; ou da última fofoca circulando no clube da sua cidade; ou o número ideal de quilates para um brinco de diamantes (aparentemente qualquer um inferior a um quilate era coisa de adolescente, e todos acima de dois quilates era coisa de novo rico).

Com o tempo, a amizade das duas se tornou mais ligada ao passado, e a minha com Margot, mais centrada no presente, primeiro na faculdade e depois em Nova York, e Ginny não teve como ignorar os sinais de mudança. Em seguida, quando meu namoro com Andy ficou sério, ela percebeu que não importava o quanto sua amizade com Margot fosse antiga, eu seria da família, e se tornou fato que eu tomaria a posição dela e seria a dama de honra no casamento da Margot. E embora ela tenha assumido com simpatia seu posto de vice na festa de noivado e no almoço do chá de cozinha, ficou claro para mim que ela achava que a Margot, e mesmo o

Andy, poderiam ter escolhido melhor. Mesmo assim, eu nunca dei muita importância a todo esse drama juvenil subjacente, até a Margot voltar a morar em Atlanta. No começo, até ela mesmo relutou em se adaptar novamente ao cenário antigo. Ela sempre foi leal o bastante à Ginny — uma das melhores qualidades da Margot; mas ela eventualmente fazia uma crítica sobre a falta de horizontes da Ginny, sobre ela querer passar férias sempre no mesmo lugar, ou por ela nunca ler o jornal, ou o quanto era engraçado a Ginny nunca ter trabalhado na vida. E por nunca, entenda-se nunca mesmo. Nem um bico como salva-vidas no colégio ou uma rápida experiência em um escritório antes de se casar, e ter imediatamente, bem, o que foi mesmo? Ah, um menino, e dois anos depois uma menina. Ela nunca soube o que era ganhar um salário, e para uma pessoa que, como eu, trabalhou sem parar desde os 15 anos, esse fato era para lá de engraçado. Era algo mais parecido com conhecer gêmeos siameses ou um acrobata de circo. Era no mínimo bizarro, e um pouco triste também.

Mas desde nossa chegada em Atlanta, Margot parecia não mais notar essas coisas sobre a Ginny e em vez disso ela voltou a se apegar às suas origens, reativando a melhor amiga do passado. E embora adultas bem ajustadas (como gosto de me considerar) não costumam ficar graduando amizades, é impossível ignorar a minha ex-rival loira, agora que fui jogada em seu universo estilizado e homogeneizado, no quintal dela.

Assim, quando Margot segue dizendo que ela por

acaso também havia convidado Ginny e Craig para o jantar de logo mais, eu abri um sorriso forçado e respondi:

— Que primor — um substantivo bem adequado para minha nova vida georgiana.

Naquela noite, eu acabei me atrasando para me arrumar para o jantar, um fenômeno no mínimo curioso para quem não teve nada o que fazer o dia inteiro. E quando eu torci meu cabelo para tirar a umidade e comecei a passar hidratante no rosto, ouvi Andy subindo as escadas e chamar meu nome com seu tom de "a vida não poderia ser mais perfeita", e então acrescentar:

— Querida, cheguei!

Eu penso naquele significativo trecho de um livro de economia doméstica de 1950, que vira e mexe circula na internet, dando dicas para as mulheres sobre o que fazer e o que não fazer, e especificamente como receber o marido ao chegar em casa depois de um longo dia de trabalho. Torne a noite dele... Coloque um laço nos cabelos e se arrume... Ofereça-se para tirar os sapatos dele... Fale em um tom reconfortante.

Eu faço biquinho para beijá-lo nos lábios, e digo, com sarcasmo:

— Boas novas, amor. Ginny e Craig irão se juntar a nós esta noite.

— Ora, pega leve. Eles não são tão maus assim — ele diz, sorrindo.

— São sim — eu protesto.

— Pega leve — ele insiste, enquanto tento me lembrar se isso estava no artigo. Seja sempre agradável, ainda que não seja sincera.

— Tudo bem. Prometo ser agradável até ela chamar alguma coisa de "suuupergracinha" no máximo cinco vezes. Depois serei autêntica, combinado?

Andy ri conforme sigo imitando a Ginny:

— Esse vestido é supergracinha. Aquele berço é supergracinha. Jessica Simpson e Nick Lachey ficavam uma supergracinha juntos. Eu sei que esse conflito no Oriente Médio é uma judiação e tudo mais, mas a separação deles continua sendo, tipo, a coisa mais triste dos últimos tempos...

Andy cai na gargalhada novamente, enquanto eu entro no meu closet enorme, dois terços desocupado, e escolho uma calça jeans, sandalinhas de dedo de couro e uma camiseta vintage da Crush de laranja.

— Você acha que posso ir assim no jantar? — eu pergunto, enfiando a camiseta pela cabeça, no fundo desejando que Andy criticasse a minha escolha.

Em vez disso, ele dá um beijo na ponta do meu nariz e diz:

— Claro. Você ficou supergracinha.

Como não poderia deixar de ser, Ginny estava vestida com um vestido tubinho moderno, sandálias de tiras e colar de pérolas, e Margot, um lindo vestido de gestante, também usando pérolas. (Vale dizer que o colar da Margot era moderno, com pérolas enormes, atado atrás com um laço branco de organza, e não o lindo colar que a avó deixara para ela; ainda assim, eram legítimas.)

Eu dou uma olhada daquelas para o Andy, que ele perdeu, ao se abaixar para fazer carinho na cadelinha de estimação da Ginny, de uma raça pelada chinesa, chamada Delores, que ela leva a todo lugar — e pior, em quem ela aplica protetor solar. Eu juro que ela deve gostar mais da cadelinha que do casal de filhos, ou ao menos do filho, que sofre de distúrbio de déficit de atenção, e que segundo a Ginny alardeia, só pode andar de carro ou sair para jantar depois de tomar uma dose estratégica de xarope Benadryl.

— Estou me sentindo tão malvestida! — eu disse à Margot ao entregar a garrafa de vinho que tinha pego em nossa adega na hora de sair. Eu aliso o meu quadril de jeans e acrescento: — Você não me disse que seria informal?

Ginny não escondia sua satisfação, ignorando o fato de eu achar que estava mais que adequada de jeans e camiseta, e que ela é que destoava. Margot me deu um abraço discreto, agradeceu pelo vinho e me tranquilizou:

— Eu disse sim, e você está ótima — e enquanto despejava margarita em copos enormes, ela acrescentou: — Meu Deus, como eu queria ser alta como você, principalmente no meu estado. Ginny, você não daria tudo para ter pernas longas assim?

A pobre Ginny, que nunca recuperou a forma depois da maternidade, apesar do personal trainer e da plástica de abdômen, que ela não sabe que eu sei que ela fez, lança um olhar frustrado para as minhas pernas e faz que concorda. Ela obviamente prefere me fazer elogios com sentido duplo, como uma pérola que ela proferiu recentemente, enquanto nós duas escolhíamos os convites para o chá de bebê da Margot — evento que, aliás, chega a me dar arrepios — em uma papelaria de luxo. Depois de um tempão escolhendo o texto e optar por um papel rosa com a borda desgastada, impressão cinza escuro e com tema de barquinhos antigos, imaginei que tínhamos terminado. Eu apanhei a minha bolsa, aliviada e pronta para partir, quando a Ginny me pegou pelo punho, deu um sorriso indulgente e disse:

— Fonte, querida. Precisamos escolher a fonte.

— Ah, claro — eu disse, lembrando dos anos que trabalhei em Nova York, e do quanto aprendi sobre tipos com o Oscar. Muito mais que a Ginny pode ter aprendido ao planejar o casamento dela, e alguns chás de cozinha e bailes de caridade. Ainda assim, eu me limito a comentar: — Pelo visto Times New Roman não vai funcionar desta vez, não é?

Dito isso, a Ginny se esforçou para disfarçar seu horror diante da linda ruivinha que estava nos atendendo, e confessou:

— Ah, Ellen. Eu admiro tanto esse seu jeito desapegado dos detalhes... Eu bem que tento ser como você, mas está além das minhas forças.

Deus ilumine!

Seja como for, cá estou eu, sentada na sala da Margot, usando a minha camiseta da Crush, a única peça de cor vibrante em um mar de blusinhas chiques em tom pastel do meu closet. E a única que não tinha ouvido ainda a novidade do verão — que Cass Phillips descobriu que o marido dela, Morley, tinha comprado uma harpa de três mil dólares para a sua amante de 21 anos, que por acaso é a melhor amiga da afilhada. Fato que causou uma tremenda comoção no Cherokee, o clube de campo a que todos os envolvidos pertencem.

— Uma harpa? — eu pergunto. — O que aconteceu com o velho e bom penhoar?

Ginny olhou para mim como se eu não tivesse entendido a gravidade da história.

— Ora, Ellen. Ela toca harpa — ela esclarece.

— É obvio — eu digo, e resmungo que isso eu havia imaginado, e de qualquer forma quem pensaria em dar um presente desses?

— Elizabeth Smart — Andy diz e pisca para mim.

Eu então me lembro da foto da menina tocando harpa, no cartaz de "procura-se", e dou risada da capacidade do meu marido de sempre ter um exemplo para tudo na ponta da língua. Ao que Ginny ignora o comentário dele e nos informa que ela e Craig tiveram uma harpista e um quarteto de cordas no jantar de celebração na véspera do casamento deles.

— Elizabeth quem? — Craig pergunta, virando-se

para o Andy, como se procurasse ligar o nome aos conhecidos de Buckhead.

— Você sabe — eu digo. — A garotinha mórmon que foi raptada e encontrada depois de um ano vagando por Salt Lake City, de robe, junto com o raptor barbudo.

— Ah, sei. Ela — Craig comenta.

Enquanto eu o observo cortar um bom pedaço de queijo brie e rechear duas bolachinhas, reparo que embora ele se pareça com o Webb em muitos aspectos — os dois têm a feição avermelhada, contam piadas, gostam de esportes — ele não tem a mesma amabilidade nem capacidade de deixar as pessoas à vontade do Webb. Pensando bem, ele nunca me deu muita bola, nem sequer reparou muito em mim. Ele limpa os farelos de bolacha de seus shorts e diz:

— Ouvi dizer que a tal harpista era tremendamente gostosa...

— Craig! — Ginny ralha com o marido, passada, como se tivesse flagrado o marido com uma revista *Penthouse* nas mãos.

— Desculpa, coração — ele diz, e beija a esposa como se os dois fossem namoradinhos recentes, quando na verdade eles estão praticamente juntos desde o primeiro dia de aula da faculdade.

Já Webb parece impressionado ao perguntar como o tal Morley foi pego.

Ginny explica que Cass, a esposa, viu o lançamento da compra no extrato do cartão de crédito do marido.

— Ela ficou intrigada, ligou para a loja… Então, ela somou isso ao interesse repentino dele pela sinfônica — detalhou Ginny, seus olhos brilhando com os detalhes do escândalo.

— Como ele não imaginou que com a reputação de mulherengo dele, ela ia deixar de conferir o cartão de crédito da empresa também? — Margot comenta.

Craig pisca e diz:

— Em geral, esse departamento é seguro…

Ginny ralha com o marido novamente, e lhe dá um empurrão de mentirinha:

— Ah, eu te largaria em um piscar de olhos — ela diz.

"Até parece", penso comigo. Ela é exatamente o tipo de mulher contida que engoliria diversas escapadas dele. Faria tudo o que fosse preciso para manter as aparências.

Enquanto o grupo segue discutindo o sórdido episódio da harpa, o Leo me vem à cabeça, e me ponho a pensar pela centésima vez se, em termos técnicos — digamos, por exemplo, se entrevistasse umas cem pessoas diferentes —, eu teria traído o Andy naquela noite no avião. Das outras vezes, eu sempre queria que a resposta fosse negativa — tanto pelo bem do Andy, como pelo meu. Mas, nesta noite, concluí que uma pequena parte de mim até que gostaria de cair nessa categoria do mal. Gostaria de ter um segredo que me distanciasse da Ginny e de seu universo de dona de casa desesperada no qual me encontro. Consigo até ouvir ela fofocando com suas amiguinhas de Buckhead: "Não sei o que a

Margot vê naquela yankee sem luzes no cabelo, que vive de camiseta e prefere fontes cafonas".

O resto da noite segue sem novidades — nada além de papo sobre golfe e negócios entre os homens, e bebês entres as mulheres. Isso até a metade do jantar, quando Ginny experimenta o vinho, faz careta, e pergunta:

— Margot, querida. O que é isto que estamos bebendo?

— É um Merlot — Margot se apressa em dizer.

E alguma coisa na voz dela me dizia que aí vinha coisa. Eu dou uma olhada no rótulo e constato que a garrafa que eu trouxera, completamente desatenta, era um vinho que meu pai e a Sharon haviam nos dado de presente, quando Andy e eu nos mudamos para nosso apartamento em Nova York.

— Bem, tem gosto de nádega — Ginny diz, claramente tentando me irritar.

Margot olha feio para Ginny, como quem lhe dá um aviso, um olhar que as duas devem ter praticado a valer no colégio, mas que a Ginny ou não reparou ou fez questão de ignorar, e continuou a criticar:

— Onde você comprou? No Wal-Mart?

E antes que a Margot pudesse dar uma boa resposta, Craig agarra a garrafa da mesa, analisa o rótulo e debocha:

— Pensilvânia. É da Pensilvânia, claro. Todo mundo conhece o renome das vinícolas da Filadélfia. — Ele ri, satisfeito com sua piada e orgulhoso por poder mostrar sua sofisticação e gosto pelas coisas boas da vida.

— Não precisava tanto, de verdade — ele acrescenta, imaginando que todos nós cairíamos na gargalhada.

Andy olha para mim como quem também diz: "Deixa barato". Tal qual a mãe e a irmã, ele também procura evitar conflitos de toda espécie, e bem lá no fundo eu sei exatamente como eu deveria me comportar. E eu sabia muito bem que ninguém teve a intenção de me ofender, que Craig e Ginny provavelmente não perceberam que era o vinho que eu tinha trazido, e que era apenas uma provocação sem maldade entre amigos. O tipo de fora que qualquer um está sujeito a dar.

Mas como isso tinha vindo da Ginny e do Craig, e como eu não gosto da Ginny nem do Craig e eles não gostam de mim, e como naquele momento eu preferia estar em qualquer lugar do mundo, menos sentada em uma mesa na minha nova cidade de Atlanta, jantando com Ginny e Craig, eu não deixo por menos:

— Na verdade, é Pittsburgh — eu corrijo.

Craig me olha, aturdido.

— Pittsburgh? — ele repete.

— Exato. Pittsburgh... não Filadélfia — eu insisto, com o rosto queimando de indignação. — Trata-se do melhor Merlot de Pittsburgh.

Craig, que obviamente não fazia ideia de onde eu nasci, nem jamais se preocupou em saber, continuava perdido, enquanto Webb e Margot trocaram um olhar de desconforto.

— Eu sou de Pittsburgh — eu digo me desculpando, em tom de deboche. — Fui eu quem trouxe essa garrafa. — Então olho bem para Ginny e faço o meu vinho girar. — Lamento que seja inferior ao seu paladar.

Depois disso, Craig ficou com cara de tacho, Ginny se desculpou gaguejando, Margot riu de nervoso, Webb mudou de assunto e Andy não fez absolutamente nada. Eu então levantei o meu copo calada e tomei um belo gole de vinho barato.

Vinte e quatro

A caminhada para casa na noite anterior foi opressiva. Fiquei esperando que o Andy pulasse em minha defesa — ou pelo menos comentasse algo sobre o episódio do Merlot. E até certo ponto eu planejava rir de tudo, ou talvez fazer alguns comentários maldosos sobre a Ginny e o Craig — a conversa fiada dela, a superioridade exagerada dele, e a empáfia, beirando a comédia, dos dois.

Mas para minha surpresa e total decepção, Andy não disse uma só palavra sobre o ocorrido. Na verdade, ele ficou tão estranhamente quieto, quase aéreo, que comecei a achar que ele tinha ficado bravo comigo, por eu ter causado comoção no jantar da sua irmã. Quando chegamos à entrada de casa, eu pensei em esclarecer com ele, mas resolvi me segurar, para não dar a impressão de que me sentia culpada. Eu tinha certeza de que não tinha feito nada de errado.

Por isso, eu me recusei a tocar no assunto e mantive uma postura neutra, relaxada.

— Os filés estavam uma delícia, não? — eu comentei.

— É, estavam gostosos mesmo — ele disse, ao acenar para um atleta noturno, que passou correndo por nós com a roupa cheia de refletores.

— Não tem a menor chance de alguém atropelar esse aí — eu disse à toa.

Andy ignorou a minha observação espirituosa, e continuou em tom sério: — A salada de milho da Margot também estava muito boa.

— Verdade. Eu vou pedir a receita pra ela — eu murmuro, em um tom que mostrou mais amargura que eu desejava.

Andy olha para mim de um jeito que não consigo entender, ao mesmo tempo lamentoso e defensivo, daí soltou a minha mão para pegar as chaves no bolso. Ele fuçou até encontrá-la, e então cruzou decidido nossa entrada e a varanda, abriu a porta, e esperou que eu entrasse primeiro. Ele costuma fazer assim, só que hoje seus gestos pareceram mais formais, quase tensos.

— Ora, obrigada — agradeci, frustrada e dividida entre o desejo de brigar e o de me aproximar.

Andy também não cedeu. Ao contrário, ele desviou de onde eu estava, como se eu fosse um par de tênis velhos esquecido no pé da escada, e seguiu direto para o nosso quarto.

Eu o segui relutante e o observei começar a se despir, louca para entender o que estava no ar entre nós, mas sem vontade de dar o primeiro passo.

— Já vai para cama? — eu digo, olhando para o relógio sobre o mantel da nossa cama.

— Sim. Estou pregado — ele explica.

— São só dez horas — eu digo, triste e zangada. — Você não quer assistir à televisão?

Ele sacode a cabeça e justifica:

— Foi uma semana longa.

Então ele hesita um pouco como se tivesse esquecido o que ia fazer, depois pega um pijama da gaveta de cima. Ele puxa o pijama, e com expressão de surpresa, pergunta:

— Você passou esse pijama?

Eu fiz que sim com a cabeça, como se não fosse grande coisa, quando na verdade eu tinha me sentido como uma mártir, na manhã anterior, passando com goma e tudo. Usar o spray, suspirar, passar. Usar o spray, suspirar, passar.

— Não precisava fazer isso — ele diz, abotoando a camisa, e evitando me olhar nos olhos.

— Eu quis — minto, reparando na curva da nuca dele, conforme ele olha para o botão de cima da camisa; pensando que não tenho nada de melhor mesmo para fazer em Atlanta.

— Não tinha necessidade... eu não ligo para as rugas.

— Nas roupas ou no meu rosto? — pergunto à toa, esperando quebrar o gelo, e, depois, brigar.

— Nos dois — ele diz, ainda impassível.

— Bom, porque eu não gosto muito dessa coisa de Botox.

Andy assente:

— É, eu sei.

— A Ginny usa Botox — eu comento, meio sem graça pela minha tentativa descarada de entrar no assunto que está me incomodando; e então me sinto uma idiota completa quando ele não morde a minha isca.

— Verdade? — ele pergunta por perguntar.

— Verdade. Mês sim, mês não — eu falo, tentando conduzir a conversa, como se a frequência das idas dela ao dermatologista pudesse de fato convencê-lo a falar.

— Bem, cada um sabe o que faz — ele conclui, dando de ombros.

Eu respiro fundo, agora pronta a começar uma briga de verdade. Mas antes que eu consiga dizer algo, ele se vira e vai para o banheiro, e me larga sentada no pé da nossa cama, como se eu fosse o vilão da história.

Para piorar ainda mais, Andy pega no sono logo que deita na cama, o que é a coisa mais irritante a se fazer depois de uma briga ou, no nosso caso, de um impasse. Nada de se virar nem de me esquentar no escurinho, ao meu lado na cama. Somente frieza ao me dar um beijo de boa noite, e depois o sono rápido e pesado. É claro que a consequência irritante disso foi me tirar o sono, e me fazer ficar ruminando os acontecimentos da noite, depois os da última semana, e então os dos meses antes disso. Afinal de contas, nada como uma insônia, fruto de um desentendimento, para induzir um estado de autoanálise e fúria.

Logo, quando o relógio do bisavô tocou no hall de entrada (por coincidência, um presente da Dona Stella, para alegrar a casa, e que me desagrada tanto pela aparência quanto pelo som) dá três badaladas, eu me encontro em um estado mental tão deplorável, que me refugio lá embaixo, no sofá da sala, e começo a pensar no nosso noivado — a última vez que recordo ter ficado na defensiva com relação às minhas origens.

Para dizer a verdade (o que não é o que mais desejo no momento), o planejamento do nosso casamento correu sem muitos problemas. Em parte, porque não fui uma noiva muito exigente, pois só o que de fato me importou foram as fotos, nossos votos e, estranhamente, o bolo — segundo a Suzanne, isso era desculpa para ter que experimentar uma porção de doces. Por outra parte, porque a Margot tinha acabado de passar por aquilo tudo e o Andy e eu não tivemos o menor constrangimento de copiar tudo, na cara dura, escolhendo a mesma igreja, clube de campo, florista e banda. Mas principalmente acho que tudo funcionou bem porque só havia uma mãe na jogada, e fiquei feliz em deixá-la comandar o show.

Suzanne chegou a duvidar, não conseguiu entender como pude sucumbir sem resistência ao gosto tradicional e às convicções da Dona Stella:

— Você não combina com rosas cor-de-rosa — ela sugeriu, uma tarde na casa dela, enquanto remexíamos alguns CDs, escolhendo opções para dançar.

— Eu até que gosto de rosas cor-de-rosa — eu disse, dando de ombros.

— Ah, faça-me o favor, mesmo assim... E quanto aos outros detalhes? — Suzanne perguntou, meio agitada.

— Como o quê? — eu falei.

— Como tudo o mais... é como se eles esperassem que você se torne um deles — ela argumentou, elevando a voz.

— Mas casamento é exatamente isso — eu disse, toda tranquila. — Eu vou me tornar uma Graham, por assim dizer.

— Mas supostamente são duas famílias se unindo... e este casamento parece mais deles do que seu. Dá a impressão que eles estão te dominando... Ceifando a sua família.

— Por que você diz isso?

— Vejamos... Começa que você está no território deles. Por que diabos você vai se casar em Atlanta? O casamento não devia ser na cidade da noiva?

— Acho que sim. Em geral, sim — eu digo. — Mas faz sentido ser em Atlanta, já que a mãe dele está tomando a maioria das providências.

— E assinando a maioria dos cheques — Suzanne concluiu.

Nesse momento, eu finalmente entrei na defensiva e disse que ela estava sendo injusta.

Mas agora eu me pergunto se a questão financeira de fato não pesou. Eu posso afirmar com convicção que não me casei com o Andy por dinheiro, e que eu também não havia sido comprada, como Suzanne indiretamente sugeriu. Mas de alguma forma, eu de fato me senti em dívida com os Grahams, e por isso concordei com todos os detalhes.

E havia algo mais em jogo, além do dinheiro — algo obscuro, que optei por deixar de lado, até agora, no meio da madrugada, no sofá. Era um sentimento de inadequação, o medo de que, de alguma forma, eu não estivesse à altura do Andy e da família dele. Eu nunca tinha sentido vergonha da minha cidade natal, das minhas origens, nem da minha família, mas quanto mais eu me enfronhava na família dos Grahams, no seu estilo de vida e nas suas tradições e costumes, mais difícil ficava não enxergar o meu passado sob uma nova ótica. E foi essa preocupação, que talvez à época foi apenas inconsciente, que me fez sentir aliviada quando minha sogra sugeriu que realizássemos o casamento em Atlanta.

Na ocasião, eu justifiquei a minha atitude. Disse a mim mesma que eu havia deixado Pittsburgh porque eu almejava uma vida diferente para mim — não uma vida melhor, apenas uma vida diferente. E isso incluía outro tipo de casamento. Eu não queria me casar na minha igreja católica, cheia de correntes de vento; nem comer repolho recheado servido em rechôs de alumínio descartável; nem fazer a dança da galinha no salão de festas dos veteranos de guerra. Eu não queria nada de costumeiro, nada de bolo esfregado no meu rosto, nem uma liga azul arrancada aos dentes pelo meu noivo nem o meu buquê apanhado por uma garotinha de nove anos de idade, porque praticamente todas as convidadas são casadas e têm filhos. E eu também não queria levar chuva de arroz dos amigos do meu marido — os poucos que ainda não estivessem de porre — e depois passear de limusine preta, arrastando um monte de latas vazias amarradas no para-choque por todo o caminho até o hotel Days Inn, onde passaríamos a nossa primeira noite, antes de voar para Cancun e desfrutar do nosso pacote de lua-de-mel. Não que eu torcesse o nariz para isso tudo — eu apenas tinha um conceito diferente de casamento, o casamento dos meus sonhos.

Agora entendo que não estava em questão apenas o que eu queria para mim, era também a preocupação sobre o que os Grahams e seus amigos pensariam de mim. Eu jamais tentei esconder onde cresci, mas não queria que eles vissem tudo de pertinho, com medo de que pudessem chegar à terrível conclusão de que eu não era boa o bastante para o Andy. E foi esse sentimento, esse medo, que se cristalizou e se manifestou na compra do meu vestido de noiva.

Tudo começou quando o Andy pediu a minha mão em casamento para o meu pai. Ele fez questão de viajar a Pittsburgh, para levar meu pai até o Bravo Franco, o restaurante favorito dele, e fazer o pedido ao vivo. Um gesto que ganhou muitos pontos com meu pai, que recontava essa história com tanto orgulho e alegria, que eu costumava brincar que ele, na verdade, temia que eu ficasse encalhada (piada que parei de fazer, quando percebi que esse parecia ser o destino da minha irmã). Seja como for, durante o andamento do almoço, depois que meu pai deu satisfeito a sua bênção, ele abriu o coração ao contar ao Andy sobre a poupança que ele e minha mãe tinham aberto para o casamento das filhas — o montante de sete mil dólares para ser gasto da maneira como quiséssemos. Além disso, ele contou que fazia questão de pagar pelo meu vestido, pois isso era um desejo da minha mãe, um de seus lamentos simbólicos na sua agonia.

Assim, depois de ficarmos noivos, Andy e eu conversamos sobre os detalhes, e ele me disse que estava imensamente grato pela generosidade do meu pai, e que havia gostado muito dele, e que queria muito que minha mãe pudesse estar presente naquele almoço. No entanto, nós dois sabíamos que estava implícito que sete mil dólares não iam nem fazer cócegas no custo do nosso luxuoso casamento, e que os Grahams arcariam com a diferença astronômica. E eu concordava com aquilo. Tinha aceitado o papel de nora graciosa, e jamais humilharia o meu pai contando a ele que sua contribuição mal cobriria o custo das tais rosas cor-de-rosa.

O problema era o vestido. Meu pai tinha insistido que eu devia mandar a conta diretamente para ele, o que me deixou com duas opções nada agradáveis — comprar um vestido acessível ou escolher um modelo pelo qual meu pai jamais pudesse pagar. E com esse dilema na cabeça, lá fui eu contrariada procurar um vestido, acompanhada de Dona Stella, Margot e Suzanne, preocupada em olhar primeiro as etiquetas e escolher algo abaixo dos 500 dólares — o que simplesmente não existe em Manhattan, pelo menos não nas lojas e ateliês de alta costura da região da Rua Madison com a Quinta Avenida, onde Margot tinha marcado hora. Olhando para trás, eu vejo que eu poderia ter confidenciado isso à Margot, para que ela escolhesse a dedo uma butique no bairro do Brooklin, mais de acordo com o bolso do meu pai.

Mas em vez disso eu fui e caí de amores por um vestido absurdamente caro, dos estilistas Badgley e Mischka, em uma das lojas de departamento mais chiques de Nova York. Era o vestido dos meus sonhos e soube isso logo que coloquei os olhos nele — um vestido de tule marfim forrado de crepe, todo bordado; simples, mas luxuoso. Stella e Margot bateram palmas e insistiram que eu tinha de levá-lo, e até mesmo Suzanne ficou meio emotiva quando eu girei na ponta dos pés em frente ao espelho de três faces.

Na hora de pagar, Dona Stella tirou seu Amex Platinum, insistindo que queria muito, muito mesmo cuidar disso. Eu hesitei, mas acabei aceitando a oferta generosa, deixando o meu pai— e pior ainda, a minha mãe — de lado, sem o menor pudor. E acabei com a cabeça fervilhando, buscando a todo custo uma justificativa. O que os olhos não veem, o coração não sente. Ela ficaria feliz por eu poder usar este daqui. Se não posso ter a minha mãe no meu casamento, então ao menos terei o vestido dos meus sonhos.

No dia seguinte, depois de muita angústia e muito pensar, encontrei a solução perfeita para cobrir o meu rastro e manter o orgulho do meu pai intacto. Voltei à mesma loja e escolhi um véu de quinhentos dólares e disse à atendente que meu pai desejava comprá-lo para mim, e que ligaria para passar os detalhes do cartão de crédito dele. Eu também a instruí sem rodeios que queria que ele pensasse que estava pagando também pelo meu vestido. A atendente, uma moça de lábios finos e ossatura delicada, chamada Bonnie, com um sotaque afetado inesquecível, piscou para mim como se tivesse entendido tudo direitinho; e ainda me chamou de querida ao garantir que tomaria conta de tudo pessoalmente, sem o menor problema.

Mas é claro que a tal Bonnie fez a maior confusão, e enviou o véu e o recibo para o meu pai. E embora ele nunca tenha tocado no assunto, o olhar dele na hora em que me entregou o véu, em Atlanta, disse tudo. Eu sabia o quanto o havia magoado, e ambos sabíamos por que eu tinha feito aquilo. Essa foi a maior vergonha que passei na vida.

Eu nunca contei essa história ao Andy — nunca contei a ninguém — tamanha era a minha vontade de esquecê-la. Mas penso que nesta noite essas emoções foram reavivadas no jantar na casa da Margot, e mais uma vez, no meio da madrugada, sou tomada pela mesma vergonha. Vergonha que me faz desejar que eu pudesse voltar no tempo e usar um vestido diferente no dia do meu casamento. Gostaria de poder desfazer aquele olhar do meu pai. O que obviamente é impossível.

Mas eu posso me impor frente às Ginnys da vida, e posso fazer com que ela — e quem mais for — saiba que tenho orgulho da minha origem, orgulho de ser quem eu sou. E, diante dos olhos de Deus, posso protestar, dormindo no sofá se o meu marido não entender isso.

Vinte e cinco

Na manhã seguinte, eu acordo com o Andy de pé na minha frente, de banho tomado e vestindo uma camisa polo verde-limão, *shorts* xadrez e cinto de couro trançado.

— Oi — eu cumprimento, meio rouca e pensando que shorts xadrez fica mesmo ridículo em qualquer pessoa que já passou dos cinco anos de idade.

— Ei — ele diz, de forma tão sucinta, mostrando que o sono não resolveu o problema dele. O nosso problema.

— Já de saída? — eu pergunto ao notar as chaves do carro na mão dele e a carteira enfiada no bolso de trás.

— Vou resolver umas coisas por aí — Andy responde.

— Certo — eu digo, sentindo a raiva voltar com a teimosia dele ao se recusar a conversar na noite passada; a perguntar o que há de errado; perguntar por que eu dormi no sofá; questionar ou se importar se eu estou feliz aqui em Atlanta.

Ele fica girando o chaveiro no dedo indicador, um hábito que já começa a me irritar, e diz:

— Vejo você mais tarde, então?

— É. Pode ser — e eu me calo.

Eu observo o jeito sossegado dele, caminhando em direção à porta.

— Ei! — chamo a atenção dele.

Andy se vira e me olha com frieza.

— Que diabos é o seu problema? — eu digo, com a voz em um crescendo.

— Meu problema? — Andy rebate, com um sorrisinho irônico no canto dos lábios.

— É isso mesmo... Você parece estar com algum problema — eu devolvo.

Nosso estilo ao brigar está longe de ser sofisticado, deve ser a falta de costume. Na verdade, eu não consigo lembrar de nenhuma briga séria depois que nos casamos.

— Você é quem dormiu no sofá — Andy diz, andando para lá e para cá, em frente à lareira, continuando a rodar as chaves. — Por que isso?... Nós sempre dissemos que nunca faríamos isso.

Eu arranco a manta do sofá sobre minhas pernas, sento ereta e, finalmente boto para fora:

— Por que diabos você não me defendeu ontem à noite?

Andy me fita e reflete sobre a pergunta, antes de responder:

— E desde quando você precisa de alguém para te defender?... Você tem andado muito independente ultimamente.

— O que você quer dizer com isso? — eu rebato.

— Você sabe muito bem — ele diz, o que me deixa ainda mais enfurecida.

Será que ele está se referindo ao fato de eu ficar aqui sozinha, enquanto ele trabalha e joga golfe? Ou que eu não tenho nada em comum com as mulheres da minha vizinhança? Ou que, agora, nós raramente fazemos amor — e que quando fazemos, raramente nos falamos depois?

— Por acaso, eu não sei, não — afirmo, indignada. — O que eu sei é que teria sido muito bom se o meu marido tivesse algo a dizer para aquela vaca e o marido babaca dela, quando ela…

— Ora, faça-me o favor. Quando ela fez o quê? Quando ela fez uma piada sobre o vinho?

— Muito engraçada a piada dela, morri de rir.

— Ora, vamos, Ellen. Ela pensou que era da Margot… Isso por acaso faz dela uma vaca?

— Ela é uma vaca. Isso mostra que além de tudo ela é uma esnobe. Uma esnobe sem nada que avalize isso — eu desabafo, pensando que esta é a maior ofensa à Ginny e Craig. Esnobes são sempre ofensivos, mas parecem menos quando eles fazem algum tipo de joguinho. Só que eles não fazem jogo nenhum, são apenas dois chatos intoleráveis que se apegam somente a coisas materiais. De carros e vinhos caríssimos a pérolas tradicionais e shorts de Anarruga.

— Está bom, ela é esnobe, e daí? — diz Andy, encolhendo os ombros. — Você costumava rir de gente assim, mas agora… agora você está nessa sua fase, dane-se tudo que é de Atlanta, e leva tudo para o lado pessoal.

— Na noite de ontem, foi pessoal, sim.

— Bem, na minha opinião, não foi — ele diz, falando em um tom calmo, de advogado. — Mas digamos que tenha sido.

— É, digamos — eu concordo, com um sorriso bem artificial.

Ele ignora o meu sarcasmo e continua:

— Valeu mesmo a pena deixar a minha irmã e o Webb em uma situação desconfortável?

Minha irmã, penso comigo. Andy nunca se refere à Margot como a irmã dele quando conversamos. Então, posso afirmar que ele está realmente se posicionando, e isso começa a se refletir no meu próprio posicionamento. "Você versus eles", Suzanne diria. "Você não é um deles."

— Bem, ao que parece eu achei que valia — respondo, pensando que esse é o preço por ter amigos tão idiotas.

— Pois, ao que parece, eu achei que não valia — ele concluiu.

Eu olho para ele, completamente abatida e isolada, pensando que é praticamente impossível discutir com um marido contido e arrogante, que acabara de dizer, com todas as palavras, que ele prioriza os sentimentos das outras pessoas. Os sentimentos dos outros aos meus, por assim dizer. Então eu digo:

— Bem, você é muito melhor que eu. Sem dúvida.

— Ora, vamos, Ellen. Não dá para tirar essa mágoa infundada dos seus ombros?

E ele tem toda a razão, eu penso. Eu tenho mesmo muita mágoa infundada. Uma mágoa enorme, aliás. Mas admitir isso não apazigua o meu coração. Na verdade, isso só aumenta a minha raiva e a minha determinação a continuar sendo assim.

— Vá resolver os seus assuntos — eu lhe digo, acenando para a porta. — Estarei aqui, o dia todo, passando roupa.

Ele gira os olhos e suspira.

— Tudo bem, Ellen, continue dando uma de mártir. Como você preferir. Vejo você mais tarde.

Daí ele se virou e foi em direção à porta.

Eu fiz uma careta, e gesticulei com os dois dedos médios pelas costas dele. Depois ouvi a porta da garagem se abrir, o motor do BMW dele dar a partida e ele sair me deixando em um silêncio ensurdecedor. Eu continuei sentada por alguns instantes, com pena de mim mesma e tentando imaginar como Andy e eu havíamos chegado a esse ponto, tanto fisicamente, no estado da Geórgia, quanto emocionalmente, nesse estresse tão grande no nosso casamento. Um casamento que nem sequer completou um ano de idade. Todo mundo diz que o primeiro ano é o mais difícil, e fico pensando quando — e se — isso vai melhorar. E em meio ao silêncio eu cedo a algo que vinha contemplando fazer desde que cheguei a Atlanta.

Eu subo até o escritório, fuço no fundo da minha gaveta da escrivaninha e pego o exemplar proibido da revista Platform, no qual não mexia desde aquela festa de despedida em Nova York. Nem mesmo quando eu vi a revista exposta ao lado do caixa do supermercado, nem quando Andy mostrou seu próprio exemplar aos pais, todo orgulhoso.

Fiquei um tempão fitando a foto do Drake na capa.

Daí alguma coisa dentro de mim deu um sinal, então respirei fundo, sentei-me e abri na página do artigo. Meu coração disparou quando eu observei o nome do autor, as colunas de texto do Leo e as minhas fotos — fotos que evocam todas a emoções vividas naquele dia. Meu estômago revira com a antecipação e o desejo. Um turbilhão de novas emoções têm sido meus dias.

Eu fecho meus olhos e, quando abro, começo a ler, faminta, devorando a leitura. Eu termino o artigo e o releio duas vezes mais, pausadamente, metodicamente. Era como se estivesse procurando um segredo. Um duplo sentido escondido entre os parágrafos, entre as sentenças, as palavras. E por fim encontrei, mais e mais, até minha cabeça começar a rodar, e eu não querer mais nada senão falar com o Leo.

Assim, não me detenho.

Ligo o computador, digito o seu endereço de e-mail, e escrevo uma mensagem:

Leo,

Acabo de ler seu artigo. Está impecável. Uma delícia. Mais uma vez, obrigada por tudo. Espero que esteja tudo bem com você.

Ellen

Então, antes que tenha a chance de repensar, eu confirmo o envio. E o simples fato de apertar a tecla leva embora toda a minha frustração, toda aquela angústia e ressentimento. Em algum lugar bem lá no fundo sei que estou agindo errado. Sei que estou racionalizando minhas atitudes, e me pergunto se não estou fabricando problemas com o Andy para chegar a isso. Estou ciente de que estou abrindo a porta para mais problemas em minha vida. Mas, por agora, a sensação não poderia ser melhor. Melhor que não vinha sendo havia muito, muito tempo mesmo.

Vinte e seis

Exatos quatro minutos depois, o nome do Leo aparece na minha caixa de correio. E eu fico olhando para a tela, admirada, como se fosse a minha avó maravilhada com o avanço da tecnologia, "Que maravilha, como eles conseguem isso?", e por um segundo eu me arrependo de ter começado tudo. Na verdade, penso em deletar a mensagem dele, ou ao menos sair da frente do computador por algumas horas, até conseguir desatar o nó no peito.

Mas a tentação é grande demais. Então, em vez disso, eu me ponho a racionalizar e me convenço de que o caminho até aqui não foi fácil. Eu não procurei o Leo em um impulso. Não escrevi para ele depois de uma briguinha boba entre marido e mulher. Foram necessárias semanas e semanas de solidão, depressão e frustração, beirando o desespero. Foi preciso o meu marido virar as costas para mim, na noite passada, e depois novamente nesta manhã. Além do mais, é só um e-mail. Que mal poderia haver nisso?

Então respiro fundo e abro a mensagem com a resposta do Leo. Meu coração dispara feito louco, enquanto eu leio o que ele escreveu, tudo em minúscula, na maior intimidade:

obrigado. fico feliz que gostou. aquele dia foi incrível.
leo

ps: por que você demorou tanto?

Eu enrubesço e respondo rapidinho:

Para ler o seu artigo ou entrar em contato?

Ele reponde quase instantaneamente:

os dois

Meu estresse desaparece por completo, com o sorriso que dou, e então procuro escrever algo inteligente e genuíno. Uma resposta que garanta que o bate-papo se estenda, mas sem cruzar o limite e cair no flerte. E, por fim, digito:

Antes tarde do que nunca, não?

Eu confirmo o envio, e me curvo na direção do computador, os dedos bem posicionados no teclado, em posição de espera, como aprendi na aula de digitação no colégio, enquanto aguardo ansiosa a resposta dele. E um minuto depois, lá está ela:

é o que eu sempre disse.

Eu admiro a precisão da resposta dele, com cabeça

inclinada para frente e o queixo caído. Penso nos anos todos sem contato nenhum, e depois nos dias desde aquele voo. Penso no quanto eu tentei e continuo tentando resistir a ele, e no quanto a química entre nós é explosiva. Procuro entender o significado disso tudo, pois tem de significar alguma coisa. E é essa coisa que me aterroriza e me faz sentir como a garota de colégio de freira profundamente culpada.

Mas daí eu imagino o Andy de lábios selados, na mesa, ontem à noite; depois, abotoando o pijama engomado, antes de se deitar; e então, de pé ao lado do sofá, nesta manhã, com olhar crítico. E daí eu o imagino neste momento, perambulando pela cidade, acenando e cumprimentando conhecidos e desconhecidos também; batendo papo com Deus e o mundo. De conversa fiada no campo de golfe, de conversa fiada na igreja, de conversa fiada no posto de gasolina. Nada além de uma conversa insossa, jocosa, à toa... fiada.

Minha respiração vai se intensificando conforme eu digito:

sinto falta de conversar.

Eu fico olhando para a frase atrevida, e então a deleto, observando as letras desaparecendo de trás para frente. E mesmo tendo desaparecido, continuo a enxergá-las na minha tela. Posso senti-las ainda encravadas no meu coração. Afinal, é a pura verdade, é exatamente como me sinto, exatamente o que quero dizer.

Sinto falta de falar com o Leo. E faz tempo, principalmente depois do nosso voo juntos. Por isso, escrevo novamente, fecho os olhos e aperto "enviar", sentindo um misto de alívio e de enjoo. Quando abro os olhos, Leo já respondeu:

também sinto sua falta, ellen.

Eu prendo o fôlego. Fico tocada quando ele me chama pelo nome, a forma como diz "também" — é como se ele soubesse, mesmo sem eu ter dito, o quanto eu sinto falta não só de conversar com ele, mas dele. Há algo no modo como as palavras aparecem na tela — simples, desnudas, sinceras, como se não fosse grande coisa terem sido ditas, pois refletem a coisa mais óbvia e inegável do mundo. Paralisada, eu considero minhas opções, enquanto chega um novo e-mail na minha caixa postal.

Eu clico e leio:

você continua aí?

Eu balanço a cabeça para a tela, imaginando a expressão ansiosa no rosto dele à espera das minhas respostas, e que Andy poderia voltar para casa, começar um pequeno incêndio na cozinha, e então vir olhar por cima do meu ombro, e ainda assim eu continuaria grudada nesta cadeira.

Sim.

Eu aperto "enviar" e espero. Ele responde:

bom.

E daí, instantes depois, em uma mensagem à parte:

seria mais fácil por telefone... posso te ligar?

Mais fácil, eu penso. O que seria mais fácil? Essa conversa? Essa confissão? Essa dança a caminho da infidelidade? Eu hesito, ciente de que por e-mail é mais seguro e que concordar com um telefonema é cruzar uma nova barreira. Só que parte de mim anseia falar com ele, quer entender o que tivemos juntos e por que acabou. Assim, foi impossível não escrever:

Sim.

E foi o que ele fez. Escuto o som abafado do meu celular tocando alegremente, dentro da bolsa que havia jogado de qualquer jeito no closet na noite anterior, e corro para atender antes que caia na caixa postal.

— Oi — eu digo, fazendo força para recobrar o fôlego e parecer natural, como se eu não estivesse absolutamente estática por ouvir a voz dele novamente.

Deu para notar que ele sorriu ao dizer:

— Oi, Ellie.

Meu coração se derrete, e eu retribuo o sorriso.

— Quer dizer então que só agora você leu meu artigo?

— Ahã — eu respondo, olhando a entrada de casa pela janela.

— Sua agente não lhe deu a cópia que eu enviei?

— Sim — eu respondo, com um vago sentimento de culpa por demonstrar indiferença com relação ao artigo dele. Preciso esclarecer tudo. Ele precisa saber o quanto aquele dia significou para mim, e que por isso mesmo eu demorei tanto para ler a revista. Ainda assim, tento inventar uma desculpa, dizendo: — Ela deu sim, eu é que tenho andado... muito ocupada, ultimamente.

— Ah, verdade? Trabalhando muito?

— Não exatamente — eu respondo, ouvindo a música do Bob Dylan ao fundo.

— Ocupada com o quê, então? — ele insiste.

"Ocupada imprimindo etiquetas, assistindo Oprah e passando roupa", penso comigo, e respondo:

— Bem, para começar, eu me mudei para Atlanta — eu faço uma pausa, e me penitencio por ter usado eu em vez de nós. Mesmo assim, eu não me corrijo. Afinal, ultimamente eu tem feito mais jus ao meu estado de espírito.

— Atlanta, hein?

— É.

— Você está gostando?

— Nem um pouquinho! — eu respondo com ironia e leveza.

Leo ri e comenta:

— Sério? Tenho um amigo meu que mora em Atlanta e, segundo ele conta, aí é bem legal. Muita coisa para fazer... boa música, cultura.

— Não é tanto assim, de verdade — eu respondo, sabendo que provavelmente estou sendo injusta com Atlanta.

E, na verdade, meu problema é com a versão dos Grahams de Atlanta. O que, sem dúvida, é um problema sério.

— O que te desagrada aí? — Leo pergunta.

Eu fico reticente, certa de que devo responder de modo vago, resumido, geral. Mas, ao contrário, eu detalho para ele todas as minhas lamúrias sobre a chamada "boa vida", abusando de termos como insular, mimo, alpinismo social e sufocante.

Leo assobia.

— Caramba! Vai desabafando — diz ele.

Eu sorrio ao perceber o quanto me sinto melhor depois desse meu acesso — melhor ainda depois que o Leo diz, com um ar de esperança:

— E você não pode voltar para Nova York?

Eu dou uma risada nervosa e me vejo forçada a mencionar o nome do meu marido:

— Eu não acredito que o Andy ficaria muito feliz com isso.

Leo limpa a garganta.

— Certo. Imagino que não... Ele é daí, não é?

— Sim — eu respondo, pensando comigo que ele está mais para um herói da cidade natal.

— E você já experimentou dizer a ele que a cidade é uma droga? — Leo pergunta. — Que viver em outro lugar que não Nova York é como beber refrigerante quente e choco?

— Não exatamente — eu respondo tentando não ser desleal.

Eu sempre acreditei que reclamar da pessoa com quem se está casado muitas vezes é pior do que a traição física; eu talvez preferisse que o Andy beijasse outra mulher do que dissesse a ela, por exemplo, que eu beijo mal. Assim, apesar da nossa briga no começo do dia, eu altero o meu tom, e procuro ser o mais justa possível:

— Ele está feliz aqui... está trabalhando com o pai, agora. E você sabe... tem os negócios da família... e nós já compramos uma casa.

— Deixa eu adivinhar — Leo diz. — Uma casa enorme, com tudo que se tem direito?

— Exatamente — eu confirmo, encabulada com as minhas posses, e também um pouco na defensiva. Afinal, eu concordei com tudo isso. Eu escolhi o Andy. A família dele. Esta vida.

— Sei — Leo murmura, como se estivesse imaginando o panorama completo.

E eu concluo de modo definitivo:

— Além do mais, a família dele morreria se mudássemos de volta.

— Quer dizer que a Margot também está por aí? — Leo pergunta com um ar de desdém.

Um tanto confusa, eu respondo:

— Sim, ela se mudou para cá há um ano... e está para ganhar um bebê... Ou seja, é tarde demais para mudar de volta.

Leo faz um ruído, como se estivesse segurando o riso ou expirando forçado.

— Que foi isso? — eu pergunto.

— Nada.

— Diz, o que é — insisto, com a voz macia.

— Bem — ele cede. — A gente não acabou de dizer... que é melhor tarde do que nunca?

O meu estômago dá uma cambalhota, eu balanço a cabeça e digo com os lábios, ferrou. Estou ferrada. E essa sensação fica ainda mais intensa quando Leo diz:

— Talvez você se sentisse melhor se voltasse para fazer outra sessão de fotos...

— Em Nova York?

— É — ele diz.

— Com você? — eu pergunto, hesitante, na expectativa.

— Claro! Comigo — ele confirma.

Eu inspiro, cravo os dentes no meu lábio inferior e digo:

— Ah, não sei se é uma boa ideia, não... — minha voz fica no ar, e por um instante ficamos em suspense, o coração pulsando forte, em silêncio.

Então, ele perguntou o porquê — embora ele devesse saber.

— Ora, sei lá — eu respondo, armada de um sarcasmo divertido. — Vejamos... quem sabe porque sou casada...

e você é meu ex-namorado? — E então, contrariando o bom senso, não resisto e acrescento: — Meu ex-namorado, que desapareceu no ar, anos atrás, como mágica, e ninguém mais sequer ouviu falar, até que um belo dia, totalmente por acaso, nós nos esbarramos novamente.

Eu espero que ele me responda, com medo de ter exagerado. E depois do que pareceu uma eternidade, ele diz o meu nome — Ellie — exatamente do jeitinho que ele costumava falar no princípio.

— Sim? — eu sussurro, também.

— Preciso te perguntar uma coisa...

Eu fico congelada, na expectativa do que ele vai me perguntar:

— E o que seria?

Ele pigarreia antes de falar:

— A Margot nunca te contou... que eu te procurei?

Minha mente começou a rodar em todas as direções, sem saber do que ele estava falando, e temendo o pior — que nesse caso seria o melhor.

— Você me procurou? — eu digo, por fim, aturdida com o peso da revelação. Eu saio de perto da janela. — E quando foi isso?

— Cerca de dois anos depois — ele conta.

— Depois do quê? — eu pergunto, certa da resposta.

E ele confirma:

— Dois anos depois que a gente terminou.

— Quando exatamente? — eu insisto, desesperada para precisar o momento exato em que isso aconteceu. Foi cerca de um mês depois que Andy e eu começamos a namorar, possivelmente no mesmo dia em que dormimos juntos pela primeira vez — 29 de dezembro.

— Ah, eu não sei ao certo. Foi logo depois do Natal…

Eu tento digerir a loucura da cronologia absurda, e pergunto:

— Foi no nosso apartamento?

— É. Eu estava nas redondezas… e simplesmente fui até lá na esperança de te ver. Ela não te contou nada, contou?

— Não — eu digo, quase sem ar. — Ela não contou… nunca mencionou isso comigo.

— É — ele diz. — Não imaginei que ela agiria assim.

Eu faço uma pausa, com vertigens e fraca, e ainda mais abatida que aquele dia no cruzamento.

— O que você disse a ela? O que você queria?

— Ah, eu não me lembro… exatamente — Leo conta.

— Você não se lembra do que queria comigo? Nem do que disse?

— Ora, eu lembro o que eu queria.

— Que era?

— Eu queria te dizer que… eu estava arrependido… Que estava com saudades.

Agora sentindo náuseas e com a cabeça flutuando, eu fecho os olhos e digo:

— Você disse isso à Margot?

— Eu não tive chance.

— Por que não, o que aconteceu? Eu quero saber de tudo — eu exijo.

— Bem. Ela não me liberou a entrada… e preferiu descer até a portaria. Nós conversamos no saguão do seu prédio… Ela deixou bem claro o que pensava sobre mim.

— E o que era?

— Que ela me odiava — ele conta. — Depois ela me disse que você estava namorando… que você estava muito feliz. Ela me disse para te deixar em paz, que você não queria nada comigo. Algo desse tipo…

Eu tento processar as palavras dele conforme ele continua e me pergunta:

— E você estava mesmo namorando?

— Começando a namorar — eu digo.

— Com o Andy?

— É — eu balanço minha cabeça, sentindo uma raiva crescer dentro de mim. Uma raiva que sobrou da noite de ontem. Raiva pela infelicidade do desencontro. Raiva de mim mesma, por me sentir tão frágil, exposta. E acima de tudo, raiva da Margot por me esconder algo tão importante. Mesmo depois de passados todos esses anos.

— Não posso acreditar que ela não disse nada — eu digo, com o olhos ardendo de lágrimas.

Eu não consigo imaginar por que ele não ligou ou me mandou um e-mail. Como é que ele foi confiar na Margot?

— Eu sei — ele diz. — Embora… isso não tivesse feito muita diferença.

O silêncio toma conta novamente, enquanto penso no que responder. Eu sei o que deveria dizer. Eu deveria dizer que ele tem razão — que não teria feito diferença.

Eu deveria dizer a ele que era tarde demais, e que eu teria tomado a mesma decisão que a Margot tomou por mim. Eu deveria dizer a ele que ela agiu para o meu bem. Que o Andy continua sendo o melhor para mim.

Mas não consigo me obrigar a dizer nada disso. Não consigo me conformar por ter sido enganada. Eu fui negada ao direito de ter escolhido uma vida diferente — escolha minha por direito, e não de outra pessoa. E mais ainda, também fui negada ao direito a colocar um ponto final decisivo — saber a verdade teria feito eu me sentir melhor, teria me poupado o segundo maior sofrimento da minha vida, depois da morte da minha mãe, além da chance de reconciliar os meus sentimentos com o Leo, do modo como as coisas acabaram entre nós. Sim, nós rompemos. Sim, o Leo rompeu comigo. Mas ele se arrependeu. Ele me amava o suficiente para voltar. Eu era digna de que ele voltasse. Talvez não fizesse diferença na minha vida, mas teria feito diferença no meu coração. Eu fecho os olhos e me deixo invadir por uma onda de ressentimento e indignação, e uma raiva ainda maior.

— Seja como for — diz Leo, pouco à vontade e louco para mudar de assunto e voltar ao presente.

— Seja como for — eu repito.

Então, ao ouvir o som da porta da garagem se abrindo e Andy voltando de onde quer tenha ido, eu retorno ao que Leo estava interessado o tempo todo:

— Então — eu digo. — Conta mais sobre esse trabalho.

— Você vem? — Leo perguntou, em tom de animação.

— Sim — eu confirmo. — Eu vou.

Vinte e sete

Nos minutos seguintes, fiquei ouvindo Leo explicar o trabalho em linhas gerais — uma reportagem sobre Coney Island — rezando para que Andy não entrasse de repente e me surpreendesse com o rosto pegando fogo e sem ar. Certamente terei de contar a ele sobre minha ida a Nova York — mas não posso ligar esse trabalho à nossa briga. Isso *não* tem nada a ver com a nossa briga.

— Eu só preciso de uma visão geral com fotos da praia... do calçadão... do parque de diversões — ele diz.

— Ah, claro — digo distraída. Não quero desligar ainda, não por um bom tempo, aliás. Mas não posso abusar da sorte.

— Não tem tanto glamour quanto o outro — Leo fala como se eu estivesse interessada somente no glamour.

— Não tem problema — eu digo, agitada, querendo mais detalhes. — Para que publicação é?

— *Time Out*.

— E para quando você precisa das fotos?

— Nas próximas semanas. Será que dá para você?

— Deve dar — eu afirmo, tentando manter a naturalidade e fazendo de conta que não estou desorientada com a revelação de que ele havia me procurado. — Eu queria ouvir um pouco mais sobre ele, mas…

— Tem de desligar? — Leo pergunta, desapontado (para minha satisfação).

— É — eu confirmo, e então me obrigo a ser sincera: — O Andy chegou…

— Saquei — Leo diz de um modo que o coloca definitivamente na posição de cúmplice. Diferentemente da viagem a Los Angeles, estamos nesta juntos. Do começo ao fim.

— Eu ligo pra você… — minha voz se perde.

— Quando? — ele pergunta em tom normal, mas no fundo está ansioso.

E eu acabo rindo ao me lembrar que antes era eu quem ficava no pé dele, querendo saber quando nos falaríamos ou nos veríamos da próxima vez. Por isso eu respondo com uma de suas antigas tiradas espirituosas:

— Tão logo seja humanamente possível — eu digo, lembrando o que ele costumava me dizer, e intrigada se ele diz isso para a tal fulana sei lá de quê.

A risada de Leo me dá a maior satisfação. Ele se lembra da frase. Leo lembra de tudo direitinho, tanto quanto eu.

— Beleza — ele diz. — E eu estarei esperando.

— Combinado — eu digo, e um arrepio percorre a minha espinha, enquanto penso no quanto eu esperei por ele, quanto demorou para eu finalmente esquecê-lo.

— Então, tchau, Ellen — Leo diz, com a alegria de volta em sua voz. — Tchau, por enquanto.

— Tchau, Leo — eu me despeço, desligo o telefone, e respiro fundo para me recompor. Depois, eu apago o registro da chamada e sigo para o banheiro. "Isso é só trabalho", eu repito olhando no espelho. "É uma questão de buscar a minha própria felicidade."

Eu escovo os dentes, lavo o rosto com água fria, visto uma camiseta limpa e um shorts branco. Depois eu desço as escadas, preparada para encontrar o Andy, e percebo que embora tenha sobrado uma pontinha de raiva da manhã, depois da minha conversa com o Leo, a minha fúria diminuiu e foi substituída por um excitamento comedido e uma tolerância estimulada pela culpa. Acho que Andy podia estar no quintal jogando croquet com a Ginny que eu nem ligaria. Seria capaz de lhes servir um refresco de hortelã.

Mas em vez da Ginny, eu encontro o Andy na companhia da mãe, e em lugar de croquet, eu reparo em uma porção de sacolas brilhantes da loja de departamento favorita dela sobre o balcão da cozinha. Andy, que retirava um grande porta-retratos de prata do papel de seda, olha para mim com uma expressão ou de quem pede desculpas ou de quem simplesmente implora para que eu disfarce a tensão que há entre nós — muito provavelmente, as duas coisas. E eu dou um sorriso apaziguador para ele, quase beirando a condescendência, e depois ligo o piloto automático de boa nora.

— Olá, Stella — eu cumprimento alegre, endireitando as costas para copiar a postura perfeita dela, da mesma forma que falo mais devagar quando estou perto dela.

— Olá, querida! — ela diz ao me abraçar.

Eu reparo no perfume de verão dela, uma combinação de flor de laranjeira e sândalo, enquanto ela se explica:

— Espero que você não se importe, mas comprei alguns porta-retratos para vocês.

Eu olho para o balcão e vejo ao menos uma dúzia de outros porta-retratos de prata, de diversos tamanhos, todos enfeitados, todos formais, e sem dúvida alguma, todos caríssimos.

— Eles são lindos... mas a senhora não precisava... — eu digo, desejando que ela não os tivesse comprado. Pois apesar de lindos, eles não fazem o meu estilo. Os nossos porta-retratos de madeira lisos e pretos fazem o meu estilo.

— Oh, isso não é nada — minha sogra diz, ao abrir um porta-retratos todo cravejado e colocar uma fotografia de família da infância dela, com todos vestidos de linho branco e sorrindo, em um barco a vela em Charleston. Uma cena de veraneio da nata da sociedade sulina. Ela assopra um pontinho de poeira e tira uma manchinha com a ponta do dedo. — É só um mimo para a casa nova de vocês.

— Mas a senhora já nos deu tanta coisa — eu digo.

E obviamente eu me referia ao relógio do vovô; às toalhinhas de linho do lavabo; à mobília italiana da varanda, que embora usada, está impecável; e o retrato a óleo do Andy menino — todos supostos mimos para a casa nova, todos objetos que eu não poderia recusar, todos exemplos da bondade passivo-agressiva da Dona Stella. Ela é tão generosa, tão atenciosa, que não resta opção a não ser fazer as vontades dela. E é o que acontece.

Ela abana a mão para mim e diz:

— Ora, é só uma coisinha.

— Então, eu agradeço — digo educada, lembrando que aprendi essa regrinha com o exemplo dado pela Margot, de que se deve protestar uma ou duas vezes, mas jamais recusar nem presentes nem elogios.

— De nada, minha querida — Dona Stella diz, ingenuamente acarinhando minha mão.

Suas unhas impecáveis, pintadas de vermelho, combinam com a saia plissada e a carteira Ferragamo, e formam o par ideal para a safira gigante do anel na mão direita.

— Ei, Ell — Andy diz, ansioso. — O que você me diz de usarmos esses porta-retratos para colocar as fotos do nosso casamento e da nossa lua-de-mel? Aquelas no hall de entrada?

Stella sorri radiante, olhando para mim, à espera do meu selo de aprovação de rainha do lar.

— Claro — eu concordo, sorrindo, convencida de se tratar de uma escolha perfeita, já que o casamento foi feito à moda dela também.

Andy junta várias das molduras e sinaliza a entrada da casa:

— Venha... vamos ver como ficam.

Não precisa dizer nada, eu já entendi tudo...

Dona Stella cantarola e começa a dobrar com capricho as sacolas de compras, eu reviro os olhos e sigo Andy até o hall, com a desculpa de experimentar os porta-retratos.

— Me desculpa — ele começa, sussurrando, inclinado sobre a mesa de mogno envernizada (igualmente presente dos pais deles), onde estão expostas as fotos do nosso casamento.

Sua expressão e gestos parecem sinceros, até mesmo genuínos, mas é impossível não questionar até que ponto a rapidez do seu arrependimento não tem a ver com a presença da sua mãe na nossa casa, e em como os Grahams parecem fazer tudo sempre pensando um no outro.

— Eu sinto muito mesmo — ele insiste.

— Eu também — eu digo, travando uma guerra contra mim mesma, ao evitar o olhar dele.

Parte de mim deseja ardentemente fazer as pazes com o Andy e me aproximar dele novamente; mas a outra metade praticamente deseja manter o desentendimento para justificar a minha forma de agir. Seja qual for a minha forma de agir.

Eu cruzo os braços firmemente contra o peito, conforme ele continua:

— Eu devia ter dito alguma coisa ontem à noite, sobre o comentário do vinho...

Por fim, eu olho nos olhos dele, ligeiramente derrotada, pois ele parece mesmo acreditar que a origem da nossa briga é uma vinícola humilde próxima a Pittsburgh. Ele sem dúvida poderia notar que há mais coisas acontecendo aqui — questões muito mais complexas que a noite passada. Como, por exemplo, se eu estou feliz em Atlanta, se somos mesmo compatíveis, e por que nosso casamento recente atravessa esse estresse.

— Tudo bem — eu digo, imaginando se eu também estaria disposta a me reconciliar se não tivesse acabado de falar com o Leo. — A minha reação foi um pouco desmedida.

Andy balança a cabeça, como se concordasse comigo, reavivando parte da minha indignação e me forçando a uma pequena observação:

— Mas, que fique bem claro, claríssimo, que eu não suporto a Ginny e o Craig.

Andy suspira.

— Eu sei... mas não vai ser fácil evitá-los... — ele comenta.

— Podemos ao menos tentar, não podemos? — eu digo, quase rindo para valer, desta vez, relaxando os braços.

— Claro — ele responde, com uma risadinha discreta. — Fechado.

Eu retribuo o sorriso dele, enquanto ele acrescenta:

— E vamos ver se da próxima vez fazemos as pazes antes de dormir. Meus pais nunca foram dormir bravos um com o outro, e deve ser por isso que o casamento deles durou...

"Mais um ponto de perfeição para os Grahams", penso comigo, ao acrescentar:

— Bem, tecnicamente, eu fui para o sofá brava.

— Certo — ele ri. — Não vamos mais fazer isso também.

— Certo — eu concordo, dando de ombros.

— Então, tudo bem entre nós? — Andy pergunta, sem mais nenhuma ruga de preocupação na testa.

Eu sinto uma pontinha de ressentimento, pela facilidade com que ele acha que podemos tocar adiante, ignorando nossos problemas e os meus sentimentos.

— É... — digo relutante. — Está tudo aceitável.

— Só aceitável? — Andy me pressiona.

Eu olho bem nos olhos dele, e por um instante penso em desabafar tudo. Dizer a ele que estamos atravessando uma pequena crise. Dizer tudo a ele, tudo. No meu coração, eu sei que essa é a única maneira de resolver as coisas entre nós, de voltarmos a ser como antes. Mas como eu não estou realmente pronta para voltar a ser como antes, eu dou um sorriso amarelo e respondo:

— Digamos que está entre aceitável e bem.

— Bem, isso já é um começo — Andy comemora, inclinando-se para me abraçar. — Eu te amo tanto — ele sussurra no meu ouvido.

Eu fecho os olhos, relaxo, e retribuo o abraço, tentando esquecer a nossa briga e todas as minhas queixas sobre a nossa vida; e, principalmente, como a Margot conduziu o meu passado, fosse com boas intenções ou outro motivo.

— Eu também te amo — eu digo ao meu marido, invadida por um misto de afeição e de atração e, portanto, alívio ao constatar que ele ainda me desperta esse tipo de sentimento.

Mas, no instante em que nos afastamos, de olhos ainda fechados, e ao lado da nossa foto de casamento, tudo o que consigo ver é o Leo, parado no saguão do meu prédio, anos atrás; e no presente, sentado em seu apartamento no Queens, ouvindo Bob Dylan, e esperando que eu ligue de volta para ele.

Vinte e oito

Apesar da necessidade premente, eu consigo terminar o fim de semana sem telefonar, nem mandar e-mail nem mensagens de texto para o Leo. Em vez disso, tive um comportamento exemplar, fazendo tudo o que era *esperado* de mim. Eu troquei todas as nossas fotos de casamento de porta-retrato. Escrevi um cartão de agradecimento alegre e quase totalmente sincero para minha sogra. Fui à igreja e ao chá com o clã dos Grahams completo. Tirei fotos em preto-e-branco beirando a perfeição, do Webb, da Margot e da barriga dela. O tempo todo, suprimindo minha ira crescente, tentando me convencer de que eu não aceitei o trabalho por impulso, nem por vingança nem para revisitar o passado. Ao contrário, vou a Nova York a trabalho — e para ficar um pouco com o Leo. Eu tenho todo o direito de trabalhar com o Leo e de ser amiga dele. E nada disso deve, em momento algum, estragar o meu casamento, nem a minha amizade com a Margot, nem a minha vida em Atlanta.

Assim, na noite de domingo, enquanto eu fuçava no computador para comprar uma passagem não reembolsável para Nova York, eu estava totalmente convicta de que as minhas intenções eram, no mínimo, puras o bastante. Ainda assim, meu coração foi invadido por uma culpa familiar, quando fui à sala íntima onde o Andy assistia ao jogo de golfe na TV e falei que faria uma sessão de fotos em Coney Island para a revista *Time Out*.

— Que fantástico — Andy diz, com os olhos grudados no Tiger Woods.

— É... assim, eu acho que vou viajar não nesta semana, na outra... faço as fotos... passo a noite e talvez encontre alguns amigos... — eu fui contando, como se estivesse pensando em voz alta.

Meu coração dispara cheio de pura antecipação. Eu cruzo os dedos torcendo para que o Andy não faça muitas perguntas, e que eu não seja obrigada a mentir sobre como consegui esse trabalho.

Mas, quando ele se limita a dizer que achava legal, e não se interessou em perguntar sobre nenhum detalhe, não pude evitar de me sentir de certa forma completamente negligenciada. Afinal, nós sempre discutimos os casos dele, e falamos sobre a dinâmica dos relacionamentos no escritório — a interação com o pai dele, as secretárias, e os demais associados júniores que, apesar de gostarem do Andy, sentiram uma ponta de ciúmes com a sua chegada. Ele tem o hábito de praticar seus discursos de abertura e fechamento na minha presença, e na semana passada eu tinha ido assistir ao depoimento de uma testemunha-chave, em um caso de resgate de seguro, toda arrumada, e me sentei bem na frente da sala do tribunal, para animá-lo em silêncio, conforme ele conduzia o queixoso, supostamente um ferido grave, com o corpo inteiro engessado, a desfiar suas mentiras antes de mostrar um vídeo do rapaz em questão, jogando frisbee no Piedmont Park. Na sequência, já no carro, nós rimos e nos cumprimentamos alegremente, repetindo:

— A verdade é demais para você! — Nossa frase favorita do filme *Questão de Honra*, com o Tom Cruise.

E é essa a resposta que recebo quando se trata do meu trabalho? Um elogio totalmente genérico. Legal?

— Verdade — eu digo, imaginando como será trabalhar outra vez ao lado de Leo. — Vai ser legal.

— Parece bom — diz Andy, espremendo o olhos quando Tiger tenta uma tacada longa. A bola vai direto na direção do buraco, entra, mas depois pula para fora. Andy dá um murro na mesinha de centro e grita: — Porcaria! Como é que essa não foi entrar?

— Ele ficou uma tacada atrás agora? — eu pergunto.

— Sim. Ele não podia ter perdido essa. — Andy balança a cabeça e curva a viseira do boné verde do campeonato para baixo, um costume que ele tem para dar boa sorte para seu ídolo.

— O Tiger sempre vence — eu digo, quando a câmera foca na linda esposa dele.

Eu fico me perguntando se o casamento deles é sólido, quando Andy replica:

— Nem sempre.

— A maioria das vezes sim. Ele deveria dar a chance para outro — eu digo, mas mesmo estando meio chateada com o Andy, eu fico brava comigo mesma por tentar começar uma discussão sobre alguém tão indiscutível e adorado por todos como o Tiger Woods.

— Verdade — o Andy fala, como se mal me ouvisse. — Acho que sim.

Eu viro minha cabeça e olho para ele, reparando na barba sexy que começa a despontar ao longo da mandíbula, as orelhas que parecem crescer quando ele usa boné, os lindos olhos azuis — um par perfeito para a camisa polo com listras azuladas. Eu me sento espremida ao seu lado no sofá, sem deixar espaço entre nós. Nossas coxas se tocando. Eu deito a cabeça no peito dele, e enlaço nossos braços. Então fecho os olhos e digo a mim mesma para deixar de ser tão irritante. Não é justo ficar julgando o Andy — especialmente quando ele não faz a menor ideia de que está sendo julgado. Eu continuo vários minutos naquela posição confortável, ouvindo os comentaristas falando de vez em quando, e a salva de palmas do público respeitoso, que permanece em silêncio a maior parte do tempo, e fico repetindo sem parar, para mim mesma, que eu sou feliz.

Mas alguns minutos depois, não consigo conter a minha indignação quando algo dá errado com o Tiger, e Andy levanta do sofá como um tiro, gesticulando e falando para a televisão, dando mais estímulo ao estranho do que ele deu a mim por semanas.

"Não me admira que tenhamos problemas", penso comigo, agora colocando um rótulo no que antes parecia ser uma tendência unilateral. Meu marido demonstra mais paixão pelo golfe, mesmo em um jogo pela televisão, do que pelo nosso relacionamento.

Eu o observo por uns instantes, admirando bravamente aquela cena doméstica involuntariamente amenizar a minha culpa por ir a Nova York. Então eu me levanto, subo as escadas, pego meu celular e ligo para o Leo.

Ele respondeu no quarto toque da campainha, ligeiramente ofegante, como se tivesse corrido para atender o telefone.

— Não vale dizer que você mudou de ideia — ele me fala antes mesmo de dizer alô.

Eu abro um sorriso e respondo:

— De jeito nenhum.

— Então você vem?

— Eu vou.

— Certeza?

— Sim — eu digo. — Absoluta.

— Quando?

— Na segunda que vem.

— Legal — Leo diz, usando a mesma expressão que o Andy ao encerrarmos o assunto há pouco.

Eu fico olhando para o teto, imaginando como a mesma palavra pode soar tão diferente vinda da boca do Leo. Como tudo pode ser tão diferente com o Leo.

Na manhã seguinte, eu consigo ligar para Suzanne, que está a caminho do aeroporto, e eu a coloco a par do último capítulo da saga aparentemente interminável do Leo. E quando conto a parte sobre como a Margot dispensou o Leo em meu nome, ela, como esperado, fica ultrajada.

— Quem ela pensa que é? — Suzanne reclama.

Eu sabia que minha irmã ia cair matando em cima da Margot, e ao mesmo tempo pareço irritada e na defensiva ao ponderar:

— Eu sei. Ela devia ter me contado… mas tenho certeza de que ela fez isso para o meu bem.

— Ela fez isso pelo irmão dela — Suzanne rebate, revoltada. — Não por você.

— É a mesma coisa — eu insisto, pensando que nos melhores relacionamentos os interesses de ambas as partes caminham perfeita e completamente juntos. E, apesar dos nossos problemas, eu gosto de pensar que Andy e eu temos esse tipo de ligação.

— Eles nunca foram o mesmo — Suzanne rebate, segura.

Enquanto torno a esquentar o meu café, eu reflito sobre a frase, tentando saber qual das duas tem razão. Eu estou sendo idealista demais ou a Suzanne é muito amarga?

— Além disso — Suzanne comenta —, como ela pôde dar uma de Deus, assim?

— Eu não diria que ela deu uma de Deus, afinal, não foi nenhum caso de eutanásia — eu argumento. — Ela simplesmente quis me poupar…

Suzanne me interrompe dizendo:

— Te poupar? Poupar de quê?

— Me poupar do Leo… de mim mesma.

— Quer dizer que você teria escolhido o Leo? — ela perguntou com um tom de satisfação.

Eu sinto uma tremenda frustração, desejando que minha irmã fosse mais imparcial em momentos como esse. Eu queria que ela fosse mais parecida com a nossa mãe, cujo primeiro instinto era acreditar no lado bom das pessoas, enxergar o lado positivo. Se bem que é possível que a morte da mamãe tenha transformado a Suzanne no que ela é, buscando sempre o pior nas pessoas e acreditando que tudo vai dar errado. Eu deixo essa reflexão de lado, ao me dar conta de que a morte da minha mãe constantemente parece complicar coisas que não têm nada a ver com ela. O quanto ela dá mais colorido a tudo, mesmo estando ausente. Principalmente estando ausente.

— Eu prefiro pensar que eu diria exatamente a mesma coisa a ele — eu falo, tentando ser franca com a minha irmã, e comigo mesma. — Mas sei lá… Pode ser que eu tivesse revivido os meus sentimentos o suficiente para estragar as coisas com o Andy. Eu poderia ter cometido um erro terrível.

— Tem certeza que teria sido um erro? — ela perguntou.

— Sim — eu afirmo, lembrando de uma passagem do meu diário que eu havia relido naquela madrugada.

Eu havia escrito aquele comentário no começo do meu namoro com o Andy, bem na época em que o Leo reapareceu. Eu hesito um pouco, mas acabo contando para a Suzanne sobre o que era:

— Eu estava tão feliz por estar em um relacionamento saudável, estável, equilibrado — eu comento.

— Você escreveu isso? — ela pergunta. — Você usou esses termos?

— Mais ou menos — eu digo.

— Saudável e estável?... Isso parece algo tão... agradável — Suzanne comenta, claramente querendo dizer que agradável não é algo a se almejar com relação a um relacionamento, e que passional será sempre bem melhor que agradável.

— O agradável costuma ser pouco valorizado — eu argumento, pensando que metade das pessoas daria qualquer coisa por uma relação agradável. Eu me contentaria, atualmente, com algo agradável.

— Se você pensa assim... — Suzanne diz.

— É melhor do que o que eu tive com o Leo — eu afirmo, com um suspiro.

— E como era com ele? — Suzanne pergunta.

— Turbulência. Preocupação... Insegurança... Tudo era bem diferente com o Leo.

— Diferente como? — ela perguntou automaticamente, inquieta.

Eu abro a porta de trás da casa e sento no degrau de cima do nosso deque, com a minha xícara de café, maquinando para responder a pergunta dela. Toda vez que tento pôr em palavras, eu sinto como se estivesse menosprezando o Andy e estabelecendo uma dicotomia entre paixão e amor platônico. E não é bem assim. Na verdade, na noite passada, eu e o Andy fizemos amor, e foi sexo de primeira, cuja iniciativa partiu de mim. E não por culpa nem por obrigação, mas porque ele estava irresistível de samba-canção, deitado na cama ao meu lado. Eu beijei a marca do bronzeado adquirida ao jogar golfe, e admirei o abdômen malhado dele, como o de um adolescente. Andy retribuiu meus beijos e eu pensei nas tantas mulheres que reclamam que o marido sempre pula as preliminares, e que o Andy nunca deixa de me beijar.

— Ellen? — Suzanne chama a minha atenção ao telefone.

— Continuo aqui — eu digo, admirando a neblina em nosso quintal.

Ainda não são nem nove da manhã, e a temperatura já passou dos 35 graus. Calor demais para tomar café. Eu bebo um gole, e despejo o resto em um arbusto.

— Diferente como? — Suzanne pergunta novamente.

Na verdade, tenho a impressão de que ela sabe muito bem qual é a diferença, imagino que toda mulher sabe a diferença entre aquele com quem você se casou e o outro que foi embora.

— É como as montanhas e... a praia — eu finalmente digo, buscando uma analogia apropriada.

— E quem é a praia? — Suzanne pergunta, enquanto eu ouço o barulho do carrinho de transporte pedindo passagem, no aeroporto, e o anúncio de uma troca de portão de embarque, no fundo, ao telefone.

De repente me bate uma vontade de estar no aeroporto, pronta a viajar para algum lugar. Qualquer lugar. Pela primeira vez, eu sinto inveja do trabalho da minha irmã, da liberdade que ela tem, e sua movimentação constante. Talvez seja isso que a atrai — o motivo de continuar em um emprego que ela costuma descrever como de uma garçonete sem gorjetas.

— É o Andy — eu respondo, olhando o céu riscado de nuvens.

Parece até que o calor escaldante o tingiu, arrancando seu azul e deixando apenas a ausência de cor.

— Andy é um dia ensolarado com o mar calmo, cor de turquesa, e uma taça de vinho branco gelado — eu completo, sorrindo, ao nos imaginar estirados em uma praia em algum lugar qualquer.

Talvez estejamos mesmo precisando de umas boas férias. Talvez eu devesse pegar um avião com o Andy, em vez de voar para longe dele. Embora, no fundo, eu sei que uma boca-livre romântica não resolveria o nosso problema — e que estou mesmo perdida, de uma forma ou de outra.

— E o Leo? — Suzanne quer saber.

— Leo — o nome dele permanece na minha boca, e meu coração acelera. — Leo é como a escalada em uma montanha íngreme. Com a brisa gelada. E você desorientada e faminta. E a noite caindo.

Suzanne e eu caímos na gargalhada juntas.

— Sem chance — ela diz. — A praia vence.

— Em todos os sentidos — eu digo, com um suspiro.

— Então, qual o problema?

— O problema é… eu gosto de estar em meio às montanhas. Gosto do escuro… do silêncio. É muito misterioso, excitante… E a vista de lá de cima do vale verdinho, ah…

— É desbundante — Suzanne completa a minha sentença.

— Exatamente — eu digo, balançando a cabeça e imaginando os braços fortes e os ombros largos do Leo. Penso nele usando uma calça Levi's surrada, andando um pouquinho à minha frente, sempre no controle. — Não resta dúvida!

— Bem, então — minha irmã diz. — Vá em frente e aproveite a vista…

— Você acha? — eu pergunto, interessada em que ela estabeleça os parâmetros exatos, e me dizer o que eu posso e o que não posso fazer.

Em vez disso, ela só me avisa:

— Só não vá chegar muito perto do penhasco.

Eu dou uma gargalhada nervosa, mais ansiosa que divertida.

— Para não correr o risco de pular — ela completa.

Ainda assim, apesar dos conselhos de Suzanne e da minha vigilância para tentar manter o Leo a uma distância segura, eu acabo me aproximando demais do abismo e sendo novamente sugada para a órbita dele. Nossa troca formal de e-mails deu lugar a mensagens bem-humoradas, beirando ao flerte; que depois se transformaram em uma enxurrada de torpedos, e-mails e até telefonemas, cada vez mais íntimos. Até me tornar completamente obcecada por ele, exatamente como nos velhos tempos, só que o tempo todo tentando me convencer de que não estava obcecada, e que não é como nos velhos tempos.

E, de repente, já é manhã da véspera da minha viagem e, por coincidência, é também o dia do chá de bebê da Margot, um evento que por algum motivo eu já temia — no mínimo porque a Ginny havia se apoderado do planejamento e transformado em uma festa formal e cheia de ostentação, em lugar de uma celebração entre amigas íntimas do bebê amado que está por nascer. Só que, mais que nunca, estou encarando essa festa como um sacrifício a ser superado, para que eu possa escapar para Nova York, e retomar com o Leo do ponto onde paramos, depois daquela ponte aérea noturna, e resolver de vez essa questão, seja lá qual for.

Eu me espreguiço debaixo das cobertas, depois de ter dado um beijo no Andy e lhe desejado um bom jogo de golfe, quando meu celular tocou bem alto, vibrando até quase cair da mesa de cabeceira. Eu o alcanço, torcendo para ser o Leo, sedenta por minha dose matutina diária dele.

Como esperado, o nome dele aparece em destaque no meu visor.

— Alô — eu respondo, meio grogue, mas feliz.

Meu coração bate mais rápido, quando penso em quais serão as primeiras palavras dele.

— Oi — Leo diz, também meio sonolento. — Está sozinha?

— Sim — eu respondo, imaginando pela centésima vez se ele ainda está com a namorada dele.

Com base nas vezes em que ele desliga abruptamente, eu tenho a sensação de que eles ainda estão juntos. E embora o meu lado ciumento e possessivo deseje vê-lo solteiro, para mim é melhor que ele também esteja comprometido. Pois, de certo modo, o jogo acaba ficando equilibrado, e assim ele também tem algo a perder.

— O que você está fazendo? — ele perguntou.

— Só deitada aqui na cama — eu digo. — Pensando.

— Sobre o quê?

Eu hesito antes de comentar o que pode parecer uma confissão.

— Sobre amanhã — eu digo, fervilhando de alegria e medo. — Sobre você.

— Que coincidência — ele diz, e embora usasse termos discretos, seu tom era aberto e direto. — Mal posso esperar para te ver.

— Eu também — eu digo, toda arrepiada, ao imaginar nós dois juntos em Coney Island, passeando pela orla, tirando fotos do horizonte dourado que precede o romântico pôr do sol, rindo e conversando, e simplesmente ficando juntos.

— Então, o que você quer fazer? — Leo perguntou, aparentemente tão nas nuvens quanto eu.

— Neste momento? — eu pergunto.

Ele ri abafado, como é característica sua.

— Não. Não, agora. Amanhã, depois de tirar as fotos.

— Ah, qualquer coisa. O que você tem em mente? — eu digo, já arrependida da minha resposta, não querendo parecer sem personalidade, como no passado, quando permitia que ele tomasse todas as decisões.

— Posso te levar para jantar? — ele perguntou.

— Claro — eu digo, torcendo para que o tempo passe voando até amanhã. — É uma ótima ideia.

— Você é ótima — ele diz. — Eu adoro a sua voz rouca, desse jeito. Traz de volta uma porção de lembranças…

Eu sorrio, e rolo para longe do lado da cama do Andy, que ainda guarda o cheiro dele, misturado aos lençóis. Então eu fecho os olhos e aprecio o vazio excitante, íntimo e opulento do silêncio. Ficamos pelo menos um minuto dessa forma, talvez até mais tempo, enquanto volto no nosso passado. Uma época anterior ao Andy. Uma época em que eu me sentia como me sinto no momento, sem remorso, sem culpa. Nada além de um prazer puro e imediato. Até que finalmente cedo à volúpia dentro de mim, e dou vazão ao desejo carnal, que há anos só faz aumentar.

Depois disso, eu tento me convencer de que ele não imagina o que acabara de fazer — e que ele com certeza não estava fazendo o mesmo. Eu digo a mim mesma que era algo que eu tinha de extravasar, e que na manhã seguinte nos portaríamos como dois profissionais — ou, no máximo, como dois amigos íntimos, com um passado romântico. E, acima de tudo, garanto a mim mesma que não importa o que aconteça, eu amo o Andy. Eu sempre amarei o Andy.

Vinte e nove

Algumas horas mais tarde, o chá de bebê da Margot já terminou, as levas de convidadas já se foram, e eu estou vagando na sala de estar da Ginny, elegante e adornada com muitas franjas (completa com aquarelas dos cachorros dela, uma tapeçaria com um brasão da família de Craig e um piano de cauda pequeno, que ninguém na casa sabe tocar, ou, neste caso, está autorizado a encostar nele), juntando os restos de papel e sobras de fita em um saco de lixo branco reforçado, um tanto confusa; durante os últimos dias, e principalmente, neste momento, na véspera da minha viagem.

Por um lado, estou me consumindo com pensamentos lascivos sobre o Leo, conferindo mentalmente a arrumação da minha mala; imaginando o momento em que o vi pela primeira vez, e o momento em que dissemos adeus novamente. Por outro lado, e para minha total surpresa, eu tive momentos até que decentes, tendo praticamente chegado a me divertir, graças largamente aos inúmeros coquetéis de champanhe com suco de laranja. Eu continuo convicta de que, no âmbito geral, o convívio social de Buckhead é superficial, frívolo e enfadonho ao extremo; mas, em separado, a maioria das mulheres presentes na festa era autêntica, e muito mais interessante do que eu imaginava, ao vê-las tagarelando ao celular, em suas caminhonetes de luxo, com os filhos no banco de trás, vestidos na última moda.

Além disso, sentada ao lado de Margot no sofá e encarregada de anotar os presentes, eu me senti incluída e tive orgulho de ser uma Graham. A esposa do Andy. A cunhada da Margot. A nora da Dona Stella.

Em um dado momento em particular, meu dilema emocional quase se cristalizou quando uma das vizinhas da minha sogra me perguntou onde meus pais moravam, e eu tive de decidir em uma fração de segundos se eu deveria ser específica, ou se diria que minha mãe morrera anos atrás, mas meu pai ainda vivia na minha cidade natal. Mas, nesse ínterim, Dona Stella, a rainha do pensar e agir em um instante, entrou sutilmente em cena, segurou a minha mão e resolveu de um jeito muito natural, sem parecer que respondia por mim:

— O pai de Ellen mora em Pittsburgh, exatamente na mesma casa onde ela cresceu. Ela e Margot têm isso em comum! — ela respondeu em tom alegre, enquanto a luz do candelabro de cristal da Ginny fazia reluzir o anel de diamantes dela.

Eu olhei para ela com gratidão, aliviada de não precisar me valer da memória da minha mãe para evitar aquele momento constrangedor, quando todos parecem emotivos, e eu tenho de escolher se os acompanho e fico cabisbaixa, ou se alivio o momento tendo de dizer como se fosse pouco:

— Ah, não tem problema, já faz bastante tempo.

Pois, afinal, embora tenha mesmo acontecido há muito tempo, a dor jamais vai passar.

E agora, enquanto espero que o Andy venha me apanhar depois de completar os 36 buracos de sua partida de golfe, sinto novamente o gosto amargo da falta da minha mãe, quando me sento ao lado da Ginny e da Margot, com suas respectivas mães, saboreando mais champanhe e as fofocas normais do pós-festa, que incluem o melhor presente (um carrinho de bebê ultramoderno, verde, dado pelas colegas do tênis da Margot); o presente passado para frente, mais descarado (uma manta acolchoada vermelha, dado por uma distraída que não notou o nome de sua filha, Ruby, bordado); a convidada mais bem vestida (usando um modelo vintage da Chanel); a convidada mais malvestida (usando um top sem mangas, de crochê vermelho, com sutiã preto) e a especulação animada e revoltada sobre quem-nesse-mundo teria derramado Merlot na cadeira da sala de jantar da Ginny.

— Eu devia ter ligado a câmera escondida para flagrar a babá — diz a Ginny, rindo e tropeçando no salto alto, até despencar em uma poltrona de estampa de leopardo.

Eu sorrio ao reparar como a Ginny, de pileque, fica muito mais fácil de tolerar. Quase dá para gostar dela assim, sem ficar o tempo todo fazendo pose e tentando provar que é mais íntima da Margot que eu. Ela continua sendo uma perua que acha que tem direito às coisas, mas pelo menos se torna uma perua agradável, com um senso tremendo de achar que tem direito às coisas.

— Você tem mesmo uma dessas? — Dona Stella pergunta, procurando pelo teto.

— É, não é à toa que ela se chama câmera escondida — eu comento, brincando com uma fibra de ráfia amarela. Meu lado mais frugal tem vontade de levar esse saco de lixo para casa, já que a Margot desembrulhou tudo com tanto cuidado. Mas no meu atual estado de inquietação mental, não faz muito sentido me preocupar em reaproveitar papel de presente.

— É óbvio que ela tem uma câmera para vigiar a babá, Stell — diz a mãe da Ginny, Pam, apontando para um arranjo de flores falso no topo da estante de livros, o que não deixa de ser uma forma sutil de se antecipar aos outros. — E a Margot também devia mandar instalar uma igual... principalmente com o recém-nascido e a quantidade de enfermeiras e ajudantes entrando e saindo.

Eu pessoalmente sinto arrepios ao ouvir o termo ajudantes — que cobre desde jardineiros e babás a empregadas e caseiros, e, no caso da Pam, também motoristas (ela não senta ao volante há mais de 22 anos, o que, estranhamente, ela considera um motivo de orgulho). Na verdade, seja para reclamar ou se gabar de seus ajudantes, esse é sem dúvida o assunto que mais abomino no universo da Margot — bem ao lado de colégios particulares para os filhos e jantares de gala.

— Você já apanhou alguém fazendo... alguma coisa? — Dona Stella continua.

Eu reparo os olhos arregalados dela, e noto que a minha sogra, que em geral é tão ativa e dinâmica, pareceu um tanto passiva diante de sua melhor amiga arrogante e mandona. Eu fico observando as duas, e penso comigo se eu também não sou uma diferente versão de mim mesma perto da Margot.

Ginny faz que não com a cabeça, apanhando um sofisticado petit-four de uma bandeja de prata da família, que, tenho quase certeza, sua criada devia tê-la polido ainda nesta manhã.

— Não até o momento... Mas cuidado nunca é demais, quando se trata dos filhos da gente.

Todas assentimos em silêncio, como que reverenciando o profundo saber desta última pérola da Ginny — pérolas que ela sempre solta com um tom de revelação, como se fosse ela a primeira pessoa a dizer ou a pensar naquilo. A minha favorita, que ela disse quando as convidadas especularam se a Margot ia ter um menino, pois a barriga dela estava muito baixa, foi:

— Estou tão feliz que ela e o Webb estejam esperando para descobrir! É a única surpresa que nos resta na vida!

"Ah, como você é original, Ginny! Nunca tinha ouvido esta antes." E, como um aparte, embora eu não goste de criticar, acho isso uma atitude supervalorizada; como tantos casais imaginam que não se valer do uso da tecnologia do ultrassom se qualifica como uma surpresa? Além do mais, onde foram parar todas as outras surpresas nas últimas décadas? Ninguém mais faz festa surpresa? Ninguém mais manda entregar flores nem presentes? Eu juro que não entendi.

Eu termino minha taça de champanhe, viro para Ginny, e anuncio:

— Bem, acho que sei quem derrubou o vinho.

— Quem? — todas disseram em coro, até mesmo Margot, que em geral consegue perceber quando estou brincando. — Aquela garota feia porcalhona — eu digo, engolindo a risada.

— Quem? — todas repetem outra vez, enquanto Ginny tenta adivinhar, falando os nomes das convidadas menos atraentes.

Eu balanço a cabeça, e anuncio com prazer:

— A Lucy — referindo-me à Lucy do Andy. A namorada do colegial promovida a namorada do primeiro ano da faculdade dele, que a Margot só incluiu na lista de convidadas depois de pedir minha permissão.

— Se você não se sentir confortável com isso, eu não convido — Margot repetiu mais de uma vez, sempre seguido da explicação de sua ligação por conta do fundo de caridade e do clube de campo, e mais o infeliz, embora atenuado, laço de família, já que ela é casada com um primo de segundo grau do Webb.

Por diversas vezes garanti à Margot que não havia o menor problema, e que na verdade eu estava curiosa para encontrar o primeiro amor do Andy — e eu preferia que esse encontro fosse em uma situação sob o meu controle, ou seja, usando maquiagem. Mas secretamente acho que minha motivação real tinha mais a ver com o Leo. Afinal, a Lucy vir ao chá de bebê servia como mais um motivo de ouro para a minha coleção de desculpas internas: "O ex da Margot cuida do paisagismo dela; a ex do Andy vai ao chá de bebê da irmã dele. Então, por que eu não posso trabalhar de vez em quando com o meu?".

Em todo caso, é só uma brincadeirinha, pois a tal da Lucy não tem nada de feia. Seus traços de boneca, a pele de marfim e o cabelo ruivo cacheado já garantem a ela um lugar na categoria bonita, e o seu corpo é provavelmente o mais bonito que já vi em pessoa — uma silhueta em formato de ampulheta, que poderia ter ficado ainda mais maravilhoso se ela não se vestisse de modo tão conservador. A Margot e a mãe riem, enquanto suas amigas fúteis trocam um olhar de satisfação, com as sobrancelhas arqueadas, e radar de briga de mulher soando para seu deleite.

Eu giro os olhos e anuncio:

— Ora, é brincadeirinha. A garota é linda!

Ginny parece desapontada por não haver controvérsia nenhuma, enquanto a mãe dela joga a cabeça para trás, morrendo de rir, e diz com um entusiasmo desmedido:

— Ela não é uma preciosidade?

— Sem dúvida — eu confirmo, com nobreza, ao lembrar da minha conversa com a Lucy, um pouco mais cedo, naquela tarde.

Ela foi muito amável comigo e demonstrou certo nervosismo ao me dizer o quanto era maravilhoso me conhecer. Eu retribuí dizendo que era maravilhoso conhecê-la também, com sinceridade. E depois, apesar da imagem perturbadora de uma jovem de 19 anos arreganhando as pernas para o meu marido, eu acrescentei que tinha ouvido muitas coisas boas a respeito dela.

Lucy, que certamente podia estar imaginando as mesmas coisas também, enrubesceu, sorriu e caiu na risada. A seguir, ela falou do Andy e do tempo em que namoraram, no mesmo tom — confirmando que tinham namorado, mas fazendo muito mais referência à época e ao amor entre adolescentes em geral do que ao relacionamento deles.

— Eu só espero que ele tenha jogado fora as fotos do baile de formatura. Eu tinha um cabelo ridículo, enorme. Não sei o que eu tinha na cabeça... Você também usou cabelão nos anos oitenta, Ellen?

— Se eu usei cabelão? — perguntei. — Eu sou de Pittsburgh, onde Flash-dance foi filmado. Eu usava cabelão e polainas.

Ela deu risada, e nós, por precaução, desviamos o assunto para o presente e falamos de Liam, o filho dela de 5 anos. Falamos sobre o autismo leve dele, e como a equinoterapia tem sido uma aliada para ele. Depois, o assunto foi nossa mudança para Atlanta e o meu trabalho — aliás, fiquei surpresa ao descobrir que Margot havia contado à Lucy, e a muitas das convidadas, por assim dizer, sobre as minhas fotos do Drake. E isso foi tudo. A seguir, começamos naturalmente a conversar com as demais. Se bem que, durante o restante da festa, eu a surpreendi me olhando uma dezena de vezes de canto de olho — um sinal de que ela ainda guarda algum sentimento em suspense pelo Andy. O que, certamente, conduziu a uma série de outros sentimentos mesclados, com culpa e gratidão encabeçando a lista.

E eu sinto novamente um misto de emoções quando a Dona Stella olha para mim e diz com sinceridade:

— A Lucy é uma moça bonita, mas você é ainda muito mais bonita, Ellen.

— E muito mais inteligente — Margot completa, ajustando a tira do seu vestido amarelo-caro, transpassado.

— Você é uma bênção para o Andy — Dona Stella acrescenta

Por um segundo, fiquei me perguntando se seria a intuição dela falando alto ou se ela suspeitava de alguma coisa.

Ao abrir minha boca para agradecer, a Ginny interrompe inadvertidamente o que ela devia ter reconhecido como um momento especial de afeição entre a família e diz:

— Onde foram parar esses homens? São quase três horas... Craig me prometeu que ia pajear as crianças para eu poder descansar depois de todo esse champanhe.

Eu pego a minha bolsa, pensando com meus botões que um pai tomar conta dos próprios filhos não pode ser chamado de pajear.

— Talvez o Andy tenha ligado — eu sugiro, tirando o celular da bolsa no exato segundo em que o nome do Leo aparece no mostrador. Meu estômago revira de excitação, e embora eu saiba que deveria recolocar imediatamente o telefone na minha bolsa, eu fico estática ao me ouvir dizer:

— Peço desculpas por um instante. É sobre minha sessão de amanhã.

Todas assentem, mostrando compreensão, e eu me dirijo à cozinha — que já está brilhando, graças às competentes banqueteiras e à empregada invisível da Ginny — e atendo a ligação com um alô apressado.

— Você vem mesmo amanhã? — Leo diz.

— Ora — eu sussurro, sentindo outra descarga de adrenalina.

— Só estou checando — ele diz.

Uma salva de risadas bem altas chega da sala e obriga Leo a perguntar:

— Onde você está?

— Em um chá de bebê — eu murmuro.

— Você está grávida? — ele pergunta à toa.

— Ah, lógico — eu brinco, satisfeita por não haver a menor chance disso, e ao mesmo tempo culpada por isso ser um alívio tão grande.

— E amanhã? Você não prefere vir até minha casa e vamos direto de lá?

— Claro — eu sussurro. — Assim está bom.

— Certo, então... Não vou te prender mais — ele diz, mas transparecendo que queria continuar conversando.

— Certo — eu digo, relutante.

— Vejo você amanhã, Ellen.

— Vejo você amanhã, Leo — eu digo, toda alegre e faceira, então desligo meu telefone, me viro e dou de cara com a Margot olhando para mim.

Meu sorriso se evapora quase instantaneamente.

— Com quem você estava falando? — ela pergunta, seus olhos me fulminando, com ar acusador.

— Era sobre a minha sessão de fotos de amanhã — eu digo, com dificuldade, relembrando em silêncio a conversa e tentando imaginar o que ela teria ouvido.

Ela obviamente me ouviu chamar o nome do Leo — e também o meu tom de voz —, pois ela logo pergunta:

— Como você pode fazer isso?

— Fazer o quê? — eu murmuro, meu rosto começando a pegar fogo.

A sobrancelha de Margot fica arqueada e ela espreme os lábios.

— Você vai a Nova York para se encontrar com ele, não é?

— Eu… vou a Nova York a trabalho — eu insisto em dizer, o que não é nenhuma mentira.

— A trabalho? Verdade, Ellen? — ela diz, sem deixar claro se está mais magoada ou mais irada.

— Sim. Eu vou a trabalho — eu afirmo, balançando a cabeça em confirmação, tentando me agarrar à última centelha de verdade. — É uma sessão de fotos legítima em Coney Island.

— É. Sei… sei. Coney Island. Certo — ela diz, sacudindo a cabeça.

Eu procuro relembrar as poucas perguntas que ela

fez sobre as fotos, e as respostas superficiais que eu dei antes de mudar o rumo da conversa para um terreno mais seguro.

— Mas é com ele? Você vai vê-lo, não vai?

Eu assinto com a cabeça, vagarosamente, suplicando pela condescendência dela, um pouco de compreensão, exatamente como eu procurei dar a ela, sobre a decisão que ela tomara por mim, anos antes.

— O Andy sabe? — ela pergunta.

É a mesma pergunta que ela fez no aeroporto. Só que desta vez dá para ver que ela está em seu limite.

Eu olho para ela e não digo nada, o que, é claro, equivale a um sonoro não.

— Por que, Ellen? Por que você está fazendo isso?

— Eu... eu preciso — digo em tom de desculpa, mas com determinação.

— Você precisa? — ela diz, pousando uma mão sobre a barriga, enquanto desliza as sapatilhas de grife, deixando os pés alinhados. Mesmo em momentos de crise ela conserva a graça e a postura.

— Margot — eu digo. — Por favor, tente entender.

— Não, Ellen. Não — ela me interrompe. — Eu não entendo... Eu não entendo por que você está fazendo algo tão imaturo, tão doloroso... e tão destrutivo. Fazer as fotos do Drake foi uma coisa, mas isso... Isso é demais.

— Não é nada disso — eu insisto, com dificuldade.

— Eu escutei você, Ellen. Eu escutei a sua voz... o

jeito como você falou com ele. Eu não posso acreditar em uma coisa dessas... Você está arruinando tudo!

E quando ela pousa sua outra mão sobre a barriga, eu percebo que ela está se referindo a tudo de verdade. O chá de bebê dela. Nossa amizade. Meu casamento. Nossa família. Tudo.

— Sinto muito — eu digo.

Mas embora eu esteja mesmo sentida, eu sinto minha vergonha se transformar em autopiedade, quando me ocorre que não estaríamos tendo essa conversa se ela tivesse sido franca comigo anos atrás. Se ela tivesse se lembrado de que já éramos amigas antes de eu me envolver com o Andy. Minha mente entra em parafuso, quando tento decidir se conto a ela que sei o que ela fez, ou se isso vai piorar ainda mais as coisas. Então faço uma alusão ao assunto:

— Eu só preciso esclarecer algumas coisas que deveriam ter sido esclarecidas muito tempo atrás...

Claramente não entendendo a minha indireta, ela balança a cabeça e diz:

— Não. Não existe desculpa plausível no mundo para isso.

— Verdade? — eu a interrompo. — Pois bem, e qual é a sua desculpa, Margot?

— Desculpa para quê? — ela me olha confusa.

E eu tento imaginar se ela se esqueceu da visita dele, ou se alterou a história, apagando a volta dele da memória.

— Por nunca ter me contado que ele me procurou

de volta — eu digo com a voz calma, mas o coração disparado.

Margot pisca algumas vezes, temporariamente aturdida; mas depois se recompõe.

— Você estava com o Andy — ela justifica. — Você estava namorando o Andy.

— E daí?

— E daí? — ela repete, horrorizada. — E daí?

— Eu não quis dizer "e daí" que eu estivesse namorando o Andy... Eu quis dizer, o que te levou a pensar que me contar sobre o Leo pudesse ameaçar alguma coisa?

Ela cruza os braços e ri:

— Bem, acho que estamos tendo uma amostra disso nesse exato momento.

Eu fito os olhos dela, recusando-me a misturar os dois assuntos.

— Você devia ter me contado — eu desabafo. — Eu tinha o direito de saber... Eu tinha o direito de fazer a escolha eu mesma. E se você achou que havia alguma possibilidade de eu deixar o seu irmão por isso... bem, esse então seria mais um motivo para me contar...

Margot balança a cabeça, em total e absoluta negação, enquanto me dou conta de que jamais a ouvi se desculpar, nem admitir que estava errada. Sobre qualquer coisa, ou para quem quer que fosse. Nunca.

— Bem, Andy tem o direito de saber sobre isso — ela conclui, ignorando completamente a minha posição. — Ele tem todo o direito de saber o que a esposa dele está fazendo.

Então, ela endireita a postura, levanta o queixo, e ameaça em tom impassível, frio, impulsivo:

— E se você não contar a ele, Ellen... então eu conto.

Trinta

Poucos segundos depois, Craig, Webb, Andy e James entram pela porta lateral da casa, suados, queimados de sol e satisfeitos. Eu inspiro fundo, tentando recobrar a minha compostura, enquanto observo Margot fazer o mesmo. Por um instante, eu me preocupo que ela faça uma cena sem precedentes e revele tudo de uma vez, bem ali. Mas, acima de tudo, ela jamais colocaria o irmão em uma posição embaraçosa dessas. Em vez disso, ela corre até Webb e pousa a cabeça no peito dele, como se buscasse refúgio em seu próprio relacionamento imaculado.

Eu observo os dois juntos, admirada, pois eu costumava me sentir da mesma forma com relação ao Andy; poucos meses antes, ele era minha fortaleza. Agora eu estava separada dele por diversos passos, sentindo-me totalmente independente, isolada.

— Quem venceu? — Margot pergunta, lançando um olhar furtivo para o Andy, na esperança de que fosse ele.

Se era para ser traído pela esposa, pelo menos que ele tivesse tido um bom dia no campo de golfe.

E para não contrariar, Andy abre um sorriso todo garboso, pisca e diz:

— Quem você acha que ganhou, Mags?

— Cara, você tem tanta sorte — James diz.

Ginny, Stella e Pam se juntam a nós, na cozinha, felizes com o regresso dos homens.

— Andy venceu! — Margot anuncia, com uma alegria artificial, enquanto os rapazes nos regalam com suas histórias do golfe, incluindo uma passagem inusitada, quando o Craig, em um ataque de frustração, atingiu um pé de magnólia com seu taco novinho em folha. Mais de uma vez. Todos riem, exceto Margot e eu, enquanto Craig orgulhoso detalha o quanto aquele taco era caríssimo. Então ele pega quatro garrafas de cerveja Heineken da geladeira e as abre tão depressa que lembrou um barman em plena happy hour — uma ocupação na qual tenho certeza ele nunca trabalhou. Ele passa as cervejas para Andy, Webb e James, bebe a dele com gosto, encostando a garrafa gelada na testa entre um gole e outro.

— E como foi o chá de bebê? — Andy perguntou, aparentemente o único homem ali, incluindo o futuro papai, que se lembrou que o ponto alto do dia não tinha a ver com o golfe. Eu acrescento uns bons pontos na contagem dele de marido exemplar; apesar de saber que Andy não merecia ser submetido a avaliação alguma.

Margot inclina a cabeça e responde com um sorriso apagado:

— Foi ótimo.

— Foi tão adorável! — Stella e Pam entram na conversa, usando a mesma inflexão exata.

Elas trocam um olhar afetuoso, coisa de boas amigas, e eu lamento a falta da mesma dinâmica entre a Margot e eu — temendo que nunca mais recuperemos isso.

— Ganhou muita coisa boa? — James pergunta à irmã, imitando um sotaque nova-iorquino, girando de leve sua viseira, para acertar o visual favorito — de gângster.

Margot força outro sorriso e diz que sim, que recebeu presentes lindos, enquanto Ginny, sem conseguir esconder a satisfação anuncia:

— E a Ellen ainda conheceu a Lucy!

Meu estômago virou ao imaginar como a Ginny vai se refestelar quando a Margot confidenciar a ela a ironia completa dessa situação.

— Foi mesmo? — Andy diz, demonstrando tanto interesse ao arquear as sobrancelhas que em outras circunstâncias eu ficaria com ciúmes e insegura.

— E o que você achou? — James perguntou com sua risadinha patente, adorando a oportunidade de ouro para tentar quebrar o protocolo formal da mãe.

— Ela é muito bacana — respondi, com discrição, enquanto James, para não perder a mania, murmurou algo sobre as belas minissaias justinhas dela.

— James! — Stella ralha.

— Ora, mamãe, eu só elogiei o bom gosto dela ao realçar as coxas... — James diz, com uma risada sugestiva.

— Você não tem jeito mesmo — Stella diz, balançando a cabeça.

Enquanto isso, Andy prefere ignorar as gracinhas do irmão, deixando evidente que o assunto sobre Lucy o aborrece — o que leva Margot a se sentir ainda mais ultrajada.

— Bem — ela finalmente diz, claramente não suportando mais a minha presença, por mais um segundo que fosse. — Eu estou exausta — diz olhando para o marido. — Melhor irmos embora antes que eu comece a ter contrações falsas novamente.

Webb massageia o pescoço dela e concorda:

— Com certeza. Vou te levar para casa, docinho.

— É — Andy diz, ao se espreguiçar, e depois tomando um gole prolongado de cerveja. — Melhor a gente ir também. A Ellen terá um dia cheio amanhã. Ela vai a Nova York para uma importante sessão de fotos.

— Ouvi dizer — Margot comenta com a expressão passiva e a voz desmotivada.

Está claro, ao menos para mim, que o problema dela é bem mais que evitar as contrações. Mas não estou certa sobre que mensagem ela está querendo passar. Um apelo de perdão? Uma explicação definitiva? Uma desculpa completa? Quando ela finalmente me olha, a expressão de seu olhar cobre todas essas alternativas. Ela balança a cabeça em negação, olha para o piso de pedra da Ginny, e movimenta os lábios quase que imperceptivelmente, como se estivesse praticando como confortar o irmão na hora que ele precisar.

Naquela noite, depois de voltarmos para casa, Andy e eu parecíamos o retrato de um casal perfeito desfrutando uma noite de domingo, ao menos na superfície.

Nós preparamos uma salada para acompanhar a pizza de pepperoni que pedimos. Assistimos à televisão, compartilhando igualmente o controle remoto. Eu o ajudei a recolher o lixo para a coleta seletiva na manhã seguinte. Ele se sentou ao meu lado enquanto eu pagava as contas na internet, depois nos arrumamos juntos para ir para a cama.

Mas por dentro eu estava devastada, o tempo todo relembrando a minha conversa com a Margot, dando pulos sempre que o telefone tocava, e tentando desesperadamente juntar palavras — e coragem — para fazer a minha confissão.

Por fim, quando Andy e eu já estávamos na cama com a luz apagada, percebo que essa era, verdadeiramente, minha última chance de dizer algo, o que quer que fosse — antes que a Margot o fizesse por mim.

Quando Andy se inclina para me dar um beijo de boa noite, minha mente é bombardeada com centenas de frases de abertura. Eu retribuo o beijo dele, de forma mais demorada que o habitual, nervosa e profundamente triste.

— Gostei de conhecer a Lucy hoje — digo, finalmente, ao nos separarmos, envergonhada por ter optado pela discussão já saturada: amizade com o ex pode ou não pode...

— É. Ela é uma garota legal — Andy comenta, depois suspira e acrescenta: — Pena que ela casou com um babaca.

— O marido dela é babaca?

— É... pelo que sei, ele perdeu o nascimento do próprio filho.

— Nossa. Mas é coisa que acontece. Ele teve uma boa desculpa? — eu digo, na esperança de contagiá-lo com o meu espírito complacente.

— Sei que pode acontecer — Andy explica. — Se o parto adianta ou coisa assim... Mas ele viajou a negócios bem na data prevista, e depois, que surpresa, não conseguiu voltar a tempo.

— Quem te contou isso?

— A Luce.

Apesar de tudo, eu dou um sobressalto, ao ouvir o apelido carinhoso dela. E o Andy deve ter percebido, pois ele limpa a garganta e rapidamente se corrige:

— A Lucy me contou.

— Quando? — eu pergunto, descaradamente, induzindo uma divisão de culpa. — Pensei que vocês não se falavam mais.

— E não nos falamos — ele rebate depressa. — Ela me contou faz muito tempo.

— O filho dela tem cinco anos, estamos juntos há mais que isso.

— Ele tem quase seis — Andy diz, ajeitando as cobertas ao seu redor.

— Você guardou o dia do aniversário dele? — eu provoco, meio na brincadeira.

— Calma lá, detetive — Andy diz, gargalhando. — Você sabe que a Lucy e eu não nos falamos há anos. Foi só uma daquelas conversas finais, depois do fim do namoro, para saber como o outro ficou e...

— E contar como o relacionamento atual é lamentável? Como o seu marido não chega nem aos pés do seu primeiro amor?

Andy ri.

— Não. Na verdade ela não parece achar que o marido perder o parto foi grande coisa. Isso foi algo que entrou por acaso, no meio da história... Ela é do tipo de mulher que se importa mais com os filhos que com o marido.

— E foi ela que te ligou?... Ou você ligou para ela? — eu pergunto, cada vez mais enjoada.

— Credo, Ell. Para ser franco, eu não lembro... Não falávamos fazia tempo... E ambos queríamos saber se o outro estava bem... Se não havia ficado mágoa.

— E havia? Mágoas? — eu pergunto, e me ocorre que Leo e eu nunca tivemos esse tipo de conversa. Nós nunca pusemos um ponto final, descontando aquele voo noturno, mas que não serviu para isso.

— Não — ele responde, e então se endireita na cama e pergunta com calma: — Onde você está querendo chegar com isso tudo?

— Em lugar nenhum. Eu só quero que você saiba que tudo bem se você quiser falar com ela... se quiser ser amigo dela.

— Ora, Ell. Você sabe bem que eu não quero ser amigo da Lucy.

— Por que não?

— Porque não, simplesmente. Primeiro, porque não

tenho nenhuma amiga, além de você. E, segundo, porque eu nem sequer conheço mais ela.

Eu penso no que Andy acaba de dizer, e vejo que apesar do nosso rompimento difícil, e de não termos nos falado por anos, eu nunca me senti assim com relação ao Leo. Posso até não saber os detalhes do cotidiano dele, mas jamais se tornou um estranho.

— Isso é triste — eu concluo, embora subitamente eu não saiba dizer que panorama é o mais triste.

Então, pela primeira vez na vida, eu me pego pensando como seria se Andy e eu nos separássemos — em que categoria de rompimento nos enquadraríamos. Eu afasto o pensamento, dizendo a mim mesma que isso jamais aconteceria. Ou será que sim?

— O que há de tão triste nisso? — Andy perguntou por perguntar.

— Ah, sei lá... — eu respondo com a voz arrastada.

Andy se vira para ficar de frente para mim, e meus olhos tentam se ajustar à escuridão.

— O que você tem, Ell? Você está chateada por causa da Lucy?

— Não — eu respondo logo. — De jeito nenhum. Eu gostei de verdade de conhecê-la.

— Certo — ele diz. — Que bom.

Eu fecho meus olhos, ciente de que a hora da verdade chegou. Eu limpo a garganta, molho os lábios e me detenho por um último instante.

— Andy — eu finalmente digo, com a voz começando a tremer. — Eu tenho que te contar uma coisa.

— O quê? — ele diz de mansinho.

Eu inspiro fundo, e espero todo o ar sair.

— É sobre a sessão de fotos de amanhã.

— O que tem ela? — ele pergunta, esticando-se para tocar o meu braço.

— O trabalho... é junto com o Leo — eu conto, sentindo alívio e enjoo ao mesmo tempo.

— Leo? — ele diz. — Seu ex-namorado?

Eu me obrigo a assentir.

— E o que esse *com* o Leo significa? — Andy diz.

— Ele vai escrever o artigo — eu digo, escolhendo a dedo as palavras — e eu vou tirar as fotos.

— Certo — ele diz, e logo acende a luz de cabeceira para me olhar nos olhos.

Ele parece tão calmo e confiante que, pela primeira vez, chego a pensar em desistir da minha viagem.

— Mas como?... De onde isso surgiu?

— Eu encontrei com ele por acaso em Nova York — eu explico, ciente de que estou confessando tarde demais. — E ele me propôs um trabalho...

— Quando? — Andy perguntou, claramente se esforçando para me dar o benefício da dúvida. Mas dá para ver que ele começa a assumir a postura de advogado inquisidor. — E quando foi que vocês se reencontraram?

— Faz alguns meses... Não foi grande coisa...

— Então, por que você não me contou nada?

Essa pergunta lógica é sem dúvida o âmago da questão. Afinal, é óbvio que significou muito — e tudo isso começou naquele frio dia de inverno, naquele cruzamento, e ao voltar para casa, quando decidi, pela primeira vez, manter aquilo em segredo para o meu marido. Por um segundo, eu penso que se pudesse voltar atrás, eu agiria de modo diferente.

Eu hesito e então respondo:

— Eu não queria te chatear.

Essa é a verdade — uma verdade covarde, mas não deixa de ser a verdade.

— Bem, ao não me contar, deu importância ao fato — Andy diz, os olhos arregalados e feridos.

— Eu sei, e eu sinto muito! Mas... eu queria muito aquele trabalho... esse tipo de trabalho — eu me corrijo para encontrar a melhor versão das coisas.

No meu coração, eu acredito de verdade que parte do motivo da minha ida é o trabalho. Que preciso de mais na vida, além de ficar para baixo e para cima nessa casa, esperando o meu marido voltar. Que quero voltar a tocar as minhas coisas novamente. Recuperando o ânimo e a esperança de que ele possa, de fato, entender, eu confesso:

— Eu sinto falta. Eu sinto muita falta de Nova York.

Andy mexe na orelha, e sua expressão se alivia por um segundo, quando ele diz:

— Nós podemos ir lá de vez em quando... jantar, assistir a um show...

— Eu não sinto falta disso... Sinto falta de trabalhar lá, de fazer parte da cidade... da energia.

— Trabalhe aqui — ele diz.

— Eu tenho feito.

— Mas por que tem de envolver o Leo? Você não pode trabalhar sem ele? Você fotografou o Drake Watters para a capa de uma revista famosa, e agora precisa do ex-namorado para voltar ao trabalho?

Andy perguntou, de forma tão sucinta, armando uma armadilha para mim, que chego a imaginar que ele, afinal, prestou atenção na assinatura da reportagem. Ou talvez a Margot já tenha contado para ele sobre o artigo. Pois é difícil imaginar que mesmo o Andy tivesse tanta sorte assim em um interrogatório.

— Bem. Na verdade... — eu falo, olhando para minhas unhas, feitas no dia anterior, antes de voltar a enfrentar o olhar inquisitivo dele. — Foi ele quem me arranjou aquele trabalho também.

— Espera, o quê? — Andy diz, com os primeiros traços de raiva de verdade tomando seu rosto, enquanto ele soma as coisas. — O que você está dizendo? Como ele te conseguiu aquele trabalho?

Eu me preparo para o pior, ao responder:

— Ele escreveu o artigo... ele ligou para a minha agente e indicou o trabalho.

— Ele estava em Los Angeles? — Andy pergunta, a voz cada vez mais alta, mais alterada. — E você se encontrou com ele?

Eu confirmo com a cabeça, tentando amenizar a minha confissão.

— Mas eu juro que não fazia ideia de que ele estaria lá... Nós não ficamos juntos... nem saímos para jantar, nem nada... Eu fiquei com a Suzanne o tempo todo. Foi tudo puramente profissional.

— E agora? — ele diz, fazendo uma pergunta aberta, que me deixa abalada.

— E agora... surgiu outra sessão — eu respondo.

— E agora? Vocês vão passar a formar uma dupla, por acaso? — ele pergunta, ao se levantar da cama de repente, cruzar os braços e me fitar.

— Não — eu falo, balançando a cabeça. — Não é nada disso.

— Então, explica para mim direito como é essa história — ele fala com o peito estufado, com uma descarga de testosterona.

— Somos amigos, que trabalham juntos de vez em quando — eu digo. — Duas vezes, aliás. Nem é de vez em quando.

— Bem, eu não sei se me sinto confortável com isso.

— Por que não? — eu pergunto como se não houvesse motivo para tanto.

— Porque... Porque eu nunca ouvi uma só coisa positiva sobre esse camarada... e agora você quer retomar a amizade com ele?

— A Margot foi injusta com ele — eu argumento. — Continua sendo até hoje.

— Você também me contou coisas horrorosas sobre ele.

— Eu estava magoada.

— Ah, é — Andy diz, virando os olhos. — Magoada por ele.

— Ele é uma boa pessoa — eu digo.

— Ele é um cretino.

— Ele não é um cretino... e eu me importo com ele... Ele é...

— O quê?

— Ele é... importante para mim.

— Bem, que maravilha, Ellen. Que maravilha — Andy diz, com a voz tomada pelo sarcasmo. — Seu ex-namorado é importante para você. Exatamente o que todo marido espera ouvir.

— A Lucy foi ao chá de bebê da sua irmã — eu argumento, voltando ao início da conversa. — E o Ty cuida dos jardins da sua irmã.

— Verdade — ele diz, andando de um lado para o outro ao pé da cama. — Mas ela foi convidada e ele cuida do jardim justamente porque eles não têm importância. Eles são simplesmente pessoas com quem saíamos no passado. Só isso... E pelo visto você não pode dizer a mesma coisa sobre o Leo.

Dava para ver que ele estava na verdade fazendo uma pergunta, desesperado para de alguma forma mudar a minha resposta e descartar qualquer sentimento pelo Leo.

Mas eu não posso. Eu simplesmente não posso mentir para o Andy, não depois de tudo. Então, em vez disso eu pergunto:

— Você não confia em mim?

Perguntar aquilo fez com que eu me sentisse imediatamente melhor. Mostrou, de algum modo, que confio em mim mesma.

— Eu sempre confiei — Andy diz, deixando claro que esse já não era mais o caso.

— Eu jamais te trairia — eu digo, mas já arrependida daquela afirmação, sabendo que isso é um pressuposto que dispensa verbalização. É algo que não precisa ser dito.

E como não poderia deixar de ser, Andy ironiza:

— Nossa, Ellen, puxa. Que coisa. Obrigado. Depois dessa, vou me certificar de incluir o seu nome no sorteio da "Esposa do Ano".

— Andy — eu suplico.

— Não. Sério. Obrigado. Obrigado por me prometer que não vai me trair com o seu ex-namorado importante, com quem você se preocupa tanto.

Nunca tinha visto o Andy com tamanha raiva.

Eu respiro fundo, e recorro desesperada à minha última cartada, passando a bancar a ofendida:

— Certo. Eu não vou mais. Eu vou cancelar a viagem e fico aqui e tiro mais alguns instantâneos da barriga da Margot... e de barraquinhas de limonada da vizinhança, enquanto você... joga golfe o dia inteiro.

— O que você quer dizer com isso? — Andy diz, espremendo os olhos, confuso.

— Significa que a sua vida é maravilhosa. E a minha é uma droga.

Eu odeio o tom amargo da minha voz. Mas ainda assim ela retrata exatamente como eu me sinto. Amargurada.

— Certo, vamos ver se eu entendi direito — Andy

grita. — Você vai para Nova York passear com o seu ex-namorado porque eu gosto de jogar golfe? Você está tentando se vingar de mim por causa do golfe?

— Pare de tentar simplificar as coisas — eu digo, embora pensasse: "Deixe de ser tão simplório".

— Bem, é que você acaba de me dizer que tudo isso é culpa minha.

— Não é culpa sua, Andy... Não é culpa de ninguém...

— Tem um culpado sim — ele rebate.

— Eu... eu não sou feliz aqui — eu assumo, com os olhos encharcados. Eu me esforço para mantê-los abertos e não chorar.

— Aqui? Aqui onde? — Andy exige saber. — Neste casamento? Em Atlanta?

— Em Atlanta. Na sua cidade natal... estou tão cansada de fazer de conta...

— Fazer de conta o quê, exatamente? — Andy diz. — Fazer de conta que quer ficar comigo?

— Fazer de conta que sou alguém que não sou.

— E quem te pediu para fazer isso? — ele diz, pouco se importando com a minha emoção, o que na verdade tem o efeito contrário de me fazer chorar. — Quando foi que eu te pedi para fingir ser alguém que você não é?

— Eu sou um peixe fora d'água, aqui — eu digo, enxugando as lágrimas com a ponta do lençol. — Você não vê isso?

— Você age como se eu tivesse te obrigado a mudar

para cá — Andy diz, com o rosto alterado pela frustração —, quando na verdade você concordou com tudo.

— Eu queria te fazer feliz.

Andy solta uma risada amarga, derrotada, e sacode a cabeça.

— Claro. Essa é a missão da sua vida, Ellen. Apenas me fazer feliz.

— Eu sinto muito — eu digo. — Mas eu preciso fazer isso.

Ele fica observando o meu rosto, como se esperasse por algo mais — uma explicação mais precisa, desculpas mais convincentes, uma declaração dizendo que ele é o único para mim. Mas quando falho em encontrar as palavras certas — quaisquer palavras — ele desvia o olhar para o tapete e pergunta:

— Você ainda sente alguma coisa por ele, Ellen?

Eu fico calada. E quando ele finalmente levanta os olhos para mim, eu digo:

— Eu não sei.

— Você não sabe?

— É como se eu não soubesse de mais nada, agora...

— Bem, Ellen — ele diz, e coloca apressado uma calça jeans e os sapatos, apanha a carteira e as chaves do carro na mesa no criado-mudo. — Então somos dois.

— Onde você vai? — eu pergunto, perdida em mais lágrimas.

— Sair — ele diz, correndo os dedos entre o cabelo para ajeitá-lo. — Pode ter certeza que não vou dormir em casa esta noite, nem te dar um beijinho de despedida de manhã, como se eu fosse algum idiota qualquer.

Eu olho para ele, desarvorada com o coração partido, e suplico em desespero: — Andy... por favor, tente entender... Não tem nada a ver com você... sou eu... Eu só... preciso fazer isto. Por favor.

Ele me ignora e sai porta afora. Eu me levanto da cama e vou atrás dele, a garganta apertada, pedindo:

— Vamos continuar conversando... A gente não disse que não ia mais dormir brigado?

Andy se vira e me olha, e depois, como se me penetrasse:

— Verdade — ele diz, com pesar. — Bem, nós dissemos também uma porção de outras coisas, Ellen... não foi?

Trinta e um

Em um momento mais surreal que triste, eu fico parada junto à janela do nosso quarto, vendo Andy dar ré, com cuidado, deixar a garagem, e depois dar seta para pegar a rua principal da nossa vizinhança. Eu quase consigo ouvir o barulho da seta funcionando no carro novinho, silencioso; e tento me convencer de que um homem que se lembra de usar a seta em uma hora dessas não pode estar tão zangado. Eu só não tenho certeza se é um alento ou uma evidência às avessas de que não fomos feitos um para o outro. De que o raciocínio da Suzanne procede — existe pouca paixão entre nós, e nós temos apenas uma união carinhosa e agradável, que está começando a ficar desagradável nos últimos tempos.

Eu me afasto da janela e digo a mim mesma que não estou em busca de prova alguma, nem de uma parte, nem da outra. Talvez eu esteja em negação, mas tudo o que quero é tomar aquele avião pela manhã e ir para Nova York, fazer o meu trabalho, encontrar o Leo e tentar me sentir melhor sobre tudo: o passado, o meu casamento, minha amizade com a Margot, meu trabalho, eu mesma. Não estou certa como isso vai se dar, mas também sei que nada vai acontecer se eu continuar aqui, nesta casa.

Eu apago o abajur do Andy outra vez e volto para a cama, imaginando que deveria chorar, mas concluo com um misto de temor e de alívio que todas as minhas emoções estavam aplacadas e tinham sido lavadas minutos antes, quando o Andy ainda estava no quarto comigo. Na verdade, eu estava tão reagrupada e apática, que parecia que eu estava assistindo ao desenrolar da briga de outro casal, simplesmente esperando para saber o que ia acontecer a seguir: "Ela ficará ou ela vai embora?".

Eu fecho os olhos, exausta e quase certa de que conseguirei dormir sem muito esforço. Mas não me permito tentar. Resta pouca coisa a meu favor, e dormir agora pode botar isso a perder e me transformar em uma esposa insensível que tem uma boa noite de sono enquanto o marido devastado dirige em círculos pelas ruas vazias da cidade.

Então, em vez de dormir, eu tento o celular do Andy, esperando ouvir a mensagem alegre da caixa postal, com aquela buzina de táxi, velha conhecida, ao fundo. "Não vá mudar a sua mensagem", eu tinha dito recentemente a ele, sem saber se eu tentava preservar o tom alegre dele ou o som inebriante de Nova York. Seja como for, no momento ele não atende — e nem nas três vezes seguidas em que aperto o rediscar. É óbvio que ele não quer falar comigo, e como não sei o que dizer a ele, eu não deixo nenhuma mensagem. Eu decido não ligar para a casa da Margot, que é para onde ele vai acabar indo. Deixo que eles se juntem contra mim. Deixo que convidem a Dona Stella também, e abram uma boa garrafa de vinho e fiquem destilando a superioridade deles. Deixo eles cuidarem da vida deles, enquanto eu cuido da minha. Eu fico com o olhar perdido no escuro, sentindo solidão, mas feliz por estar sozinha.

Algum tempo depois, eu sigo inquieta até o andar de baixo, onde tudo está quieto e em perfeita ordem, exatamente como Andy e eu deixamos quando fomos para a cama. Eu vou direto até o armário de bebidas e me sirvo de vodca pura, em um copo de suco pequeno. Beber sozinha parece um clichê deprimente, e eu evito a todo custo ser clichê. Ainda assim, uma vodca é exatamente o que quero no momento, e o que a Ellen quer parece ter se transformado no tema da noite. Era algo assim que meu marido ia dizer.

Eu fico parada no meio da cozinha, e de repente, como preciso de ar fresco também, vou até a porta dos fundos e noto que o Andy deixou o alarme armado antes de sair. Ele pode até me odiar, mas ainda assim quer que eu fique segura. Isso já é alguma coisa, eu penso ao me sentar no primeiro degrau, que já se tornou meu lugar preferido em Atlanta, bebericando vodca e ouvindo os grilos e um enorme silêncio abafado.

Bem depois de acabar o meu drinque, ligar para o celular do Andy uma última vez, entrar em casa, trancar a porta dos fundos e colocar o meu copo na pia, eu encontrei o bilhete dele. Eu não posso imaginar como não o vi antes, pois ele foi deixado bem no meio do balcão, escrito num post-it amarelo chamativo, normalmente usado para outras finalidades bem diferentes, para escrever “Eu te amo” ou “Tenha um bom dia!” ou “Preciso de lâmina de barbear”. Meu estômago dá um tranco quando seguro o bloquinho de notas sob a lâmpada do fogão, e leio a mensagem do Andy, escrita em letras maiúsculas:

SE VOCÊ FOR, NÃO PRECISA MAIS VOLTAR

Eu destaco o papel do bloquinho, pensando não no que fazer na manhã seguinte, mas no que fazer com o bilhete em si. Será que devo escrever uma resposta no espaço em branco abaixo da instrução dele? Ou amasso em uma bolinha e deixo sobre o balcão? Jogo no lixo? Colo no meu diário, como lembrança de um momento triste? Como nenhuma das respostas parece a certa — eu simplesmente o recoloco no bloquinho, bem alinhado, como se nunca tivesse sido mexido, nunca tivesse sido lido. Eu olho mais uma vez para ele, sentindo uma pontada doída de remorso e arrependimento, por termos nos tornado o tipo de casal que não apenas briga no meio da noite, como também deixa ultimatos escritos no bloquinho de notas na cozinha.

Pode ser até que nos tornemos o casal de Buckhead da vez, do qual as pessoas vão falar bebendo um drinque no clube. “Você soube da Ellen e do Andy? Ficou sabendo o que ela aprontou? Como ele foi taxativo?”

Posso até ouvir as Ginnys da vida: "E então o que aconteceu?"

"Ela partiu."

"Então ele foi atrás dela."

Fiquei parada ali por muito tempo, lembrando de trechos do passado distante e do passado recente, e uns poucos flashes entre os dois, tentando decidir se eu acreditaria nas palavras do Andy ou não. E resolvi que acredito. Ele pode até vir a mudar de opinião, mas no momento é o que ele sente.

Mesmo assim, em lugar de atiçar medo no meu coração, ou me colocar em algum tipo de suspense, eu me senti mais calma, resoluta e indignada ao subir as escadas e voltar para debaixo das cobertas. Como ele se atreve a ser tão intransigente? Como ele se atreve a nem tentar entender o que eu estou sentindo? Como ele se atreve a me colocar na parede desta maneira? Eu tentei virar a mesa, imaginando que Andy sentia falta de suas raízes, querendo se ligar novamente a algo ou alguém. E então eu descobri que é justamente por isso que me mudei para Atlanta. Com ele. Por ele. É por isso que estou aqui agora.

Eu pego no sono, sonho ao acaso, vinhetas banais sobre forrar a poltrona do nosso quarto, e derrubar chá no meu teclado, e conseguir improvisar uma fantasia de cigana para uma festa de Halloween no vizinho. Sonhos que, mesmo depois de muito analisar, não fazem o menor sentido, levando em conta que estou em uma encruzilhada, em meio a uma crise.

Quando acordo para valer, são 4h59, faltando um minuto para o meu despertador tocar. Então eu me levanto, com os olhos inchados, tomo uma ducha e me visto, e depois faço tudo o que se espera em um dia normal de viagem. Pego minha câmera e reúno todo o meu equipamento; reorganizo minha mala; imprimo meu cartão de embarque, e até mesmo verifico o clima em Nova York. Dezoito graus e chuvas esparsas. Por estranho que pareça, eu não consigo imaginar como é estar a 18 graus, talvez por viver no calorão por tanto tempo. Assim, eu me concentro na chuva, e incluo na bagagem um guarda-chuva e meu casaco preto impermeável.

Eu penso sobre o bilhete do Andy o tempo todo, lembrando a mim mesma que posso voltar atrás no último minuto. Quando o sol se levantar, eu posso resolver ficar. Eu posso tomar o trem até o aeroporto, passar pelo controle de segurança, percorrer todo o longo caminho até o portão marcado, e mesmo assim voltar para casa.

Mas, lá no fundo, eu sei que isso não vai acontecer. Eu sei que terei ido há muito tempo quando o Andy voltar para casa e encontrar o seu bilhete no mesmo lugar, sobre a nossa bancada de mármore.

Cinco horas indistintas depois, eu estou em uma fila de táxi no aeroporto de LaGuardia, os sons, os odores, a paisagem, tudo tremendamente familiar. "Lar", penso comigo. Estou em casa. Mais que Pittsburgh, mais que

Atlanta, mais que qualquer outro lugar. Esta cidade, esta fila de táxi, faz parecer que estou voltando para casa.

— Para onde você está indo? — pergunta uma garota, parada atrás de mim, invadindo a minha solidão. Ela parece estudante, jeans rasgado, rabo de cavalo, mochila grande. Imagino que a grana esteja curta e ela queira rachar a corrida de táxi até a cidade.

Ao pigarrear, eu me dou conta de que ainda não falei uma única palavra hoje.

— Queens — eu respondo, torcendo para que ela esteja indo para Manhattan. Eu não estou com espírito para conversas hoje, mas também não teria coragem de recusar.

— Que pena! — ela reclama. — Eu esperava que pudéssemos dividir um táxi... Eu ia pegar o ônibus, mas estou meio com pressa.

— Aonde você vai? — eu pergunto.

Não que eu estivesse curiosa. Mas porque dava para ver que ela estava louca para que eu perguntasse. Aposto que tem garoto envolvido. Tem sempre um garoto envolvido.

E eu tinha razão:

— Eu vou encontrar o meu namorado. Ele vive no Tribeca — ela conta.

Ela diz "Tribeca" com o maior orgulho, como se tivesse pronunciado a palavra umas poucas vezes até agora. Talvez ela tenha acabado de aprender que se trata de uma sigla, e compreende o triângulo das ruas abaixo da rua do canal. Eu me lembro de quando ouvi isso pela primeira vez. Eu me lembro que foi no mesmo dia em que pronunciei o nome errado de uma rua — Houston — e que a Margot me corrigiu, e admitiu que ela também tinha se equivocado na véspera.

— Hum — eu murmuro. — Ótima região.

— É sim — ela diz, e eu detecto o sotaque, que pode ser de Minnesota ou do Canadá. — Ele acaba de descobrir esse loft incrível.

Ela destaca o termo loft, que ele deve ter usado para impressioná-la. Imagino se ela conhece esse apartamento incrível, que deve ser minúsculo e cinza — ainda que, de alguma forma, maravilhoso.

Eu sorrio, concordando.

— E você, onde mora?

Ela tira uma jaqueta jeans amarrotada da mala de rodinhas, eu penso comigo, "jeans sobre jeans? Nada feito". E para piorar, ela abotoa quase até em cima. — Toronto... meu namorado é artista — ela conta.

Trata-se de uma belíssima conclusão equivocada, mais uma vez garantindo a ela amor, garantindo que tudo retorne para ele.

"Perigoso", eu penso, mas sorrio novamente e digo:

— Isso é ótimo — imaginando como eles se encontraram, há quanto tempo estão juntos, se ela vai se mudar para Nova York para ficar com ele. Como a história deles vai acabar. Se a história não vai ficar pendente.

A fila vai caminhando e me aproximando cada vez mais do Leo.

— E você... voltando para casa?

Eu respondo com um olhar enigmático, e ela continua:

— Você mora no Queens?

— Oh... não — eu digo. — E vou me encontrar com alguém... a trabalho.

— Você é fotógrafa? — ela perguntou.

Por um segundo, eu fico impressionada com a intuição dela, mas depois me lembro das minhas malas, meu equipamento.

— Eu sou — eu digo, e me sinto cada vez mais eu mesma.

Eu sou fotógrafa. Eu estou em Nova York. Eu vou ver o Leo.

— Que maneiro — ela diz, sorrindo.

Ao chegar minha vez na fila, eu me despeço da minha nova amiga sem nome.

— Tchau — ela diz, toda feliz.

E acena, o que é algo curioso quando se está tão perto do outro.

— Boa sorte — digo a ela.

Ela agradece, com um olhar intrigado, como se ficasse imaginando o que a sorte tem a ver com tudo. E eu tenho vontade de dizer a ela, muito. Ela tem muito a ver com tudo. Mas apenas retribuo o sorriso dela, e me viro para entregar as malas ao motorista do táxi.

— Para onde? — ele pergunta ao entrarmos no carro.

Eu dou a ele um endereço guardado de cor há muito tempo, nervosa, conferindo a maquiagem no meu espelhinho compacto. Eu estou usando apenas rímel e gloss, e resisto à tentação de colocar algo mais; da mesma forma que optei por um rabo de cavalo e uma roupa casual, jeans e uma camisa branca, com a manga enrolada, e sapatilha de couro. Essa viagem pode envolver mais que trabalho, mas ao menos eu estou mantendo as aparências.

Ansiosa, eu tiro o telefone da bolsa, bem na hora em que chega uma mensagem do Leo: "Você já chegou?".

Meu coração dispara, quando eu o imagino de banho recém-tomado, conferindo o relógio, à minha espera.

Eu respondo: "No táxi. Até já".

No instante seguinte, eu relaxo, surpresa com o smile que ele me envia, pois o Leo nunca foi dessa coisa de emoticons. Ele no máximo acrescentava um sorriso estilizado, ":-/", ao final dos e-mails, em uma referência aos meus lábios finos. Andy jamais notou, ou ao menos nunca comentou sobre isso.

Eu sorrio para o meu telefone, apesar do meu humor — que, se não é de todo mal, também não está para sorrisos. Então eu coloco os fones de ouvido, ligo o meu iPod e escuto o Ryan Adams cantando uma das minhas músicas favoritas, que tem o poder de ora me deixar muito feliz, ora me deixar muito triste, dependendo. No momento, estou sentindo as duas coisas. E, enquanto presto atenção na letra, eu me admiro do quanto essas duas emoções são paralelas.

"Eu guardo você no fundo da minha mente,
O prazer é imenso, mas droga, como dói."

Eu ponho o volume nas alturas, enquanto ouço

minha mãe ralhar, “Desse jeito você vai ficar surda, menina”. Eu fecho os olhos, pensando no Leo, depois no Andy, e então, no Leo novamente.

“Afinal”, eu penso, “tem sempre um garoto envolvido!”.

Trinta e dois

Ao virarmos na avenida Newton, foi difícil decidir se havia sido ontem mesmo ou se fazia uma eternidade que estive aqui pela última vez, para deixar o Leo, na volta da Califórnia, certa de que aquele era o ponto final. Eu revivo rapidamente as emoções daquela manhã, inesperadamente triste, e me pergunto se cheguei a acreditar de verdade que nunca mais o veria. Penso também no que exatamente me trouxe até aqui neste momento. Seria a mudança para Atlanta e tudo o que se seguiu? Minha descoberta sobre aquele dezembro distante quando ele tentou voltar? Ou seria simplesmente a ascendência inexplicável e inexorável que o Leo tem sobre o meu coração? O carro para na calçada diante da casa dele, eu pago a corrida, esperando hoje encontrar uma resposta. Eu tenho de encontrar alguma resposta.

— Recibo? — o chofer pergunta, ao liberar a trava do porta-malas e deixar o táxi. — Não, obrigada — eu respondo, embora soubesse que deveria controlar melhor minhas despesas; essa atitude daria mais status de negócios à minha viagem.

Ao sair do táxi, logo vejo Leo, descalço, de jeans e blusa cinza chumbo, curvado sobre a grade da sua varanda, com olhos espremidos para o céu, imaginando se chove ou não. Meu coração dá um sobressalto, mas eu me acalmo desviando o olhar e me concentrando nas bagagens sendo tiradas do porta-malas e colocadas na calçada. Mal posso acreditar que estou mesmo aqui. Nem mesmo quando tomo coragem e cruzo o olhar do Leo. Ele levanta o braço e sorri, totalmente à vontade.

— Oi — eu digo, minha voz sendo engolida pelo sopro do vento e o som do porta-malas fechando. Eu prendo a respiração, quando o meu táxi dá a partida e some de vista. Minha visita agora é oficial.

Segundos depois, Leo surge ao meu lado.

— Você conseguiu — ele comenta, parecendo reconhecer que fora preciso muito mais que um mero trajeto de avião para chegar até aqui. Ele está certo, eu penso, lembrando da mensagem sobre a bancada, e o Andy descobrindo que ela continua lá, esta manhã, e que sua mulher partiu.

— É — eu digo, sendo consumida pela culpa. — Eu consegui.

Leo olha para minhas malas e diz:

— Aqui. Deixa que eu levo isso.

— Obrigada — eu digo, e então preencho o silêncio embaraçoso que se seguiu: — Não se preocupe… Eu não vou ficar aqui. Já tenho um hotel — o que, logicamente, torna tudo ainda mais constrangedor.

— Eu não estava preocupado com isso — Leo diz, mostrando que estava sim preocupado com alguma coisa, mas algo totalmente diferente.

Eu o observo suspender a minha mala com a mão

direita — apesar das rodinhas — e pendurar a bolsa da minha câmera no outro ombro. Eu abafo o meu saudosismo ao seguir o Leo subindo as escadas até a entrada do edifício. Ao entrar, sou recebida pelo aroma de café e o velho cheiro, meu conhecido, das coisas dele. Eu olho ao redor da sala, tomada por uma avalanche de lembranças, em sua maioria, boas. Uma sobrecarga sensorial, penso comigo, sentindo-me fraca e nostálgica, aos 23, outra vez.

— Bem? — Leo diz. — O que você acha?

Como não estou certa a que ele se refere, eu me resguardo falando de tudo, menos o passado. — Mobília nova — eu digo admirada.

— É — ele confirma, apontando para um quadro abstrato em preto e azul, e um sofá de couro desgastado cor de canela. — Fiz algumas mudanças aqui e ali... Se você não se opõe — ele fala em tom de brincadeira.

— Não — eu respondo, tentando relaxar, evitando olhar na direção do quarto dele, tentando não relembrar muita coisa. Ao menos não tudo de uma vez só.

— Bom — ele diz, fingindo alívio. — Você se casa e muda para a Geórgia... Eu tenho direito a no mínimo trocar de sofá.

Eu sorrio.

— Eu acho que você fez um pouco além disso — eu digo, com referência a seu trabalho, principalmente, mas também pela Carol. Eu olho ao redor, procurando toques femininos, sinais de que eles moram juntos. Não há nenhum. Nenhum toque feminino, nem fotos da Carol. Foto nenhuma, na verdade.

— Procurando algo? — ele provoca, como se soubesse exatamente o que estava na minha cabeça.

— Sim — eu rebato. — O que você fez com a minha fotografia?

Ele balança o indicador para mim, e então vai até um móvel antigo, batido, e remexe na gaveta superior, procurando. — É dessa que você está falando? — ele diz, segurando a minha foto, aos sete anos, banguela na frente.

— Sem essa! — eu digo, corada.

Ele dá de ombros, orgulhoso, mas ao mesmo tempo tímido.

— Não acredito que você a guardou — eu digo, mais maravilhada do que deveria.

— É uma foto genial— ele diz, colocando a fotografia em uma prateleira, que em lugar de porcelanas está repleta de jornais. Tudo o que se refere ao Leo é reduzido, minimalista, exceto pela quantidade de papéis. Livros, jornais, revistas e bloquinhos estão espalhados por toda parte — no chão, na mesinha de centro, mesa, cadeiras, estantes.

— Então — ele diz, indo para a cozinha, o único cômodo à vista, que parece inalterado, incluindo o piso de linóleo verde da década de 1970. — Está com fome? Posso te preparar algo?

— Não, obrigada — eu respondo, imaginando que mesmo que eu estivesse, não conseguiria comer nada.

— Café? — ele pergunta, servindo a própria xícara. Uma xícara cor de pêssego. “A-hã”, penso comigo. “Carol.”

— Claro, só meia xícara, por favor.

— Meia xícara? — ele estranha, arregaçando as mangas. — Quem é você? Minha avó?

— Ah — eu respondo saudosa, lembrando de sua avó voluntariosa. Eu só a vi uma vez, no aniversário do sobrinho dele, e ela era o tipo de velhinha excêntrica e decidida, que diz exatamente o que pensa, e só não se dá mal por respeitarem a sua idade.

— Como vai a sua avó? — eu pergunto, e me ocorre que falamos pouco sobre nossas famílias naquela noite, no voo.

— Continua implicante... Continua jogando boliche, aliás — ele conta pegando uma xícara diferente, branca, para mim. Há algo escrito nela, mas não consigo ler de onde estou.

— Que beleza — eu comento. Eu penso na minha mãe, impossível não lembrar dela, quando escuto sobre parentes idosos que levam uma vida tranquila e saudável, mas não me permito me estender sobre ela, com a cabeça já tumultuada.

— Só mesmo meia xícara, vovó?

Eu sorrio e respondo.

— Tá bom, tudo bem. Pode encher... Eu só acho...

— O quê?

— Que nós deveríamos ir... — eu sugiro.

— Você está com pressa?

— Pode chover.

— E daí?

— Eu tenho de fotografar — eu digo, enfatizando.

— Eu sei — ele diz, também enfático.

— E então... — eu insisto, imaginando como ele pode não entender o óbvio.

— Você não consegue fotografar com chuva?

— Claro que consigo.

— E então... — ele diz, imitando a minha inflexão.

Nós então tínhamos oficialmente engrenado nas brincadeiras — o que é um território perigoso, quando se está determinado a não fazer nada que possa trazer futuro arrependimento.

— Só estou tentando dizer... — eu recorro à minha frase favorita dos tempos do colégio, que uso para escapar de situações delicadas.

— Bem, e eu só estou tentando dizer que fotos de uma Coney Island chuvosa também não ficariam mal, certo?

— Acho que não — eu digo, imaginando que a cidade pode ficar até melhor com chuva. E ficar junto do Leo com o tempo chuvoso também pode ser para lá de bom.

— Então senta aí — Leo diz, interrompendo meus devaneios. Ele aponta para o sofá, olha bem nos meu olhos e diz: — Fica um pouquinho, vai.

Eu retribuo o olhar, temerosa e esperançosa sobre o que esse pouquinho possa trazer. Eu vou e me sento em uma extremidade do sofá, apoio o cotovelo sobre o descanso de braço, e fico esperando pelo meu café, por ele. Eu o observo encher a minha xícara, deixando espaço apenas para um dedinho de creme, e duas colheres de açúcar.

— Pouco creme e doce, certo? — ele pergunta.

— O que te faz pensar que ainda gosto do meu café assim? — eu digo, com um sorrisinho tímido.

— Ah, eu sei — Leo fala à toa mas ainda assim carrega um tom sugestivo.

— Sabe como? — eu pergunto, correspondendo ao flerte.

— Você tomou desse jeito, naquela tarde na lanchonete, quando fui te encontrar — ele explica, ao me entregar a xícara, e escolhe o local perfeito para se sentar, perto, mas nem tanto.

— Você reparou no meu café?

— Eu reparei em tudo, Ellie.

— Tipo? — eu pressiono, sucumbindo à vertigem que ele naturalmente causa em mim.

— Tipo... o suéter azul que você estava usando... tipo, o jeito como você inclinou a cabeça para o lado quando eu entrei... tipo, a sua expressão ao me contar que estava casada.

— E que expressão era essa? — eu o interrompo, preferindo que ele parasse de usar o termo casada.

— Você sabe que expressão era.

— Diz pra mim.

— Com cara de eu te odeio.

— Eu nunca te odiei, Leo.

— Mentirosa.

— Certo, eu te odiei um pouco.

— Eu sei.

— E agora? — eu pergunto, ousando fitar os olhos castanhos dele. — Eu continuo com a mesma expressão?

Leo intensifica o olhar, como se buscasse a resposta no meu rosto. E conclui:

— Não. Foi embora. Aquela expressão foi embora, desde o nosso voo de Los Angeles, quando eu te salvei daquele sujeito porco.

Eu dou risada e faço cara de arrepio:

— Cruzes, ele era nojento!

— Sim. Era. Felizmente… Senão, você talvez não ficasse tão feliz em me ver.

Eu balanço minha cabeça, mas não em negação — apenas tentando dizer, "Sem comentários; pelo menos não dos que possam ser divididos".

— O que foi? — ele pergunta.

— Nada.

Somente dez minutinhos na minha viagem de trabalho e eu já estou à deriva, avançando em um território perigoso.

— Diz — ele insiste.

— Você é que fala — eu digo, tomando um primeiro gole de café, perfeito, só um pouco quente demais.

— Bem… vejamos… o que eu posso te dizer?… — Leo olha para o teto, e eu reparo na barba bem-feita, a costeleta aparada, a pele morena. — Posso dizer que estou feliz com a sua vinda… feliz por te ver… que estou muito feliz em te ver.

— Também estou muito feliz em te ver — eu digo, tomada por um timidez súbita.

— Que bom — Leo diz, balançando a cabeça, bebericando o café e colocando os pés sobre a mesinha de centro. — Rola mesmo essa coisa entre a gente, né?

— Sem dúvida — eu digo, enquanto ambos fitamos o chão. — Rola mesmo.

Segundos depois, nossos olhos se encontram novamente, nosso sorriso apaga, e mesmo sem ter como saber, aposto que o coração dele está pulsando tão forte quanto o meu. Eu penso no Andy, e me dou conta de que minha culpa começa a ceder, o que por sua vez me alimenta com uma culpa nova, principalmente quando o Leo limpa a garganta e pronuncia o nome do meu marido em voz alta.

— O Andy sabe que você está aqui? — ele pergunta.

É uma pergunta direta, mas entrecortada com o firme reconhecimento de que eu possa estar aqui por pouco mais que uma sessão de fotos.

— Sim — eu confirmo, reconhecendo que não esclareço nada com isso.

O meu "sim" pode significar que, como puramente profissional, contei a meu marido apenas sobre o trabalho. Ou pode significar que confessei tudo. Ou pode significar que contei a ele o bastante para resultar em um briga horrível e em um ultimato escrito em um post-it.

— E?... Ele encarou numa boa? — Leo perguntou, com ar de preocupação.

Eu olhei para o meu café e sacudi a cabeça, esperando que bastasse para ele entender. E deve ter entendido, pois ele se limitou a dizer:

— Sinto muito.

Eu assinto, em agradecimento, concluindo que boa

parte da nossa boa interação continua sendo pelas entrelinhas, sobre o que se passa no nosso íntimo.

— E... como vai sua namorada? — eu pergunto, mudando de assunto.

Ele balança a cabeça, faz um gesto, cortando o ar com a mão, e murmura um clique.

— Já era — ele diz.

— Vocês terminaram?

— Sim — ele confirma com a cabeça.

— Quando? — eu digo, louca na verdade para perguntar: "Por quê? Quem terminou?".

— Umas semanas atrás — ele diz, vagamente.

— Você... quer falar sobre o assunto?

— Você quer falar sobre isso? — ele devolve.

— Se você quiser...

Leo dá de ombros, e começa a falar com sentenças curtas e óbvias.

— Eu contei a ela que nós voltamos a nos falar. Ela teve uma reação exagerada. Eu expliquei que não tinha nada a ver. Que você era casada. Ela insistiu em saber o que estava acontecendo. Eu disse que não era nada, mas ela me acusou de ainda sentir alguma coisa por você.

Ele levanta os olhos e me fita, eu desvio o olhar primeiro para o queixo dele, e depois para os lábios.

— E? — eu pergunto.

— E — Leo dá de ombros, novamente. — Eu não pude dizer o que ela esperava ouvir, então ela foi embora.

Eu imagino aquele diálogo duro e infeliz entre os

dois, e meu coração se enche de solidariedade por uma mulher que nem sequer conheci.

— Você simplesmente a deixou partir? — eu pergunto, espantada com a honestidade dele, beirando a crueldade.

Isso, aliás, está entre as melhores — e piores — coisas sobre ele.

Leo assente lentamente. Então, põe a xícara de café de lado, vira o corpo de frente para mim, e diz:

— É. Bem. O problema é que... ela tinha razão. Eu sinto mesmo alguma coisa por você, Ellie.

Eu engulo fundo, meu coração vai parar na minha garganta, nos meus ouvidos, em toda parte, enquanto eu fico repetindo as palavras dele em silêncio. E, mais uma vez contrariando a minha razão, eu pergunto:

— Sente o quê?

— Sentimentos que eu deveria ter reconhecido muito tempo atrás — ele diz, olhando por um instante nos meus olhos e depois fitando a sala. — Sentimentos que voltaram à tona, quando te reencontrei... Sentimentos que eu não deveria ter... por uma mulher casada.

E lá estava novamente. Casada.

Eu abro a boca, mas não consigo encontrar palavras para dizer. Pelo menos, não que possam ser ditas em voz alta.

— Então — Leo diz, tirando o foco de mim. Ele esfrega as mãos, depois as fecha e assopra os nós dos dedos, antes de soltar uma das frases profundas e sem sentido que ele adora falar:

— O que tem de ser, é.

Por segurança, eu concordo balançando a cabeça.

— Quero dizer... o que se há de fazer, não? — ele completa.

A pergunta era retórica, ainda assim eu a respondi, pisando em ovos:

— Não sei — eu disse, balançando a cabeça.

Leo me olha com as sobrancelhas eriçadas, como se entendesse exatamente como eu me sinto, exatamente o que eu estava tentando dizer — assim, senão da mesma forma, ao menos aquilo que fez com que estivéssemos novamente juntos.

Trinta e três

Uma hora de bate-papo e duas xícaras de café depois, Leo e eu estamos em um trem praticamente vazio a caminho do extremo sul do Brooklyn. Ambos assumimos uma postura profissional, mas, internamente, estamos fervilhando, e quanto mais nos calamos sobre nossas emoções, mais elas crescem.

Eu confiro o número de paradas até a Avenida Stillwell e estimo que ainda temos ao menos uma hora no trem. Leo se abaixa e dá um nó duplo nos cadarços de seu tênis preto, e ao se acomodar novamente no assento, ele me olha de um jeito especial e diz:

— Quer dizer então que você nunca foi a Coney Island?

Eu balanço minha cabeça.

— Não... Mas, tenho a impressão de já conhecer... acho que de tantos filmes e fotografias.

— Eu me sinto assim em relação a uma porção de lugares também — diz, assentindo com a cabeça.

— E quais são? — eu pergunto, sempre curiosa para saber tudo o que Leo sente ou pensa, mesmo as coisas mais corriqueiras, sem nenhuma relação com nós dois.

— Como... Stonehenge. Quer dizer, quem precisa ir até lá depois de ter visto algumas fotografias? Uma porção de rochas, em um campo aberto. E pronto, está conhecido.

Eu dou risada do exemplo que ele cita e continuo:

— Fala um pouco do seu artigo. Você já escreveu?

— Sim, uma boa parte dele, mas ainda precisa de ajustes.

— E é sobre o quê?

— Bem... dá para dizer que é sobre o conflito da antiga e da nova Coney Island. E as mudanças inevitáveis à vista.

Eu olho para ele com interesse, ao me dar conta de que para alguém que se esforçou tanto em convencer os outros, e a mim mesma, de que esta é uma viagem a trabalho, eu não sei praticamente nada sobre o objeto das minhas fotos. Ou sobre Coney Island, por assim dizer.

— Que mudanças? — eu pergunto.

Leo abre sua mala e retira um folheto sobre Coney Island, e aponta para uma foto aérea da praia.

— Resumindo, um grande investidor comprou dez acres da região do parque de diversões, e planeja gastar dois milhões de dólares na sua recuperação. Fazer um novo zoneamento, construir edifícios de hotéis e apartamentos, campo de golfe... Segundo alguns, isso é exatamente do que Coney Island precisa. Você sabe, revitalizar uma área em decadência e recuperar a glória do passado.

— E os outros?

— Outros têm uma visão mais nostálgica. Temem que a construção expulse os moradores locais; descaracterize as linhas clássicas; acabe com as lojinhas de família e os brinquedos do parque de diversões; ou seja, que de alguma forma destrua a atmosfera kitsch dos bons tempos, do chamado império do níquel.

— Império do níquel? — eu pergunto, enquanto o trem vai fazendo sua parada na Queensboro Plaza.

As portas se abrem, permitindo a entrada de uma porção de passageiros que, sem exceção, olham na nossa direção, mas escolhem outros assentos.

— Muito tempo atrás, a viagem de metrô para chegar a Coney Island custava um níquel. Os ingressos para os brinquedos custavam um níquel. O cachorro-quente do Nathan's custava um níquel... Coney Island na verdade começou como um balneário para os ricos, mas rapidamente evoluiu para um centro de lazer da classe trabalhadora, que para se divertir e esquecer dos problemas precisava somente de um níquel — Leo explica, conforme avançamos sobre o East River, em direção às ruas 59 e Lex. — E para mim, em diversos sentidos, Coney Island ainda guarda essa sensação.

— Você entrevistou muita gente? — eu pergunto.

— Sim. Passei alguns dias lá, na praia, passeando pelo parque Astroland, e por toda a região da Avenida Mermaid, conversando com os moradores... os "velhos lobos-do-mar", como eles se referem a si mesmos. Ouvi histórias antigas geniais sobre o calçadão, e todos os jogos antigos e os brinquedos mais radicais — ele sorri e comenta: — Todo mundo tem uma história sobre o Ciclone para contar.

— É a montanha-russa?

— É.

— Você andou nela?

— Sim... quando criança. E deixa eu te dizer... aquele negócio faz a gente arrepiar. Ela tem setenta e tantos anos, é toda feita de madeira, e não é moleza, não... Eu bati um papo muito interessante com o gerente do Ciclone — um cara mais velho, tatuado, que toma conta do brinquedo há trinta anos, mas nunca andou nela.

— Ah, que estranho? — eu me espanto. — Jura?

Leo assente.

— Ele tem medo de altura?

— Nada. Ele disse que já escalou o bicho uma porção de vezes... ele só não acha divertido um brinquedo que provoca frio na barriga.

Eu sorrio, pensando no número de vezes que o próprio Leo já me provocou essa mesma sensação.

— Seja o que for... Coney Island está em um impasse. — Leo conclui, em tom sério. — O velho *versus* o novo.

— E de que lado você está? — eu pergunto. — Do velho ou do novo?

Leo considera a minha pergunta por alguns instantes, e então me olha com um conhecido olhar vago:

— Não sei. Mudar pode ser bom... às vezes — ele diz, parecendo ambíguo. — Mas deixar o passado para trás é sempre difícil.

Eu não entendi o que quis dizer exatamente; ainda assim, murmurei concordando. E enquanto o vagão do metrô desliza sobre os trilhos, nós preenchemos um longo intervalo com o mais profundo silêncio.

Quando saímos do metrô e entramos na Avenida Stillwell, encontramos uma tarde nublada, dessas sem estação definida; e as nuvens cinzas que cobriam o céu mostravam que a chuva não ia demorar. Não estava frio, mesmo assim eu ajustei o cinto do casaco e cruzei os braços contra o peito, enquanto olhava ao redor, para memorizar a primeira impressão dessa Nova York prateada tão celebrada. A América dos livros e fotografias. Era exatamente assim que imaginei que estaria nessa época do ano — sóbria, desbotada, desolada — ainda assim, mágica, especial. Material para render fotografias incríveis. O pano de fundo de lembranças que não se pode apagar.

— Bem, cá estamos nós — diz Leo, sem grande entusiasmo.

— Sim.

— Que tal irmos primeiro até o mar? — Leo perguntou.

Eu concordo, e seguimos à pé, lado a lado, até o calçadão. Ao chegarmos lá, encontramos um banco e nos sentamos, admirando a faixa estreita de areia calma e ondas escuras. Eu estava toda arrepiada com o sopro do ar frio, com a vista rígida e, acima de tudo, por ter Leo ao meu lado.

— Lindo — digo, por fim, recuperando o fôlego.

O rosto de Leo se resplandece — como se ele também fosse um velho lobo-do-mar, com suas próprias histórias a contar. De repente, eu o imagino menino, nesse mesmo lugar, no auge do verão, de baldinho e pá na mão. E depois no parque, adolescente, dividindo um algodão doce azul, com uma garota de rabo de cavalo, e atirando com todo cuidado, na esperança de derrubar todos os pinos e ganhar um unicórnio de pelúcia para ela.

Ele inclina a cabeça e diz:

— Jura?

Eu balanço a cabeça e explico:

— Sim. Tem... tanta personalidade.

— Estou feliz que você pense assim — ele diz, roçando a mão pelo cabelo. — Realmente feliz que pense assim.

Ficamos ali parados um tempão — ligeiramente reclinados no banco, admirando o cenário, e observando as poucas almas que se atreveram a sair em um dia como esse. Até que, em um determinado momento, sem dar uma palavra, eu tiro a minha câmera da bolsa, passo entre as barras que separam a calçada e a areia, e vou até perto do mar. Tiro algumas dezenas de fotos das vistas dali, para entrar no clima, e vou relaxando aos poucos, como é de costume quando começo a trabalhar. Fotografo o céu, a areia e o oceano. Fotografo uma mulher de meia-idade, de cabelos castanhos e casaco de tweed, que não chegava a ser malcuidada para se dizer que fosse mendiga, mas sem dúvida ela estava com problemas, carregando alguma tristeza. Bato algumas fotos das fachadas das lojas ao longo do calçadão. A maioria está fechada, algumas até com tapumes; e também de um bando de gaivotas ao redor de um saquinho de pipocas, ciscando os milhos que não estouraram.

Leo está à minha espera e observa tudo. Então, em um último impulso, tiro uma foto dele, recostado no banco, mãos na nuca e cotovelos para fora.

Quando me aproximo, ele acena e sorri com ares de modéstia.

— Essa última é para guardar — ele disse, em um momento parecido do passado, quando tirei fotos dele em um banco do Central Park, e quanto desdém Margot havia demonstrado por elas, chamando-o de orgulhoso e afetado. Analisando aquele dia, percebo que ela estava errada sobre aquele momento, registrado naquelas fotos. Ela se equivocou sobre muitas coisas.

Eu penduro minha câmera no ombro e me sento, deixando escapar um suspiro, mais sonoro do que eu desejava.

Leo tenta um olhar sério e me cutuca com o cotovelo:

— Lembra do que eu lhe disse, Dempsey? As pessoas vêm até aqui para esquecer dos seus problemas.

— Certo — eu murmuro, com um sorriso forçado, esfregando o dedão esquerdo na minha aliança e pensando no meu sobrenome de solteira, Dempsey.

Nós ficamos observando o movimento das ondas, e depois de alguns minutos eu pergunto ao Leo se a maré está indo ou vindo.

— Vindo.

Sua resposta é tão rápida que chega a me impressionar — da mesma forma que me impressiono quando os motoristas, geralmente homens, sabem instintivamente que estão dirigindo, digamos, para noroeste.

— Como você sabe? — eu pergunto, imaginando que já havíamos observado as ondas por tempo suficiente para identificar a tendência.

— Não tem areia molhada — Leo explica, com um trovão ao fundo. — Se a maré estivesse indo, haveria uma faixa de areia molhada.

— Ah, é verdade — eu concordo, e então: — Quer saber de uma coisa?

— O quê? — ele pergunta, ansioso, em alerta, como se esperasse uma importante confissão, algo profundo.

— Estou faminta — eu digo, sorrindo.

— Eu também — ele diz, com uma risadinha. — Que tal um cachorro-quente?

— Foi aqui que nasceu o cachorro-quente, não foi? — eu pergunto, ao lembrar de um texto sobre a história de Coney Island que li por aí. Talvez do próprio Leo, há muito tempo.

— Verdade — Leo diz, sorrindo.

Nós nos levantamos e fazemos o mesmo caminho de volta até o cruzamento da Avenida Stillwell com a Surf, local da primeira lanchonete Nathan's, que foi construída em 1916. Ao entrarmos, encontramos uma fila maior do que seria esperado para as quase duas da tarde, durante a baixa temporada, ainda que fosse pelo cachorro-quente mais famoso do mundo. Enquanto Leo entra na fila e pergunta o que quero comer, eu tiro algumas fotos do restaurante, dos outros clientes e do cozinheiro suado.

— Um cachorro-quente — eu respondo, com um olhar óbvio.

— Não dá para ser mais específica? — ele insiste, com o sorriso ainda mais largo. — Quer com pimenta? Com molho? Simples? Com fritas?

— Pode ser igual ao seu — eu respondo, sem dar mais detalhes.

— Cachorro-quente com cheddar, fritas e refrigerante — Leo diz sem hesitar.

— Perfeito — eu digo, relembrando o quanto ele adora refrigerante.

Leo pagou a conta, enquanto eu pegava guardanapos, canudos, mostarda e ketchup, e escolhemos uma mesa perto da janela da frente. Lá fora começava a chover.

— Bem na hora — comenta Leo.

Eu o observo, sentado à minha frente, de repente imaginando Andy em sua escrivaninha, de gravata e paletó. Eu fico impressionada com o contraste entre os dois mundos — uma barraquinha de cachorro-quente no Brooklyn e um escritório de advocacia impecável em Buckhead. E me impressiono ainda mais com o contraste entre os dois homens e o modo como me sinto com cada um.

— Para ser sincera, eu discordo — eu digo, fitando-o nos olhos. — Péssima hora, aliás.

Leo me olha com surpresa, sobre as batatas. Então, ele segura uma, e faz que me oferece:

— Você — ele diz.

— Não. Você — eu digo.

— Você — ele insiste, com firmeza.

Era assim que costumávamos conversar. Era a nossa

conversa nas entrelinhas, que pode parecer sem sentido, mas é rápida e significativa. Eu nunca falei assim com o Andy — que é sempre aberto e honesto. Eu resolvo, pela centésima vez hoje, que uma forma não é melhor que a outra; somente são diferentes.

Leo e eu terminamos nosso lanche praticamente em silêncio. Daí, sem hesitar, saímos debaixo de uma garoa fria e percorremos as avenidas Surf, Neptune e Mermaid. Leo segurou meu guarda-chuva e me protegeu enquanto eu batia diversas fotos. Fotos de jogos e brinquedos desativados. Da famosa montanha-russa, o Ciclone, e da incrivelmente grande Wonder Wheel, a roda-gigante. De um jogo de basquete de três arremessos. De lixeiras feitas de barril de madeira. De pessoas, um porteiro, um pedreiro e um padeiro.

— Parece cenário de livro infantil — eu comento.

— Quem sabe não criamos um novo trava-língua — ele diz.

Eu dou risada, enquanto reparo em duas adolescentes consultando o preço na vitrine de um estúdio de tatuagem.

— Ah, eu adoro a orquídea — diz uma delas. — Ficaria uma gracinha.

— É... Mas eu gosto mais da borboleta... — diz a outra. — Para o meu ombro. Mas em lilás?

Eu tiro uma foto delas, pensando: “Não façam isso. Em poucos anos irão se arrepender”.

Já entardece em Coney Island, e por fim eu me dou por satisfeita, ao menos com relação às fotos. O céu ficou limpo e as nuvens foram desaparecendo, prometendo uma noite clara de outono, cheia de brisa. Leo e eu voltamos para o nosso banco, molhados, cansados e com frio. Como nos sentamos mais próximos que nunca, ele acabou passando o braço pelos meus ombros, em um gesto ao mesmo tempo acolhedor e romântico. Eu me esforço para não deitar a cabeça no ombro dele, e fecho os olhos, imaginando que isso tudo seria bem mais fácil se eu conseguisse avaliar com clareza os meus sentimentos. Se Leo fosse uma coisa só e o Andy outra completamente diferente. Mas não é tão simples assim, nada de preto no branco. O que me faz pensar que isso deve ser coisa impossível, quando o assunto é o coração.

— Um doce pelo seu pensamento — Leo diz de mansinho, o hálito quente no meu cabelo.

Eu o imagino beijando a minha testa, meu rosto, minha boca e finalmente vou fundo na verdade:

— Estou pensando naquele dia de dezembro, quando você voltou a me procurar — eu digo baixinho.

Eu sinto novamente a expiração de Leo, desta vez próxima ao meu pescoço, e sinto um arrepio percorrendo meus braços e pernas.

— Eu gostaria que você tivesse insistido em falar comigo — eu digo.

— Eu também. Eu gosto de imaginar que isso podia ter feito diferença.

— Teria feito toda a diferença — eu finalmente confirmo, sendo invadida por uma onda de tristeza e amargura, culpa e pesar.

— Ainda pode fazer diferença — ele diz, segurando meu queixo e virando o meu rosto para olhar nos meus olhos.

— Leo... eu sou casada... — eu digo, ao me afastar de mansinho.

Eu penso em Andy e nos votos que fizemos. No quanto eu realmente o amo, mesmo não amando tudo em nossa vida a dois. Mesmo eu estando longe agora.

Leo deixa a mão cair.

— Eu sei disso, mas...

— Mas o quê? — eu pergunto, cansada de tantas sutilezas, desse eterno especular, interpretar e conjeturar.

— Mas não posso evitar o desejo de ter você de novo — ele declara.

— Agora? Esta noite? — eu pergunto, perplexa.

— Sim. Esta noite. E amanhã... e no dia seguinte...

E sinto o cheiro da pele dele e digo o seu nome, sem conseguir me decidir se era um protesto ou uma entrega.

Ele balança a cabeça, toca meus lábios e sussurra:

— Eu te amo, Ellie.

Era uma declaração, mas soa mais como uma promessa, que faz meu coração explodir. Eu então não resisto, fecho meus olhos e digo que o amo também.

Trinta e quatro

O resto do mundo desaba, enquanto Leo e eu sussurramos em um canto de um vagão do metrô, ziguezagueando sob o Brooklyn, passando por Manhattan e de volta ao Queens novamente. Nossa jornada é mais curta, confirmando que o retorno quase sempre parece mais rápido que a ida. Nesse caso, foi apressada pelo temor e pelo desejo.

Sei que o que estou fazendo é errado, covarde, indefensável. Mas sigo em frente, e não faltam arrependimentos para alimentar a minha indignação: Andy não entende os meus sentimentos. E pior, ele sequer tenta compreendê-los. Ele havia me abandonado na noite anterior — e ainda por cima, deixando uma ameaça escrita em um post-it. Até o momento ele não havia ligado e nem relaxado em sua posição. Foi ele quem estabeleceu as regras. É ele que se importa mais com sua família, sua cidade natal, seu trabalho e todos os seus desejos que comigo. Mas talvez o fato velado mais decisivo é simplesmente porque ele não é o Leo. Não é ele que, desde o momento em que eu o conheci, tem o poder de virar meu mundo de cabeça para baixo como nenhum outro, para o bem ou para o mal.

Assim, cá estamos nós. Retomando as coisas onde

deixamos depois daquele voo, no regresso de Los Angeles, ansiosos, de mãos dadas. Não faço ideia do que irá acontecer daqui para a frente, só sei que procurarei ser honesta comigo mesma, com Andy e com Leo. Vou seguir o meu coração, aonde quer que ele me leve. Eu devo isso a mim. Devo isso a todos.

Quando chegamos à nossa parada, percorremos lado a lado a plataforma cimentada da qual eu me lembrava tão bem. E apesar de a minha pulsação acelerar, senti uma paz inesperada. A noite estava bonita e clara, daquelas que permitem aos que estão longe das cidades enxergar um milhão de estrelas. Conforme descemos as escadas, eu me lembro de muitas outras noites como esta. O Leo visivelmente estava revivendo o passado também, com o sentido voltado para o sexo. Nós deixamos a estação em silêncio, até que dobramos o quarteirão onde ele mora e ele me perguntou se eu estava com frio.

— Não — eu respondi, ciente de que o meu tremor não era de frio.

Leo me olha, daí pega na minha mão, exatamente no momento em que ouço o som abafado do celular no bolso do meu casaco, tocando pela primeira vez no dia. Nós fazemos de conta que não o ouvimos, e apressamos o passo, quase como se andando mais rápido o som fosse parar. Ele finalmente para, mas poucos passos adiante, volta a tocar, ainda mais alto e com maior urgência que antes. Eu solto da mão dele e tiro o telefone do bolso, desejando e ao mesmo tempo temendo que fosse o Andy. "Se você for, não precisa mais voltar", eu o escuto dizer, prendendo o fôlego, mas vejo o nome de Suzanne registrado no visor, e, ainda que aliviada, eu me sinto desapontada. Leo dá as costas para mim e leva as mãos à cabeça, mas não faz qualquer pergunta. Eu coloco o telefone de volta no bolso e mantenho a minha mão lá também.

A esta altura, estamos a poucos passos da escada que leva à sua porta, e sou assaltada por uma dose extra de adrenalina e por um remorso que me impedem de prosseguir. Leo também para e olha nos meus olhos:

— O quê? — ele quer saber.

Eu dou de ombros e ameaço um sorriso, na falta de resposta. Mas em minha cabeça minha vontade era de congelar aquele momento, e de alguma forma poder adiar a minha decisão e permanecer um pouco mais no equilíbrio daqueles dois lugares, dois mundos, dois amores.

Nós subimos os degraus, e eu paro na altura do cotovelo de Leo enquanto ele abre a porta. Ao entrar, aquele cheiro, meu velho conhecido, volta a me bombardear. Meu estômago dá um nó. Igualzinho àquela noite do veredicto final, a primeira noite em que ficamos juntos — a mesma expectativa de dar vertigem, ainda que sem os drinques. Qualquer coisa, tudo, poderia acontecer. Algo certamente está para acontecer. Eu largo a minha câmera e a minha bolsa no chão da entrada, e Leo faz o mesmo com a bolsa dele. Caminhamos calados até o sofá, mas não nos sentamos. Em vez disso, ele joga as chaves sobre a mesa de centro e acende um pequeno abajur com uma cúpula vermelha opaca na mesinha de canto. Leo espreme os olhos para enxergar o relógio e diz:

— Temos reserva para daqui a 25 minutos.

— Onde? — eu pergunto, ainda que não fizesse a menor diferença.

— Em uma cantina pequena, que fica no Upper East Side — ele arrisca, parecendo nervoso. — Temos de nos apressar… ou será melhor ligar e deixar para mais tarde?

Por alguma razão, o nervoso dele me acalma, e eu tiro meu casaco e jogo sobre o braço do sofá, e digo, decidida, o que ele torcia para me ouvir dizer:

— Eu não quero ir a lugar nenhum.

E ele obviamente concorda:

— Eu também não — ele diz, estendendo a mão, com a palma para cima, suplicando pela minha.

Eu dou minha mão a ele, e me entrego de vez, passando os braços ao redor da sua cintura. Seus ombros, peito, braços, tudo era tão quente, sólido, forte — melhor ainda do que eu podia me lembrar. Eu fechei os olhos, conforme nos abraçamos mais apertado, e começamos a dançar no ritmo de uma música imaginária, uma balada triste e lamuriosa, daquelas que fazem a gente chorar de repente, mesmo que não esteja com vontade de chorar.

Ele sussurra meu nome. Eu sussurro o dele, com os olhos marejados. E então ele fala:

— Há tanto tempo eu te procuro nos meus sonhos, Ellie.

Simples assim. Para outra pessoa, essas palavras poderiam parecer artificiais. Mas, para Leo, era uma frase vinda do fundo do coração, o refrão inesquecível de nossa própria balada.

"Isso está mesmo acontecendo?", eu penso comigo, e depois repito em voz alta.

Leo assente com a cabeça e sussurra:

— Sim.

Eu penso em Andy — como poderia deixar de pensar em Andy — ainda assim, eu ergo a cabeça devagar, enquanto Leo inclina a dele. Nossos rostos se encontram, quase se encostando. Ficamos rosto com rosto, nariz com bochecha, nariz com nariz. Eu paro por um instante, ouvindo o som da respiração dele, ambos respiramos em compasso. Parece que passou uma eternidade até que o lábio inferior dele belisca o meu lábio superior, e então fazemos um ligeiro ajuste, nossas bocas agora unidas por completo, nossos lábios se abrindo. Então, quando o impensável acontece, minha mente se apaga, e tudo e todos do lado de fora deste pequeno apartamento, no Queens, desaparecem por completo. Restamos apenas nós dois, ligados por algo que não conseguimos descrever.

Até que meu telefone toca novamente.

O som dele me assusta como se fosse a voz de alguém de fato na sala. A voz do Andy. Mas quando eu tiro o celular do bolso do meu casaco, vejo o nome de Suzanne mais uma vez, e a indicação de mensagem urgente. Por alguma razão, entrei em pânico, imaginando que algo pudesse ter acontecido ao meu pai — cheguei quase a ver as palavras "Papai morreu". Mas na verdade a mensagem da minha irmã dizia: "Liga para mim agora". Eu rolei o texto, esperando por mais.

— Está tudo bem? — Leo pergunta.

Ele olha rapidamente para o meu telefone, mas imediatamente desvia o olhar, ciente de que nada do que estivesse escrito lá lhe dizia respeito. Pelo menos não ainda.

Eu o fecho e gaguejo:

— Eu não sei.

— Andy? — Leo pergunta.

Eu faço uma careta, sentindo uma pontada de remorso ao dizer:

— Não. É minha irmã. Eu acho... acho que é melhor eu ligar para ela... Sinto muito...

— Sem problemas — ele diz, esfregando o maxilar, enquanto se afasta uns dois passos.

— Estarei por perto... — ele aponta para o quarto e então se vira para tomar o corredor. Eu resisto à tentação de segui-lo, louca para sentar na cama dele e olhá-lo enquanto ele me olha.

Eu respiro fundo algumas vezes, sento no sofá e ligo para Suzanne, dizendo a mim mesma que a interrupção era momentânea, e que o clima não havia sido alterado.

Minha irmã responde ao primeiro chamado e atende falando extremante o que eu esperava:

— Onde você está?

— Em Nova York — eu digo, sendo evasiva de um modo que jamais seria, minutos antes de beijar o Leo.

— Onde?

— No Queens — eu digo com remorso.

— Ellen. Onde você está? — ela insiste.

— No apartamento do Leo... Nós acabamos de voltar da sessão de fotos, você lembra? Em Coney Island? — eu respondo, sem saber por que não ser mais direta com a minha irmã, que foi quem sempre esteve ao meu lado, mesmo antes de haver um partido a ser tomado.

— O que está acontecendo? — ela pergunta, desta vez, claramente agitada. — Nada — eu digo, indicando que há algo no ar, e ela entende na hora.

— Você o beijou? — ela pergunta, sem pressionar, mesmo sendo ela.

Eu hesito, deixando que ela conclua através do meu silêncio. Ela entende e logo pergunta:

— Você... dormiu com ele?

— Não — eu afirmo, mas sem parecer ofendida, provavelmente porque aquele pensamento já havia me ocorrido algumas vezes nas últimas poucas horas, minutos e segundos.

— Mas você o beijou? — ela diz.

— Sim — eu confirmo.

E algo naquela afirmação em voz alta tornou tudo oficial. Meus sentimentos pelo Leo. Minha falta de lealdade com o Andy. Meu casamento por um fio.

— Você precisa sair daí — ela diz, seu tom transparecendo angústia e urgência. — Sai daí agora mesmo, mana.

— Não, Suzanne... não.

Ela balbucia algo e volta a insistir:

— Você vai se arrepender.

— Talvez não.

— Você vai sim, Ellen... Por Deus, eu não quero que você se arrependa. Não quero que tenha remorsos.

Eu fico pensando que meu único arrependimento no futuro vai ser ter ligado para ela, ou melhor, ter deixado o meu telefone ligado. E então digo a ela:

— Andy e eu tivemos a maior briga ontem à noite. Está tudo bagunçado.

— Certo. Eu imagino o que tenha sido — ela diz, procurando ser paciente. — Mas você só está piorando as coisas.

Isso eu não posso negar. Então eu recorro a uma justificativa bem juvenil:

— Ele me deixou, na noite passada. Ele provavelmente deve ter se enfiado na casa da irmã dele.

Suzanne me interrompe.

— Não. Ele não foi para a irmã. Ele foi para um hotel e ligou para a sua irmã.

Eu pisco e fito a cúpula vermelha do abajur, até a ponto de enxergar manchas na parede branca acima dele.

— Ele ligou para você? — eu digo, finalmente.

Ela confirma que ele ligou esta manhã do hotel Ritz, e depois novamente, cerca de trinta minutos antes. A voz dela fica em suspenso, enquanto eu imagino o resto da frase, enquanto você estava beijando o Leo.

— O que ele disse? — eu pergunto, completamente arrasada, adormecida.

— Ele está chateado, Ell. Está assustado e quer muito falar com você.

A voz dela guarda certa condenação, mas ela parece realmente preocupada, e um pouco triste também.

— Não, ele não quer. Ele não me ligou nenhuma vez sequer.

— Bem, ele disse a mesma coisa de você.

— O que você disse a ele? — eu pergunto, sem poder imaginar qual seria a resposta.

— Eu disse que você precisa de um pouco de tempo e espaço. Que você foi a Nova York a trabalho, e por você mesma, e não pelo Leo. E que ele deve confiar em você.

Eu olho para os meus sapatos, os dedos ainda molhados da chuva, imaginando se as coisas teriam este desfecho se ele não tivesse me deixado, se não tivesse deixado aquele bilhete sobre a bancada. Era mesmo a conclusão natural? Ou não?

— Certo — Suzanne argumenta. — Não estou dizendo que o Andy é perfeito. Ele está longe disso. E você também sabe como eu me sinto sobre aquela baboseira toda, egocêntrica, da Margot. E, por Jesus, eu continuo sem acreditar que ela escondeu de você que o Leo foi te procurar... mas...

— Mas o quê?

— Mas eles são a sua família. E você tem sorte de ter uma família.

Eu penso no meu pai, e no quanto ele está envolvido com a vida e os filhos da Sharon. Depois penso no Vince, em como ele se recusa a assumir um compromisso mais sério com a minha irmã, e em como deve ser solitário o mundo em que ela vive. E, logicamente, penso na minha mãe. Eu sempre penso na minha mãe.

— Você também é minha família — eu rebato, sentindo mais remorso que eu poderia antecipar.

— Eu sei — ela diz. — E você é a família que eu tenho. Mas, vamos, Ell. Você entendeu o que quero dizer. Eles... Eles são uma família de sonho, de verdade. E eles te incluem em tudo. Eles te tratam como se você fosse um deles. Você é um deles.

Eu fecho o olho, lembrando do brinde que meu sogro fez no dia do nosso casamento, com palavras que confirmavam isso. Como a Dona Stella me trata como uma filha, e a Margot, como uma irmã — mesmo antes de eu me casar com o Andy.

— Você está mesmo disposta a jogar fora tudo isso? — Suzanne pergunta, com a voz doce, maternal, cuidadosa. — Quer mesmo abrir mão do Andy?

— Eu não sei — respondo, cada vez mais me afundando na realidade da situação, desesperada e assustada. — Mas não quero me decidir com base no medo daquilo que eu possa perder.

Um minuto de silêncio se segue, e, por fim, Suzanne diz:

— Posso te fazer uma pergunta?

— É claro — eu digo.

Suzanne faz uma pausa e então continua:

— Você o ama?

Não estava certa a quem ela se referia — Andy ou Leo — mas eu confirmo assim mesmo — certa de que a resposta seria a mesma, fosse um ou outro.

— Então não faça isso — ela aconselha, claramente falando do Andy.

— Suzanne — eu digo olhando para o corredor, na direção do Leo. — Não é tão simples assim.

— É sim — ela interrompe. — E esse é justamente o ponto, Ell. O fato de ser simples assim.

Trinta e cinco

Eu desligo o telefone com Suzanne e levo as mãos à cabeça, desolada com a proporção daquela situação. Estou confusa demais para descrever a mim mesma o que está se passando, que dizer para o Leo, que acaba de voltar à sala e está em pé atrás de mim. Uma coisa é certa, no entanto, seja qual for o resultado de alguma conclusão que eu possa chegar dali para a frente, eu não conseguiria me recobrar daquela chamada à realidade e à natureza dos meus sentimentos, da minha conversa com Suzanne. Sem chance de retomar com Leo de onde paramos. O clima acabou, e não há como ser salvo. Leo obviamente capta isso ao se sentar atrás de mim, sentindo-se desconfortável em seu próprio sofá.

— Você está bem? — ele diz, a testa franzida de preocupação, e estica a mão para tocar por um instante o meu joelho, e depois a recolhe.

— Não sei — eu digo, lutando contra o dilema do conselho de Suzanne, direto e enigmático ao mesmo tempo. — Não sei o que estou fazendo.

Leo entrelaça as mãos e leva ao queixo. — Isso tudo é muito difícil… eu sinto muito.

Eu olho para ele, interpretando seu lamento, tentando compreender se se trata de um pedido de desculpas ou de votos de solidariedade oferecidos diante de um infortúnio, um divórcio ou na morte. Em outras palavras, ele reconhece que nossa situação é péssima, mas não se arrepende do nosso beijo, nem de seus próprios sentimentos. Já eu não posso afirmar a mesma coisa. É cedo demais para dizer isso.

Eu balanço a cabeça em agradecimento, ou no mínimo em reconhecimento. E então me ocorre que Suzanne nem sequer falou do Leo e nem sobre os meus sentimentos com relação a ele. Fico me perguntando por que, no momento em que faço a ele uma pergunta totalmente inútil:

— Você acha que nós teríamos durado?

Leo fica perplexo e talvez até desgostoso, certamente ao notar o verbo no condicional e não no futuro.

— O que você quer dizer com isso?

— Você sabe... Se nós tivéssemos reatado... será que teríamos ficado juntos?

— Para sempre? — ele pergunta, usando um tom que respondeu à minha pergunta.

Leo não acredita em coisas definitivas. Ele nunca acreditou.

Mas eu acredito — ao menos, em teoria.

— Sim, para sempre — eu respondo, pensando em casamento e filhos, e em todas as coisas que ainda desejo para mim.

— Quem sabe? — Leo responde, com um olhar vago, filosófico.

Eu penso no nosso primeiro rompimento e no rompimento recente dele, imaginando se os cenários seriam parecidos, e formulo uma questão do modo mais natural, dadas as circunstâncias:

— Por que você e a Carol terminaram?

— Eu te contei essa manhã — ele diz.

— Não, de verdade — eu insisto, com um nó no estômago.

Ele jogou a mão no ar, como se não soubesse o que dizer, e eu me recordei como ele ficou sem saber o que falar sobre a nossa separação também, quando o assunto surgiu em Los Angeles, na lanchonete.

— Por uma porção de motivos — ele diz, e eu percebo que ele se fecha. Suas pálpebras parecem pesadas, sua expressão se torna vaga.

— Tipo?

— Tipo... Sei lá... Ela era uma garota e tanto... Mas ela simplesmente não era a pessoa especial.

— Como você pode ter certeza de que ela não era? — eu o pressiono, buscando minhas próprias respostas. Uma espécie de prova de fogo do amor verdadeiro. A definição de almas gêmeas.

— Foi por isso que rompemos, também? — eu pergunto com um tom carente.

Leo suspira e diz:

— Deixa disso, Ellen — ele demonstra cansaço e certo descontentamento, em uma forma que invoca lembranças vívidas, negativas, do nosso passado.

Mas eu sigo firme.

— Fala para mim, eu preciso entender — eu peço.

— Tudo bem. Vamos ver. Nós já passamos por tudo isso... Eu acho que nossa separação foi mais uma questão de momento do que outra coisa. Nós éramos novos demais.

— Nós não éramos tão jovens assim.

— Jovens o bastante. Não estávamos prontos para isso — ele fala apontando para o espaço entre nós, finalmente admitindo o óbvio, que fora ele e não eu. Ele rompeu comigo.

Eu assinto, como se entendesse a sua avaliação, embora não tivesse entendido. Sim, éramos jovens, mas em muitos aspectos o amor jovem é o mais forte e idealista, não contaminado pelas dificuldades do dia a dia. O Leo jogou a toalha, antes que fôssemos testados. Talvez porque não quisesse ser testado. Talvez porque achasse que falharia. Talvez porque não me amasse o suficiente.

— Continuar comigo pareceria acomodação? — eu perguntei.

A palavra acomodação ecoa na minha cabeça, ferindo o meu coração e me enchendo de incertezas. É uma palavra que venho evitando por meses, mesmo nos pensamentos mais íntimos. Mas de repente eu não posso mais evitá-la. De certa forma, ela é o cerne sombrio de toda a questão, o medo de ter me acomodado ao Andy. De que eu deveria ter resistido a esse tipo de amor. De que eu deveria ter acreditado que o Leo um dia voltaria para mim.

— Diabos que não! — Leo afirma, balançando a cabeça, frustrado. — A questão não era essa, e você sabe.

Eu começo a pressioná-lo ainda mais, mas ele acaba me dando uma explicação espontânea:

— Preste atenção, Ellie. Você era a mulher da minha vida… Você é a mulher da minha vida… Se é que tal coisa existe.

Eu fito os olhos dele, suas pupilas perdidas no castanho-escuro ao seu redor. Minha cabeça gira, e eu desvio a atenção, para não ser hipnotizada pelo olhar dele, com tanta coisa em risco.

— Certo — eu digo.

É um comentário totalmente inapropriado, mas é o único que parece seguro, neste momento da verdade que está se esboçando.

— Então… e o que você acha? — ele pergunta. — O que você quer?

Eu fecho os olhos, sentindo-me suspensa no tempo e um pouco desorientada, como quando a gente acorda em um lugar estranho, e por alguns instantes se esquece de onde está. Então, olho de novo para o Leo, e de repente me dou conta, chocada e um pouco aterrorizada, de que essa escolha, que me foi tirada anos atrás — primeiro pelo Leo, e depois pela Margot — agora cabe a mim. Finalmente. Eu sem querer me imagino literalmente em um entroncamento de uma rodovia, do tipo que acontece em desenhos animados de terror. Dois caminhos sombrios e obscuros. Duas setas pregadas em árvores, apontando para direções opostas. Esse caminho até o Andy. Aquele até o Leo.

Eu descruzo os braços, largando-os ao longo do corpo, meus dedos acariciando o couro aveludado do sofá novo do Leo. Então eu repasso em silêncio as palavras de Suzanne, imaginando se a minha irmã desiludida e infeliz no amor pode ter razão. Não se trata mais do que poderia ter sido. A questão não é se por trás de toda a nostalgia, todo desejo e amor não correspondido, eu sinto algo de verdade pelo Leo hoje. Não se trata do Leo de forma alguma.

A questão é o Andy, pura e simplesmente.

A questão é se eu realmente amo o meu marido.

— Acho melhor eu ir embora — eu concluo.

A resposta, que sempre esteve no meu coração, agora está finalmente se cristalizando na minha cabeça também.

Leo põe de novo a mão na minha perna, desta vez com um pouco mais de pressão.

— Ellen... não...

Minha mente dispara, quando eu ouço metade do que ele diz a seguir. Algo sobre não querer me perder outra vez. Algo sobre saber que eu sou casada, mas que nos damos bem demais. Ele termina dizendo que sente falta de nós, o que é bem mais significativo e convincente do que meramente dizer que sente falta de mim, especialmente porque eu me sinto da mesma forma. Eu também sinto falta de nós. Sempre senti, e provavelmente sempre sentirei.

Eu toco a sua mão, desolada com o peso da perda definitiva. Às vezes, um final feliz é simplesmente impossível. Não importa o que aconteça, eu vou perder algo, alguém.

E talvez seja nisso que se resume tudo. O amor, não como uma manifestação de paixão, e sim como uma opção pelo compromisso com algo ou alguém, sejam quais forem os obstáculos pelo caminho. E talvez, ao fazer essa opção vez após vez, dia após dia, ano após ano, diga mais sobre o amor do que nunca ter de fazer escolha alguma.

Eu olho nos olhos do Leo com o coração despedaçado, mas decidida e de algum modo livre.

— Eu tenho de ir — eu digo, e me demoro a levantar, junto minhas coisas bem devagar.

Leo se levanta ao meu lado, relutantemente me ajuda a vestir o casaco e me acompanha até a porta, e depois até a entrada do prédio. Ao descermos as escadas, vejo um táxi longe, à distância, vindo em nossa direção, pela rua praticamente deserta. Uma recompensa por bom comportamento. Eu chego à calçada, passo entre dois carros estacionados, para chegar junto e fazer sinal para o motorista. Leo fica parado, sem reação, observando.

— Para onde você está indo? — ele perguntou. Sua voz estava calma, mas havia algo de caótico em seus olhos. Algo que eu nunca tinha visto antes. Pouco tempo antes, eu talvez tivesse me gabado, e me sentiria vitoriosa, curada. Agora isso só me deixa ainda mais triste.

— Para um hotel — eu digo, fazendo um sinal com a cabeça para o motorista, que coloca a minha bagagem no carro.

— Você me liga quando chegar lá?

— Sim — eu respondo, mas duvidando se irei fazê-lo.

Leo coloca a mão no meu braço e chama pelo meu nome, como um protesto final.

— Desculpe-me — eu digo, já me afastando e sentando no banco traseiro.

Eu forço um sorriso que demonstra bravura, piscando desesperada para me livrar das lágrimas que começam a embaçar a minha visão. Daí fecho a porta do carro, com a mão levantada, e dou um aceno de despedida. Exatamente como tinha feito naquela manhã depois daquele nosso voo noturno. Só que desta vez eu me controlo, não choro e nem olho para trás.

Trinta e seis

Nós atravessamos a ponte Queensboro no que me pareceu um tempo recorde, enfrentando o trânsito pesado da volta do trabalho, em direção às luzes de Manhattan. Com a nossa velocidade e as ultrapassagens do motorista, o tempo todo trocando de faixa, minha saída do apartamento do Leo deu a impressão de uma escapada por um triz. Uma manobra para evitar o desastre.

Sentada no meio do banco e observando pela janela o limite entre as duas regiões, eu tento digerir as últimas 24 horas e, principalmente, os últimos minutos, e me bate um remorso por ter cruzado o limite. Avançado o sinal, o preto no branco.

Não posso acreditar que traí meu marido — traí o Andy.

Eu me valho da ironia, e tento me convencer de que eu precisei beijar o Leo para poder deixá-lo de fato — e para afastar de vez a ideia de que permanecer no meu casamento seria uma forma de acomodação, ou de que fiquei com o Andy por falta de opção. Afinal, a acomodação não acontece quando aceitamos algo por falta de alternativa melhor? Para não acabar de mãos vazias?

Eu finalmente tive uma chance de verdade. Poderia ter o Leo e eu fiz a minha escolha.

Com uma revelação como essa, eu me dou conta de que por boa parte do tempo eu considerei o Andy perfeito, e a nossa vida juntos também perfeita. E estranhamente, desde que o Leo voltou a entrar na minha vida, esse caminho dourado assumiu uma conotação de acomodação. Acomodada com a perfeição, com todas as coisas que supostamente deveria desejar. Uma boa família. Uma linda casa. Riqueza. Era como se eu tivesse deixado os meus sentimentos de lado, como se fosse demais pensar que coroando todas essas coisas, eu ainda pudesse amar o Andy de verdade. No meu subconsciente, eu devo ter acreditado que qualquer sentimento obscuro, complicado, conflitante que eu tivesse pelo Leo fatalmente seria mais legítimo. Como dizem as músicas de dor-de-cotovelo.

Conforme seguimos o tráfego pesado do Upper East Side, eu me lembro de que minha mãe uma vez me disse que é igualmente fácil amar um homem pobre e um homem rico, um de seus muitos conselhos antiquados sem fundamento para mim — e não apenas por ser ainda criança. Nós estávamos no estacionamento de um banco, e acabáramos de cruzar com o namorado dela do colégio, chamado Mike Callas, com quem minha mãe tinha terminado quando ele entrou na faculdade, para ficar com o meu pai. Suzanne e eu tínhamos visto a foto dele no anuário da escola várias vezes, e decidido que, apesar de suas orelhas de abano, ele até que era bem bonito, com seu farto cabelo castanho ondulado. Mas quando o vimos, a maior parte do cabelo já havia caído, deixando as orelhas com aparência maior ainda, e ele agora pertencia à categoria dos gordinhos de meia--idade que chamam pouca atenção. E para piorar tinha um sorriso suspeito — embora eu tivesse concluído isso ao vê-lo partir em seu Cadillac lustroso, depois de beijar a mão da minha mãe e arrancar risadinhas dela. Ainda assim, eu não achei que minha mãe tivesse ficado nostálgica e nem notei nada que levantasse suspeitas no seu comportamento — mesmo depois de seu conselho nada romântico — se bem que eu era nova demais para perceber alguma coisa.

Mas hoje me pergunto o que ela pensou de fato na época. Como ela se sentiu de verdade com relação a meu pai e ao Mike. Será que ela se arrependeu da escolha que fez? Será que as decisões dela foram mais diretas que a minha, ou será que sempre há algo mais ou menos resolvido nos assuntos do coração? Lamentei não poder perguntar isso a ela. E de repente, se eu pudesse sentir qual seria sua resposta, imagino Andy em nossa cozinha, a gravata frouxa e o terno desalinhado. Posso vê-lo consultando atentamente as instruções de uma embalagem de pizza congelada, decidindo se usa o micro-ondas ou se vai adiante e preaquece o forno normal, tentando me esquecer e o bilhete deixado sobre o balcão.

Se você for, não precisa mais voltar.

Eu sinto uma pontada de medo ao pensar que o fato de ter feito a minha escolha não implica que o Andy escolherá a mesma coisa. Principalmente, se eu contar a ele o que acabo de fazer com o Leo — o que será inevitável. O meu pânico aumenta quando sinto o Andy me escapando. E agora tudo o que mais quero no mundo é ver o rosto dele — efeito da perda iminente sobre a gente.

— Mudança de planos — eu informo ao motorista, ao decidir que atenderei ao meu segundo maior desejo.

— Para onde agora? — o taxista pergunta.

Meu coração dispara quando eu dou o endereço do meu antigo apartamento. Nosso antigo apartamento. Preciso ir até lá mais uma vez. Preciso me lembrar de como eram as coisas. Como tudo pode voltar a ser, com muita dedicação e um pouco de sorte.

O motorista assente, sem se importar, e vira para descer a Segunda Avenida. Pela minha janela desfilam os vultos de placas, faróis, táxis, pessoas. Eu fecho os olhos, e quando volto a abri-los, estamos virando na Rua 37. Eu respiro fundo e vou soltando o ar lentamente, pago a minha corrida, desço do táxi e apanho a minha bagagem, sentindo um misto de alívio e de remorso.

Sozinha na calçada, eu fico admirando o nosso prédio envolto na escuridão da noite. Daí, eu me sento nos degraus de pedra desgastados, e tiro o telefone do bolso. E antes que possa mudar de ideia, eu ligo para o celular do Andy, e fico atônita quando escuto ele dizer alô.

— Oi — eu digo, imaginando que parece que se passaram dias, anos, sem nos falarmos.

Eu espero que ele fale, mas como ele fica em silêncio, eu continuo:

— Adivinhe onde eu estou?

— Onde? — ele diz, com um ar distante, cansado e, acima de tudo, cauteloso.

Ele obviamente não está com clima para jogos de adivinhação, e não posso culpá-lo por isso. Não posso culpá-lo por nada.

— No nosso antigo apartamento — eu revelo, arrepiada.

Ele não pergunta por quê. Talvez, porque ele conheça o motivo. E apesar da minha dificuldade em discernir, eu também sei o motivo.

— Nossas luzes estão acesas — eu conto, olhando a janela da sala íntima e imaginando o cenário aconchegante e caloroso do seu interior.

Eu penso que talvez os novos moradores sejam alienados, solitários, mas por alguma razão eu duvido disso.

— Ah, verdade? — Andy diz, parecendo distraído.

— É — eu respondo, ouvindo alguém falando ao fundo. Pode ser a televisão. Ou talvez ele não esteja sozinho. Talvez tenha saído, esteja em um bar ou restaurante, agindo como solteiro. Penso ansiosa no que dizer a seguir, mas estou pisando em ovos e como se andasse em um campo minado repleto de omissões e meias verdades.

— Você me odeia? — eu finalmente pergunto.

E me dou conta que tive a mesma conversa com o Leo pouco antes, quando ele me acusou de tê-lo odiado quando nós rompemos. E fico me perguntando por que o ódio com frequência dá a impressão de ser um componente do amor — ou, no mínimo, uma forma de medi-lo. Eu prendo o fôlego, aguardando sua resposta.

Por fim, ele suspira e responde:

— Ellen, você sabe que eu não te odeio.

"Não ainda", eu penso comigo, temendo que nunca terei coragem suficiente para contar a ele o que fiz, e rezando para que um dia eu consiga superar isso.

— Eu sinto tanto, Andy — eu me desculpo por mais do que ele possa imaginar.

Ele hesita, e eu imagino se de alguma forma ele sabe por instinto o que eu fiz — e, quem sabe, por que eu o fiz.

— Eu também sinto muito — a voz dele parece esconder algo.

Em lugar de me sentir aliviada e grata, sinto ainda mais remorso. Andy com certeza não está isento de culpa — ninguém no casamento está —, mas em comparação com o que acabo de fazer, ele não tem motivo para se desculpar. Nem pela mudança para Atlanta. Nem por tomar partido da Ginny. Nem por jogar tanto golfe. Nem pela falta de consideração com minha carreira. Nem mesmo pela ameaça da noite passada — que agora parece até mesmo justa.

Segundos intermináveis se passam até que ele diz:

— Sabe, acabo de falar com o Webb pelo telefone.

Algo me diz que há algo de mais sério no ar.

— Está tudo bem com a Margot? — eu pergunto.

— Sim. Mas considerando os gemidos dela ao fundo, eu diria que tem um bebê a caminho.

Meu coração dá um sobressalto e minha garganta parece se fechar. — Ela está em trabalho de parto?

— Acho que sim — Andy diz, com a garganta engasgada. — Ela teve um alarme falso esta tarde. Foi para o hospital, mas eles a mandaram para casa. E agora, estão voltando para lá. Ela está com contrações de oito em oito minutos...

Eu consulto o meu relógio, e cruzo os dedos para que o bebê só nasça amanhã. Não no dia em que beijei o Leo. É só um detalhe técnico, mas estou me prendendo ao que puder.

— Que alegria — eu digo, alegre de verdade, mas um pouquinho sentida e triste também, pela forma como eu imaginava este momento.

E de repente eu percebo que nas últimas horas eu perdoei a Margot pelo que ela fez — e espero que algum dia ela possa me perdoar também. Engraçado como a vida sofre reviravoltas, às vezes por acontecimentos fortuitos, como ter cruzado com o Leo na rua; e às vezes através de decisões calculadas — como as da Margot, ou como a minha, ao deixar o Leo, esta noite. No final, todos eles podem ser classificados como destino, mas para mim, são mais uma questão de fé.

— Você está indo para o hospital?

— Não no momento... — a voz dele fica em suspenso.

— Eu queria estar com você — eu digo, aliviada e grata por perceber que essa é a pura verdade. Eu queria estar com toda a minha família.

— Em Atlanta ou em Nova York? — ele pergunta de um modo distorcido, suficiente o bastante para eu saber que ele não está sorrindo; longe disso, aliás.

— Não faz diferença — eu digo, observando um táxi entrar no nosso antigo quarteirão e parar diante do nosso prédio.

Eu olho para o céu procurando as estrelas, ou pelo menos a lua, antes de prestar atenção no táxi. Então, a porta se abre e Andy surge na minha frente, vestindo exatamente o terno e a gravata vermelha como eu o havia imaginado, e seu casaco azul-marinho. Por alguns segundos, fico atordoada de tal forma, como não me acontecia desde criança, no tempo em que eu ainda acreditava em magia — e em outras coisas boas demais para serem verdade. Então eu noto o sorriso indeciso e esperançoso do Andy — que jamais vou esquecer — e percebo que aquilo está de fato acontecendo. É bom e é de verdade.

— Ei, você — ele diz, caminhando na minha direção.

— Ei, você — eu digo, estática, com um sorriso no rosto. — Você... aqui?

— Vim atrás de você — ele diz, olhando nos meus olhos.

Ele segura no corrimão, sua mão a centímetros da minha.

— Mas como...? — eu digo, buscando a pergunta certa.

— Eu tomei um voo, agora no fim do dia... Eu tinha acabado de chegar à cidade quando você ligou...

Eu rapidamente ligo os pontos, e me dou conta de que ele pegou um avião para me ver, ciente de que poderia perder o parto da irmã. Meus olhos voltam a lacrimejar, mas desta vez por uma razão completamente diferente.

— Mal posso acreditar que você está aqui! — eu digo.

— Mal posso acreditar que te encontrei aqui.

— Eu sinto muito — eu digo novamente, agora chorando.

— Ah, meu amor, assim não — ele diz com ternura. — Eu não poderia ter mudado completamente a nossa vida e esperado que você concordasse com tudo... Foi injusto.

Ele sobe um degrau, e ficamos apenas um degrau separados, de olho no olho, mas sem ainda nos tocarmos.

— Eu quero que você seja feliz — ele sussurra.

— Eu sei — eu digo, pensando no meu trabalho, em Nova York, e em todas as coisas daqui das quais sinto falta. — Mas eu não deveria ter partido, não daquele jeito.

— Talvez você tivesse de fazer isso.

— Talvez — eu disse, pensando no meu último abraço no Leo, aquele último beijo, e no quanto esse momento parece diferente, por tantas razões. Eu digo a mim mesma que não existem dois amores iguais, mas eu já não preciso mais fazer comparações. — Ainda assim, eu sinto muito...

— Agora não faz mais diferença — Andy diz, e embora eu não esteja certa ao que ele se refere, eu tenho certeza que concordo inteiramente com ele.

— Diz para mim que vai ficar tudo bem — eu digo, tentando em vão secar as lágrimas que descem pelo meu rosto.

— Nós vamos ficar melhor que bem — ele diz, com os olhos marejados também.

Eu caio nos braços dele, relembrando aquela noite lavando a louça na casa dos seus pais, quando pela primeira vez me perguntei se eu seria capaz de me apaixonar pelo irmão da Margot. Lembro de ter concluído que era sim possível — que tudo era possível — e agora não há mais dúvidas. Neste momento, sob o céu apagado de outono, eu me lembro exatamente por que isso aconteceu, se é que existe mesmo razão nas coisas do coração.

— Vamos para casa — eu assopro no ouvido do Andy, na esperança de conseguir apanhar o último voo para Atlanta, na mesma noite.

— Tem certeza? — ele diz, com sua voz mansa, sexy, que conheço tão bem.

— Sim, eu tenho certeza.

Eu percebo então que pela primeira vez, desde que reencontrei o Leo naquele cruzamento, eu estou de fato seguindo minha cabeça e o meu coração. Ambos me trouxeram até aqui, a esta decisão, a este momento, até o Andy. Este é exatamente o meu lugar, e é aqui que quero ficar para sempre.

um ano e um dia depois…

É o primeiro aniversário da Louisa. Acabo de embarcar em um avião, no aeroporto de LaGuardia, em Nova York, a caminho da festa especial que Margot preparou para a filha. Eu faço sempre esse percurso, às vezes sozinha, às vezes com Andy, ao nos dividirmos entre nossa casa em Buckhead e nosso apartamento de um dormitório aqui, no Village. Nosso estilo de vida deixa muita gente perplexa, em especial a minha sogra, que dia desses me perguntou como eu decidia que sapato deixar em que closet, ou se eu simplesmente comprava dois pares de cada modelo. Eu sorri, certa de que jamais entenderei a fixação dela pelos sapatos, da mesma forma que ela não pode entender como Andy e eu conseguimos ser tão felizes com nosso compromisso incomum. Não é o ideal, mas tem funcionado bem para nós, por enquanto.

Eu continuo preferindo Nova York, e me sinto mais à vontade aqui. Adoro trabalhar com a Sabina, o Julian e o Oscar no nosso velho estúdio, cheio de correntes de vento — à espera de que Andy ou Suzanne venham me encontrar nos finais de semana. Mas eu também aprendi a gostar de Atlanta de verdade, e a tolerar melhor as pessoas que no início eu tratava com desdém, e fiz minhas próprias amizades, fora da esfera de amigos dos Grahams. E ainda descobri um nicho de trabalho surpreendente por lá, fazendo retratos infantis. Tudo começou com a Louisa, e se expandiu rapidamente. Não é um trabalho cheio de glamour, mas o foco tranquilo familiar é gratificante, e consigo prever que um dia isso possa me satisfazer completamente.

Mas há a possibilidade também de isso nunca acontecer. Talvez Andy e eu tenhamos que fazer concessões e nos esforçarmos sempre para encontrar o equilíbrio — seja na nossa família, no nosso casamento, na nossa vida. Sim, eu sou a esposa do Andy, e sou uma Graham. Mas sou também irmã da Suzanne, filha da minha mãe e eu mesma.

Quanto a Margot, ficamos estremecidas por um bom tempo, ambas teimosamente fazendo de conta que não havia problemas entre nós — o que apenas fez com que eles se agravassem e se tornassem intransponíveis. Até que, por fim, um dia ela veio até mim e perguntou se eu poderia escutá-la.

Eu concordei, e fiquei observando seu esforço para encontrar as palavras certas, enquanto ela vestia Louisa, que não parava de resmungar.

— Talvez eu não devesse ter me envolvido do modo como fiz — ela começou, toda nervosa. — Eu fiquei assustada, Ellen... e muito surpresa com a sua deslealdade com relação a tudo...

Eu senti uma onda de remorso, lembrando de tudo, reconhecendo que ela tinha razão — eu fui desleal. Ainda assim, eu a olhei nos olhos e expliquei minha posição.

— Eu imagino como você deve ter se sentido — eu disse, levando em conta o modo como eu me sentia toda vez que o Vince ou quem quer que fosse fazia a

Suzanne sofrer. — O Andy é seu irmão... Mas e quanto a lealdade entre nós? E quanto à nossa amizade?

Ela abaixou a cabeça e começou a acariciar o rosto macio e rechonchudo da neném, enquanto eu encontrava coragem para dizer a verdade pura e simples para ela: — Eu precisava ir — eu disse. — Eu tinha de ir.

Eu esperei que ela me olhasse no olhos outra vez, e ao fazê-lo pude ver em seus olhos que algo havia se encaixado e ela agora finalmente havia entendido, que os meus sentimentos pelo Leo nada tinham a ver com o irmão dela nem com a nossa amizade. Ela então embalou a Louisa carinhosamente e disse:

— Eu quero te pedir desculpas, Ellen.

Eu assenti com a cabeça e ela prosseguiu:

— Desculpas por não ter te contado que ele foi te procurar. Eu lamento não ter te apoiado...

— Eu também lamento — eu disse. — Eu lamento de verdade.

A seguir, nós duas choramos por um tempão, acompanhadas de perto pelo choro da Louisa, até que não nos restou opção a não ser cair na risada. Foi um daqueles momentos que só amigas de verdade e irmãs podem compartilhar.

No presente, eu fecho os olhos conforme o avião ganha velocidade na pista e decola para alcançar os céus. Eu perdi o medo de voar — pelo menos não me sinto mais tão mal quanto antes — mas meu coração ainda dispara, com a velha e conhecida ansiedade, misturada às lembranças do passado. Essa é a única ocasião em que o Leo ainda me vem à cabeça. Talvez por conta daquele voo noturno que dividimos ao voltar de Los Angeles. Talvez porque seja possível olhar para baixo e identificar o prédio dele da minha janela, o lugar onde o vi pela última vez, há exatos um ano e um dia.

Desde então, nunca mais nos falamos. Eu não retornei nenhuma de suas duas ligações. Nem mesmo quando enviei a ele as fotos de Coney Island, incluindo a que tirei dele, na praia. Cheguei a pensar em lhe dizer algo. Acrescentar um bilhete. "Obrigada… Sinto muito… Vou te amar para sempre."

Tudo verdade — continua sendo, aliás —, mas melhor que ficasse assim, por dizer. Da mesma forma que decidi não confessar ao Andy o quanto estive próxima de perder tudo. Em vez disso, guardo aquele dia só para mim, como um lembrete de que o amor é uma soma de nossas escolhas, o vigor do nosso compromisso, o laço que nos une. Feliz comigo mesma que amo tudo o que é meu.